CLAUDIA GRAY

STAR WARS
LEIA
PRINCESA DE ALDERAAN

São Paulo
2021

Disney · Lucasfilm

Grupo Editorial
UNIVERSO DOS LIVROS

Diretor editorial
Luis Matos

Gerente editorial
Marcia Batista

Assistentes editoriais
Letícia Nakamura
Raquel F. Abranches

Tradução
Jana Bianchi

Preparação
Jonathan Busato

Revisão
Tássia Carvalho

Arte
Valdinei Gomes

Dados Internacionais de Catalogação na Publicação
(CIP (Câmara Brasileira do Livro, SP, Brasil) Angélica Ilacqua CRB-8/7057

G82s

Gray, Claudia

Star Wars : Leia : princesa de Alderaan / Claudia Gray ; tradução de Jana Bianchi. – São Paulo: Universo dos Livros, 2020.

ISBN 978-65-5609-052-8

Título original: *Star Wars – Leia – princess of Alderaan*

1. Ficção norte-americana 2. Ficção científica I. Título II. Bianchi, Jana

20-3485 CDD 813.6

Universo dos Livros Editora Ltda.
Avenida Ordem e Progresso, 157 – 8º andar – Conj. 803
CEP 01141-030 – Barra Funda – São Paulo/SP
Telefone/Fax: (11) 3392-3336
www.universodoslivros.com.br
e-mail: editor@universodoslivros.com.br
Siga-nos no Twitter: @univdoslivros

CAPÍTULO 1

O DIA DA REIVINDICAÇÃO fora anunciado meses antes. Convidados já chegavam de mundos de todas as regiões da galáxia, e o delicioso aroma do banquete em preparação se espalhava pelos salões do palácio. As condições meteorológicas não colaboravam com os planos da celebração – nuvens escuras e baixas pairavam sobre a cidade de Aldera, ameaçando chuva –, mas mesmo a tempestade iminente parecia dramática e grandiosa à sua maneira.

Era o cenário perfeito para uma princesa reivindicar o direito à coroa de Alderaan.

– Ai. – Leia fez uma careta. – Isso dói.

– Pois vai continuar doendo – garantiu WA-2V, a droide de cuidados pessoais de Leia. Seus dedos azulados de metal completaram com agilidade uma última trança seguindo o complexo estilo tradicional de Alderaan. – Especialmente hoje, a senhorita precisa estar em sua melhor aparência.

– Você diz isso todo dia. – Desde menina, a vontade de Leia era prender o cabelo em um rabo simples. Os pais diziam que ela tinha liberdade de fazer o que achasse melhor, mas 2V era insistente. Sua programação exigia que arrumasse a princesa sempre de acordo com o melhor estilo possível, e nem mesmo a própria princesa era capaz de forçá-la a fazer o contrário.

– Mas isso é verdade todo dia – insistiu 2V, enrolando a trança em um coque e prendendo-a no lugar. – E padrões são sempre mais altos em ocasiões especiais!

Leia sentiu um friozinho na barriga, formado de partes iguais de nervoso e de expectativa. Aquele era o dia mais importante da vida dela desde seu primeiro Dia do Nome, quando os pais a haviam levado à sala do trono e a declarado filha deles, por adoção e amor…

Ela afastou o pensamento com um chacoalhar da cabeça. Naquela época, tudo o que precisava fazer era ser uma bebê nos braços da mãe. Agora, ela precisava andar com as próprias pernas.

Assim que o penteado ficou pronto, Leia gratamente foi vestir os trajes que ela e 2V haviam escolhido em comum acordo: um vestido branco e simples para ela, joias prateadas e arrojadas para 2V. Assim que calçou as sapatilhas de cetim, os sons da fanfarra irromperam na sala do trono, ecoando pelos corredores do palácio. Era como se os pais estivessem batendo em pessoa na porta do quarto.

– Só mais uma coisinha! – implorou 2V. Ela deslizou até o armário sobre a pequena esfera que lhe servia de base e depois voltou com um diadema prateado em mãos, que acomodou cuidadosamente sobre as tranças de Leia de modo que o pingente de pérola ficasse bem no centro de sua testa. – Isso. *Isso.* A senhorita está absolutamente deslumbrante. Eu faço milagres mesmo, como faço.

Leia balançou a cabeça, achando graça.

– Muito obrigada.

Atarantada, 2V enxotou a protegida na direção da porta.

– Vá logo! Estão todos esperando.

– Não é como se pudessem começar sem mim, Doisvê.

Mesmo assim, Leia segurou a cauda do vestido e correu pelo corredor. Não queria se atrasar. Os príncipes e princesas que haviam feito a reivindicação no passado eventualmente precisaram lutar para chegar à sala do trono. Aquele era um momento de força e domínio – em outras palavras, não era um momento para provar que era incapaz de aparecer na hora certa.

O palácio real de Alderaan fora uma obra de mais de um milênio. A monarquia do planeta era uma que se dedicava a servir o povo, então não haviam construído altos pináculos ou torres imponentes para dominar a paisagem. Em vez disso, novas câmaras haviam sido adicionadas a cada punhado de décadas, criando um extenso labirinto onde modernos centros de dados e holocâmaras coexistiam lado a lado com cômodos ancestrais esculpidos na pedra. Leia conhecia cada corredor e cada porta como a palma da mão; desde menina, deleitava-se explorando algumas das passagens mais escuras e afastadas. Às vezes, pensava que podia ser a única pessoa em séculos a ter visitado todos os cômodos do palácio.

Felizmente, ela conhecia um atalho pelo velho arsenal que lhe permitiria chegar na antecâmara da sala do trono com tempo de sobra. Os guardas reais sorriram quando a viram, e ela retribuiu o sorriso enquanto ajeitava o capuz do vestido. Ao guarda mais alto, perguntou em um sussurro:

– Como vai o neném?

– Dormindo como se já fosse noite – respondeu ele. Leia fingiu que aplaudia e ele timidamente a reverenciou.

Ela não sabia muita coisa sobre bebês, mas sabia que pais e mães ficavam muito orgulhosos dos filhos, mesmo quando estes os mantinham acordados a noite toda. Mas se o guarda estava feliz de ter um bebê dorminhoco, ela estava feliz por ele.

"Temos sorte com Alderaan", o pai dela dissera certo dia, sentado com ela diante da lareira da biblioteca. "Somos amados por nosso povo. Temos a lealdade das pessoas. Isso porque as amamos, e somos leais a elas em retribuição. Se algum dia deixarmos de valorizar aqueles ao nosso redor – do lorde ou dama de mais alto escalão ao trabalhador ou trabalhadora mais humilde – perderemos essa lealdade. E mereceremos *perdê-la".*

Leia foi despertada de súbito do devaneio pelo ruído da cortina de veludo que servia de porta. A passos rápidos, seguiu pela câmara até onde a Espada Rhindon estava pendurada, agarrou-a pelo punho e a removeu do lugar. Ela praticara o movimento algumas vezes, mas sempre era surpreendida pelo peso da arma.

Posicionamento: centro da passagem. Espada: ambas as mãos no punho, braços próximos ao corpo, lâmina erguida. Discurso...

Eu me lembro do discurso, disse a si mesma. *Definitivamente me lembro dele. Só me deu um branco momentâneo, mas as palavras certamente vão voltar quando eu estiver diante de centenas de pessoas...*

As cortinas foram abertas. Ela foi banhada por uma luz brilhante e colorida ao passar pelos vastos vitrais. Duzentos convidados se viraram ao mesmo tempo, todos de pé em ambos os lados de um tapete azul e dourado que atravessava o espaço em uma linha reta até os tronos dourados onde Breha e Bail Organa estavam sentados.

Leia marchou adiante, com a espada erguida. O estrondo baixo de um trovão a fez agradecer mentalmente a existência dos lumedroides que projetavam luzes através das janelas; caso contrário, o salão estaria mergulhado em um quase breu. Ela praticara muito, mas não achava que seria capaz de fazer aquilo de olhos fechados.

Se bem que talvez fosse mais fácil sem ter que ver todos os convidados e convidadas olhando para mim. Leia passara a vida fazendo aparições públicas diante de multidões, mas aquela seria a primeira vez que as pessoas ouviriam sua voz com uma impostação oficial, na posição de futura rainha.

Breha Organa usava um vestido de seda cor de bronze, e tinha o cabelo acomodado no alto da cabeça em tranças entrelaçadas com fios de contas. Ao lado dela, Bail Organa vestia o tradicional casaco longo de vice-rei. A coroa em si fora trazida do museu e posicionada sobre um pilar de mármore, onde era iluminada por um lumedroide exclusivo. Os pais pareciam ainda mais régios do que o usual – quase inatingíveis. Será que estavam gostando da celebração?

Leia sentia que ela estava, mas talvez estaria mais se os pais tivessem convidado menos pessoas. Geralmente, apenas um punhado de pessoas de fora do planeta estava presente, mas daquela vez o pai convidara vários de seus aliados no Senado Imperial – Tynnra Pamlo de Taris, Cinderon Malpe de Derella e Winmey Lenz e Mon Mothma, ambos de Chandrila. O sorriso de Mon Mothma se alargou quando Leia passou por ela. Talvez estivesse tentando encorajá-la.

Contanto que não pensasse que Leia parecia *fofinha*. O Dia da Reivindicação não tinha nada a ver com ser uma menininha encantadora. Aquilo era sobre estar amadurecendo.

Quando chegou à parte frontal da sala do trono, a apenas alguns metros dos pais, Breha declamou a primeira frase da cerimônia:

– Quem vem lá, perturbando a rainha em seu trono de poder?

– Sou eu, Leia Organa, princesa de Alderaan. – Como ela imaginava, as palavras do discurso vieram de imediato. – Venho diante de vós para informar que, neste dia, considera-se que completei meu décimo sexto ano.

O "considera-se que" era uma adição à ladainha mais simples do ritual, e era usada apenas quando o descendente mais velho do rei ou da rainha chegara à família por meio da adoção. Leia completara dezesseis anos três ou quatro dias antes; não sabia exatamente em que dia nascera, e não se importava muito com isso. Ela se tornaria princesa de Alderaan em seu Dia do Nome, e era aquele o aniversário que celebravam.

– Reconhecemos que atingiste a maioridade – disse Bail. Apenas as mais suaves rugas nos cantos de seus olhos denunciavam o sorriso que ele tentava esconder. – Então por que vens até nós com uma arma em punho?

– Vim reivindicar meu direito à coroa. – Leia se ajoelhou em um movimento suave e ergueu a espada acima da cabeça com uma das mãos. Um trovão retumbou ao longe, fazendo o chão trepidar de leve. – Neste dia, deverão me reconhecer como sua herdeira.

A voz de Breha ressoou pelo salão do trono:

– A coroa de Alderaan não é meramente herdada. Deve ser conquistada. Quem a quiser herdar deverá provar-se digno em corpo, coração e mente. Estás preparada para tal?

– Estou, minha mãe e rainha. – Era um alívio poder voltar a ficar em pé e baixar a espada pesada. – Escolhi três desafios. Depois que passar e for bem-sucedida em cada um deles, os senhores deverão me nomear princesa legítima de Alderaan.

– Pois anuncies tais desafios, e iremos decidir se são dignos o bastante – disse Bail, como se não soubesse cada um deles. Por um momento, ela se sentiu tentada a improvisar. *Vou aprender a fazer malabarismo com bolinhas e assumirei o palco como uma dançarina de plumas-de-fogo. Não estão orgulhosos?*

Mas ela praticara o discurso tantas vezes que as palavras fluíram quase automaticamente.

– Para meu Desafio do Corpo, escalarei o Monte Appenza, e alcançarei seu cume. – Era possível ver a montanha da janela de seu quarto, desenhando uma silhueta espetacular a cada pôr do sol. – Para meu Desafio da Mente, não irei apenas auxiliar meu pai no Senado Imperial, mas também representar nosso planeta na Legislatura de Aprendizes. E, para meu Desafio do Coração, realizarei missões de caridade e compaixão em planetas em necessidade, tirando todos os custos das operações de meu quinhão do fundo real. Através de tais desafios, provarei meu direito à coroa.

Breha inclinou a cabeça.

– Os desafios são dignos. – Ela se levantou do trono, e Leia subiu no tablado com a espada novamente diante de si. As mãos de Breha envolveram o punho da arma, roçando os dedos nos de Leia no breve instante que ela levou para soltar a espada. – Que todos os presentes sejam testemunhas! Se minha filha cumprir os três desafios, ela será nomeada princesa legítima, herdeira do trono de Alderaan.

Aplausos e assovios preencheram o salão. Leia fez uma reverência na direção dos pais, que sorriam de forma tão orgulhosa que por um momento pareceu que tudo retornara ao normal. Como se a cerimônia fosse realmente capaz de fazê-los voltar a *notá-la*...

...até o momento em que os convidados e convidadas se apinharam ao redor deles para dar os parabéns, e os pais se viraram para recebê-los em vez de cumprimentar a própria filha.

Bail engatara em uma conversa com Mon Mothma e seu companheiro, senador Chandrilano, Winmey Lenz. Breha apertava as mãos da Senadora Pamlo, claramente agradecendo-a por sua presença.

Leia fora esquecida mais uma vez.

– Leia, minha querida! – Lorde Mellowyn de Birren veio até ela, sorrindo sob o bigode espesso. Eram primos segundo as intricadas linhagens das Casas Anciãs, que ninguém mais se preocupava em retraçar. – Está magnífica.

– Obrigada. – Ela retribuiu o sorriso da melhor maneira que conseguiu.

É real. Não estou só imaginando. Eles não prestam mais atenção em mim.

Será que fiz algo errado?

Ou eles simplesmente não se importam mais?

Ela não achava que os deixara bravos. Não tinham se afastado dela depois de um momento de descontentamento. Eles tinham simplesmente... desviado para longe ao longo dos últimos seis meses.

Leia nunca tivera amigos da mesma idade. Por mais igualitária que fosse a monarquia de Alderaan, sempre haveria uma linha clara entre aqueles que moravam no palácio e os que estavam fora das muralhas. Ela, às vezes, perambulava pelas colinas com os filhos do pessoal da cozinha, mas na maior parte do tempo sua companhia eram os próprios pais.

Bail e Breha Organa tinham esperado muito tempo por um filho ou filha. Haviam dito aquilo a ela várias vezes, não raro enquanto ela se preparava para dormir, como parte da história de como o pai voltara de uma missão misteriosa e surpreendera a esposa com uma bebezinha nos braços. E Leia saberia disso mesmo que não contassem a ela. Independentemente de quantas perguntas ela fizesse, os pais nunca se cansavam de procurar por respostas. Quando tinha pesadelos de madrugada, nunca a deixavam aos cuidados de uma ama humana ou com uma droide de serviço; um deles sempre ia tratar dela, quando não os dois. A sensação que Leia tinha era que os fazia feliz simplesmente ao existir.

Muitas crianças teriam ficado irreversivelmente mimadas. Mas Leia queria sempre ajudar, especialmente aqueles com quem se importava, e ela amava os pais mais do que era capaz de se imaginar amando qualquer outra pessoa. Assim, tentava se interessar por tudo pelo que eles se interessavam. Breha plantava orquídeas de Malastare; Leia então começou a plantar orquídeas e aprendeu a manipulá-las até começarem a dar brotos cor-de-rosa. Bail gostava de dançar; Leia passou a estudar dança para praticar com o pai até os pés ficarem doloridos.

Com o ofício de rainha da mãe, porém, ela não fizera tanto progresso. Breha Organa era responsável pelos livros-caixa do reino, encarregada de equilibrar várias contas e acompanhar pessoalmente o financiamento de todas as obras públicas no planeta. Leia se aventurara a pegar o jeito da contabilidade básica; conseguira fazer as coisas bem o suficiente, mas odiando cada segundo. Em uma semana, a mãe a dispensara com um abraço e um sorriso.

"Mas eu não preciso aprender, já que um dia vou ser rainha?", protestara Leia.

"Não se você se apaixonar por alguém que goste de mexer com números", respondera Breha, com uma piscadela. "Nesse caso, poderá fazer seu vice-rei cuidar disso."

Os pais dividiam as tarefas de modo que a mãe cuidava dos assuntos relativos a Alderaan em si e o pai representava Alderaan no Senado Imperial, além de cuidar de assuntos diplomáticos. Nas Guerras

Clônicas, ele fora também o líder militar do planeta, e quando criança Leia adorava ouvir os relatos de suas aventuras – conforme foi amadurecendo, passara a ouvir as histórias mais obscuras e tristes que representavam a maior parte de qualquer grande guerra.

Mas não houvera outras guerras significativas por uma geração. A galáxia se unificara da pior forma possível, sob a tirania do Imperador Palpatine. Como representante de um dos mais influentes Mundos do Núcleo, Bail Organa servia como uma das poucas vozes no Senado Imperial capaz de moderar o governo autocrático de Palpatine. A política tinha seus próprios tipos de batalhas, e Leia descobrira cedo que gostava de uma boa briga. Durante o estágio nos escritórios do Senado do pai ao longo dos últimos dois anos, ela melhorara seus discursos, praticara debates com Bail sobre todos os assuntos e passara o tempo depois das sessões relaxando com ele enquanto voltavam para casa no iate real ou na corveta *Tantive* IV. Ela se sentia não apenas filha de Bail Organa, mas também uma companheira de trabalho, e aquilo a orgulhava mais do que sua coroa seria capaz de fazer.

Ela fizera sua parte. Fora uma boa filha. Então por que haviam deixado de se importar em serem pais?

Eles não batiam nela ou a tratavam mal. Era pior do que isso.

Eles a estavam ignorando.

O pai começara a ter mais e mais sessões privadas em seu escritório, discussões com senadores de Uyter ou de Mon Cala das quais Leia não podia participar. Sempre houvera conferências como aquela, mas a frequência tinha passado de algumas por mês a, eventualmente, várias por dia. Depois delas, Bail ficava distraído por horas. Se Leia tentasse sondá-lo sobre o conteúdo dos encontros, ele dizia de forma ríspida que ela deveria cuidar dos próprios assuntos. Era como se a intermediação de poderes tivesse se tornado mais importante para ele do que qualquer outra coisa – inclusive a própria filha.

Era ainda pior com a mãe. De repente, ela se transformara em uma anfitriã da alta-sociedade, convidando dignitários de mundos de toda a galáxia para banquetes suntuosos que avançavam quase até o amanhecer. Às vezes, Leia chegava a pegar Breha cochilando sobre os livros-caixa do dia seguinte. A responsabilidade dela para com seu povo não importava mais, não se comparada à função de dar festas fabulosas.

Leia sentia seu lugar no mundo ficando cada vez menor, até um ponto em que ela mal conseguia respirar na presença dos pais. Nada que dizia ou fazia parecia afetá-los minimamente. Embora não fosse mais uma criança para chamar o pai ou a mãe quando tinha pesadelos, às vezes tinha vontade de fazê-lo mesmo assim.

Mas ela nunca os chamava. Não queria correr o risco de descobrir que eles não viriam.

– Saia da janela – bronqueou 2V, enquanto deslizava até a cama de Leia para cobrir o colchão com uma colcha de seda. – A senhorita pode ser atingida por um raio.

Leia não se moveu no assento. As janelas abertas deixavam a brisa carregada entrar, agitando seus cabelos longos enquanto os soltava sobre as costas. A camisola branca e larga cobria os joelhos que ela abraçava contra o peito enquanto via o horizonte se iluminar com outro relâmpago.

2V deslizou na direção dela, com os braços articulados apoiados no avental rígido que fazia as vezes de quadril da droide.

– Vossa Alteza, por favor! Não é seguro!

– Não vou ser atingida por um raio – disse Leia. – Além do mais, eu gosto de tempestades.

2V deslizou até ficar ostensivamente próxima.

– Minha programação me permite afastar a senhorita à força de qualquer risco físico significativo.

– Tudo bem, tudo bem! Estou saindo. Viu?

Leia saltou do banco sob a janela e foi até a cama. Era um artefato de uma era mais grandiosa, esculpida a partir da inestimável madeira de Glee Anselm e incrustada com filetes de ouro e prata que desenhavam linhas sinuosas. A realeza não gastava mais dinheiro em demonstrações de esplendor como aquela, mas Breha sempre dizia que era bobagem não usar uma cama, um diadema ou um palácio perfeitamente bons.

– Os droides de protocolo me informaram que a senhorita estava esplêndida hoje. – 2V agora arrumava a penteadeira, guardando pincéis e escovas de cabelo em seus devidos lugares. – Tenho certeza de que sua aparência foi muito apreciada.

Leia foi incapaz de não sorrir.

– Todos viram o ótimo trabalho que você fez, Doisvê. Deveria ficar orgulhosa.

Resplandecendo de satisfação, 2V fez uma meia reverência e depois saiu deslizando do quarto. Assim que a porta se fechou, Leia tirou a colcha da cama e voltou à janela. Outro raio atingiu o solo, meio escondido pelo Monte Appenza. Por um segundo, o desenho da montanha se destacou contra a luz cegante.

Foi tão bonito, ela se imaginou dizendo aos pais no desjejum – embora eles não costumassem mais fazer o desjejum com ela. Estavam sempre ocupados, planejando a próxima festa antes mesmo do nascer do sol.

Leia escancarou de novo a janela e deixou o vento varrer o cômodo. Sentiu no rosto e nos braços o frescor de algumas gotículas de chuva. A cerimônia não fora exatamente como imaginava em seus sonhos de criança, mas tempestades como aquela nunca a decepcionavam. Ela gostava da intempestividade do evento, de sua imprevisibilidade e até mesmo do perigo distante que oferecia. Aquele amor pelas tempestades era algo sobre si mesma que descobrira apenas recentemente. E gostava daquilo, porque era uma das únicas coisas que não compartilhava com os pais. Era algo que pertencia apenas a ela mesma.

Mesmo assim, gostaria de contar aquilo para eles algum dia, quando as coisas enfim voltassem a ser como deveriam.

Amanhã, prometeu a si mesma. *Amanhã começo meu primeiro desafio. Vou me provar.*

Vou fazer algo tão grandioso que eles serão incapazes de ignorar.

CAPÍTULO 2

FALTAVAM TRÊS SEMANAS até o começo da próxima sessão da Legislatura de Aprendizes. Leia deveria estar se preparando – revisando os assuntos mais importantes, ou rascunhando potenciais projetos de lei para apresentar. Era o que o pai sempre fazia antes de voltar ao Senado Imperial; ela o ajudara ao longo de quase dois anos, tempo mais do que suficiente para que soubesse fazer o trabalho sozinha. Portanto, deveria estar enfurnada no escritório, cercada por material sobre política.

Em vez disso, corria pelo espaçoporto principal de Aldera, com 2V zumbindo ao seu lado.

– A senhorita precisa demonstrar respeito pelos oficiais Imperiais que estão aqui – insistiu 2V, enquanto se moviam na direção de um cargueiro Gozanti onde droides de serviço faziam contêineres levitarem até o portão de carga. – Está viajando como uma diplomata em uma missão humanitária, e deve se portar de acordo. Uma princesa sempre deve se vestir conforme a ocasião.

– Eu vou, eu vou – suspirou Leia. Fazia anos desde que reclamara pela última vez sobre ter que usar vestidos ou prender o cabelo, mas 2V continuava convencida de que, assim que perdesse a protegida de vista, Leia voltaria imediatamente aos macacões de brincar e ao cabelo preso em um rabo simples que usava na infância. – É que a ocasião em questão é providenciar alimento para refugiados famintos em Wobani. Então não preciso adornar as minhas tranças com pérolas.

A droide a puxou pelo tronco em um movimento que Leia não conseguia não descrever como *empertigado.*

– Também não precisa ser ridícula. Pérolas são tão fora de moda...

A família real preferia usar o mais relevante campo de voo espacial público de Aldera. Inúmeras vezes, Leia fora até ele com um dos pais, quando não com ambos, para ser conduzida a bordo, mas aquela era a primeira vez em que ela mesma comandaria em pessoa uma embarcação em uma viagem interplanetária. Fazer o pedido para o mordomo do palácio, Tarrik, soara quase como algo rotineiro. Mas quando viu *Tantive* IV esperando por ela, o tamanho da nave a impactou de uma forma diferente. A ideia de que a tinha à disposição – e a consciência de que havia mais de duas dezenas de membros esperando suas ordens – fez Leia se empolgar até a alma. Por meses, talvez até por anos, ansiara pela oportunidade de assumir responsabilidades de verdade. Aquele seria o dia.

Ela reconheceu o homem de camisa cinza que caminhava em sua direção, então se aprumou e juntou as mãos dentro das mangas boca de sino do vestido.

– Capitão Antilles. Obrigada por preparar a corveta com tanta agilidade. Quando podemos zarpar?

– Dentro de uma hora, Vossa Alteza. – Ele sorriu para ela, com a cabeça levemente tombada para o lado. – Pode contar conosco. – E, com isso, fez uma saudação elegante e voltou a passos largos para o serviço. Leia ficou ali, sozinha, pensando em por que não apreciara a resposta. O Capitão Antilles fora polido, deferente, talvez até amigável. Ela não tinha dúvidas de sua lealdade e disposição de servir. Mas aquela inclinação da cabeça...

Ele não me considera sua líder. Ele ainda acha que sou uma menininha. Ela fechou a cara. *Ele acha que sou* fofinha.

Era uma bobagem se surpreender com aquilo, mais ainda se sentir ofendida. O capitão a conhecia desde que ela mal saíra das fraldas, e ela acabara de passar pelo Dia da Reivindicação. Leia tampouco atingira sua altura máxima... ou pelo menos assim esperava. Como a mãe gostava de dizer, "*A posição de autoridade pode ser dada, mas a posição de liderança deve ser conquistada*".

Naquele dia, ela começaria a conquistar sua posição de liderança. Logo, nem o Capitão Antilles e nem seus pais duvidariam do que ela era capaz.

A viagem até Wobani foi rápida e sem grandes acontecimentos. Leia passou o tempo todo nos porões de carga, garantindo a estocagem adequada dos suprimentos e assegurando que os oficiais recebessem instruções claras sobre a distribuição. Quando chegassem ao planeta, ela só precisaria olhar a organização da estação de reassentamento para decidir precisamente onde se instalar.

– Fácil como afundar um Mon Calamari – murmurou para si mesma. (Era um velho ditado popular, mas brincando com crianças de Mon Cala no complexo de piscinas do Senado, ela aprendera que a verdadeira dificuldade era fazê-los emergirem à superfície primeiro. Não dá para afundar alguém que ainda está embaixo d'água.)

O clima de Wobani não exigia nenhuma veste especial. Era um mundo temperado da Orla Média – úmido, mas fora isso sem nada de excepcional. Como estariam perto do equador, não precisariam se preocupar com a neve. O planeta nunca fora especialmente próspero ou muito populoso; sustentava-se primariamente por meio da manufatura de pequenas peças e armamentos e do cultivo de grãos e especiarias que prosperavam em terreno pantanoso. Como muitos outros mundos ao redor da galáxia, era próspero no limiar da subsistência, além de engajado no comércio intergaláctico em um nível apenas modesto e sem grandes ambições de posições superiores na galáxia.

Isso até seis anos antes, quando Palpatine inaugurara o "Programa de Aprimoramento de Mercadorias", que prometia que planetas de toda a galáxia tivessem mais acesso a alimentos e outras matérias-primas orgânicas. Como tantas outras promessas do Imperador, era uma mentira cujo intuito era esconder outros planos; os pais de Leia a haviam ensinado a enxergar aquele tipo de coisa. Wobani fora incumbido de alcançar cotas impossíveis; quando os produtores agrícolas do planeta entregavam menos do que exigido, eram multados. Enquanto isso, grandes áreas de terras públicas tinham sido divididas entre vários oficiais Imperiais que, supostamente, "as gerenciariam de forma melhor". Na realidade, aquilo significava que tais oficiais passariam a lucrar enquanto os nativos Wobani ficariam cada vez mais pobres e famintos.

Todos os mundos visados pelo programa haviam sofrido, mas Wobani entrara em total colapso. A fome se espalhara por todo o planeta. À medida que o setor agrícola falia, as fábricas urbanas ficavam cada vez mais apinhadas de migrantes desesperados em busca de emprego, o que, por sua vez, significava que as fábricas poderiam pagar salários menores e forçar os funcionários a trabalhar em condições mais perigosas – naquelas circunstâncias, os Wobani aceitavam qualquer coisa para sobreviver. Havia conversas sobre construírem campos de trabalho forçado do Império no planeta; era virtualmente a única indústria que não era mais admissível, mas a população estava desmoralizada o bastante para aceitar aquele tipo de coisa. A norma era a livre circulação entre sistemas estelares, mas o Império colocara Wobani sob uma rígida restrição de deslocamento para "prevenir a exploração do planeta". No Senado, acreditava-se amplamente que as restrições eram, antes de mais nada, uma tentativa de encobrir o quão ruim a situação se tornara.

Leia achava tudo aquilo ridículo. Cada senador ou funcionário do Senado sabia sobre a bagunça em Wobani, mas não falava nada a respeito. Se as pessoas simplesmente contassem a verdade, as notícias se espalhariam até alcançarem todas as pessoas, em todos os planetas, por toda a galáxia, e para começo de conversa não haveria razão para tentarem esconder as coisas.

Inclusive seu pai permanecera calado. O silêncio dele a deixava com mais raiva do que o próprio embargo.

Por isso, não contara aos pais aonde estava indo em missão. Leia, familiar com os protocolos de viagem, primeiro pediu uma liberação de pouso diplomático. Como era uma representante da casa real de Alderaan, a aprovação fora quase automática. O Capitão Antilles podia enxergá-la como uma criança, mas nunca a questionaria enquanto estivesse no comando da *Tantive* IV em uma missão pré-aprovada. Provavelmente, presumira que os pais haviam sido responsáveis pela solicitação, mas o que ele presumia ou deixava de presumir não era problema dela.

Ela se imaginou voltando a Alderaan, adentrando a passos largos o salão de jantar do palácio enquanto explicava casualmente aos pais que fora em pessoa a Wobani, exatamente, aquela zona política crítica em defesa de quem nem mesmo os membros do Senado – como o pai – ousavam falar. *Aquilo* provaria que...

Mas o objetivo de Leia não era exatamente se exibir para eles. Ela só queria fazer com que a enxergassem de novo.

Aquele devaneio melancólico se desfez quando a voz do Capitão Antilles veio dos comunicadores: "*Vossa Alteza, estamos começando a aproximação para pouso*".

– Obrigada, Capitão. Estou a postos.

Com isso, puxou o capuz das vestes sobre as tranças e avançou até a rampa de desembarque. Apenas alguns instantes a separavam de sua primeira, e talvez mais arrojada, missão humanitária, e ela sentia apenas duas coisas: o desejo ardente de fazer algo que importasse, tanto para os pais quanto para a galáxia, e a certeza de que seria capaz de fazê-lo.

Sentimentos que duraram até o momento em que as portas da *Tantive* IV se abriram, revelando um verdadeiro pandemônio.

Os lábios de Leia se entreabriram em choque quando ela saiu da nave. Os campos do interior do planeta, que no passado provavelmente eram cobertos por ramos frescos de gramíneas primaveris, agora consistiam apenas em lama e um ou outro talo amarelado de plantas que já não eram mais capazes de prosperar. O céu de Wobani assumira uma coloração escura decorrente da poluição, uma névoa que talvez nunca mais se dissipasse. No entanto, a desolação do planeta em si não era nada perto da que abatia a população.

Ao redor de todo o campo de pouso, estendendo-se até o horizonte em todas as direções, havia abrigos baratos e pré-fabricados, do tipo usado por pessoas que pernoitavam na natureza e nada mais. Não eram feitos para uso diário, mas aparentemente milhares moravam naquele tipo de abrigo havia meses. Sulcos profundos marcavam as vias enlameadas que conectavam os barracos. Cada uma das habitações caindo aos pedaços abrigava uma família, talvez duas. Ao redor delas, espalhavam-se pessoas magras, vestidas com roupas imundas e em farrapos, com os olhos tomados por uma carência que assustava Leia tanto quanto a tocava. Mesmo antes que ela descesse da rampa, pessoas haviam começado a gritar e chamar sua atenção, implorando por ajuda.

Mas ninguém avançou, pois a plataforma estava cercada de stormtroopers empunhando rifles blasters, todos com a armadura branca encardida e manchada de lama.

Um oficial Imperial subiu pela rampa curta que levava à *Tantive* IV. Seu olhar parecia tão inexpressivo quanto seu tom de voz.

– Missão "humanitária" de Alderaan?

– Sim. – Leia preparara algumas coisas para dizer; algumas altivas, outras incisivas, a depender da recepção que tivesse. E qualquer um dos discursos cuidadosos pareceriam ocos diante daquela população faminta. – Nós, é... estamos prontos para desembarcar.

O oficial deu de ombros.

– Certo. – Com isso, fez um gesto rápido com a mão e todos os stormtroopers entraram em posição de descanso.

O que aconteceu depois pareceu uma avalanche na Cordilheira Grindel, ou talvez uma inundação repentina: uma onda de pessoas, mais vasta e rápida do que ela jamais imaginaria, irrompeu na direção da plataforma de desembarque, acumulando-se nas bordas enquanto escalavam, saltavam ou passavam por cima umas das outras. Em segundos, ela e a tripulação foram cercadas por olhos arregalados e mãos estendidas. Ela não ouvia nada além de seus gritos: "A gente precisa de comida!", "E sistemas de purificação de água, vocês trouxeram?", "Qualquer coisa, por favor, a gente aceita qualquer coisa!".

O Capitão Antilles tentava fazê-los recuar. Pelo canto do olho, ela viu outro membro da tripulação sofrendo para armar a primeira do que deveria ser uma série de mesas de distribuição bem organizadas – e, na rampa, o oficial Imperial permanecia de pé como uma rocha no meio da multidão, observando a disputa corpo a corpo com um ar superior.

E foi o ar superior que a pegou de jeito. Os temores de Leia consumiram-se em meio a chamas de raiva. Ela subiu em uma das mesas e gritou, a plenos pulmões: "Parem TODOS!".

Todos pararam. Provavelmente, apenas pela surpresa de ver uma garota adolescente franzina dando ordens, mas Leia trabalharia com o que tinha. O Capitão Antilles sacou um megafone modular do cinto e o entregou para a princesa.

– Escutem – disse ela, programando o megafone para projeção em volume máximo para que até a parte mais distante da multidão pudesse ouvir. – Vocês não precisam ter pressa. Não precisam brigar. Temos comida para todos.

Ou quase isso. Ela antes imaginava que os suprimentos trazidos alimentariam as pessoas por uma estação ou mais, mas aquela comunidade era tão numerosa e empobrecida que provavelmente devorariam tudo em algumas semanas, no máximo. Ainda assim, era melhor do que nada... e nada era tudo o que aquelas pessoas tinham.

Ela prosseguiu:

– Precisamos de alguns instantes para organizar as plataformas de distribuição. Talvez... talvez possam passar esse tempo procurando as pessoas em maior necessidade, como idosos e doentes. Podem trazê-los à frente para que não precisem ficar em pé esperando, porque todos terão o que precisam. Todos. Ficou claro?

Um burburinho se espalhou pela multidão, e Leia se pegou temendo que invadissem a *Tantive* IV de qualquer jeito. Mas depois os indivíduos mais próximos começaram a se afastar para abrir espaço. Ao longe, ela viu pessoas trazendo para a frente algumas crianças pequenas e mulheres idosas, que certamente seriam seguidas por mais.

– Ótimo. – Leia saltou da mesa, fazendo a saia enfurnar de um jeito que 2V certamente chamaria de deselegante. Gritar a plenos pulmões sobre uma mesa também contava como deselegante, e não era exatamente esse tipo de líder que ela queria ser considerada.

Mas quando devolveu o autofalante modular para o Capitão Antilles, ele a olhou de um jeito diferente. Não havia mais inclinação da cabeça. Aparentemente, ser líder significava, de tempos em tempos, abandonar o decoro e gritar tão alto quanto possível. O capitão disse:

– Estaremos prontos em alguns minutos, Vossa Alteza.

Leia respondeu com um aceno da cabeça e partiu para o trabalho.

Poderiam ter programado droides para fazer a distribuição, mas ela preferiu deixá-los com o serviço de içar para baixo os contêineres de comida. Ela queria que as pessoas vissem um rosto vivo sorrindo para elas, mãos vivas lhes entregando algo. *Não esquecemos de vocês*, ela pensava, enquanto estendia os pacotes de suprimentos para uma pessoa atrás da outra. *O Império não vai deixar que os salvemos, mas ainda podemos ajudar.*

Ela não podia dizer aquele tipo de coisa em voz alta, cercada por stormtroopers armados. Mas sentia que a mensagem era transmitida mesmo assim.

Depois da correria da distribuição, algumas pessoas ficaram para serem avaliadas pelo droide médico da nave. Os 2-1B eram capazes de reparar ossos quebrados ou dar pontos em ferimentos, e Leia se sentia grata por isso, mas o que aquelas pessoas precisavam de verdade era serem aliviadas de seu desespero. Ela só era capaz de providenciar uma pequena porção de tal alívio, e pelo que seria um tempo muito curto.

– Que situação terrível. – O Capitão Antilles estava ao lado dela, com as mãos cruzadas atrás das costas. – Faz perceber como somos sortudos em Alderaan.

– Sim, faz mesmo.

Leia sempre achara que conhecia muito bem as coisas erradas da galáxia. Os pais haviam sido honestos com ela sobre a crueldade do governo de Palpatine. No entanto, saber da existência do sofrimento era muito diferente de testemunhá-lo. A caminho de lá, tinha se sentido uma justiceira; estando ali, descobrira-se impotente.

Como é possível simplesmente virar as costas para isso? Como vou embora de Wobani sabendo que esse povo será deixado para trás?

A resposta veio em um estalo: *eu* não *vou deixá-los para trás.*

O Império dera autorização para que pousassem. Ela só precisava da autorização para encher a *Tantive* IV com quantos refugiados fosse possível e voar para longe daquele lugar para sempre.

CAPÍTULO 3

– PASSAGEIROS? – o Capitão Antilles franziu o cenho, como se tentasse traduzir uma palavra de um idioma alienígena. – Vossa Alteza, com todo o respeito... Entendo a razão pela qual a senhorita deseja fazer isso, mas é algo que vai muito além da descrição de nossa autorização de pouso.

– Sim, mas vou falar com o oficial Imperial encarregado desta região. Quando explicar que na verdade ajudaremos a resolver os problemas dele, tenho certeza de que vai concordar e permitir.

Leia já limpara o vestido e reatara as tranças, em uma tentativa de recuperar ao máximo a aparência régia. Ela sentia falta de ter levado um guarda-roupas completo para se trocar. Teria que contar aquilo para 2V quando voltasse. Faria a droide ganhar o dia.

O Capitão Antilles negou com a cabeça.

– Os oficiais Imperiais não são conhecidos por sua flexibilidade.

Leia nunca precisara lidar com um oficial sob os próprios termos antes, mas certamente não seria mais difícil do que conversar com o mordomo do palácio. Além do mais, não era como se tivesse que negociar com um grão moff ou algo do gênero. Segundo os registros disponíveis, a pessoa responsável não passava de major. Ela sorriu para si mesma. *Em qualquer jogo de cartas, a princesa sempre ganha do major.*

O capitão ainda parecia preocupado, mas consentiu e apontou na direção de outra oficial parada no compartimento de cargas, já vazio.

– Tenente Batten, acompanhe a princesa em sua jornada.

A Tenente Ress Batten era uma mulher esguia, de cerca de trinta anos de idade, com longos cabelos encaracolados e escuros e a pele cor de cobre. Com os braços cruzados diante do peito, ela disse:

– Se a enfiarem na prisão, preciso continuar junto com ela?

– Sim – disparou o Capitão Antilles. – Isso se eu não a atirar em uma cela antes que o Império tenha a chance.

Batten ergueu os braços em uma rendição zombeteira antes de se virar para preparar um dos deslizadores. Quando Leia olhou para o capitão, ele deu um suspiro antes de continuar:

– A Tenente Batten tem... Como posso dizer? Alguns probleminhas de comportamento. Mas é muito boa pilota de deslizadores, e uma combatente melhor ainda. Acima de tudo, tem um bom instinto sobre pessoas. Se estiver saindo em uma incursão perigosa e precisar levar apenas um membro da tripulação com a senhorita, é Batten que vai querer ter a seu lado.

Ele chamara a incursão de "perigosa". Leia gostava de como aquilo soava.

Batten preparou o solodeslizador com agilidade – quase antes que Leia pudesse se dar conta, as duas estavam avançando pelos intermináveis campos de lama escura que um dia haviam sido pradarias. Outros assentamentos pintalgavam o horizonte, evidência de outras milhares de pessoas aprisionadas em circunstâncias insuportáveis e incapazes de deixar o planeta.

– É inacreditável – disse Batten. – Percebeu que ninguém aqui tem o próprio veículo? Nem naves, nem deslizadores, nem mesmo trenós. Eles devem ser proibidos – completou. Leia não notara aquilo, e estava prestes a comentar isso quando Batten se empertigou de súbito. – Perdão por falar de forma informal, Vossa Alteza. É uma péssima mania que tenho.

– Está tudo bem. Os procedimentos militares são uma coisa, mas às vezes o protocolo real só atrapalha tudo. – Era o que o pai dela sempre dizia para evitar que as pessoas se sentissem desconfortáveis ao quebrar as regras de conversação com membros da família real.

Tais pessoas geralmente sorriam, aliviadas, e depois continuavam em silêncio. Batten, no entanto, encarou aquilo como uma permissão para continuar falando:

– O plano do Imperador não funcionou, e como consequência causou todo esse sofrimento. E agora, como ele vai resolver essa porcaria? Não vai! Ele faz questão de causar mais sofrimento. – Ela deu de ombros. – As pessoas estão cansando disso. Não só se cansando: elas estão ficando com raiva.

– E eu não as culpo. – O olhar de Leia permaneceu nos campos ao longe enquanto tentava calcular quantas pessoas estavam aprisionadas por ali.

– Aproximadamente mil famílias por campo – disse o oficial Imperial responsável, um tal de Major Tedam. Suas pálpebras de cílios longos eram caídas, como se ele tivesse sido interrompido em meio a um cochilo. – Mais ou menos. Uns mil abrigos, por alto.

– Deve ser um grande fardo para o senhor. – Dado que o Império não fazia muito mais pelo povo exceto apontar blasters na direção das pessoas, Leia não achava que era de fato um grande fardo. De qualquer forma, aquilo precisava soar não como um pedido de favor, mas como uma tentativa de resolver o problema dele. – Tenho certeza de que gostaria de ter algumas bocas a menos para alimentar. Minha nave está pronta para transportar cidadãos de Wobani e levá-los até Alderaan...

– Transportar? – Tedam pareceu alerta de súbito, mas o lapso logo passou. – Isso não é permitido.

Leia concordou.

– Não considerando minha autorização atual, de fato. Precisaríamos renegociar os termos, o que poderia ser feito rapidamente.

Tedam balançou a cabeça e repetiu:

– Isso não é permitido. Por aqui, seguimos as regras. – Ele piscou devagar, quase como se esperasse que ela tivesse desaparecido quando voltasse a abrir os olhos.

Mantenha a calma, ela lembrou a si mesma.

– Se o senhor não tem autoridade para renegociar os termos, pode me encaminhar para quem tenha?

– Ninguém neste planeta tem. Ninguém neste setor.

– Então... Então o senhor *deve* ter alguma autoridade, se está tão isolado assim.

Será que o Império realmente despejaria tantas tropas e oficiais em um planeta e os deixaria lá sem maiores ordens, para que matassem de fome e brutalizassem os cidadãos a seu bel-prazer?

Sim. Despejaria.

– Tenho autoridade para garantir a validade da autorização diplomática emitida originalmente – disse Tedam. – Nem mais, nem menos. Sua nave vai deixar este planeta sem ninguém a bordo, exceto a senhorita e sua tripulação, como planejado. E recomendo que vá embora logo.

Com isso, ele voltou a analisar seus dados. Nem sequer direcionou um segundo olhar enquanto Leia saía.

O corredor trapezoidal do quartel-general local do Império era – como a maioria das estruturas Imperiais – escuro, frio e depressivo. As vigas de metal pareciam se fechar ao redor dela como a mandíbula de uma daquelas armadilhas antiquadas, e o tom avermelhado do chão a fazia pensar em sangue. Ela tremia – de medo e de raiva, pelos outros e pela própria impotência.

Em Alderaan não existia pobreza de verdade. Todos os cidadãos tinham pelo menos o mínimo de que precisavam, e instalações e serviços públicos eram numerosos e estavam à disposição de todos. Leia sabia que em Coruscant algumas pessoas passavam por dificuldades, mas era difícil distingui-las em meio às multidões que habitavam cada via e cada camada do mundo. Era diferente testemunhar aquele tipo de sofrimento com os próprios olhos. Terminar aquele dia indo embora, sem ter feito nenhum bem realmente duradouro...

Ela não era capaz de suportar.

Ela não *iria* suportar.

Batten dera várias olhadelas de canto de olho à protegida real enquanto voltavam à *Tantive* IV. Leia percebeu, mas estava imersa demais em pensamentos para se preocupar. O que poderia fazer para consertar as coisas? Negar-se a ir embora até que o acordo fosse renegociado? Dizer que ela voltaria toda semana – talvez até todo dia! – até que deixassem que levasse alguns refugiados com ela? Precisava haver um jeito, mas não conseguia pensar em nenhum.

Quando chegou à nave, Batten desligou o deslizador para permitir que os droides transportadores o carregassem. De onde estava, parada lá fora enquanto esperava o fim da recarga, podia ver uma idosa sentada no canto de uma área pequena e isolada com uma corda ao redor de um abrigo. Com mãos trêmulas, ela costurava uma peça de roupa tecida – fazia aquilo sozinha, usando agulha e linha como uma personagem dos livros antigos de histórias. Leia se perguntava se o tremor nas mãos da mulher era por causa da idade ou do frio. Mas ela estava usando a única habilidade que tinha para proteger a si mesma e à família...

E foi a palavra *habilidade* que a fez ter o estalo.

Leia se levantou de súbito.

– Capitão Antilles! Tenente Batten! Podem vir me ajudar, por favor? – gritou. Enquanto avançavam na direção dela, confusos, ela interpelou a mulher idosa. – A senhora parece ser habilidosa com linha e agulha.

A mulher pareceu surpresa por ter sido abordada, mas respondeu calmamente:

– Ora, sim, Vossa Alteza.

– Sabe, isso é muito interessante – disse Leia. Antilles e Batten já estavam a seu lado. Ela se virou para os companheiros e acrescentou: – O oficial Imperial disse que não posso levar passageiros comigo. Apenas minha tripulação.

– Eles não cedem nesse tipo de coisa.

O capitão tentou dar um jeito de dizer aquilo sem que parecesse um "*Eu avisei*", pelo que Leia ficou grata. Mas ela não teria se incomodado com nada que tivesse dito, nem como o tivesse dito, pois a ideia que acabara de ter ainda cintilava dentro dela.

Ela se virou para a idosa.

– Às vezes os uniformes dos nossos soldados rasgam ou ficam puídos. Faríamos bom uso de alguém que pudesse repará-los. Então, estou contratando uma nova pessoa para nossa tripulação, a costureira oficial da nave. Se aceitar o emprego, pode embarcar imediatamente.

O choque e o deleite da mulher teriam aquecido Leia mesmo em meio a uma nevasca.

– Mas... Meu esposo... – Ela apontou na direção de um homem idoso que cochilava em um colchonete próximo.

– O que ele sabe fazer? – perguntou Leia. A seu lado, Antilles e Batten trocavam olhares incrédulos.

– Ele é mecânico. Ou era, quando ainda tinha uma oficina. – O sorriso da mulher se alargou, já antecipando a resposta da princesa.

Leia disse, de forma triunfante:

– Pois então estamos contratando um mecânico oficial para a nave. Feito. Temos dois. Capitão, quantas pessoas a mais podemos acomodar a bordo para uma viagem curta?

O Capitão Antilles demorou alguns instantes para responder.

– Cerca de uma centena.

Uma centena de indivíduos ou de famílias? Não era o bastante, mas era um bom começo.

– Então vou contratar mais noventa e oito tripulantes. Podem me ajudar a registrá-los no manifesto da nave, por gentileza?

– Deixa comigo, Vossa Alteza – disse Batten, com um sorriso largo no rosto. O capitão ainda parecia preocupado, mas consentiu enquanto Batten e Leia voltavam ao trabalho.

Leia decidiu escolher os mais novos ou mais idosos, os mais doentes e as grávidas – pessoas que precisavam de ajuda com mais urgência. As duas criancinhas com menos de cinco anos? Poderiam rastejar em espaços pequenos para recuperar coisas perdidas. O homem com a tosse incessante? Sabia como pilotar uma espaçonave, então, podia servir de piloto reserva em caso de emergência. A mulher cuja barriga quase explodia com o bebê prestes a nascer? Era proprietária de uma estufa de plantas, e a *Tantive* IV calhava mesmo de estar precisando de uma botânica. Conforme listava os cargos dos novos contratados, Batten registrava tudo imediatamente no manifesto, tornando a situação de cada um tão oficial quanto a de qualquer outra pessoa a bordo.

A novidade logo se espalhou pelo campo. As pessoas começaram a se apinhar ao redor da nave, esperando serem escolhidas – embora empurrassem para a frente, em silêncio, aqueles em maior necessidade. Os stormtroopers se aproximaram também – não ousariam interferir em uma missão humanitária, mas Leia podia ouvir os zumbidos nos comunicadores dos capacetes enquanto tentavam obter ordens capazes de interromper aquela situação sem precedentes. Mas o que mais a deixava feliz era ver as pessoas escolhidas indo buscar os poucos pertences e embarcando na *Tantive* IV pela rampa, rumo à fuga e à liberdade.

Depois que uma pessoa que antes atuava como percursionista foi contratada como músico da nave, Batten disse baixinho:

– Deu cem.

– Já?

Para Leia, parecia ao mesmo tempo que estivera ali no frio e na lama por horas – o que provavelmente era verdade – e que também mal tinha começado. Várias pessoas ao redor pareceram decepcionadas quando suas esperanças foram frustradas. Mais alto, a princesa acrescentou:

– Vocês não foram esquecidos. Vamos contar à galáxia o que vimos aqui hoje. Em breve, espero, outras naves seguirão a nossa, e então poderemos fazer uma diferença significativa.

Eles concordaram com a cabeça. Acreditavam nela. O que não tornava nem um pouco mais fácil virar as costas e ir embora.

O clima da *Tantive* IV na viagem de volta não podia ser mais diferente do que fora na de ida. Os "novos tripulantes" ocupavam cada cômodo e corredor. Estavam extremamente gratos e aliviados, mas também esfomeados, exaustos e não raro doentes. Leia ouvia risadas, mas choro também; muitos deles tinham deixado pessoas para trás. O 2-1B a bordo começou a fazer o que podia pelas pessoas enquanto Leia voltava para a ponte de comando, apenas alguns momentos antes de saltarem para o hiperespaço.

Quando passou pela porta, ouviu o Capitão Antilles dizendo:

– ...de acordo com nossas instruções.

"*Essas* não *eram suas instruções*", insistiu Tedam, na tela do painel do capitão. Ele parecia bem acordado agora. "*Os limites da autorização de pouso deixavam extremamente claro que nenhuma pessoa adicional podia deixar este planeta na sua nave!*"

Leia o interrompeu:

– Consulte a autorização novamente, Major. Creio que descobrirá que a regra é perfeitamente clara. Podemos deixar o planeta apenas com membros da tripulação, não é? Pois *estamos* deixando o planeta apenas com membros da tripulação.

"*Vocês têm cidadãos de Wobani a bordo...*"

– Que foram contratados como membros da tripulação – respondeu ela, com a voz suave. – A autorização não me proíbe de contratar ninguém. Como o senhor mesmo disse, vamos seguir as regras. E as regras dizem que podemos ir embora no momento em que quisermos. *Ou seja, agora.*

Pela cara dele, Tedam parecia preferir comer as próprias meias a ceder um milímetro – mas, como oficial Imperial, sabia reconhecer quando as regras estavam contra ele. Com um gesto rápido e irritado, interrompeu a comunicação e a tela ficou preta.

– Nada mal, Vossa Alteza – disse Batten, ao lado da porta.

O Capitão Antilles permaneceu sério em todos os sentidos.

– Sabe que não fizemos nenhuma preparação para receber essas pessoas quando pousarmos, não é, Vossa Alteza?

– Sim, é claro. – A chegada deles no espaçoporto principal de Aldera seria uma bela bagunça. Mas Leia nunca se importou muito em bagunçar as coisas. – Vamos instalá-los o mais rápido possível, tenho certeza.

O capitão concordou.

– Como desejar, Vossa Alteza. Mas... Se não se importar...

– Pois não?

– Já estive em batalhas mortais antes. Em grandes guerras. Não tenho medo de encarar nada disso. – Um sorrisinho surgiu no rosto do Capitão Antilles. – Mas *a senhorita* é quem deve contar isso à rainha.

Ela deu uma risada.

– Combinado.

As restrições do Império ao redor de Wobani faziam com que fosse impossível saltar para a velocidade da luz e ir direto até Alderaan; a *Tantive* IV precisaria primeiro parar na Estação de Calderos, um entreposto no espaço profundo que servia tanto como base burocrática quanto como base para reparos das naves Imperiais do setor, e raramente recebia convidados. Como um desses convidados, Leia enviaria um sinal simples pedindo permissão para seguir em direção a seu planeta natal, e receberia uma resposta em alguns instantes. Por isso, ficou assistindo ao rodopio azul elétrico do hiperespaço sem apreensão, apenas impaciente em levar aquelas pessoas para casa... e contar aos pais o que tinha feito...

Assim que a nave deixou a velocidade da luz, Leia respirou fundo. O Capitão Antilles se ergueu da cadeira. Batten disse algo que seria considerado indecente na maior parte dos planetas, e depois perguntou:

– Estão vendo isso?

– Sim, Tenente – disse Antilles. – Estamos vendo.

A Estação de Calderos – uma enorme instalação Imperial, muito importante para o setor – fora danificada. Não, *atacada*. Leia reconheceu sinais de dano causado por canhões a laser em toda a superfície externa da estação, e várias das luzes de busca e rastreamento da ala mais próxima estavam apagadas. Com uma das alas mais ou menos inteira e a outra silenciosa, carbonizada e escura, era fácil imaginar que a estação provavelmente fora quebrada ao meio.

Um enxame de caças TIE zumbiu ao redor deles quando a mensagem chegou: "*Identifiquem-se!*".

– Somos a *Tantive* IV, embarcação diplomática em uma missão humanitária de Alderaan – respondeu o Capitão Antilles. – Estivemos em Wobani ao longo das últimas horas. Registros Imperiais do local indicarão nosso paradeiro.

"*Aguardem confirmação.*"

Leia encarou a estação, avaliando a extensão total dos danos. Embora aparentemente tivessem tido poucas ou nenhuma baixa, o ataque destruíra a Estação de Calderos – e, como resultado, estava mais fácil viajar clandestinamente para e a partir de Wobani ou de quaisquer outros mundos restritos naquela área. E assim seria por alguns dias, talvez por várias semanas.

Era preciso um poder de fogo considerável para danificar uma estação Imperial daquela maneira. Nenhuma nave era capaz de tal proeza, exceto um Destróier Estelar, o que obviamente não era o caso, então...

"*Confirmado*", disse a voz no alto-falante, e os caças TIE se dispersaram. "*Devem deixar este setor e retornar a seu planeta de origem imediatamente.*"

Enquanto o Capitão Antilles tomava as providências para atender à ordem, Leia juntou as últimas peças do quebra-cabeça.

Alguém – vários "alguéns" – havia juntado números e poder de fogo suficientes para atacar e desabilitar uma estação Imperial. Aquilo provavelmente exigira dinheiro, planejamento e tempo. As pessoas não estavam mais só reclamando sobre o Império.

Elas tinham começado a reagir.

CAPÍTULO 4

AS PESSOAS AO REDOR DA GALÁXIA conheciam Alderaan pelas belas paisagens, pela arquitetura esteticamente agradável e pelo compromisso em preservar a harmonia e a tranquilidade. Essas pessoas ficariam muito surpresas com a cena no espaçoporto de Aldera, quando cerca de cem refugiados de Wobani desembarcaram inesperadamente da *Tantive* IV.

Alguns haviam ficado histéricos de tanta empolgação ou incredulidade; outros haviam se jogado em contêineres ou sobre droides de apoio, obviamente precisando de atendimento médico ou ao menos de um lugar para descansar. Todos estavam enlameados, assim como a tripulação e a própria Leia.

– Eu avisei a Central de que a gente estava chegando! – protestou Batten, enquanto tentavam colocar alguma ordem na multidão. – Quer dizer, avisei quando a gente entrou na atmosfera, o que não foi tanto tempo atrás, mas foi tão logo quanto…

– Está tudo bem, Tenente – disse o Capitão Antilles. Leia achou que ele parecia estranhamente distraído. – Preciso contatar o vice-rei imediatamente.

Por que ele vai conversar com meu pai? Confusa, Leia viu o capitão avançar a passos largos sem olhar para trás. *O vice-rei é responsável pelo relacionamento de Alderaan com a galáxia como um todo. O governo do planeta em si é responsabilidade da...*

– Sua Majestade Breha Organa! – anunciou um droide na extremidade da doca, e Leia se virou com os demais para ver a mãe se aproximando, acompanhada por uma grande comitiva.

Como de costume, a rainha usava um vestido longo – um de seda avermelhada e veludo azul, com faixas de cada um dos tecidos trançadas em meio ao elaborado penteado. Não usava joias nem a coroa: Breha não precisava delas para exercer seu poder de comando, para chamar a atenção ou para parecer mais régia.

O silêncio se fez sem que ninguém precisasse ordenar. Leia viu a mãe subir em um tablado antes de falar com todos os presentes, fazendo a imponente voz ressoar por toda a doca:

– Meu bom povo de Wobani, são todos bem-vindos e bem-vindas a Alderaan. Perdoem nosso despreparo para recebê-los, mas garanto que deste momento em diante minha equipe cuidará de todas as suas necessidades. – Ela apontou para a comitiva formada por profissionais da saúde, assistentes sociais e afins, que já começavam a se espalhar em meio à multidão. – Imagino que queiram uma chance de descansar, recuperar-se e refletir sobre o que desejam fazer em seguida. E eu anuncio, aqui e agora, que cada pessoa recém-chegada receberá um estipêndio que permitirá ou que viaje para outro planeta onde tenha família ou amigos, ou que comece uma nova vida aqui mesmo em Alderaan. Este é meu presente de boas-vindas para cada um de vocês.

Alguém gritou "Viva a Rainha Breha!", que não era como as pessoas cumprimentavam a realeza em Alderaan. Leia estava mais acostumada a aplausos gentis, mas os Wobani começaram a entoar a frase com tanto entusiasmo que todos na multidão se uniram a eles, e mesmo Leia gritou as palavras uma vez.

Quando a rainha desceu do tablado e os refugiados começaram a receber a ajuda de que precisavam, Batten disse:

– Uau, sua mãe deu um jeito em tudo bem rápido.

– Ela sempre age com essa autoconfiança. – Leia ao mesmo tempo admirava e invejava aquele traço da mãe. – Ela já nasceu com esse dom. Queria que ela tivesse me ensinado esse macete.

– Bom, se algum dia aprender, me conta, que tal? – Batten deu uma piscadela para Leia antes de voltar à *Tantive* IV para terminar a conferência dos sistemas depois do voo.

Leia viu a mãe avançando pela multidão na direção dela; quem estava por perto foi embora quase de imediato, abrindo espaço sem que a Rainha Breha precisasse fazer sequer um movimento de mão ou dizer uma só palavra. Pelo menos Leia poderia falar com a mãe sobre o que conquistara, e sobre o maravilhoso resgate que acabara de realizar em um planeta que as pessoas tinham medo até de mencionar, quem diria visitar. Breha Organa agora teria que falar com a filha de igual para igual.

A rainha alcançou Leia e a envolveu com os braços. O abraço foi cálido e verdadeiro – mas quando Breha se afastou, tinha os lábios pressionados em uma linha fina.

Leia sabia o que aquilo significava.

– O que foi? O que eu fiz?

– Para o palácio – disse Breha. – Agora mesmo.

– Você precisava ter nos consultado primeiro...

– Mas quando eu teria a chance? A senhora e papai estão sempre...

– Seu pai e eu temos assuntos importantes para gerenciar, e talvez eu pudesse confiar em você se entendesse que...

– "Assuntos importantes"? Como o quê? Planejar outro jantar?

– Leia! – A Rainha Breha raramente erguia a voz, o que gerava ainda mais impacto quando ela o fazia. Leia enfim se calou e se sentou em um sofá longo que ocupava toda a quina leste da biblioteca real.

A biblioteca, como todas as outras coisas no palácio, era uma obra de gerações. Datacrons de incontáveis mundos e eras brilhavam em seus estojos protetores, e um conjunto de prateleiras portava preciosos e ancestrais livros de papel. Globos com constelações de vários sistemas ficavam acomodados sobre suportes ou pendurados no teto alto. Fogo de verdade queimava no centro do casto cômodo, em uma lareira esférica feita de cobre e pedra; o sol poente que entrava pelas janelas altas e estreitas provia a maior parte da luz do ambiente.

Havia, é claro, outra "Biblioteca Real de Alderaan", uma aberta a todos os cidadãos com um acervo ainda mais rico do que o daquela. Mas, naquele cômodo, a família real mantinha os próprios tesouros e as próprias memórias. Era mais do que uma biblioteca. Era um lugar onde eles relaxavam, riam e onde conversavam de maneira mais aberta, como família.

O que nem sempre era uma coisa boa.

Breha chacoalhava a cabeça, andando de um lado para o outro diante da lareira.

– O que deu em você para ir para Wobani?

– Havia pessoas passando necessidade – insistiu Leia. Ela não estava disposta a se desculpar. – Se a senhora tivesse ido, saberia o quão desesperados estavam...

– Eu sei o quão desesperados estão. – A rainha suspirou. – E também sei o quão perigosa é a situação em Wobani. Ela pode estar majoritariamente esquecida no momento, mas é apenas um dos fios soltos que podem acabar virando um pavio.

O que aquilo significava? Leia continuou:

– Era uma missão humanitária. Eu pedi as autorizações apropriadas. A senhora pode conferir os registros.

Breha olhou para a filha.

– Sim, você organizou as coisas muito bem. Mas diga a verdade para mim: você sabia que se viesse diretamente falar comigo e com seu pai, teríamos dito para escolher outro lugar para sua primeira missão humanitária. Não sabia?

Sentindo o rosto ruborizar, Leia concordou com a cabeça. Omitir também era mentir.

– Passei as últimas horas em ligações com vários oficiais Imperiais irritados, de Wobani a Coruscant. Eles não gostaram nada da ideia de uma jovem garota passando a perna em um deles. Se bem que, por mim... Bem, eles que se danem. – Breha suspirou, mais casual dessa vez, menos rainha e mais ela mesma. – O que mais me preocupa é que fizeram umas perguntas bem capciosas sobre o fato de nossa nave aparecer na Estação de Calderos logo depois de... uma ação dos dissidentes. Não podemos nos dar ao luxo de sermos associados com eles, Leia. No minuto em que o Império decidir que Alderaan tem alguma relação com a rebelião...

– E a gente não devia *querer* fazer algo a respeito do Império? – retorquiu Leia.

– Não mude de assunto. Não vê quão perigosa é essa associação?

– Vejo, mas não é como se eu pudesse ter adivinhado o que iria acontecer – argumentou.

Breha colocou uma das mãos na têmpora, como se estivesse tentando aliviar uma dor de cabeça. A mecha prateada no cabelo escuro reluzia dourada sob à luz da lareira.

– Não. Não tinha como você saber daquilo. Mas deveria saber que não tinha nada que ir a Wobani.

– Por quê? Porque acabaria irritando algum major? O Imperador não gosta que missões humanitárias ajudem *ninguém*. – Leia percebera aquilo sozinha durante os debates no Senado Imperial. – Já que vou irritá-lo independentemente de onde for, achei que deveria ir até algum lugar em que minha ajuda realmente fosse fazer a diferença.

– E de onde pudesse trazer pessoas... Usando um *truque*, inclusive...

Os ânimos de Leia se inflamaram.

– Sim! Trouxe pessoas comigo em vez de deixá-las para morrerem de fome! Como pode ficar brava comigo por causa disso? Que tipo de pessoa a senhora é?

Breha ficou encarando a filha, chocada. Palavras não podiam ser desditas, e Leia sentia como se tivesse cruzado uma fronteira muito mais perigosa do que intencionara.

Mas a mãe apenas se ajoelhou diante da filha e tomou a mão dela entre as suas.

– Minha filha, achei que você entenderia. Seu pai, Mon Mothma e alguns de seus outros aliados no Senado vêm negociando o reassentamento da população de Wobani há meses.

– O quê? Isso não estava em nenhum dos documentos que revisei quando o assessorava.

– Seu pai não mostra tudo para você, Leia. Algumas coisas exigem um nível de acesso maior do que o dado aos aprendizes, mesmo que a aprendiz em questão seja filha de uma das Casas Anciãs. Qualquer coisa relacionada a Wobani precisa ser negociada com cuidado, e mantida em segredo, para que o governador responsável pelo setor possa concordar com nossos termos enquanto ainda mantém a reputação. – Breha baixou a cabeça. – Ainda falo como se o acordo tivesse alguma chance de acontecer. Não vai mais acontecer. Qualquer pessoa com alguma autoridade sobre Wobani estará constrangida, nervosa e indisposta demais para barganhar. Uma negociação de meses caiu por terra por causa do que você fez hoje.

Mesmo que o solo cedesse sob os pés de Leia, derrubando-a em meio a rochas e terra em um poço de lava, ela não se sentiria mais horrorizada do que naquele momento.

– Não. Não pode ser. *Não pode.*

– Você já é quase uma adulta, Leia. Já passou pelo Dia da Reivindicação, então, estou confiando a você a verdade sobre isso, por mais difícil que seja ouvi-la. – Com uma das mãos, Breha acariciou os cabelos de Leia. – Não fique remoendo isso. Em alguns meses, quando o incidente não estiver mais tão fresco na memória, seu pai intercederá de novo pela causa. Talvez façam mais progresso da próxima vez.

Atrasar o resgate das pessoas de Wobani não era muito melhor do que destruir qualquer chance de que ele acontecesse. Leia vira o quão desesperados estavam, e sem pensar os condenara a ainda mais tempo aprisionados naquele pandemônio.

Breha apertou a mão da filha, e depois voltou a ficar em pé.

– Falaremos mais sobre isso. Sei que suas motivações eram boas, Leia. Demonstrou compaixão e coragem, e até mesmo um pouco de ingenuidade. Mas precisa escolher suas missões com mais cuidado de agora em diante. Reconheça que pode ser que não tenha todas as informações necessárias para tomar a decisão certa em situações de perigo, porque há coisas que seu pai e eu não podemos contar a você.

– Sim senhora – disse Leia. No primeiro dia na Legislatura de Aprendizes, ela tinha conferido qual era o nível de acesso que haviam recebido. – Mas…

– Diga.

– Se os senhores tivessem falado comigo sobre minha missão humanitária antes da minha partida, isso não teria acontecido. Eu *tentei* falar com os dois. Nenhum tinha tempo. – As palavras saíram baixas e tímidas, nada parecidas com ela. – Sei que isso não é uma desculpa. Mas *é sim* uma razão.

A mãe agora parecia tão abatida quanto a própria Leia se sentia.

– Está certa. Estive muito ocupada ultimamente, e sinto muito por isso.

– Tudo bem – disse Leia, tentando acreditar no que ela mesma dizia.

Breha colocou uma mão sobre o ombro da filha, sinal de que os sermões tinham acabado e a vida podia continuar.

– Você deveria voltar para o espaçoporto e ajudar as pessoas a se instalarem. Já eu… De volta para os livros-caixa.

– Como se tivesse um monte de novos custos para equilibrar agora – disse Leia. Breha simplesmente deu de ombros enquanto a filha deixava a biblioteca.

A discussão terminara em bons termos; mesmo assim, fora impossível não notar que, mais uma vez, a atenção da mãe estava em algum outro lugar.

Mas nem tinha como Leia ficar tão irritada com Breha, de tão irritada que estava consigo mesma. Ficara tão orgulhosa do que conquistara em Wobani, tão certa de que fizera a coisa certa…

Não tem como ser ruim ter tirado todas aquelas pessoas de lá, lembrou a si mesma, pensando nos sorrisos de êxtase no rosto das pessoas que "contratara". *Pessoas que de outra forma estariam com frio, com fome e com medo, mas que agora estarão quentinhas, alimentadas e felizes. Isso vale alguma coisa. Isso vale muita coisa.*

Caminhando pelo corredor, passou diante do escritório do pai. O brilho de um lumedroide revelou que ele trabalhava por ali. O palácio tinha muitas portas antigas que eram abertas e fechadas manualmente, e aquela era uma delas; estava entreaberta, revelando um vislumbre do que acontecia lá dentro. Ele estava sentado diante da grande mesa, conversando de forma enérgica com uma pessoa a sua frente – alguém que parecia ser o Capitão Antilles.

Não fique bisbilhotando, Leia lembrou a si mesma, apertando o passo. Mas feria seu orgulho pensar que o capitão da *Tantive* IV tivera a chance de reportar tudo o que acontecera em Wobani antes mesmo que o pai falasse pessoalmente com ela sobre o assunto. Não havia mais nada que os dois homens precisassem discutir.

CAPÍTULO 5

ANTES DO NASCER DO SOL do dia seguinte, Leia já estava embarcada em uma saltadora suborbital, usando um traje adequado ao clima extremo e bebendo caf de uma caneca portátil que apoiou sobre a mochila de equipamentos. Ia sentada nos fundos, junto com alguns poucos membros da guarda real e os suprimentos que estavam levando à estação avançada de Istabith. Todos ali serviam no palácio com frequência, então ninguém parecia constrangido com sua presença; depois dos primeiros vários minutos, inclusive, tinham passado a bater papo normalmente entre si, como se ela nem estivesse por ali.

(Se bem que ela desconfiava que provavelmente não estavam falando tanto palavrão quanto de costume.)

Leia preferia que fosse assim. Em vez de ter que falar sobre amenidades de forma empostada, podia ficar sentada no banco de trás olhando para as colinas nevadas e montanhas que passavam lá embaixo. Com a janela de plasma protegendo o interior do veículo do frio, ela podia apreciar o modo com que o céu assumia um tom rosa pálido no horizonte, ou como os montes de neve amenizavam o desenho dos picos irregulares da cordilheira.

Lá longe ficava o Monte Appenza. Embora não fosse a montanha mais alta de Alderaan, era talvez a mais icônica, com sua forma delgada e afiada que despontava muito acima das colinas modestas espalhadas em seu sopé. A bandeira daquela região ostentava sua silhueta, e várias fábulas infantis começavam com um espírito voando de seu lar no Monte Appenza para escolher um aventureiro ou aventureira. Peregrinos religiosos alegavam que, no topo do monte, era possível se comunicar com a Força, e a escalada relativamente fácil fazia com que centenas de pessoas percorressem a trilha todos os anos.

Mas *relativamente fácil* não era a mesma coisa que *fácil.* Mesmo as fábulas advertiam contra subir o Monte Appenza de forma impulsiva. Realizar a jornada até o topo da montanha exigia treinamento, equipamentos e disposição.

Equipamentos: certo, pensou Leia, sentindo o peso reconfortante da mochila sobre os ombros. *Disposição: certo. Treinamento... em breve.*

Desde os acontecimentos em Wobani, ela ansiava por um desafio físico, material. Com parâmetros exatos. Na montanha, o sucesso e o fracasso seriam tão sólidos quanto as rochas sob seus pés. O curso de técnicas de rastreamento a prepararia para aquele desafio.

A saltadora aterrissou nas coordenadas designadas apenas por tempo suficiente para que Leia saltasse para fora. Ela fez um gesto para os guardas por sobre o ombro e a nave decolou de novo, levantando redemoinhos de flocos de neve. Depois, a garota se virou e foi se juntar aos alunos do curso que já estavam reunidos em uma clareira próxima ao chalé de telhado de duas águas que serviria como quartel-general naquele dia.

– Espera aí... Você não é a princesa? – disse um garoto magrelo e de pele negra, com feições aquilinas e um sotaque aristocrático. – Como se prestou a chegar aqui voando naquela lata velha?

Ninguém da família real ostentava sua posição, exceto quando o protocolo diplomático assim exigia. Mas proclamar com orgulho que não era boa demais para viajar em uma saltadora acabaria fazendo parecer que, na verdade, ela se achava *sim* boa demais para tal, mas só queria um pouco de aplausos por fingir o contrário. Ela simplesmente disse:

– Eles estavam vindo nesta direção. E sim, sou Leia Organa.

– Chassellon Stevis de Coruscant. – Ele a cumprimentou com uma reverência exageradamente rebuscada, girando o pulso da mão esticada para fazê-la rir. Funcionou. – Minha mãe comanda nossa delegação diplomática, como você provavelmente sabe. E agora cá estamos nós, seguindo nossos pais nos negócios da família.

Depois de providenciar aquele curso, Breha Organa convidara outros novos membros da Legislatura de Aprendizes para participar também. A lógica era que, assim, Leia conhecesse pessoas fora dos turbilhões sociais de Coruscant que eram cintilantes, embora artificiais. Mas o que parecia era que a mãe estava tentando desesperadamente arrumar alguns amigos para a filha. *Assim, ela não precisa se sentir culpada por me ignorar – isso* se *ela sente alguma culpa...*

– Mal vejo a hora – disse Leia, desenvolta... Ou pelo menos assim esperava. O verniz diplomático dos pais às vezes ainda a impressionava, e ela invejava as máscaras perfeitas e indefectíveis da rainha e do vice-rei. No entanto, Leia sabia o momento exato de parar de usufruir a aristocracia que a favorecia e se dirigir aos outros. Estendendo a mão na direção de uma garota morena, começou. – E você é...?

Ela foi de presente em presente, decorando nomes e rostos como fora ensinada a fazer desde a infância. Harp Allor de Chandrila, amigável e superpreparada; Sssamm Ashsssen de Fillithar, um aluno incomum considerando que percorrer trilhas era geralmente um esporte para bípedes; um Ithoriano cujo nome ela não tinha entendido e teria que perguntar de novo depois...

Foi quando chegou em alguém que a fez congelar no lugar.

Era uma aluna humana, uma garota alta e desengonçada, com um rosto estreito e um nariz longo. Seu cabelo era de um verde berrante, o que significava que ela ou era de Iloh, ou realmente gostava de chamar a atenção. Enquanto os demais ali usavam trajes brancos com faixas refletoras prateadas ou laranja, a garota vestia um verdadeiro arco-íris de cores brilhantes que contrastavam tanto que Leia precisou resistir ao impulso de apertar os olhos. A garota já estava com os óculos de proteção, que eram de um modelo antigo com lentes cor-de-rosa que se curvavam na armação em um grau quase ridículo. Embora obviamente tivesse notado Leia, ela não se apresentou. Apenas ficou parada no lugar, encarando e sorrindo.

– Oi – começou Leia. – Sou Leia Organa.

– De Alderaan – disse a garota, em um curioso tom plano, como alguém meio atordoado depois de um tratamento com bacta. A magreza e falta de jeito dela faziam Leia pensar em pássaros do pântano.

– Hum, isso. E você é...?

– Amilyn Holdo de Gatalenta. – A resposta veio no exato mesmo tom monótono. – Agradeça sua mãe por mim por ter me convidado para o curso.

Certo, ótimo. Ela consegue conversar normalmente. Talvez ela só precise... aquecer um pouco antes.

– Está empolgada para aprender as técnicas de rastreamento?

– Com certeza. – O sorriso alheio de Amilyn ficou mais amplo. – Espero que seja perigoso! Quero ficar mais confortável diante da aproximação e da inevitabilidade da morte.

– ...entendi. – Leia congelou o sorriso no rosto por pura força de vontade enquanto pensava: *De jeito nenhum ela pode ficar responsável pelas minhas cordas de escalada.*

(O pai às vezes dizia que ela decidia muito rápido o que achava das pessoas. Já a mãe dizia para confiar nos instintos. Naquele dia, ela seguiria o conselho da mãe.)

As últimas seis pessoas que participariam do curso tinham voado com a instrutora até aquele ponto e agora andavam a passos largos diante da pista de pouso próxima. Como Leia já conferira o diretório da Legislatura de Aprendizes, reconhecia algumas dessas pessoas.

Uma em particular se destacava, um garoto que usava o que parecia um traje militar de segunda mão. Era mais alto do que ela, o que não necessariamente era ser alto. Alguns o chamariam de esquisito, com os olhos profundos e feições bem angulares, mas outros o considerariam bonito. Leia não sabia muito bem de qual grupo fazia parte. Ele era provavelmente quem ela mais precisava conhecer, então atravessou o banco de neve entre eles e estendeu a mão.

– Você é Kier Domadi, não é?

– Sim, Vossa Alteza. – Kier falava com a deferência que ela quase sempre ouvia vinda dos cidadãos de Alderaan. Sua voz ressonava de forma surpreendente para alguém tão jovem e magro.

– Estou grata por saber que iremos servir juntos na Legislatura de Aprendizes. Compartilharemos o mesmo pod, analisaremos o mesmo material... Vamos ter que cooperar quase todo dia. – Ela sentiu o sorriso se alargando, talvez até demais para a ocasião.

A expressão dele era difícil de ler, mas o foco nela tinha se intensificado. Não estava mais cumprimentando a princesa, e sim a avaliando, da mesma maneira com que ela o media de cima a baixo.

– Mal posso esperar – disse ele.

– Por sorte, parece que vamos nos dar bem. – *Eu disse mesmo isso em voz alta? Por acaso estou* flertando*? Diplomatas não devem flertar*, pensou. Mas pelo menos descobriu que estava no grupo que achava Kier bonito.

– O fato de eu estar aqui não teve nada a ver com sorte. – Kier se empertigou, e a intensidade de seu olhar ficou mais desconfortável. – E acho que a senhorita estar aqui também não tem nada a ver com isso.

Era como se ela tivesse levado um tapa. Será que ele achava que ela não havia merecido a posição na Legislatura de Aprendizes? Leia fora estagiária do pai por dois anos, conhecia o funcionamento do Senado tão bem quanto alguns senadores e senadoras (e ainda melhor do que outros) e passara por cada prova obrigatória tirando notas máximas. *Eu me esforcei tanto quanto qualquer outra pessoa!*, Leia quis protestar. *Mais do que a maioria delas.*

Ela então se lembrou de Wobani, do quão orgulhosa ficara de si mesma e de sua autoridade régia, tão certa de que sabia o que fazer e como fazê-lo. Mas, na verdade, acabara cometendo um erro que afetaria milhares de vidas, talvez de forma permanente. Nunca antes Leia duvidara da sabedoria da monarquia hereditária de Alderaan, mas agora se pegava pensando: *Herdei o poder antes mesmo de merecê-lo. Usei mal esse poder e machuquei pessoas.*

A expressão de Kier se fechou.

– Não tinha a intenção de... ferir seus sentimentos, ou...

– Eu estou bem – disse ela, sucinta, e se virou para ir embora enquanto afastava as dúvidas tanto quanto possível. Ela teria que considerar aquilo, mas estaria perdida se deixasse o empertigado Kier Domadi achar que tinha o poder de deixá-la chateada.

– Certo, pessoal, cheguem mais perto! – convocou a instrutora, uma mulher negra de ombros largos com um sorriso aberto, ainda mais alta do que o garoto Ithoriano. – Sou a Comandante Pangie, da Unidade de Rastreamento Chandrilana. Dirijam-se a mim como "Comandante" se quiserem continuar vivos.

Leia observou alguns olhares preocupados ao seu redor, que claramente significavam: *Será que ela está brincando?*

– Sua Majestade a Rainha Breha foi gentil o bastante para providenciar este curso, e é por isso que nosso primeiro encontro é aqui em Alderaan. Durante os próximos meses, vamos visitar vários climas em vários mundos. O objetivo é que todos saibam como se virar em qualquer lugar, sem nada além das próprias mãos e dos equipamentos básicos. – A Comandante Pangie parou e fez um gesto de cabeça na direção de Sssamm de Fillithar. – Como o senhor não tem mãos, vai aprender a usar os anéis do corpo. Aqueles com cauda preênsil têm sorte, porque por aqui uma dessas é tão boa quanto uma corda extra.

– Eu *sabia* que devia ter usado bioengenharia para fazer uma cauda – murmurou Chassellon.

Aparentemente, caudas estavam em voga em Coruscant naquela época. Membros extras feitos com bioengenharia nunca duravam mais do que alguns meses, e na opinião de Leia a prática não era muito correta. Talvez ela pensasse melhor sobre ter uma cauda depois que tentasse escalar o primeiro paredão.

A Comandante Pangie continuou:

– Rastreamento é sobre se orientar com pouco equipamento, talvez nenhum. Mesmo navegação celeste não vai ajudar se você não estiver em seu planeta e não conhecer o céu. É preciso prestar atenção em cada detalhe dos arredores. Memorize cada mudança de direção. Se não fizer, você já era.

Amilyn Holdo sorriu. Leia se pegou pensando se algum herdeiro ou herdeira ao trono algum dia já tinha trocado seu Desafio do Corpo depois do Dia da Reivindicação.

Com uma palma, a comandante terminou:

– Vamos abordar técnicas específicas em outro momento. Hoje, quero ver quem aguenta o tranco, e quem vai prestar atenção o suficiente nos pontos de referência pelo caminho. Então, coloquem a mochila nas costas e vamos começar. Todo mundo tem um gerador de campo aí? Me mostrem!

Leia apontou para a caixinha presa ao cinto. O gerador responderia a mudanças súbitas de velocidade gerando um pequeno campo de força pessoal que a protegeria, evitando que quedas, desmoronamentos e colisões fossem fatais – pelo menos na teoria. Todos levavam um obrigatoriamente, até Amilyn Holdo, que decorara o próprio equipamento com glitter. Só depois de ver pessoalmente cada gerador de campo anti-impacto, a Comandante Pangie concordou e fez um gesto para que avançassem.

Quando adentraram a trilha que levava para dentro da floresta, Leia olhou para trás, para a silhueta distante do Monte Appenza. Sua coragem voltou quando vislumbrou o desafio que teria pela frente.

Ela se sentiu como se já estivesse dando os primeiros passos montanha acima.

Cinco horas depois, Leia tinha decidido que não acharia nada mal se nunca mais precisasse escalar uma montanha.

A sensação era a de já ter escalado *oito mil* montanhas, e mesmo assim a Comandante Pangie não parecia disposta a dar um descanso. Eles tinham inclusive almoçado em pé, comendo enquanto continuavam marchando.

A colina não era tão íngreme e, além da camada espessa de neve, o terreno não era tão difícil. Ao longo das primeiras horas, fora uma caminhada agradável. Agora as alças da mochila pareciam estar afundando na carne dos ombros de Leia, e suas pernas tremiam de exaustão. Quando chegaram a uma pequena clareira em meio a abetos altos, ela foi incapaz de não pensar que aquele seria um ótimo lugar para fazer uma pausa.

A Comandante Pangie estacou, colocou as mãos no quadril e sorriu.

– Ora, ora... Viram aquilo?

Um trenó repunsório estava estacionado na extremidade da clareira, em modo de espera, apenas aguardando a chegada da pessoa sortuda a quem pertencia. Leia se pegou pensando se tomar o trenó contaria como roubo caso o devolvesse no lugar depois – ou se ela depois pagasse com um trenó ainda melhor e mais novo, o melhor que o tesouro real pudesse comprar...

Enquanto a Comandante Pangie ia inspecionar o veículo, Chassellon se apoiou em uma árvore, e o Ithoriano se sentou sobre uma rocha próxima. Por mais que Leia estivesse tentada a tirar a mochila, sabia que colocá-la de novo depois seria muito pior. Ganhou algum ânimo quando viu Kier descansar uma das mãos no tronco de uma conífera; pelo menos agora ele sabia que ela não era mais fraca do que ele. Os únicos alunos que não demonstravam nenhum sinal de desgaste eram Sssamm de Fillithar e, de alguma forma, Amilyn Holdo, cujo sorriso parecia tão vitrificado quanto antes.

– Este certamente é um belíssimo trenó repunsório. – A Comandante Pangie passou a mão no painel otimizado. – Uma máquina incrível.

– Tenho um melhor do que esse lá em Coruscant – soltou Chassellon.

O comentário fez com que a Comandante Pangie olhasse para ele.

– Nossa, que ótimo para você. Mas seu trenó todo cheio de firula está em outro sistema solar, então não serve para nada. O meu, por sua vez, está bem aqui, bem onde preciso que ele esteja. Já sei qual dos dois eu prefiro.

Com isso, ela subiu no veículo, apertou a ignição e fez o trenó repunsório rugir, ligado. Leia e os outros alunos do curso de rastreamento só ficaram encarando quando entenderam o que estava acontecendo. Foi Chassellon mesmo quem disse:

– A senhora não... não vai deixar a gente aqui, vai?

– Olha só que espertalhão esse menino de Coruscant! – A comandante não poderia estar mais satisfeita. – É isso mesmo, criançada. Falei que queria ver quem ia prestar atenção nos pontos de referência. Estamos prestes a descobrir quais de vocês são capazes de seguir instruções simples.

Harp Allor ficou quase tão branca quanto a neve.

– Mas... Mas... A senhora disse que a gente ia aprender algumas técnicas especiais!

– E vão – prometeu a Comandante Pangie. – Mas o fato é que nenhuma dessas técnicas vai servir de alguma coisa se vocês não se preocuparem nem em prestar atenção no caminho.

Sssamm sibilou espantado quando Chassellon disse:

– Isso não é perigoso?

O bom humor da Comandante Pangie só aumentava.

– Se não tomarem cuidado? Sim – disse. Amilyn estendeu as mãos para o céu como se agradecesse às divindades do sol, murmurando *isso!* A comandante continuou. – Estão todos equipados com rastreadores. Se ninguém voltar para o chalé até o cair da noite, que vai acontecer daqui umas quatro horas... Bom, nesse caso a gente volta para resgatar vocês.

Leia deixou escapar um suspiro de alívio, e olhou para os lados para ver se Kier estava perto o suficiente para ouvir. Se sim, parecia não ter percebido. Além disso, ela não estava sozinha: todos os alunos ficaram um pouco mais animados com a perspectiva de ganhar uma carona de volta.

Foi quando a Comandante Pangie acrescentou:

– Claro, quem não der um jeito de voltar para o chalé nesse tempo vai ser expulso do curso. Então, é melhor apertarem o passo, criançada. Boa sorte!

Gargalhando, ela acelerou o trenó montanha abaixo, sumindo rapidamente atrás de uma colina.

Como todos os demais, Leia ficou encarando a direção em que a comandante sumira. Ela tinha memorizado alguns pontos de referência. Talvez conseguisse...

Não, não talvez. Não há a menor hipótese de voltar para os meus pais e contar que falhei.

Mesmo que os outros alunos se sentassem na neve e se negassem a avançar, ela continuaria a descer a montanha até o pôr do sol.

De alguma maneira.

CAPÍTULO 6

LEIA PRESUMIA QUE A COMANDANTE PANGIE os deixara sozinhos para criar uma experiência de conexão entre todos do grupo. Trabalhar juntos para superar os obstáculos supostamente criaria uma certa camaradagem e faria com que virassem amigos.

Mas, se aquele era mesmo o plano, ela estava falhando miseravelmente.

– Gente, vocês poderiam pelo menos tentar ir um pouquinho mais rápido do que uma geleira? – provocou Harp Allor quando precisou parar, mais uma vez, para que os colegas de curso a alcançassem. – A gente tem uma grande distância pra percorrer antes do pôr do sol, e vocês mais parecem que estão arrastando o traseiro por aí.

O Ithoriano apontou para os sapatos de neve desajeitados – eram resistentes, mas diminuíam seu ritmo. Sssamm de Fillithar sibilou que seria bom ela se lembrar de que nem todo mundo *tinha* um traseiro e deixar de ser bipedecêntrica.

Amilyn, que tinha subido em um toco, espiou o buraco no oco da árvore mais próxima.

– Nada – disse, com a voz melodiosa. – Sem corujas da neve por aqui também.

Kier tinha se controlado até aquele momento, mas o comentário o fez estreitar os olhos para Amilyn, ainda empoleirada no toco.

– E por que você está procurando corujas da neve?

– Por que eu não estaria procurando corujas da neve?

Aparentemente, Kier foi incapaz de pensar em uma boa resposta. Depois de um longo momento em silêncio, concordou, como se dissesse: *É um bom ponto.*

Chassellon ajeitou o caro cachecol de lã de muunyak ao redor do pescoço, tomando o cuidado de garantir um caimento jovial. Leia não conseguia nem contemplar a ideia de se preocupar com a aparência em um momento como aquele, e àquela altura já estavam todos com calor por causa do esforço da caminhada. Ele estava mais disposto a suar ainda mais do que a estragar o look. 2V iria adorar aquele cara.

– A Comandante sei-lá-quem claramente não gosta da gente. Ela acha que é boa demais para ter alunos em vez de soldados. Vocês conseguem imaginar como ela vai ficar encrencada quando a gente contar isso tudo para a Rainha Breha? Mal posso *esperar*.

– Será que a gente podia tentar focar? – Leia tentou se controlar para não ser tão estúpida, quase sem sucesso. – Estão vendo aquela árvore morta ali? Aquela que se divide em duas em cima?

Kier concordou com a cabeça.

– A que foi atingida por um raio. Eu também prestei atenção nela enquanto a gente subia. Temos que virar na direção oeste aqui.

Leia ficou mortificada por não ter percebido que a árvore fora atingida por um raio – mas aquilo importava de algo? Pelo menos alguém no curso era capaz de usar o cérebro e a boca ao mesmo tempo.

– Certo. É para o oeste que nós vamos.

Harp Allor já tinha disparado adiante, abrindo caminho pela neve na altura da canela.

– A passagem é mais ampla por aqui! A gente pode pegar um atalho!

– Harp? – chamou Kier. – Acho que lembro de...

Harp tombou de súbito para o lado e caiu por cima de um monte de neve. O grito de dor ecoou nos paredões de rocha.

– ...ver algumas áreas de gelo traiçoeiro por aí – terminou Kier.

Leia correu até onde Harp se revirava em meio à neve, segurando a perna enquanto ostentava uma careta de dor.

– Tudo bem?

Harp negou com a cabeça.

– Torci meu tornozelo.

– Ah, mas que beleza. – Chassellon levou as mãos ao cabelo preto e encaracolado. – Você não consegue mais andar?

Kier já tinha alcançando Harp também, e os dois tentaram ajudar a garota a se levantar. Antes que ela pudesse apoiar o peso na perna, porém, Leia viu o ângulo estranho em que a bota estava virada e apertou seu braço em um alerta.

– Não! Seu tornozelo não está torcido, está quebrado.

Kier acrescentou:

– Não é nada que algumas horas em um tanque de bacta não resolvam, mas não vai ter como você terminar de descer a montanha sem ajuda.

Obrigada por confirmar o óbvio, pensou Leia, mas não disse nada. Estava ficando cada vez melhor em entender o que exatamente a deixava irritada. Naquele instante, não era Kier Domadi, e sim a situação horrível em que se encontravam.

Lágrimas se acumularam nos olhos de Harp.

– Eu estraguei tudo pra todo mundo.

– Não, não estragou – disse Leia, mas Chassellon bufou. Ela o encarou. – O que raios quis dizer com *isso*?

Ele ergueu as mãos cobertas com luvas caras de couro de fambaa, fingindo rendição.

– Concordo com a senhorita, Princesa Leia. Allor não estragou tudo para todo mundo, só para ela mesma. Eu, por exemplo, pretendo voltar ao chalé até o anoitecer, com ela ou sem ela. E, pelo jeito, vai ser sem ela mesmo.

Quando Leia ficava brava, brava de verdade, sua têmpora pulsava. Às vezes, sentia que o topo do crânio ia estourar para liberar todo o vapor. E sua cabeça já começava a latejar.

– Você teria coragem de deixá-la aqui sozinha?

Chassellon deu de ombros.

– Aparentemente, a Comandante Pangie pensa que esta região é perfeitamente segura, exceto para quem é desastrado. Portanto, a senhorita Allor aqui deve ficar bem enquanto mandamos uma nave saltadora para buscá-la.

– Isso é inaceitável. – O tom de Kier era tão plano quanto antes, mas Leia podia perceber que ele estava tão irritado quanto ela.

– Ia ser muito solitário – disse Amilyn, ainda equilibrada sobre o toco, encarando o buraco no oco da árvore como se esperasse que as corujas da neve pelas quais ansiava fossem surgir dali.

– Solitário. Bom, vamos ser todos expulsos do curso para evitar que ela se sinta *solitária* por algumas horas. – Chassellon cruzou os braços diante do peito. – Ou podemos agir como seres racionais e continuar em frente.

– Podem ir – disse Harp, baixando a cabeça. – Eu vou ficar bem.

– Não vamos deixar você aqui – insistiu Leia. Ela soltou Harp, confiando em Kier para sustentá-la, e marchou até Chassellon. – Pense sobre isso, que tal? Se todos ficarmos para trás com Harp, a Comandante Pangie vai ter que deixar a gente continuar no curso. Ela não vai poder expulsar todo mundo.

– A senhorita pode se safar, Vossa Alteza, mas nós, os demais, temos que cuidar de nós mesmos. Confie em mim: quando alguém como essa tal comandante quer tornar mais difícil a vida daqueles sobre os quais ela tem poder, dá um jeito de fazer isso. Não tenho nenhuma intenção de dar munição extra a ela. – Ele ajeitou a mochila sobre as costas e colocou uma mão no ombro de Leia, com a expressão tão genuinamente simpática que por um momento ela achou que ele cederia. Em vez disso, Chassellon acrescentou em voz baixa:

– Entendo que a senhorita tenha que ficar. Ninguém pode saber que a Princesa de Alderaan abandonou uma pessoa em dificuldade para salvar a própria pele, não é? Aparências importam.

– *Aparências*? – Ela sentiu a têmpora pulsando de novo, e o rosto esquentando em contraste com o ar gelado e afiado.

Chassellon pareceu não perceber nada. Em vez disso, disse para os demais:

– Todos os que quiserem continuar até o chalé: venham comigo!

Para a consternação de Leia, metade da turma começou a descer o declive atrás dele. Apenas o Ithoriano parou e inclinou a cabeça, como se pedisse desculpas. Os demais seguiram sem nem olhar para trás.

Tive que ficar com metade do grupo, mas precisava mesmo ser justo com essa *metade?*, Leia pensou. Kier ficou ali, parado, analisando-a em silêncio enquanto Harp fungava com o rosto no ombro do rapaz. Sssamm parecia alerta e calmo, mas devido ao corpo de serpente não seria de muita ajuda na hora de carregar Harp, o equipamento dela ou qualquer outra coisa. E Amilyn ainda procurava pelas malditas corujas.

Todos pareciam esperar que Leia se pronunciasse como líder. Fazia sentido, dado que aquele era seu planeta natal, mas teria ajudado se ela tivesse uma mínima ideia do que fazer.

Mas eu sei. Eu sei. Leia respirou fundo. O pai sempre falava que ela precisava contar com a força de ter outras pessoas a seu lado. *Olhe fundo nos olhos deles*, dizia o vice-rei, *e os ajude a descobrir do que são capazes. Assim, você sempre descobrirá que tem consigo as pessoas de que precisa.*

Só que... não era nada fácil acreditar nisso naquele momento. Mas não tinha nada que pudessem fazer além de começar.

– Vamos seguir para o oeste – disse ela. – Vamos nessa.

– Sinto muito pela sua dor – Amilyn disse para Harp, sincera, enquanto assumia sua vez arrastando a maca improvisada que Kier montara. O cabelo verde berrante dela parecia uma queimadura química em meio à neve. – Mas veja pelo lado bom: quem imaginaria que a gente ia encontrar um perigo mortal tão cedo?

Harp fez uma careta.

– Espero que não seja tão "mortal" assim.

– Vai ser, se a gente acabar caindo dentro de uma fenda no gelo! – O sorriso de Amilyn se alargou, e Harp passou a olhar ao redor, apreensiva.

Estavam razoavelmente livres do perigo, dado que Sssamm rastejava um pouco à frente para reconhecer o terreno; suas escamas produziam um som agudo quando se arrastava contra a neve, em contraste ao ruído de neve esmagada que vinha dos passos humanos. Leia não estava mais assustada; juntos, os cinco lembravam do caminho de volta o suficiente para ter certeza de que chegariam ao chalé. Talvez chegassem antes do anoitecer, talvez não, mas o importante era garantir que Harp continuasse bem e segura.

Se bem conheço minha mãe, ela contratou a instrutora de técnicas de rastreamento mais durona da galáxia, pensou Leia. Quem achava que princesas eram "mimadas" certamente nunca passara um tempo na Casa Real de Organa. *A Comandante Pangie realmente pode acabar me expulsando do curso se eu não voltar antes do pôr do sol. Se isso acontecer, vou ter falhado imediatamente no meu Desafio do Corpo. E aí? Vou ter que tentar de novo ano que vem?* Ela nunca pesquisara o que acontecia com os herdeiros que não completavam os desafios listados no Dia da Reivindicação. A possibilidade de fracasso nunca passara por sua mente.

– Desculpa mesmo, pessoal – disse Harp, pela octogésima vez. Mas dessa vez, continuou. – Sempre fiz o possível para ser uma das melhores da turma, em todas as matérias. Erros idiotas como este... – Ela respirou fundo, como se estivesse tentando não chorar. – Acho que não estou acostumada a fracassar assim.

Kier continuou olhando adiante, andando exatamente no mesmo ritmo, enquanto respondia:

– Então este é o melhor curso que você já fez na vida. Ninguém aprende nada sem falhar nas primeiras tentativas. Você precisa aceitar isso e descobrir como dar a volta por cima. O que significa que aprender como fracassar é a lição mais importante de todas.

Leia não disse nada, mas sentiu o peso de cada palavra enquanto as ouvia, tentando processar o que ele dissera. Durante toda sua vida, ela fora como Harp, fazendo um esforço constante de aprender mais, fazer mais, ser mais. Ninguém jamais admitira diante dela que fracassar era uma possibilidade, menos ainda que, no fundo, podia ser algo *bom*.

Em outras circunstâncias, ela teria achado os arredores deslumbrantes por sua beleza – os vales repletos de coníferas se estendendo adiante, a neve impecavelmente branca, a maneira com que a cordilheira de montanhas irregulares bloqueava a luz do sol poente e a refratava em raios dourados. As escamas de um verde cintilante de Sssamm brilhavam com cada movimento da cauda, e mesmo as roupas multicoloridas de Amilyn pareciam vibrantes. Se fosse capaz de pensar que o fracasso podia ser um resultado positivo, talvez Leia até aproveitasse parte daquilo.

Quem sabe algum dia. Como uma memória. Mas naquele dia? Não, ela tinha que continuar avançando.

Além disso, o fracasso não era sempre individual. Quando Leia falhara em Wobani, outras pessoas haviam sofrido a consequência.

Kier diminuiu o passo para caminhar ao lado dela.

– Os outros provavelmente não estão tão na nossa frente – disse ele. – Talvez a gente consiga chegar antes do anoitecer.

– Talvez. – Leia duvidava, mas não era impossível. – Obrigada por fazer a maca.

Ele deu de ombros.

– Meu professor de antropologia histórica sempre insistia que a gente devia experimentar habilidades primitivas, só para ver quanta inteligência elas exigem. Se precisar de alguém para improvisar uma faca de pedra para você, é só me avisar.

– Espero que a gente não chegue a esse ponto. De qualquer forma, só queria dizer que agradeço. Você não precisava ter ficado para ajudar.

Kier a olhou de canto de olho.

– Mas você sim.

– O quê?

– Precisava ter ficado.

– Como assim? Para manter as aparências? – E ela pensando que tinha se livrado dos babacas depois da partida de Chassellon. – Isso não tem nada a ver com aparências. Eu sempre ficaria com qualquer pessoa que precisasse de ajuda.

– Não foi o que eu... – Kier se conteve. Ela percebeu que ele procurava as palavras, e depois reconheceu algo na maneira com que não a encarava nos olhos. Aquele cara não era metido; era apenas *tímido*. Ele enfim disse: – Sinto muito. Às vezes, não sou tão bom em dizer as coisas que realmente quero dizer.

Agora mais calma, além de curiosa, Leia respirou fundo. O ar tinha um cheiro de vegetação fresca.

– Certo, tente de novo.

Kier continuou em silêncio ao longo de vários passos. Leia já começava a achar que ele desistira quando falou:

– Não quis dizer que você estava ficando por causa das aparências. Digo, sua posição de membro da realeza exige que você fique.

Ela ainda não via a diferença no discurso, mas decidiu ouvir o que mais ele tinha a dizer.

– Você quer dizer que as pessoas esperam mais das princesas.

– Não. Quero dizer que você espera mais de você mesma. – Kier olhou para ela. A respiração deles se transformava em fumaça branca ao entrar em contato com o ar frio. – Sempre ouvimos sobre como a Casa de Organa se dedica ao máximo pelo bem do povo...

– E nos dedicamos *mesmo* – insistiu Leia.

Kier ergueu uma mão para interrompê-la e continuou.

– Sim, vocês realmente se dedicam. Não é só propaganda de Alderaan, que seria o caso em qualquer outro planeta da galáxia. A rainha, o vice-rei… e você também, pelo que parece – ele continuou. Amolecida, Leia concordou com um balanço de cabeça, e ele entendeu o gesto como um sinal para continuar. – Então, você não tem de fato a escolha entre ficar ou continuar. Assim como não tem escolha entre ir ou não para a Legislatura de Aprendizes.

– Você acha que estou indo obrigada para a Legislatura de Aprendizes? – Bom, era melhor isso do que ele pensar que ela não merecia estar lá. Se bem que agora nem *ela* achava que merecia, depois de Wobani. De forma mais intensa, para convencer tanto ele quanto ela mesma, Leia acrescentou: – Acredite em mim, mal posso esperar para voltar para o Senado.

O olhar de lado de Kier parecia um olhar de avaliação.

– Sério? Ou você só acha que deveria?

– Conheço minhas próprias motivações perfeitamente bem, muito obrigada.

A intenção de Leia era que as palavras soassem irritadas. A intenção era que *fossem* irritadas. Mas, no fundo, o que ela queria era que ele ficasse quieto um pouco para que ela pudesse refletir sobre o que ele dissera. A ideia de ser capaz de escolher o próprio futuro em vez de herdar o trono… Bem, era uma ideia tão alienígena que Leia nunca fora capaz de considerá-la a sério, nem uma única vez. Só agora enxergava a estranheza daquilo.

Como se tivesse pressentido a palavra *estranheza* no pensamento de Leia, Amilyn quebrou o silêncio:

– Olhem só isso!

Tinham atravessado uma área mais cerrada de floresta e, enfim, chegado a uma clareira com declives completamente livres de árvores. Uma branquidão sem fim se estendia diante deles em quase todas as direções, mas os declives eram íngremes demais para descer facilmente a pé – especialmente para quem estivesse puxando a maca atrás de si.

Pelo menos o caminho era fácil de distinguir.

– Foi por ali que subimos – disse Leia, apontando para uma fileira de rochas que se espalhavam morro abaixo, cerca de uns duzentos metros a oeste.

Sssamm sibilou que já podia enxergar o grupo de Chassellon lá embaixo – o que, dada sua visão aguçada de Fillithar, significava que os outros estavam cerca de dois mil metros à frente.

– Quando eu era criancinha, adorava descer nos tobogãs – disse Amilyn.

Leia se esforçou para não ser estúpida.

– Que bom para você. Quando a gente voltar para o caminho, o solo vai ser irregular demais para puxar a maca. Kier... – Pedir aquilo para o rapaz a deixava desconfortável, o que não fazia sentido algum, então simplesmente prosseguiu: – Acha que consegue carregar Harp?

Ele concordou com a cabeça, embora parecesse mais preocupado do que seguro.

– O que eu mais amo sobre os tobogãs é que a gente desce muito rápido. – Depois de soltar as faixas que prendiam uma das extremidades da maca ao próprio corpo, Amilyn começou a remexer na mochila.

Quando Sssamm mencionou que talvez fosse capaz de equilibrar Harp em uma das voltas do corpo, Leia abriu a boca para ir contra a ideia, dizendo que o perigo de saírem rolando sem controle era grande demais. Mas a visão deles escorregando morro abaixo a fez entender o que Amilyn vinha dizendo – no exato instante em que Amilyn tirou um objeto amarelo-berrante de dentro da mochila. Ela o agitou no ar e ele obedientemente assumiu sua forma final: uma barraca de emergência.

Amilyn pisou em uma das extremidades da barraca e depois se inclinou para achatar para baixo dois dos varões flexíveis.

– Viu, se a gente conseguir esticar a barraca...

– Vamos ter uma espécie de trenó grande o bastante para carregar todos nós morro abaixo, como se a gente estivesse descendo por um tobogã – concluiu Leia. – Por que não disse logo?

Amilyn franziu a testa.

– Eu disse. Não disse?

– É perigoso demais. – Kier se ajoelhou ao lado de Amilyn, negando com a cabeça. – A gente pode acabar acelerando demais. Com esse tanto de peso a bordo, pode ser difícil manobrar. Se a gente bater, pode acabar todo mundo com o tornozelo quebrado. Os geradores de campo só vão nos proteger até esse ponto.

Foi quando Sssamm deslizou para perto deles, sibilando com empolgação. Ele entrou na barraca-trenó, esticou o corpo para segurar as extremidades e depois enfiou a ponta da cauda na última aba solta. Por fim, levantou a cauda para formar uma vela, que virou de um lado para o outro para provar como seria fácil manobrar o veículo. Kier começou a sorrir, e Amilyn bateu palminhas.

Pela primeira vez, Harp parecia esperançosa em vez de chateada.

– A gente pode tentar?

Eles não precisavam da permissão de Leia. Era o que ela devia ter dito, mas em vez disso começou a rir.

– Vamos nessa.

A descida inteira se resumiu a um borrão de jatos de neve e árvores distantes. Eles, às vezes, ziguezagueavam tão rápido que Leia achava que iam acabar tombando, mas Sssamm sempre dava um jeito de retomar o rumo a tempo. Harp soltara um gritinho ou outro ao passarem por algumas rampas – ou quando voavam por um tempinho antes de voltar a tocar o chão –, mas riu a maior parte do tempo, assim como a princesa.

Leia pensou que não se divertia daquele jeito havia muito tempo. E não se divertia daquele jeito com pessoas da idade dela desde…

Desde sempre? Acho que desde sempre.

O sol se punha enquanto Chassellon Stevis e seu grupo se arrastavam pelos degraus da frente do chalé, todos claramente exaustos e miseráveis. Isso só fez ser ainda mais gostoso vê-los entrar no grande salão, olhar para a enorme lareira – e ver Leia e os amigos relaxando diante do fogo com canecas gigantes de mocoa quente.

– Onde vocês estavam, galera? – perguntou Harp. Ela tinha uma bolsa bacta de emergência no pé, e um pouco de espuminha do mocoa quente sujando o nariz. – A gente esperou um *tempão*.

Chassellon começou a balbuciar:

– Vocês não podem… Como…?

– Eles conseguiram demonstrando um pouco de ingenuidade, Stevis – disse a Comandante Pangie, que tinha ficado com a segunda poltrona mais confortável diante do fogo depois de deixar a melhor de todas para Harp. – E demonstrando também um pouco de compaixão, uma qualidade que parece estar em falta no *seu* grupo.

– Está achando isso muito engraçado, não é? – Chassellon ergueu o queixo, tentando parecer tão imponente quanto possível dadas as roupas ensopadas e os cabelos encharcados (o que não era lá grande imponência). – Vamos ver quem vai rir mais quando a Rainha Breha souber como nos abandonou.

Leia deu de ombros.

– Eu estive falando com a comandante. Acontece que essa parte do desafio foi, na verdade, ideia da minha mãe.

– Mas… Uma rainha…? Ela nunca…

– Nos forçaria a sair da zona de conforto? – Leia quase riu. – Você obviamente nunca conheceu minha mãe.

Chassellon murchou de forma tão patética que ela quase sentiu pena dele. De canto de olho, viu Kier erguendo o queixo, orgulhoso, talvez em reação à rigidez da monarca de seu planeta. Ele podia irritar Leia de vez em quando, mas sabia reconhecer um cidadão leal de Alderaan quando via um.

A Comandante Pangie ergueu a própria caneca na direção do segundo grupo, como se propondo um brinde.

– Como falharam em demonstrar a capacidade de trabalhar em equipe, vou ter que dar uma tarefinha extra para vocês da próxima vez. Vamos ver… Que tal carregarem a bagagem do outro grupo? Parece uma ótima ideia.

Lembrar do rosto de Chassellon naquele momento divertiu Leia pelo resto da noite, e pelo resto da viagem de volta até Aldera. Enquanto retornava ao palácio – dolorida e esfarrapada, embora eufórica –, ela tentava procurar as palavras certas para descrever a expressão. *Como aquelas heras murchas de Harloff Menor.* Não, não era exatamente isso. *Como Doisvê naquela vez que eu era uma bebezinha e saí correndo do meu banho direto para a cerimônia formal no salão de jantar.*

– Boa noite, Princesa – disse o homem de guarda diante da antessala de Bail Organa, quase um sinal luminoso do paradeiro do pai.

O guarda não deu um passo para o lado imediatamente, liberando a porta, provavelmente por presumir que Leia ia querer tomar um banho antes de se apresentar aos pais. Não dessa vez, porém. Ela mal podia esperar para contar tudo a eles. Ficariam orgulhosos dela, talvez orgulhosos o suficiente para apagar as manchas de seus erros.

– Boa noite. – O rosto de Leia quase doía de tanto sorrir. – Vim ver meus pais. Eles estão aí dentro, não estão?

– Sinto muito, Vossa Alteza. – O guarda tentou ser cauteloso, o que só piorou as coisas. – Seus pais estão em uma conferência sobre o próximo banquete, e tenho ordens estritas de não permitir que sejam perturbados por ninguém.

Demorou uns instantes até que Leia decidisse arriscar a pergunta.

– Nem mesmo eu?

– Nem a senhorita, Vossa Alteza. Tenho certeza de que estarão ansiosos para vê-la assim que terminarem.

Assim que terminarem de planejar o próximo jantar.

– Certo. Obrigada. – A voz dela soava calma, não? Como a de uma princesa, e não como a de uma menininha magoada, certo?

Talvez não. O guarda olhou para ela com uma expressão tão triste, quase com pena, que ela nem sequer foi capaz de odiá-lo por isso.

Dias depois, Leia continuava de mau-humor. Mesmo o tão esperado retorno a Coruscant para a primeira sessão da Legislatura de Aprendizes não parecia capaz de acabar com sua melancolia.

A aventura no curso de técnicas de rastreamento tinha abrilhantado apenas um dia. Depois dele, ela voltara à ausência contínua dos pais e ao remorso persistente com o que acontecera em Wobani. Leia passara a dedicar todo seu tempo ao cuidado dos refugiados de Wobani desde que haviam chegado em Alderaan; era a única forma que conhecia de reparar os erros de julgamento que cometera. Mas os refugiados não sabiam que ela havia estragado negociações que também teriam salvado o resto de seu povo – assim, a gratidão deles mais feria do que ajudava.

"A gente vai se mudar em breve", confessara uma mulher, enquanto Leia os ajudava a lidar com a conta onde o estipêndio da rainha seria depositado. "A gente tem uns primos em Itapi Prime – são primos distantes, mas fizemos negócios ultimamente. Sei que vai ter um lugarzinho pra gente por lá."

"Pois eu vou ficar é aqui mesmo!", declarou um senhor idoso que estava por perto. "Alderaan é o planeta mais lindo da galáxia, na minha humilde opinião. Já penso nele como meu lar."

Eles estavam muito *felizes*. Muito satisfeitos com o modo como as coisas haviam se desenrolado. Leia sabia que deveria sentir prazer com aquilo em vez de se lembrar constantemente que a situação poderia estar muito melhor, para eles e para todos os outros em Wobani, se ela tivesse apenas…

Apenas o quê? Ido embora e deixado aquelas pessoas por lá para que sofressem? Leia nunca teria feito isso, não sem um motivo convincente para tal. E os pais não tinham contado nada daquilo a ela porque ela ainda não tinha acesso a todas as informações sigilosas.

Bom, isso significava que ela precisaria ser brilhante na Legislatura de Aprendizes. Lá, pelo menos, sabia o que estava fazendo. Seria seu primeiro passo no território da política e do poder de verdade – e, com o poder, vem o conhecimento.

Em sua primeira visita a Coruscant, dois anos antes, para servir com uma das estagiárias do pai, eles tinham voado juntos no iate real, o *Estrela Polar*. Leia lembrou-se do pai apontando os vários pontos de referência, lugares lendários que, enfim, se tornavam reais para ela. O alvoroço e o brilho de Coruscant sobrepujavam os sentidos de quase todo mundo que via o planeta pela primeira vez, mesmo garotas que tinham crescido em palácio, e Bail Organa rira ao ver seus olhos arregalados.

Dessa vez, porém, ele viajara dois dias antes dela, para tratar de assuntos mais importantes dos quais a filha aparentemente não podia saber.

Leia apreciou a vista sozinha enquanto o *Estrela Polar* diminuía a altitude, ocupando seu lugar na rede intrincada de vias de tráfico que cobria o planeta. Em sua opinião, Coruscant parecia mais bonito à noite, quando resplandecia com seus trilhões de luzes poderosas, exatamente como um núcleo galáctico. Mas era dia quando ela chegou, e Leia foi massacrada pela energia frenética do sem-número de pequenas espaçonaves, pelo reboliço do trânsito em via única nas invisíveis travessas aéreas entre as quadras, e pelas estruturas sombrias dos altos edifícios que os cercavam.

Só mesmo um lugar como este poderia fazer o Senado Imperial parecer calmo, pensou ela.

Como Leia já era familiarizada com o complexo Senatorial e tinha um lugar para ficar no apartamento do pai, não se preocupou em chegar antes para a abertura da Legislatura de Aprendizes. Não tinha, porém, a intenção de chegar tão em cima da hora, o que a obrigou a se apressar pelos corredores amplos para encontrar nas câmaras o pod que ocuparia enquanto a fanfarra já começava a tocar. Quando se esgueirou para dentro do espaço, Kier Domadi olhou por cima do ombro. As vestes cinzentas e simples que ele usava contrastavam fortemente com os trajes finos da maioria das pessoas ao redor deles, inclusive com o vestido violeta de gola alta que Leia usava.

– Estava me perguntando se você viria ou não – disse ele, com a voz baixa.

– E por que eu não viria? – respondeu ela, sussurrando. Falar com ele daquele modo a obrigava a se aproximar, chegando tão perto que era possível sentir o calor de sua respiração.

– E por que não chegaria cedo?

Mais uma vez, Leia se sentiu cutucada. Kier tinha conquistado o lugar dele ali, e o valorizava mais do que ela valorizava o próprio. O Senado podia ser familiar a ela, mas para ele era novo. E, para ambos, era importante.

– Você está certo. Eu deveria ter chegado mais cedo.

– Não foi isso que eu… – Ele suspirou. – Digo, você parece o tipo de pessoa que chega cedo na maioria das vezes.

Ela considerou aquilo.

– E sou, na verdade.

– Veremos – respondeu ele, mas sorriu ao falar.

Uma salva de aplausos irrompeu no espaço quando o orador convidado surgiu no palanque. Era um homem que Leia ainda não conhecera pessoalmente, mas do qual ouvira falar muito… E nada bem.

– Bem-vindos à Legislatura dos Aprendizes – disse o Grão Moff Wilhuff Tarkin. Ele era magro, pálido e empertigado, como uma agulha esculpida em osso. – Cada um dos senhores começa agora o processo de representar seu planeta no Senado. E, é claro, diante do próprio Imperador. Todos vivemos para servir este grande Império, para aumentar sua força e trabalhar por sua preservação. Aqui é onde o serviço de cada um de vocês começa.

Para Leia, aquilo soava menos como serviço e mais como servidão, e não era sobre isso que a legislatura era. O Senado Imperial era uma das poucas formas de moderar o poder de Palpatine – não que Tarkin fosse admitir algo assim.

– Alguns podem achar que são apenas jovens, praticamente ainda crianças; e que, portanto, não têm nada a oferecer ao Império. De fato, há alguns na Frota Estelar Imperial que ficariam surpresos ao saber que me voluntariei para falar com os senhores na reunião de hoje. Tais pessoas têm uma visão muito limitada. – O olhar de ave de rapina de Tarkin percorreu os pods; Leia não ficaria nada surpresa se ele memorizasse o rosto de todo mundo até o final do discurso, isso se já não os tivesse memorizado antes mesmo de chegar. – Quando eu ainda era um estudante, o então Senador Palpatine se interessou por mim. Providenciou a mim um aconselhamento inestimável, que moldou meu caminho daquele ponto em diante. Seu exemplo me ensinou a procurar pelos melhores quando ainda são jovens: quanto mais cedo começamos, mais influência nossos ensinamentos terão. Então, saibam que não estão apenas praticando uma forma de governo, tomando decisões pequenas aqui e ali. Estão também provando que tipo de líderes do Império poderão ser um dia. Mostrem seu potencial, e iremos apresentar o caminho aos senhores.

Todos aplaudiram enquanto Tarkin deixava o palanque. Leia aplaudiu com os demais, mas Kier não. Ela fingiu não perceber; era mais seguro para ele daquela forma.

O coquetel depois da reunião foi relativamente informal, como aquele tipo de evento costumava ser: comida e bebida servidas em um terraço alto que dava vista para uma área ampla da cidade. O pôr do sol pintava o horizonte de um rosa-claro, e réstias do sol escapavam por entre as silhuetas irregulares dos arranha-céus. Alguns músicos de Rodia tocavam uma melodia jovial enquanto todos circulavam pelo espaço e interagiam uns com os outros. Obviamente, o propósito era que os jovens conhecessem pessoas com as quais ainda não tinham conversado, mas os membros do curso de técnicas de rastreamento de Leia acabaram se agrupando.

Chassellon Stevis parecia não ter guardado rancor; tinha trançado o cabelo, usava um terno de seda estiloso e ostentava um sorriso amplo quando a cumprimentou.

– É bom estar de volta à civilização, não acha?

– Prefiro isso a ficar presa em uma trilha no meio da montanha, se é que me entende – disse Leia, devolvendo o sorriso. Já que Chassellon não parecia emburrado, ela não ia esfregar na cara dele a atitude que tivera durante a primeira atividade do curso... Mas tampouco ia se esquecer dela.

Harp Allor estava corada e parecia feliz.

– Isso não é demais? O Senador Lenz disse que, mais tarde, vai até me apresentar pessoalmente ao Grão Moff Tarkin.

– O senador de vocês veio? – perguntou Leia, pega de surpresa. O pai dela não mencionara a possibilidade.

– Ele disse que queria vir para me dar um empurrãozinho inicial.

Harp olhou ao redor e apontou para Winmey Lenz, senador sênior de Chandrila. Leia reconheceu o homem esguio, de pele negra e barba bem aparada, dos coquetéis que precediam os jantares que a mãe dela dava. Ele conversava animado com um militar, um dos poucos presentes ali. A atenção de Lenz foi capturada pelo gesto de Harp e ele deu um leve aceno para ela antes de continuar conversando. Agora que Leia olhava ao redor, percebia que nem todos os adultos presentes eram funcionários; havia alguns outros senadores misturados à multidão.

Meu pai poderia ter me feito companhia esse tempo todo. Ele simplesmente achou que não era importante.

Kier interveio:

– O Senador Organa deu um empurrãozinho inicial na nossa princesa alguns anos atrás, eu acho.

Ele estava tentando fazê-la se sentir melhor, o que significava que percebera sua chateação. Kier ter percebido o constrangimento de Leia só tornava tudo pior.

– Ele poderia ter vindo por *você* – sublinhou ela.

– Tenho certeza de que seu pai sabe que estou em boas mãos – disse Kier.

Escolha interessante de palavras, pensou Leia, mas daria maior atenção àquilo mais tarde.

– E cá estamos nós nos reencontrando.

Amilyn Holdo se aproximou quase flutuando, com a mesma expressão levemente vidrada no rosto. Tinha tingido o cabelo em um tom de azul-claro com as pontas laranja e usava uma túnica chamativa – além da estampa vertiginosamente brilhante, a peça era adornada por franjas purpurinadas. Em vez de parar para conversar, ela seguiu direto até a mesa de canapés; pelo menos sabia quais eram suas prioridades.

Leia se aproximou de Kier e murmurou:

– Eu achava que apreciavam a simplicidade em Gatalenta. Que eles se vestiam de forma simples, com exceção apenas daquelas capas escarlate.

– Eu também. Aparentemente, Holdo faz as coisas do jeito dela.

Kier disse aquilo de forma gentil, um ótimo lembrete de que Leia não se importava com como a garota se vestia, ou com que cores pintava partes do próprio corpo, ou se sempre falava no mesmo tom meio aéreo. Um membro de uma espécie alienígena com a qual ela não estava familiarizada flutuava no ar perto de uma tigela de ponche, com os vários tentáculos listrados gesticulando em uma elaborada e fluida linguagem de sinais. De uma perspectiva galáctica, era difícil considerar qualquer coisa realmente "esquisita".

Talvez para interromper o silêncio desconfortável, Harp disse:

– Mas e aí, quanto acham que vão exigir da gente na Legislatura de Aprendizes? Sei que temos umas tarefas consideráveis pela frente, mas até que ponto acham que o Império vai ouvir nossas recomendações?

– Provavelmente, tanto quanto ouvem as do Senado Imperial – respondeu Kier. – Em outras palavras, quase nada.

– Como disse? – Leia deu um passo para trás. – Trabalhamos muito duro no Senado. Meu pai tem jornadas de dez horas por dia, às vezes…

– O Senador Lenz também! – protestou Harp.

Kier ergueu as mãos.

– Vou me expressar melhor: boto muito mais fé na liderança do vice-rei em Alderaan do que em qualquer liderança aqui em Coruscant.

– Não venha dar uma de *radical* – disse Chassellon, tirando um pelinho da jaqueta de forma distraída. – É muito deselegante.

Aquela conversa precisava de um desvio de rota, e rápido. Leia fez um gesto com a cabeça na direção de Tarkin, que interagia com alguns convidados na área central do terraço. O sol poente destacava a silhueta de seu perfil anguloso. Leia pensou novamente sobre aves de rapina e sobre suas garras afiadas.

– Pelo jeito vamos ter que abrir caminho se quisermos falar com nosso orador convidado. A gente podia se livrar logo disso.

– Essa parte é um tédio só, na minha humilde opinião. – Chassellon deu de ombros com a indiferença que apenas a fortuna era capaz de proporcionar. – Proponho que a gente cabule essa parte da aula e vá atrás de alguma diversão de verdade. O pessoal me conhece em algumas boates nos andares inferiores.

Como Chassellon não era mais velho do que a própria Leia, ela duvidava muito daquilo. Mas apenas disse:

– Não, preciso me apresentar ao Grão Moff. Meu pai espera isso de mim. – *Não que ele tenha como saber se eu vou fazer isso ou não.*

Kier negou com a cabeça.

– Duvido que o Grão Moff se importe muito em me conhecer, e é algo mútuo. Além disso, preciso me acomodar no dormitório.

Leia não tinha pensado muito sobre o fato de que os outros aprendizes morariam em um alojamento. Ela ficaria no quarto de sempre no apartamento do pai. A família Organa vivia de forma consideravelmente simples em Coruscant – pelo menos para o status social que tinham –, mas ela tinha certeza de que seus aposentos eram luxuosos se comparados aos dormitórios do alojamento. Era mais uma coisa que a diferenciava dos outros – de quase qualquer outra pessoa.

– Quero continuar absorvendo os ares daqui – disse Amilyn, aproximando-se de novo como se flutuasse. A fala fez mais sentido quando ela acrescentou: – Se você não deixa os gases da atmosfera de um planeta novo entrarem pela sua pele de uma forma orgânica, pode acabar com problemas de sono.

Chassellon revirou os olhos. Leia tomou aquilo como uma deixa para ir até a fila diante de Tarkin e resolver logo aquilo.

Aparentemente, vários dos aprendizes de legisladores estavam nervosos por estar diante de um grão moff. Ela percebia o comportamento, mas não compartilhava nem um pouco dele; não tinha nem seis anos quando conheceu um rei pela primeira vez. Enquanto os outros pareciam trêmulos, trocando o peso de uma perna ou de um tentáculo para o outro, Leia permanecia plena. Esperando sua vez, sentiu-se grata por ter trançado o cabelo e o ajeitado sobre a cabeça, o que a deixava alguns centímetros mais alta. Quando enfim se viu frente a frente com o Grão Moff Tarkin, cumprimentou-o com um aperto de mão firme.

– Princesa Leia Organa de Alderaan.

– Vossa Alteza – disse Tarkin. A mão dele apertou mais forte a dela; só ligeiramente mais forte do que ela estava acostumada, mas forte o suficiente para que sentisse que ele a segurava ali. A sensação durou apenas por um instante, no entanto, assim como o sorriso quebradiço do homem. – Mal posso esperar para descobrir se a senhorita será uma senadora do mesmo tipo que seu pai.

– Espero ser – disse Leia. – Visitarei Eriadu pela primeira vez em breve, como parte do curso de técnicas de rastreamento. Não falaram muito por entre quais cordilheiras de montanhas teremos que encontrar nosso caminho, mas acho que o senhor tem uma ideia.

Diplomacia, não raro, tinha a ver com fazer as pessoas se sentirem lisonjeadas. Uma das formas de ter sucesso na missão era fazer referências a seus planetas de origem; outra era pedir a opinião delas sobre um assunto que dominavam. Ela ficou orgulhosa de conseguir ter juntado as duas coisas em uma pergunta só.

– A Cordilheira de Rivoche – disse Tarkin, sem hesitar. Os olhos do grão moff permaneceram fixos nos da princesa, de forma incomodamente direta. – A senhorita fez a lição de casa.

– Tento sempre fazer, senhor.

– É um bom hábito de se cultivar. – Ele fez uma pausa, e depois acrescentou: – Diferente de, por exemplo, procurar brechas nas leis do Império.

Por fora, Leia não demonstrou nada. Mas, por dentro, sentiu choque e depois vergonha. *Quer dizer, então, que o relato do resgate em Wobani chegou tão longe, rápido assim?*

No entanto, provavelmente não era em Wobani que ele estava mais interessado. A maior probabilidade é que a preocupação dele fosse com o que ela testemunhara na Estação de Calderos. Ela estava só esperando que a história do ataque chegasse à HoloNet, ansiosa por descobrir as diferentes teorias sobre os responsáveis. Em vez disso, porém, houvera apenas um silêncio total. O que significava que alguém encobrira os fatos.

O que significava também que ela era uma das únicas pessoas que conhecia um segredo que o Império queria esconder a todo custo. Leia era esperta o bastante para entender que aquilo a deixava em uma posição delicada.

Tarkin acrescentou:

– A senhorita tem um talento para encontrar fraquezas, Vossa Alteza. E para as explorar. Esse talento pode ser usado a seu favor, ou contra você. Ainda terei que decidir como vai ser.

Ele começou a conversar com a próxima jovem legisladora, e Leia ficou sozinha no meio da multidão, silenciosa em meio aos ruídos, incerta sobre o que de fato a cercava.

CAPÍTULO 7

NAQUELE DIA, LEIA ficou acordada até tarde na esperança de ver o pai. Porém, conforme as horas passavam e ela ficava cada vez mais cansada, concluiu que ele provavelmente voltara para Alderaan por um curto período de tempo. Ou talvez tivesse saído do planeta, convocado de última hora para uma missão de averiguação. Qualquer possibilidade era plausível; ela já saltara de um planeta para o outro com o pai vezes suficientes para entender. Como ele sabia que ela estaria ocupada com a Legislatura de Aprendizes, faria sentido se não a tivesse chamado para ir junto. Com determinação, convenceu a si mesma que não deveria ficar chateada com a situação, e sim ir para a cama e começar do zero no dia seguinte.

Quando saiu do quarto pela manhã, porém, encontrou o pai sentado à mesa, comendo de forma distraída um pedaço de bolo de frutas enquanto a xícara de caf fumegava a seu lado.

Bail Organa se sobressaltou quando a viu.

– Leia? Você já está aqui em Coruscant?

– É claro. As sessões da Legislatura de Aprendizes já começaram.

Ele baixou os olhos.

– Eu achei que fosse... – Ele fez uma careta – ...ontem.

– Pois é. – Mas Leia já se sentia um pouco melhor. Não era nada legal o pai ter perdido aquilo tudo, mas pelo menos ele estava se sentindo mal por isso.

– Não posso dizer que sinto muito por ter perdido os discursos de abertura, mas sinto por não ter estado lá com você. – Ele fez um gesto na direção da cadeira mais próxima e começou a cortar algumas fatias do bolo de frutas para ela. Leia serviu caf em uma caneca para si mesma antes de se sentar ao lado dele. O vice-rei ergueu uma sobrancelha. – Dizem que caf prejudica o crescimento.

– Meu crescimento já está prejudicado. Já que vou ser baixinha a vida inteira, que pelo menos seja bebendo caf.

Bail deu uma risada alta, e Leia teve que sorrir.

Muitos senadores e senadoras usavam vestes ornamentadas e luxuosas adornadas com peles, ou então revestiam o próprio couro com metais preciosos. Bail Organa usava roupas simples, com nada mais elaborado do que a capa do dia a dia. Com sua altura, seus ombros largos e seus olhos escuros e penetrantes, não precisava de um verniz vazio de grandiosidade para evocar atenção ou respeito. Até pouco tempo antes, Leia acreditara que o pai não envelhecia como outros humanos. Nos últimos meses, porém, o tempo e o estresse haviam começado a pintalgar de cinzento o cabelo em suas têmporas e marcar linhas de expressão em sua testa e no canto dos olhos.

– Agora me conte um pouco sobre os outros aprendizes – disse Bail. – Não temos muito tempo, mas deve ter alguns que se destacam.

– Kier Domadi...

– O outro representante de Alderaan? A mãe dele é professora na Universidade do Arquipélago. O que tem ele?

Leia percebeu que não tinha muita certeza do que queria dizer, mesmo Kier sendo a pessoa em quem pensara primeiro.

– Achei que ele era meio exibido no começo, mas não é isso. Ele é tímido. E inteligente, e interessante. – Ocorreu a Leia que estava gastando muito tempo no mesmo legislador-aprendiz. Acrescentou, de forma apressada: – E também tem Chassellon Stevis, de Coruscant, que é totalmente metido.

– Nossa, que surpresa – respondeu Bail ironicamente, revirando os olhos. Os dois compartilhavam a mesma opinião sobre a maioria das pessoas nativas de Coruscant.

Leia começou a apreciar a conversa.

– Também tem essa menina de Gatalenta chamada Amilyn Holdo, que é... um pouquinho estranha, digamos.

O pai balançou a cabeça em um gesto de descrença afetuosa.

– Confio no seu julgamento, Leia, mas não seja tão rápida na hora de deduzir coisas sobre as pessoas. Às vezes, elas podem surpreender você. – Com isso, ele se levantou e tomou o resto do caf em um gole só.

Incapaz de esconder a decepção, Leia disse:

– Já está indo?

– Tenho uma reunião com Mon Mothma agora no primeiro horário. – Bail usou um tom de voz que significava que já estava pensando em outra coisa; de novo, tinha a cabeça em outro lugar. – Depois tem a sessão e, enfim, vou sair com a *Tantive* IV em uma missão de averiguação que deve durar uma semana, talvez duas.

– Quanto tempo! – Leia já ficara sozinha no apartamento em Coruscant, mas raramente por mais do que uma ou duas noites e, mesmo nessas ocasiões, 2V estivera com ela.

– Você vai ficar bem. – O pai pousou a mão em seu ombro. – Sem festonas de arromba enquanto eu estiver fora.

Aquilo a fez rir, mas a atenção de Bail já flutuara para longe. Ele deu um beijo distraído na testa da filha e saiu sem olhar para trás.

O apartamento em Coruscant – uma cobertura independente do resto do edifício, conhecido como Plenário de Cantham – seria considerado relativamente modesto sob qualquer padrão senatorial ou real: tinha alguns poucos quartos, uma sala de estar e uma sacada em forma de meia-lua que dava uma visão ampla da cidade. Para Leia, que fora criada em um palácio, o apartamento sempre parecera pequeno.

Mas ela tinha a sensação de que era grande demais quando estava sozinha.

A primeira sessão de verdade da Legislatura de Aprendizes começou com apresentações. Leia nunca se sentira tão grata pelo fato de que apenas quarenta planetas ainda enviavam representantes. Se estivesse na mesma posição uma geração antes, não tinha certeza se seria capaz de suportar centenas de pessoas dizendo o planeta de onde tinham vindo e seu passatempo preferido. Ela estava prestando muita atenção o tempo todo – talvez um detalhe revelasse pontos em comum, ou uma visão interessante dos outros aprendizes –, mas se concentrar naquele tipo de apresentação por tempo demais a estava deixando com dor de cabeça.

Chassellon Stevis falara sobre restaurar solodeslizadores antigos e luxuosos.

– Vou dizer que demora um pouco para encontrar as peças certas, mas o resultado final vale a pena.

Nota mental: mais paciente e metódico do que eu imaginava.

Amilyn Holdo prendera penas no cabelo azul trançado, o que dava a ela a aparência de um pássaro recém-saído do ovo.

– Gosto de comparar os diagramas astrológicos tradicionais de diferentes planetas para ver se concordam sobre a influência exercida por vários astros. Os paralelos são impressionantes!

Leia não precisara de notas extras ali – entendera aquela garota desde a primeira vez que a vira.

Quando chegou a vez do pod de Alderaan, ela fez um gesto para que Kier fosse primeiro. O interesse dele a surpreendeu mais do que o de qualquer outra pessoa.

– Planejo ser historiador especializado na era das Guerras Clônicas, então, sempre que posso participo de todas as dramatizações passadas nessa época. Geralmente, atuo como um clone SCUBA trooper quando tem alguma cena de batalha aquática.

Ela soubera pelo dossiê que ele estudava história, mas pensava nele como alguém que passava todo o tempo livre debruçado em silêncio sobre livros. Aparentemente, não era bem assim. *Nota mental: transparece ser alguém tímido e calado, mas tem espírito de guerreiro.*

Os holofotes recaíram sobre ela quando os droides amplificadores se aproximaram. Leia se levantou, grata por toda a experiência que tinha em falar em público. Alguns dos outros haviam gaguejado ou hesitado, mas ela se apresentou para a câmara de forma suave.

– Sou Leia Organa, princesa da casa governante de Alderaan, herdeira à coroa, e agora membro da Legislatura de Aprendizes. Como espero estar envolvida com o Senado Imperial ao longo de toda minha vida, estou grata por poder começar por aqui, e mal posso esperar para conhecer todos vocês. – Pronto. Tinha mencionado seu status real sem dar muita ênfase a ele, e com sorte ninguém iria tripudiar...

– Conte algo pessoal – sussurrou Kier. Quando Leia olhou para ele, o rapaz ergueu as sobrancelhas. – Todo mundo fez isso.

Ele estava certo. Deviam mencionar um passatempo preferido ou um interesse pessoal de algum tipo, e ela precisava seguir o modelo. Preparou-se para dizer... o quê?

Estudei a história de Alderaan desde o primeiro assentamento humano no planeta. Aquilo fazia parte de sua educação como membro da realeza. *Fui estagiária no escritório senatorial do meu pai por dois anos.* Aquilo não era pessoal. *Estou fazendo um curso de técnicas de rastreamento com alguns outros legisladores-aprendizes.* Mas aquilo também fazia parte de seu Desafio do Corpo, um passo oficial do processo de se tornar uma monarca. Ela nunca antes percebera que não tinha muitos interesses pessoais; seus deveres e seu futuro consumiam praticamente cada momento de sua vida de forma tão completa que ela mal foi capaz de perceber isso.

– Gosto de tempestades – disse, enfim. – Digo, do evento climático. Gosto de assistir às tempestades.

Com isso, ela se sentou com as mãos acomodadas sobre o colo. Quando os membros de Glee Anselm começaram suas introduções, percebeu que Kier a observava. Sem dúvida, ele se perguntava como uma princesa – não, como *qualquer pessoa* – podia ser tão privada de uma vida pessoal como ela.

– Minha apresentação foi a mais boba de todas – murmurou ela.

– Não foi boba. Foi honesta. Todo mundo se exibiu um pouco, inclusive eu. Você falou com o coração. Precisa ter coragem para fazer isso.

Ou Kier Domadi era um cara realmente legal por baixo de todo aquele constrangimento, ou tinha muito futuro na diplomacia. Leia deu a ele um sorriso amplo antes de voltar a atenção aos outros estudantes, tentando aprender o possível sobre cada um deles com as poucas dicas que davam.

O que alguém seria capaz de falar sobre ela a partir do fato de que gostava de tempestades?

Ela ficou mais confortável quando, enfim, passaram para a primeira tarefa real do dia. As luzes se apagaram conforme imagens holográficas surgiam no centro da câmara senatorial: quatro planetas diferentes, em regiões opostas da galáxia. Uma voz automatizada disse: "*O problema: o Imperador logo construirá uma nova escola de engenharia e design aeronáuticos, mas ainda não escolheu um planeta no qual instalar a instituição. A Legislatura de Aprendizes deve pesar os pontos positivos e negativos de cada planeta de acordo com os critérios disponíveis nas anotações da sessão e depois fazer a recomendação sobre o local em que a nova escola deve ser instalada*".

Aquele era o tipo de trabalho que ficava com a Legislatura de Aprendizes – nenhuma questão de segurança, mas sim coisas de importância relativamente baixa e sem muitas consequências reais. Leia se animou com a perspectiva de usar os músculos já treinados como senadora, porque aprendera uma coisa ou outra trabalhando com o pai.

E uma das coisas foi: mesmo o debate mais simples pode se transformar em um desastre completo.

– Você não pode estar falando sério! – exclamou um dos aprendizes de Malastare. – Iloh é a única escolha certa!

– E quem disse? – O rosto de Harp estava corado com a emoção do debate. – Iloh é um mundo alagado. Mal tem espaço para construir um campo de pouso! Harloff Menor é muito mais adequado, em todos os sentidos.

– Exceto pelo grande tráfego aéreo – comentou Kier. Ele era um dos únicos ainda falando em seu tom de voz normal. – Pelo menos em Iloh o espaço aéreo está livre para testes de voo e de aeronaves com design experimental, incluindo aquelas que ainda podem ser instáveis.

Chassellon fez um gesto na direção do holograma do planeta que flutuava mais perto dele.

– Ninguém vai considerar Lonera?

– Ele já é praticamente na Região de Expansão – zombou alguém no pod de Arkanis.

Sssamm sibilou que aquele seria um problema se não tivessem descoberto como voar acima da velocidade da luz. Como já tinham, qual era o problema?

Outras pequenas discussões irromperam, até o droide moderador começar a piscar em amarelo. O alerta fez as pessoas acalmarem, mas as deixou carrancudas. *Todo mundo quer vencer o primeiro debate*, pensou Leia. *O ponto de uma negociação é fazer com que cada facção pense que venceu.*

– Se me permitem... – começou ela, falando pela primeira vez desde o começo da discussão. – Estamos gastando quase todo o tempo falando sobre três de quatro mundos. Ninguém defendeu Arreyel ainda.

Depois de um breve silêncio, Chassellon disse:

– E tem um bom motivo para isso.

Alguns murmuraram, concordando.

Arreyel era um pequeno planeta da Orla Interior, um antigo mundo Separatista que jamais se recuperara da escolha equivocada de lado naquelas guerras desastrosas. Tinha caído em desgraça junto ao Imperador logo no começo de seu domínio por razões que já eram confusas, quase esquecidas, mas a mácula persistia. A economia de Arreyel estava arrasada; sem materiais ou talentos únicos para oferecer, o planeta tinha poucas chances de melhorar seus ganhos em breve...

...a menos que algo importante fosse construído lá. Por exemplo, uma grande escola Imperial nova.

– Admito que Arreyel não é o primeiro planeta que vem à mente. – Leia fez um gesto na direção no holograma de modo a expandir o sistema de Arreyel, fazendo-o ocupar um espaço maior. O planeta azul e branco rodopiava diante dela. – Mas ele foi incluído nas quatro opções. Isso significa que o Imperador está disposto a voltar a usá-lo. O planeta tem uma chance de recomeçar.

– Essa não é a questão – disse Kier. De alguma maneira, conseguiu falar em um tom de voz que deixava claro que não estava discordando dela, apenas ampliando a discussão. – A gente deve escolher o planeta mais adequado à escola, não o mundo que mais vai se beneficiar com a obra.

Leia abriu os braços, abrangendo toda a câmara dos aprendizes.

– Depois das últimas duas horas, acho que todos sabemos: nenhum desses planetas é obviamente melhor que os demais. Todos têm seus prós e contras, mas eles são equilibrados. Qualquer um deles seria um bom lugar para a escola. Então, isso nos dá a liberdade de considerar qual irá se beneficiar mais da escolha. Que claramente é Arreyel.

As pessoas ficaram quietas por alguns instantes, até que Chassellon deu de ombros e disse:

– Isso pode acabar, inclusive, distribuindo melhor a renda.

Nem todos concordaram, mas acabaram tendo os votos necessários para encerrar a discussão. Depois de escolhido Arreyel, todos haviam aplaudido, e Leia era incapaz de não se sentir orgulhosa. Tinha encontrado uma maneira de fazer algo bom no cerne do governo de Palpatine; era assim que, às vezes, era possível fazer o sistema funcionar.

– Bom trabalho – disse Kier.

Como se ela precisasse que aquele garoto a ensinasse a operar no Senado.

– Eu sei.

Ele disparou um olhar oblíquo na direção dela, e Leia achou impossível discernir se ele estava admirado ou ofendido. Ela esperava ser igualmente misteriosa aos olhos dele.

Mas o que mais ocupava sua mente no momento era a vontade de contar aos pais sobre suas conquistas... logo que conseguisse voltar a falar com eles.

Leia trabalhou até mais tarde no primeiro dia. Seu "gabinete" era um cubículo bem às margens da rotunda da Legislatura de Aprendizes, pouco maior do que um armário; sabia que a maior parte dos aprendizes usava o espaço mais como um depósito do que como um local de trabalho. Mas Leia tinha onde guardar suas coisas em Coruscant, e gostava de trabalhar. Então, tinha arrumado uma cadeira e uma mesinha e estava nela analisando várias telas cheias de dados.

Queria começar com certa vantagem – e, além disso, não tinha pressa alguma de voltar para a solidão do Plenário de Cantham.

Depois de completar o dossiê sobre Arreyel, fez uma análise rápida de alguns outros documentos para ver o que valia a pena ser considerado. Uma palavra chamou sua atenção e a fez voltar um pouco; quando viu do que se tratava, ela se endireitou de súbito na cadeira.

Estação de Calderos.

Mesmo assim, não ouvira falar nada sobre o ataque. O Império claramente queria encobrir o acontecimento. Então, como o local poderia ser citado ali nos documentos diante dela?

Uma rápida leitura deu a resposta: a Estação de Calderos era mencionada em um arquivo antigo, que não fora atualizado para refletir os eventos das semanas anteriores... tampouco deletado para apagar também os próprios eventos. Os dados diante dela resumiam a navegação na região como parte do contexto para um debate sobre tarifação que teriam ao longo das próximas sessões.

Mas quem quer que tivesse atacado a estação tinha que ter chegado no local disfarçado como um velho comboio de carga qualquer...

Leia começou a procurar no material os vetores mais comuns de tráfego espacial que passaram pela Estação de Calderos nos últimos meses. A maior parte dos mundos de origem ou destino eram grandes planetas, como Bilbringi e Arkanis – nenhuma surpresa até aí –, e havia algumas poucas cargas que iam até Wobani, mesmo que sem muita frequência.

Mas alguns planetas mais incomuns eram mencionados aqui e ali. O primeiro era Crait, do qual ela nunca ouvira falar; quando puxou os registros dos bancos de memória entendeu o porquê. Era uma rocha coberta de sal no meio do nada. Como um planeta daquele poderia ter *qualquer* tipo de comércio, quanto mais a ponto de negociar repetidamente com Wobani? O outro era Itapi Prime, um planeta muito próximo de Coruscant, próspero à sua maneira e totalmente leal ao Imperador. O que ele *não tinha como ser* era justamente um exportador massivo de bens para planetas distantes como aquele.

Eu não ouvi alguém falar sobre Itapi Prime recentemente? Leia desconfiou. Descobriria depois.

No momento, só sabia que os padrões de tráfego que passavam pela Estação de Calderos nos últimos meses tinham sido anormais – não o suficiente para chamar atenção imediata, mas algo fácil de se perceber em uma análise posterior. Era possível que os padrões estivessem ligados ao ataque?

Se sim, aqueles eram sinais de que havia pessoas se erguendo contra o Império, mas do modo mais aterrorizante possível.

Leia sabia que precisava informar aquilo ao pai. Ou talvez à mãe. Ou talvez pudesse enterrar os arquivos nas profundezas dos bancos de dados, escondendo-os tão bem que ninguém jamais saberia que ela os tinha analisado.

Em vez disso, ela abriu cartas de navegação estelar que mostravam as rotas de viagem até Itapi Prime e Crait.

CAPÍTULO 8

ALDERAAN NUNCA PARECERA tão bonito aos olhos de Leia como quando ela voltou de Coruscant. Depois do esmagador clima metropolitano do planeta, ela sempre aceitava de bom grado a sensação de liberdade que a inundava quando via as montanhas com picos nevados, os resplandecentes lagos glaciais e o amplo céu azul do próprio mundo.

Geralmente, celebrava o retorno ao lar fazendo longas caminhadas ao ar livre, ou mesmo indo dar um mergulho em um dos lagos. Daquela vez, porém, questões muito mais importantes exigiam sua atenção.

A primeira coisa que Leia fez foi se encontrar com uma das famílias Wobani com as quais conversara muitos dias antes; acabou surpreendendo-a às vésperas da partida, já se preparando para a viagem até Itapi Prime.

– Ora, sim, Vossa Alteza – disse o patriarca. – Meus primos já passaram um bocado de vezes com as mercadorias deles pela Estação de Calderos. Mas nunca ouvi falar do planeta que a senhorita mencionou…

– Crait – repetiu Leia, esperando que aquilo despertasse algo na memória do homem.

Ele negou com a cabeça.

– Não, não, esse eu não conheço mesmo. Mas Wobani e Itapi Prime sim. Eles são bem ativos nas rotas que passam por essa estação.

– O senhor por acaso não sabe exatamente que tipo de comércio eles fazem, sabe? – Ela ergueu uma sobrancelha.

– Não mesmo, mas acho que vou descobrir loguinho. Vou entrar no negócio da família. – Ele abriu um sorriso amplo; se estava mentindo para ela, fazia um ótimo trabalho.

Como tinha imaginado, Breha também estava envolvida demais no planejamento da próxima festa para recepcionar direito a filha. Descobrir isso doeu, mas menos do que costumava doer. Nada confortava Leia mais do que ter trabalho a fazer, ou um enigma para decifrar.

Naquela noite, na biblioteca, sentada entre os globos estelares, ela revisou as descobertas sobre a Estação de Caldera que fora capaz de salvar. E *salvar* era a palavra certa: quando fora às bases de dados senatoriais para procurar dados mais recentes, descobrira que tudo o que dizia respeito a Calderos até meses antes do ataque à estação fora deletado. Leia estava acostumada a informações que "desapareciam" de súbito; o governo de Palpatine era ótimo em apagar a história. Daquela vez, porém, ela achava que o Império não era o único culpado.

Se pessoas estão mesmo se organizando para agir contra o Império, refletiu ela, *cobrirão os rastros tanto quanto possível. Se estavam usando Calderos como uma rota para transportar naves e armamentos, tentariam apagar qualquer dado que levasse até elas – poderiam, inclusive, escolher a base como alvo. Inviabilizar o tráfego Imperial na área e ao mesmo tempo se esconder: seria uma jogada inteligente.*

Leia se conteve. Ela odiava o Império, é claro, mas isso não significava que pegaria um blaster e sairia atirando na primeira coisa que a irritava. O pai sempre reforçara a importância do trabalho no Senado, a necessidade de lutar pela mudança por meio das leis. Ela podia condenar aquelas pessoas por recorrerem à violência? Os efeitos colaterais na Estação de Calderos não passavam de alguns feridos, mas uma ação como aquela em larga escala levaria, em última instância, à perda de vidas.

Quantas pessoas morrem por causa do governo de Palpatine todos os anos? É mais mortal lutar contra esse tipo de tirania ou deixá-la prosperar? Quando é hora de deixar a paz de lado e pegar em armas?

Ela não sabia a resposta para aquelas perguntas. Provavelmente não saberia nem mesmo se tivesse um diploma em filosofia. Leia tinha apenas uma certeza: queria saber mais.

Não havia a menor possibilidade de sair com a *Tantive* IV em uma missão secreta. Em vez disso, Leia recrutou o *Estrela Polar* e pediu uma tripulação de apenas uma pessoa.

– Crait? – Ress Batten franziu o cenho, encarando as cartas de navegação estelar. – Nunca ouvi falar desse sistema.

– E não é à toa – disse Leia. Ela vestia um macacão claro e já tinha embarcado seus equipamentos de trilha no iate. Encontrar atividade em um planeta tão desolado quanto Crait talvez demorasse um pouco. – Não tem nada lá… Ou pelo menos não deveria ter. Estou em uma missão de averiguação para a Legislatura de Aprendizes. – Como era uma aprendiz, e estava averiguando algo, ela achou que uma afirmação daquelas não seria exatamente uma mentira.

Batten não se convenceu.

– Não sabia que vocês saíam em missões de averiguação.

Certo, vamos acrescentar um pouco mais de detalhe.

– Estou acompanhando alguns carregamentos que foram enviados para lá.

– E quem mandaria qualquer coisa para um buraco desse? – Batten cruzou os braços, ainda mais desconfiada.

– É isso mesmo que vamos descobrir. – Leia sorriu com toda a confiança que conseguiu reunir.

Aquilo fez a outra erguer uma sobrancelha.

– Esse povo vai tentar atirar na gente, não?

– Não! – protestou Leia, depois se conteve. – Quer dizer, duvido. Vamos deixar claro que somos amigáveis.

– E se eles atirarem na gente antes da gente poder expressar toda a nossa vontade de fazer amigos? – Batten franziu o cenho novamente, em resposta à própria pergunta, e começou a inserir o itinerário no sistema. – Acho melhor enviar com antecedência uns convitinhos para a festa. Decolando em dez, Vossa Alteza. A viagem não deve durar mais do que algumas horas.

Por um instante, Leia considerou deixar uma mensagem para a mãe. Obviamente não poderia explicar aonde estava indo, muito menos o porquê, mas pelo menos poderia avisar Breha de que estava deixando o planeta. *Posso dizer que estou indo praticar técnicas de rastreamento em Gatalenta ou Chandrila. Ou talvez que vou passar um tempinho com alguns outros aprendizes em Coruscant.*

Aquelas eram histórias de fachada perfeitamente plausíveis das quais Leia não precisava. Lá no fundo, sabia que a mãe nem sequer perceberia que tinha partido.

Ela correndo pelos corredores do palácio, dando risadinhas enquanto avançava, ouvindo os passos da mãe logo atrás. Olhando por cima do ombro e vendo a rainha de Alderaan com o cabelo solto e o vestido de ficar em casa fluindo atrás dela enquanto gritava: "Eu vou te pegar!".

"Você não me pega!" Ela rindo enquanto corria mais rápido, sabendo que a mãe estava apenas alguns passos em sua cola.

"Olhe." A voz baixinha do pai em seu ouvido, com ela aninhada no colo, apontando para a montanha distante. "Aquele é o Monte Appenza. Sua mãe escalou aquela montanha para provar que estava pronta para se tornar rainha legítima de Alderaan."

"Sozinha?" Leia ainda era incapaz de subir em sua cama de mocinha sem a ajuda de 2V, e duvidava que algum dia seria destemida o suficiente para escalar uma montanha.

"Sozinha." Bail Organa a abraçando forte, fazendo-a se sentir aconchegada e protegida contra o mundo.

Leia se forçou a parar de reviver lembranças de antigamente quando percebeu o nó na garganta. Batten já estava desconfiada com aquela viagem; definitivamente saberia que havia algo de estranho ali se Leia irrompesse em lágrimas.

Por que aquilo ainda machucava tanto? Os pais haviam se afastado dela havia meses – quase um ano –, tempo suficiente para entender como as coisas seriam. Ela ainda não conseguia aceitar aquilo. Seu coração rejeitava a ideia de que as coisas haviam mudado; apenas continuava sofrendo por causa de pessoas que não respondiam mais a seus chamados. Nunca doeu menos. E o pior: sempre que se sentia machucada, seu primeiro instinto era recorrer à mãe ou ao pai. A ferida ainda estava aberta. Talvez jamais sarasse.

– Vossa Alteza? – disse Ress Batten, do cockpit, de forma tão gentil que Leia ficou em dúvida se a tristeza estava tão nítida em seu rosto. – Estamos prestes a entrar no hiperespaço.

– Estou pronta. – Leia passou a mão nos cabelos trançados e prendeu uma madeixa solta. Queria estar pronta para encarar qualquer coisa, mesmo que isso significasse ostentar sua melhor aparência.

Depois de longos segundos, pegou um blaster do suporte e o prendeu no cinto.

Batten olhou por cima do ombro.

– Quer dizer então que a senhorita não bota fé naqueles convites para a festa que eu mandei?

– A gente vai ficar bem – prometeu Leia, com a esperança de não estar mentindo. – Só estou sendo... cautelosa.

– Me perdoe, Vossa Alteza, mas cautelosa é algo que a senhorita não é. – Batten tinha um sorriso no rosto oval. – Se prepare. Em três, dois, um.

As ondas de um azul elétrico do hiperespaço desapareceram, substituídas por um território estelar desconhecido e pela amplidão branca de Crait. Era um planeta pequeno, tão desolado quanto sua localidade afastada implicava. Uma camada grossa de sal cobria quase toda a superfície, embora aqui e ali Leia pudesse vislumbrar o vívido solo vermelho do planeta aparecendo, além das linhas escavadas na superfície alva que indicavam cânions e cursos d'água profundos.

– Não estou captando nenhum sinal de tráfego aéreo – disse Batten, franzindo o cenho, como de costume, enquanto encarava o painel. – Nenhuma estação orbital, nenhum espaçoporto... Espera, aqui! – Ela apontou para uma pequena variação em um indicador que mostrava um sinal de rastreio, tão fraco que Leia teve certeza de que não o teria percebido sozinha. – Estão monitorando a gente.

O blaster pesou no cinto de Leia.

– Estão mandando alguém para cá?

Batten negou com a cabeça.

– Ninguém está vindo. Não captei nenhum sinal vindo de armamentos. E o de rastreio pode ser automático.

Leia se sentou no outro banco do cockpit.

– Alguma evidência de vida?

– Tem alguns movimentos nos cânions, possivelmente criaturas aquáticas, mas na superfície... – A voz de Batten foi sumindo conforme avaliava mais de perto a área do sinal. – Tem um assentamento minúsculo aqui, na parte norte do continente.

– Então é para lá que a gente vai – disse Leia, expressando mais confiança do que sentia.

Conforme Ress Batten aproximava a nave da superfície, Leia conferia os equipamentos de trilha – roupas simples e brancas que se misturariam com o cenário coberto de sal, um cinto de utilidades completo e uma touca com máscara e visor que a protegeria tanto do brilho do sol quanto de uma identificação visual fácil. O coldre com a arma estava perfeitamente ajustado ao corpo, embora a sensação de ter um blaster no cinto não fosse uma com a qual estava acostumada.

Por fora, agora parecia uma mulher de ação. Por dentro, porém, seu nervosismo estava prestes a consumir sua razão. Uma coisa era querer investigar aquela potencial rebelião com o governo de Palpatine, outra era ir até as pessoas responsáveis e confiar nelas. Mais assustador ainda seria pedir ao tal grupo que confiasse nela. Qualquer pessoa contra o Império estaria com a guarda alta, não?

Eles ainda não atiraram em nós. Além disso, você veio para ajudar.

Como, exatamente? Ela não tinha como prometer tropas ou um porto seguro em Alderaan. Precisaria da cooperação dos pais para isso, e não confiava mais na própria habilidade de persuadi-los. Ela não sabia de que aquele grupo rebelde precisava, mas certamente não era de uma menina de dezesseis anos meio perdida.

No entanto, ela era uma menina de dezesseis anos com acesso à sua parte do tesouro real. Aquele dinheiro existia para ser gasto com propósitos humanitários, e o que poderia ser mais humanitário do que resistir ao governo de Palpatine?

Mas talvez eles não sejam guerreiros libertários. Talvez sejam apenas terroristas em treinamento, e podemos muito bem estar seguindo diretamente para uma armadilha...

Leia conferiu o blaster mais uma vez e depois o acomodou debaixo do casaco, deixando-o escondido. Nunca tinha jogado sabacc, mas já tinha visto holovídeos o suficiente para saber que os bons jogadores mantinham a melhor carta escondida até o fim da partida.

Da ponte de comando, ouviu Ress Batten repetindo:

– Aqui é a *Estrela Polar* de Alderaan, chamando qualquer embarcação a alcance. Requisitamos liberação de pouso em Crait. Aqui é a *Estrela Polar* de Alderaan, câmbio. *Estrela Polar* de Alderaan para qualquer emb... *caramba*!

Leia não perguntou qual era o problema. Simplesmente agarrou a alça de segurança mais próxima, apenas um instante antes de a nave se inclinar violentamente para um dos lados e começar a sacolejar.

– Um raio trator! – exclamou Batten. – Um fraco, porém... Para puxar carga, não capturar naves... Segura firme.

Naves e estações Imperiais maiores tinham raios tratores. No fim das contas, talvez não fosse um grupo de resistência ao Império. Talvez tivessem caído de cabeça em uma armadilha.

A ideia não a assustava muito. Contanto que o *Estrela Polar* não fosse abatido, ela ficaria bem. Assim que os oficiais do Império descobrissem quem ela era, seria uma questão de tempo até que a liberassem. *Mas eu seria vigiada para sempre. Ficaria sob suspeita. Meus pais descobririam o que eu estava aprontando. E Batten? Será que a liberariam também?* O medo pela pilota ofuscava todas as preocupações de Leia consigo mesma. *Por favor, que eu não machuque outra pessoa... Não de novo...*

O *Estrela Polar* se libertou do puxão com um tranco que quase fez Leia cair no chão. Mas era impossível sentir alívio enquanto a nave continuava a seguir rumo ao solo em uma velocidade considerável.

– Batten? Tudo certo?

– Vai ficar! Vai ser uma aterrissagem complicadinha, mas a gente vai ficar bem. Só não conta isso para nenhum outro piloto.

– A gente nunca vai contar isso para *ninguém!*

Com uma guinada e um baque, o *Estrela Polar* fez contato com o solo, escorregando pelas planícies de sal pelo que pareceu um longo tempo. Enfim, acabaram parando. Leia puxou um visor ótico do painel e viu apenas uma imensidão branca os cercando em todas as direções – com a exceção de um traço vermelho que marcava o caminho que a nave fizera na superfície, apontando para ela como uma enorme seta. A primeira coisa que aquilo dizia era também a mais importante: *se houver alguém procurando por nós, não vai ser nada difícil achar.*

Quando Ress Batten se juntou a ela pouco depois, Leia já estava com quase todo o equipamento preparado. Batten balançou a cabeça.

– O quê? Vamos lá pra fora? Sem nem dar uma avaliada nos arredores?

– A gente já viu tudo o que tem para ver com os sensores da nave. – E se ela esperasse muito tempo, seria tomada pelo medo. Ninguém gostava de admitir, mas Leia pensou em como a coragem tinha uma vida útil curta. Era preciso agir enquanto ainda a tinha.

Quando as duas começaram a desembarcar do *Estrela Polar*, a abertura da escotilha permitiu que correntes de vento adentrassem o iate; cristaizinhos de gelo fustigaram o nariz e as bochechas de Leia. Pelo menos o vento cortante indicava que o rastro vermelho que haviam deixado para trás logo seria apagado – mas era a única coisa boa de toda a situação. Ela puxou os óculos de proteção para resguardar os olhos e saiu caminhando.

Crait era o planeta mais inexpressivo que Leia já vira ou imaginara. Pelo menos ali onde estavam, nada marcava a paisagem além dos montes de sal que se empilhavam diante da cordilheira de montanhas à frente delas, atrás da qual se estendia o horizonte. Tudo era branco no branco, com suaves marcas róseas nos pontos em que o *Estrela Polar* esbarrara na superfície. Ela sentiu um momento de gratidão por terem pousado enquanto o sol se punha. Perto do meio-dia, o reflexo do sol no sal seria cegante.

– Não é exatamente o ponto mais badalado da galáxia para se passar as férias, né? – A voz de Batten saiu estalando do comunicador na máscara de Leia. – Se bem que se você quiser sumir para tudo e para todos, este é o lugar.

Era difícil caminhar pela neve, mas Leia logo aprendeu que aquilo não era nada perto de caminhar pelo pesado e escorregadio sódio.

Ela avançou aos trancos e barrancos pela camada de vários centímetros de sal até chegar a um ponto mais alto onde sacou os macrobinóculos. Se a varredura que haviam feito antes estivesse correta, as estruturas identificadas estavam a aproximadamente meio quilômetro adiante, perto do sopé das montanhas. Não havia sinal de atividades a distância, o que sugeria que tinham conseguido pousar sem serem detectadas.

A menos que estivessem sendo observadas.

– Vamos continuar. – Leia fez um sinal com a cabeça na direção de Batten. – Repita a mensagem nos comunicadores com tanta frequência quanto possível. Quero que saibam que não estamos tentando nos aproximar de forma sorrateira. Esta é uma... visita amigável.

– Somos muito camaradas. Certo. – Batten começou a caminhar na direção do horizonte, apertando *reenviar* a cada dezena de passos.

Outra rajada de vento afiado cortou o ar, levantando nuvens de sal branco ao redor de profundos sulcos vermelhos no solo. Leia pensou em sangue escorrendo de bandagens improvisadas – não exatamente a imagem mais encorajadora. Mas o vermelho nunca ficava vívido por muito tempo; o sal se assentava de novo sobre as marcas quase instantaneamente, com um chiado baixo e constante. Era tão semelhante a um sussurro que Leia sentiu um arrepio. Era impossível permanecer calma quando parecia que o próprio planeta estava tentando avisá-la de alguma coisa, encobrindo a mensagem gravada que ecoava dos comunicadores de Batten.

Montes altos de cristais de sódio marcavam o terreno enquanto avançavam. O vento começou a ficar mais forte, levantando redemoinhos baixos de sal que pareciam fumaça. Leia sempre achara Coruscant claustrofóbico, mas seus arranha-céus eram reconfortantes se comparados àquela terra árida e descaracterizada. Os ruídos do outro planeta seriam um conforto depois do quase silêncio insólito de Crait. Leia podia ouvir apenas fragmentos da mensagem delas vindo do cinto de Batten: "Estrela Polar *de Alderaan para base... Por favor, respondam...*".

Um retumbar profundo vindo de trás de um dos montes de sal fez os pelos no braço da princesa se eriçarem. A enorme montanha de cristais brancos ao lado delas tremeu com a vibração, e grãos escorregaram pela superfície.

– Isso é uma avalanche? – gritou ela. Ou qualquer coisa semelhante, já que o que caía era sal, e não neve.

– Acho que não – respondeu Batten. – Parece mais com um… veículo. Ou maquinário…

Os montes de sal explodiram, ou foi o que pareceu. Jatos de cristais se espalharam em todas as direções, açoitando as pernas e o quadril de Leia enquanto ela era jogada para trás. Cair no material granulado não foi nada suave, e a fez ralar as mãos e o rosto. A princesa tossiu, sentindo o gosto sódico na boca e a garganta raspando.

– Mãos para cima – disse uma voz desconhecida. Em meio às nuvens de sal, silhuetas tomaram forma: cinco soldados, cada um armado com um rifle blaster. Batten virou de um lado para o outro, considerando claramente sacar a própria arma, mas teve o bom senso de continuar de joelhos. Um dos soldados disse: – Identifiquem-se.

Leia se levantou, ergueu o queixo e proferiu, com a mesma voz firme que usara no Dia da Reivindicação:

– Sou a Princesa Leia da Casa Real de Organa, futura rainha de Alderaan, e exijo falar com seu líder. *Agora.*

Os soldados trocaram olhares. Aparentemente, aquelas pessoas não estavam acostumadas a receber ordens de prisioneiros, mas teriam que se acostumar. Ela era uma princesa, oras, e havia um grande poder naquilo.

Enfim, o líder dos soldados fez um gesto na direção de Batten.

– Você aí, volte já para a sua nave. A princesa vem com a gente.

– De jeito nenhum. – Batten deu um passo para o lado, tentando se colocar entre os rifles blasters e Leia. – Sou a guarda-costas da princesa. Vou ficar com ela.

O líder dos soldados negou com a cabeça.

– Ou só a princesa vem com a gente, ou vocês duas voltam para a nave e voam para longe agora.

Batten se endireitou e respondeu:

– Escolhemos essa opção, então. Tudo certo, foi muito bom conhecer vocês, a gente vai agora mesmo.

Leia ergueu as mãos. Se escolhessem voar para longe, poderiam ter a nave abatida a tiros. Aquelas pessoas precisavam ser convencidas de que ela era amiga – não só pelo bem de sua própria segurança, mas pelo bem da pilota também. Ela não permitiria que ninguém mais se machucasse.

– Eu vou com eles.

Batten negou com a cabeça de novo.

– Sua mãe vai me esfolar viva. Literalmente. Meu couro vai ser curtido e transformado em algum tipo de cinto, ou bolsa, ou qualquer outro acessório.

– Não exagere – disse Leia, com um tom firme. – Você só ia passar um tempinho na prisão.

– Ah, olha que maravilha – murmurou Batten. – Passar um tempinho na prisão é o lado positivo da situação.

– Ela vai estar segura – disse o líder dos soldados. Leia queria acreditar nele.

E, de qualquer forma, iria para onde ele indicasse.

O abrigo não ficava muito longe – mas ter que se arrastar pela superfície escorregadia de sal fez a caminhada parecer eterna. Ou talvez fosse o nítido conhecimento das armas que os soldados empunhavam. De uma forma ou de outra, quando chegaram à estrutura cinzenta e de telhado baixo que despontava por entre os montes de sal ao pé das montanhas, Leia já estava suando e com a respiração ofegante. Os soldados a acompanharam porta adentro e a fizeram descer alguns degraus; ecos ouvidos a distância revelavam que a maior parte daquela base ou estação era subterrânea. No entanto, levaram Leia por um corredor sem nenhuma característica notável que não revelava nada sobre a planta do local e suas instalações.

Àquela altura, ela não se importava mais com isso. Queria apenas cair de joelhos em agradecimento ao lugar para descansar, mas não podia demonstrar fraqueza. Aquelas pessoas precisavam entender que ela chegara ali como uma igual e potencial aliada.

E se não acreditassem nela...

Será que esta é a situação em que mais corri risco na vida? Provavelmente. Quase certeza.

– Fique aqui – disse o líder dos soldados, enquanto a encaminhava até um pequeno cômodo quase todo lotado de caixotes com equipamentos. A atividade ali dentro era realizada por um minúsculo droide do tipo MSE, que deslizava de um lado para o outro escaneando códigos. Leia se sentou em uma cadeira e o soldado prosseguiu: – Vamos trazer nosso líder até você em breve, ou então vamos te liberar. – Ele não disse qual opção era mais provável, ou do que dependia escolherem uma ou outra. Depois fechou a porta atrás de si, trancando-a com um alto e sólido pedaço de metal que soou bastante definitivo.

– Por que me mandar ficar aqui se vão me trancar? – murmurou Leia.

Mas ela não pensou muito naquilo, já que estava ocupada demais abrindo o casaco para ter fácil acesso ao blaster. Eles nem sequer tinham cogitado a ideia de conferir se ela estava armada. Havia vantagens em ser uma garota adolescente em meio a uma situação daquelas: seus oponentes a subestimavam, o que possibilitava muitas coisas.

Leia pegou o blaster. Não era uma atiradora muito treinada, mas em uma sala pequena daquelas certamente seria difícil errar.

Será que ela teria mesmo coragem de atirar em uma pessoa? Feri-la gravemente ou até matá-la, mesmo que fosse para salvar a própria vida?

Com sorte, nada daquilo seria necessário... Mas Leia sabia que podia muito bem ser.

Certo, vou me sentar nesta cadeira bem de frente para a porta. Vou apontar o blaster na direção do líder assim que ele entrar... Não, isso pode fazer com que ele ataque, e vão atirar imediatamente... Mas se eu não estiver com o blaster em mãos, vão me revistar depois do fato e encontrarão a arma, o que vai fazer com que eu seja uma prisioneira desarmada... Não posso fazer isso.

Ela não tomou a decisão com o lado racional da mente. Quando a porta soltou outro estalido e se abriu, Leia seguiu o instinto e ergueu o blaster, pronta para atirar.

Depois ela viu o homem parar sob a luz, puxando o capuz do casaco para revelar o choque no rosto – um rosto que ela conhecia como a própria mão.

Leia sussurrou:

– Papai?

CAPÍTULO 9

BAIL ORGANA AVANÇOU outro passo e encarou Leia como se nunca a tivesse visto antes. O choque enfraqueceu cada músculo no corpo da princesa, que deixou os braços caírem ao lado do corpo com o blaster mal pendurado nos dedos frouxos.

– Eles me disseram que você estava aqui – disse o pai –, mas não acreditei. Como nos encontrou?

– Eu rastreei algumas rotas estranhas de tráfego que passavam pela Estação de Calderos. – Mas por que sequer estavam falando sobre aquilo? – Pai, o que está acontecendo?

– Você não precisa saber.

– Bom, acontece que eu *já* sei. – Despertando do torpor, Leia guardou o blaster de volta no coldre. – O senhor realmente vai tentar esconder isso de mim? Aqui e agora?

Bail colocou uma das mãos na têmpora, como um homem com dor de cabeça. Provavelmente uma causada pela filha.

– Me conte o que descobriu, Leia. E me conte como descobriu essas coisas.

O choque dela se transformou rapidamente em raiva.

– Eu encontro o senhor no meio de um tipo de... campo de insurgentes, e *sou eu* quem precisa dar respostas?

– Isso é importante – disse ele, com um tom de urgência na voz que ela jamais ouvira antes. – Se você conseguiu nos encontrar, o Império também pode conseguir. Achamos que tínhamos apagado toda a informação sobre a Estação de Calderos, mas se esquecemos algo... vidas estão em risco.

Um lapso de medo fez Leia endireitar a postura. Sua imaginação vívida a fez enxergar Destroieres Estelares no céu e caças TIE mergulhando como corvos para destruir a todos.

– Os dados sobre o tráfego entre Crait e Calderos estavam guardados em alguns registros antigos que juntei para uma sessão da Legislatura de Aprendizes. E alguns dos refugiados que resgatei de Wobani mencionaram Itapi Prime, algo sobre terem primos que trabalhavam com rotas que passavam pela estação. Alguma coisa nessa conexão me pareceu estranha, então segui as pistas. E elas me trouxeram até aqui.

– Preciso que você destrua esses dados assim que chegar a Coruscant – disse Bail. Seu semblante relaxou ligeiramente quando ela concordou, esclarecendo a dúvida que ele tinha. – Graças à Força os dados vieram dos seus próprios registros particulares.

– Tudo bem, eu vou destruir tudo – prometeu Leia. – Mas o que significa isso? O que quer que seja... Foram vocês que atacaram a Estação de Calderos, não é? Vocês atacaram o Império!

O pai de Leia ergueu uma das mãos em antecipação a qualquer outra pergunta, mas pelo menos pareceu entender que não sairia daquela situação sem contar algo à filha.

– Não pessoalmente. Mas nosso... um dos nossos grupos foi responsável, sim. Estamos realizando alguns ataques táticos com o objetivo de enfraquecer o controle do Império.

– Mas o senhor sempre disse que precisamos exercer nossa influência por meio do Senado, para mudar o sistema de dentro para fora.

– Ainda acredito que há um trabalho valioso a ser feito nesse sentido. Mas o governo de Palpatine só fica mais despótico com o passar do tempo. Alguns de nós aceitamos que operar dentro dos limites da lei não será suficiente. – Ele soltou um suspiro pesado ao se sentar sobre um dos caixotes, com o pequeno droide MSE zumbindo a seus pés. – Entendo que isso a chateia. Que está decepcionada comigo. E não a culpo por se sentir assim, Leia. Só peço que você tente entender.

– Decepcionada? Pai… isso é *incrível.*

Suas dúvidas sobre a necessidade de ações violentas haviam sumido no instante em que percebera que Bail tinha um papel naquilo tudo, e que inclusive parecia ser alguém na liderança. Apesar da distância recente entre os dois, a confiança que tinha na bondade do pai permanecia absoluta. Para Leia, era simples assim: se Bail Organa comandava aquele movimento rebelde, então eles estavam fazendo a coisa certa.

E ela queria fazer parte daquilo.

– A mamãe sabe? – perguntou.

Bail a encarou.

– Como se fosse possível esconder qualquer coisa da sua mãe. A verdade é que ela teve a ideia antes de mim. Ela continua em Alderaan, mas tem um papel a desempenhar. E vamos deixar as coisas assim.

Improvável.

– E eu? O que posso fazer?

– Leia, não. Você não tem que fazer parte disso.

– Mas eu já faço – ela apontou. – Eu que contei ao senhor como as pessoas podem encontrar esta base!

– Isso não conta – disse ele, de forma injusta na opinião dela. – Como chegou aqui?

– Com o *Estrela Polar*…

– E com quais tripulantes? – O tom de voz do pai ficou mais intenso, e seu olhar mais penetrante. Aquele era o estágio que vinha imediatamente antes do *Você Está Bem Encrencada, Mocinha.*

– Só uma – disse ela, de imediato. – Com a Tenente Ress Batten. Ela ficou no *Estrela Polar.*

O alívio amenizou a expressão de Bail.

– Conheço Batten. Ela é de confiança. Mesmo assim, vou precisar falar com ela pessoalmente quando voltarmos para Alderaan.

– E quando será? Quanto tempo vamos ficar? O que tem para fazer aqui?

Perguntas borbulhavam na mente de Leia, dezenas e dezenas delas, mas o que ela mais queria era entrar em ação. Construir abrigos? Limpar alguma área? Qualquer tarefa, independentemente do quão mundana fosse, parecia uma chance empolgante de ajudar o pai a se erguer contra o Império.

– Você? Você pode ir para casa – disse Bail. – Não mencione nada disso para ninguém, nunca, entendeu?

– Mas... A mamãe...

– Sim, obviamente vamos falar sobre isso com a sua mãe. Mas *só*. Depois dessa conversa, você vai fingir que essa viagem até aqui nunca aconteceu. Entendeu?

– Não! Isso não faz sentido! – Leia bateu um dos pés no chão. – Não a parte de não contar para ninguém... Obviamente não vou contar... Mas como eu simplesmente fingiria que não sei o que está acontecendo?

Bail ergueu as mãos em um gesto de impotência, ou de exasperação, talvez os dois.

– Se quiser fazer parte de um grupo rebelde, precisa aprender a mentir.

Mais animada, ela disse:

– Então, quando aprender a mentir, posso fazer parte disso tudo.

– Eu não quis dizer que... Foi só um conselho... – Com um bufar de frustração, ele faz uma pausa antes de continuar: – Percebe o risco que correu ao vir aqui? Se não tivéssemos identificado sua nave como uma embarcação civil a tempo, poderíamos ter abatido vocês. Batten é uma ótima pilota, mas temos atiradores ainda melhores. Eu teria sido a pessoa a dar a ordem. Eu podia ter *matado* você, Leia. – A voz dele vacilou. Aquela ideia parecia assustá-lo mais do que à própria filha. – E se você tivesse sido seguida por uma nave batedora do Império? Cada pessoa aqui em Crait poderia ter sido morta. Todo mundo. Incluindo meus soldados, sua tripulação, eu, você. Todas essas vidas teriam sido perdidas só porque você não foi capaz de deixar as coisas como estão.

A lembrança de Wobani a fez hesitar, mas ela não podia baixar a cabeça, não àquela altura. Então, cruzou os braços na frente do peito.

– Eu não precisaria sair investigando as coisas se o senhor simplesmente me contasse a verdade!

– Já chega – disse Bail. – Vou levar você para casa.

Leia voltou para casa no *Estrela Polar* com a nave do pai, a *Tantive* III, em sua cola, voando tão perto quanto um comboio militar enviado para uma apreensão. Ress Batten fez seu trabalho sem nada além de um olhar enviesado; ela obviamente sabia a importância da discrição.

Mas, quando enfim reentraram no sistema de Alderaan, Batten arriscou perguntar:

– Estamos ou não estamos encrencadas?

– Você não – respondeu Leia. *Já eu, por outro lado...*

– Então a gente nunca foi para Crait, nunca nem ouviu falar de um planeta como Crait, e você definitivamente não encontrou seu pai por lá, porque como encontraríamos o vice-rei em um planeta que ele nunca visitou e que na verdade nem sequer existe? – Batten deu de ombros e ergueu as sobrancelhas. – É um mistério.

– A gente saiu em uma... viagem de sondagem – arriscou Leia. – Que não deu em nada.

Batten concordou com firmeza.

– No caso, "nada" inclui planetas que provavelmente não existem. Saquei!

Ah, se todos os problemas de Leia pudessem ser resolvidos tão facilmente... A impressão era que nada fazia sentido, e talvez nunca mais fizesse, a menos que a mãe pudesse explicar alguma coisa.

Depois de pousar em Aldera no meio da madrugada, ela se apressou a deixar o espaçoporto sem sequer esperar o pouso da nave do pai. Bail Organa sem dúvida já mandara algum aviso para o palácio, então Leia nem acalentava a ilusão de contar para a mãe sua versão dos fatos primeiro. Ela só queria um tempinho para falar livremente, cara a cara com ela.

Como imaginava, assim que chegou nos aposentos internos do palácio, viu Breha em pé no salão, esperando por ela. Sem dúvida fora acordada pela mensagem, porque tinha os cabelos soltos sobre as costas e vestia um robe simples de veludo em vez dos usuais trajes finos reais. Uma tênue luz dourada escapava pela gola do robe, revelando os pulmonodos sob o tecido. Nada daquilo importava tanto quanto a incomum expressão assombrada no rosto de Breha. Leia demorou um instante para perceber que o que via ali era incerteza – uma emoção que ela achava que a mãe nunca sentia.

– Leia. – Breha estendeu a mão na direção dela. – Minha filha, você nunca deveria ter precisado saber disso.

– Eu queria saber – insistiu Leia. A mão da rainha estava estranhamente gelada, como se ela estivesse doente ou em choque. – Por que a senhora não me contou nada?

– Porque saber disso é perigoso. Para você, para mim, para o seu pai, para qualquer pessoa que é nosso aliado nessa luta. – Breha balançou a cabeça, chateada, e acrescentou: – Você precisa seguir como se nunca tivesse sabido disso.

– E como eu faria isso? Mãe, a senhora me criou para saber o quão malvado o Império é, para querer fazer algo a respeito...

– Isso é diferente – disse Breha. – Não me pergunte como, achando que assim pode ganhar pontos comigo. Você sabe muito bem como.

Leia sabia.

As portas amplas se abriram de novo, dessa vez para deixar seu pai entrar. Bail Organa tinha trocado o uniforme cinza e branco que usava em Crait pelo casaco de vice-rei, embora não precisasse dele para parecer intimidador.

– Não podia ter me esperado no espaçoporto? – perguntou para ela.

– Eu queria falar com a mamãe – insistiu Leia. Ela se pegou fazendo um biquinho e parou; já era crescida demais para fazer cara feia. Se quisesse convencer alguém de alguma coisa, precisava usar argumentos. – Quem criou isso tudo? E onde isso começou?

Os pais se entreolharam, pesando silenciosamente entre eles o que podia ou não podia ser dito. Eles tinham um jeito de falar entre si sem precisar de palavras, um entendimento mútuo tão perfeito que Leia às vezes achava que eles nem sequer precisavam conversar. Tinha demorado um bom tempo para perceber que não eram todos os cônjuges que eram assim, e que nem todo mundo encontrava o tipo de amor que era como compartilhar almas.

Breha enfim respondeu:

– Não foi uma pessoa que criou isso. Muitos de nós ao redor da galáxia sentimos a necessidade de tomar providências maiores, e começamos a dar nossos primeiros passos sozinhos. Depois, nos encontramos. Ainda estamos aprendendo a confiar uns nos outros. O trabalho que temos pela frente exige uma confiança extraordinária.

– O trabalho que têm pela frente – murmurou Leia. – O que isso significa?

– Ainda não sabemos. – Bail pegou a outra mão da esposa e a levou até o próprio peito. – Temos que estar preparados para qualquer coisa.

Eles estavam determinados. Estavam irredutíveis. E estavam com medo. Enxergar aquele medo fez Leia acreditar ainda mais firmemente na coragem deles do que qualquer outra coisa poderia ter feito. Se eles podiam ser corajosos daquele jeito, ela também podia.

– Também posso estar preparada. Me deixem ajudar.

– De jeito nenhum. – Breha voltou de súbito ao modo mãe, e na versão mais próxima do modo rainha. – O perigo que estamos encarando é grande demais.

– Os senhores acham que o fato de não me contarem nada vai me proteger? – Os pais podiam ser corajosos, mas para Leia aquilo parecia inocente, também. – Se forem descobertos, realmente acham que o Império não vai vir atrás de mim?

A mãe soltou um ruído grave e angustiado vindo do fundo da garganta, não exatamente um gemido. Bail apertou com mais força a mão da esposa por alguns longos momentos de silêncio, até enfim voltar a falar.

– Eles viriam. Nós *sabemos* disso. Carregamos o fardo desse conhecimento todos os dias. E se vierem atrás de você, você precisa ser completamente inocente. Está entendendo, Leia? Se eles te perguntarem... Se eles te torturarem... – A voz dele falhou, e ele foi incapaz de continuar.

Breha assumiu de onde o esposo parou.

– Se você realmente não souber de nada, eventualmente irão perceber isso. Há uma chance, uma boa chance, creio eu, de que deixem você em paz. Provavelmente, sentirão necessidade de deixar alguém da casa real de Alderaan vivo. Se não puderem atribuir nenhuma culpa a você, podem permitir que assuma como rainha para manter as aparências de uma transferência normal de poder. É o único escudo que encontramos para protegê-la, Leia. Não nos peça para destruí-lo. Caso contrário, não vamos suportar nem mais um dia dessa luta, e precisamos suportar. O destino de toda a galáxia está em jogo. Não acho que arriscaríamos sua segurança por nenhum preço menor. – Lágrimas começaram a escorrer pelos olhos pretos da mãe, e Leia se viu incapaz de confortá-la. Só ficou olhando enquanto Bail a puxava em um abraço, roçando os lábios contra as madeixas escuras da esposa.

– Eu achava que… – As palavras saíram mais trêmulas do que Leia imaginava. – Eu achava que vocês dois tinham esquecido de mim. Que estavam me ignorando sem motivo algum.

Os pais se viraram de imediato para ela, com os olhos arregalados de choque. Bail negou com a cabeça.

– Minha querida, não. Nunca faríamos isso. Nunca.

Breha puxou Leia para perto, transformando o enlace em um abraço de família.

– Nada menos importante do que essa missão poderia nos afastar de você – ela sussurrou, enquanto acarinhava os cabelos trançados de Leia. – E nem isso é capaz de mudar o quanto a amamos. Estamos lutando pelo seu futuro. Entende isso?

Leia não conseguiu responder em voz alta. Apenas concordou com a cabeça, afundando-se no abraço dos pais, desejando que eles nunca mais precisassem se afastar a uma distância maior do que aquela.

Quando chegou ao próprio quarto, o dia já estava quase nascendo. Sua janela era voltada para a direção oposta àquela em que o sol nascia, então, o único sinal que tinha disso eram os tons cinzentos que começavam a tomar o céu noturno. Pegou-se pensando se os empregados por acaso teriam lembrado de sobrepor as ordens padrão que 2V tinha de acordar Leia de manhã cedo. Provavelmente não.

Se adormecesse imediatamente, teria talvez umas duas horas de descanso. Era patético cogitar uma coisa daquelas: a sensação de Leia era que jamais seria capaz de dormir de novo. Sua mente, descontrolada, disparava em dezenas de direções ao mesmo tempo, cheia de um novo conhecimento e inúmeras novas perguntas que os pais se negariam a responder.

No entanto, ela percebera algo que mesmo os formidáveis Bail e Breha Organa ainda não tinham entendido: estavam fazendo papel de bobos ao tentar protegê-la.

Se os pais fossem descobertos em uma rebelião contra o Imperador Palpatine, a Casa de Organa seria destruída. Leia morreria junto com os pais. Talvez os stormtroopers, inclusive, queimassem o lugar até reduzi-lo a cinzas. Ninguém demonstraria misericórdia, e nem a mais perfeita inocência a protegeria do destino que se seguiria.

E os pais eram inteligentes demais para acreditar no contrário. Apenas o desespero causado pelo próprio amor os convencera de que aquela parte do plano tinha alguma chance de sucesso. Já Leia sabia que não era assim. Ela não tinha tempo para enganar a si mesma.

O perigo a aterrorizava, mas a deixava empolgada também. Em vez de se ater ao mistério e à incerteza, via uma batalha no horizonte, com um inimigo claro. Leia estava cansada de viver em meio à confusão e ao medo. Ela queria agir.

Mas como poderia fazer algo? Não seria fácil fazer Bail e Breha abrirem mão da ilusão que tinham sobre a segurança da filha. Jamais permitiriam por vontade própria que ela se envolvesse com qualquer que fosse a organização que estavam criando – e ela ainda não entendia exatamente que organização era essa, o que era enlouquecedor, mas os pais não tinham soltado nenhuma informação além do que ela descobrira sozinha. E mais do que isso: a mãe e o pai estavam se enganando sobre a segurança de Leia porque era o único jeito que permitia que continuassem. Ela não queria machucá-los ou fazer com que ficassem mais aterrorizados do que já estavam. E se eles se retirassem da luta justamente para mantê-la longe de tudo?

Mas se a batalha que tinham pela frente era pelo futuro de Leia, então era uma batalha dela também – quer os pais quisessem ou não.

CAPÍTULO 10

EU PODERIA SER UMA MENSAGEIRA, talvez. Quando estou longe do planeta, ninguém sabe que sou uma princesa, e ninguém presta atenção em mim porque acham que sou nova demais para fazer qualquer coisa importante. Isso significa que eu poderia entregar mensagens secretas críticas sem que ninguém percebesse...

– Cuidado! – gritou Kier, no instante em que o pé de Leia escorregou.

Ela conseguiu compensar o escorregão a tempo, mas ouvir as rochas escorregando montanha abaixo a sobressaltou. Novamente alerta, avaliou a posição em que estava na encosta. Toda a turma de técnicas de rastreamento estava exercitando as habilidades de escalar superfícies rochosas no brumoso planeta Eriadu. A trilha os levara até as margens de um desfiladeiro ricamente arborizado, todo tomado por musgos e neblina; embora a Cidade de Eriadu pudesse ser vista a distância, eles estavam além do limite dos ruídos urbanos. Leia não ouvia nada que não fosse o avançar dos companheiros pela escarpa da montanha e o ocasional farfalhar nas copas das árvores acima deles quando um dos grandes répteis alados do planeta voava através delas, visível apenas como uma sombra.

Alguns metros à frente, Amilyn Holdo estava pendurada em uma corda de escalada. Ela balançou de lado na direção de Leia, uma mecha do cabelo roxo escapando por baixo do capacete de escalada.

– Entendo a vontade de experimentar o terror extremo – disse ela, com seu tom de voz plano e esquisito –, mas talvez esta não seja a hora.

– Eu me distraí. – Aquilo era o máximo de verdade que Leia podia compartilhar. Amilyn sorriu de forma aérea e voltou balançando até seu lugar.

– Se recomponham aí – gritou a Comandante Pangie, que vinha no fim da fila. – A gente precisa voltar desta excursão com o mesmo número de princesas que tinha no começo!

– Perdão! – exclamou Leia em resposta. – Não vai acontecer de novo!

– Sim, vai sim – disse Kier, em voz baixa, provavelmente sem a intenção de que ela ouvisse.

Ela se virou na direção dele.

– O que disse?

A expressão do rapaz permaneceu impassível, com os olhos escuros mais curiosos do que na defensiva.

– É verdade. Sua cabeça está em outro lugar desde o começo do dia. Não sei o que pode ser mais importante para você do que não despencar desta montanha, mas o que quer que seja...

– Você não sabe do que está falando – insistiu Leia. – E não sei que parte do meu modo de escalar pode ser da sua conta.

– Eu e você estamos amarrados na mesma corda – argumentou ele, e não sem razão. Ela percebeu pela primeira vez a tensão nos braços magros e musculosos do garoto, além do suor que se acumulava em sua testa. – Se você cair, eu provavelmente caio também.

Aquilo a fez acordar como nenhuma outra coisa seria capaz de fazer. Claro, estavam equipados com campos de força portáteis projetados apenas alguns metros abaixo do ponto em que escalavam; uma queda não seria mortal, apenas constrangedora. Mas Leia tinha adquirido um grande apreço pela ideia de não colocar outras pessoas em risco. Com o foco renovado, ela se dedicou a chegar ao topo da encosta, prestando atenção apenas nas rochas sob suas luvas e botas.

Depois de mais meia hora, chegaram a um platô elevado que marcava o objetivo daquele dia. Sssamm, que era capaz de secretar uma substância adesiva por entre as escamas para ajudar na escalada, chegou tanto tempo antes dos demais que eles o encontraram esparramado no chão, lagarteando no sol.

– A gente vai embora daqui usando uma saltadora, certo? – O rosto alongado de Chassellon estava brilhante de suor, e os cachinhos geralmente bem cuidados estavam arrepiados para todos os lados. – Certo? Tem que ter uma saltadora.

– Que fraco, Stevis. – A Comandante Pangie tinha se sentado ao lado de Sssamm e já devorava sua marmita do almoço. – Não pode dar uma de fraco se quiser ser forte.

Ele cruzou os braços.

– Eu sou rico. Não preciso ser forte.

– Você nunca sabe quando vai perder todo o seu dinheiro – argumentou Amilyn, tirando o capacete antes de balançar a cabeça para libertar os cabelos roxos. Os olhos de Chassellon se arregalaram, como se a menina tivesse descrito o maior desastre que poderia acontecer.

Leia se sentou na extremidade mais afastada do platô, com os pés calçados com botas a apenas alguns passos da beira. Graças ao suor e à poeira, ela estava imunda – uma linha de sujeira se estendia por uma de suas mangas –, mas gostava da sensação de euforia que vinha depois do esforço. *Viram só?*, disse para os pais dentro da própria mente, onde eram muito mais dóceis e ficavam surpresos com muito mais facilidade do que os reais. *Não tenho medo de assumir riscos. Estou disposta a trabalhar duro. Me deixem tentar.*

Ela então se lembrou da voz do pai vacilando quando falou sobre a possibilidade de a filha ser capturada. Como poderia pressioná-los ainda mais quando já estavam com tanto medo por ela?

Mas como não se erguer contra o Império?

Leia abriu a garrafa térmica cheia de sopa que trouxera para o almoço e estendeu a bandana sobre o colo como se fosse uma toalha de mesa. Só então percebeu que Kier estava se acomodando não muito longe dela. Quando ele percebeu que ela o observava, disse:

– Posso?

– Não sou dona da montanha.

– Isso. Não estamos mais em Alderaan.

Ela expirou, soltando um leve bufar de exasperação.

– Também não sou dona das montanhas de Alderaan.

Ele não ergueu os olhos do sanduíche que desembrulhava quando disse:

– Não. Elas que são suas donas.

– Aonde você quer chegar, Kier?

– Em Alderaan, você precisa ser princesa o tempo todo. Em Coruscant, é uma senadora em treinamento. Mas aqui, enquanto estamos escalando... Acho que é quando pode ser você mesma.

Ela nunca pensara daquela forma antes.

– Por que se preocupa tanto em saber se sou ou não sou feliz por ser uma princesa?

Ele não dissera exatamente aquilo, mas ignorou o fato.

– Você é a futura governante do meu planeta. Então tenho certa curiosidade em saber do que você realmente gosta.

– É... Acho que faz sentido – admitiu Leia.

– E esse não é o único motivo – entoou Amilyn Holdo, que por acaso estava sentada em uma rocha que se projetava acima da beira. Ela lançou um sorriso meio aéreo para Kier. – Mas é uma boa desculpa. Talvez seja uma boa ideia investir nela.

Kier tombou a cabeça, mais abismado do que incomodado.

– Não vou poder mais "investir nela" se você continuar me denunciando.

Com um movimento de ombros, Amilyn voltou a atenção para o próprio almoço, que parecia ser algum tipo de macarrão multicolorido.

Não era como se Leia não tivesse considerado aquela possibilidade antes. Era difícil conhecer Kier a fundo – mas ele era inteligente e perspicaz. Interessado na galáxia que o cercava. Disposto a mergulhar de cabeça nas coisas e ajudar. Nada impressionado pelo status real da princesa, mesmo que às vezes forçasse demais a barra para provar aquilo.

E bonitão. Não posso esquecer do bonitão. Não que houvesse muita chance de Leia esquecer daquilo. Tinha começado a gostar de sua magreza musculosa, de seu cenho marcado, seus olhos profundos e escuros...

Mas aparência não era tudo. Ela ainda precisava conhecer um pouco mais de Kier Domadi antes de saber o que queria com ele.

Encarando o horizonte, ela voltou a perceber o burburinho do tráfego aéreo ao redor da Cidade de Eriadu. Era tão intenso quanto o que havia ao redor de Aldera, embora Alderaan fosse um Mundo do Núcleo altamente conectado pelo comércio com outros planetas na galáxia enquanto Eriadu, por outro lado, não passava de uma estação intermediária na Orla Exterior que começara a ser notada apenas uma ou duas gerações atrás. Com um gesto de cabeça na direção da cidade, Leia disse:

– Pelo jeito, o Grão Moff Tarkin sabe agir em benefício próprio.

– Obviamente. Não é como se alguém fosse ter uma razão para reabastecer aqui, a menos que as naves fossem oficialmente desviadas de rota. – Qualquer constrangimento que Kier podia estar sentindo antes já havia sumido; a atenção dele estava apenas na metrópole distante. – Tarkin não é o único Imperial de alto escalão que canalizou o dinheiro para o próprio planeta. É assim que o Império opera: com favoritismo e corrupção.

Leia concordava com cada palavra, mas nunca ouvira ninguém falando abertamente sobre aquilo, nem mesmo os pais fora da privacidade do palácio.

– Você devia ter cuidado – disse ela, em voz baixa. – Nem todo mundo aprecia a honestidade. – Seus olhos recaíram sobre Chassellon Stevis, mas ele ainda estava esparramado no chão, exausto a ponto de ficar quase semiconsciente.

Kier apenas deu de ombros.

– Eu não minto para as pessoas.

Leia se lembrou de como os pais haviam mentido descaradamente para ela, e como agora ela mentia para Kier, e para toda a galáxia, ao manter silêncio sobre seus planos. Honestidade e dissimulação eram mais complexas do que pareciam à primeira vista.

Ela apenas sorriu e disse:

– Se não gosta de mentiras, então o que está fazendo na política?

Aquilo o fez rir alto – foi a primeira vez que ela o ouvia rir. A raridade da situação fez a conquista parecer mais valiosa.

– Estou tentando passar por essa etapa o mais rápido possível. Espero logo estar lecionando na universidade, como minha mãe. Ela dá aulas de ciências políticas, mas quero ser historiador. A Legislatura de Aprendizes parece um bom lugar para sintetizar as duas coisas. Vai acrescentar ao que ela já me ensinou enquanto sigo meu próprio caminho. – Ele se inclinou para a frente, apoiando os antebraços nos joelhos. – Não é todo mundo que tem tutores, sabe?

Ela, enfim, entendeu que Kier não a estava provocando. Ele a estava estudando com a curiosidade ávida que destinava a todos os assuntos, o tempo todo.

– Às vezes, tutores podem ser *não* exatamente úteis. – Ela apontou para a Comandante Pangie, que sem dúvida sorria alegremente com a expectativa de mandá-los descer a montanha. – Especialmente quando você tem uma dúzia deles.

– Uma dúzia? Sério? – Ele chacoalhou a cabeça como alguém emergindo da água, reajustando os sentidos. – A realeza não usa droides educacionais?

– É claro, mas só para as matérias acadêmicas padrão. Também tenho tutores de *técnicas de rastreamento, diplomacia, pilotagem, navegação*... e por aí vai. Estou inclusive começando a estudar combate corpo a corpo, mas ainda não avancei muito.

– Não sabia que a Casa de Organa saía no tapa com tanta frequência. – A piada era implícita; toda a galáxia conhecia a reputação dos pais de Leia de sempre buscarem a paz. *Se os mundos soubessem a verdade*...

– Honestamente, acho que meus pais só querem que eu espaireça um pouco – disse Leia, de forma apressada. – Queria que as aulas começassem amanhã mesmo.

Kier deu outra mordida no sanduíche, pensativo, mastigando antes de, enfim, dizer:

– Nunca estudei combate corpo a corpo, mas sou bem bom em tiro ao alvo.

– Tipo, tiro com blasters?

Ele concordou com a cabeça.

– Se você estiver a fim de ter um décimo terceiro tutor, e se não tiver medo de desafios, a gente pode experimentar algum dia. Se quiser, é claro.

Leia poderia arrumar um tutor de tiro ao alvo em qualquer lugar, na hora que bem entendesse. Talvez aquela habilidade fosse abordada pelo instrutor de combate, inclusive. Mas sabia muito bem que Kier não estava se oferecendo para ensiná-la a atirar porque achava que ela precisava saber – ele estava tentando arrumar uma desculpa para passar mais tempo com ela.

– Boa – disse ela. – Eu ia gostar.

Dois dias depois, em Coruscant, Leia e Kier entraram em uma arena de prática de tiro ao alvo – um espaço estreito em formato de pirâmide que, em seu ponto mais alto, alcançava uma altura de dez metros. O leve resplandecer metálico das paredes claras indicava a existência de projetores holográficos e alvos eletrônicos embutidos. Sob as botas de Leia, o chão mais escuro cedia levemente, semelhante a um tablado de ginástica.

Kier percebeu como ela oscilava para cima e para baixo.

– Tem como pedir esse chão mais instável, porque assim a gente fica acostumado a julgar o terreno sem precisar estar sempre em uma superfície limpa e sólida.

– Faz sentido. – Assim como ela, Kier usava um macacão branco e justo com tiras prateadas de material refletor. A roupa clara enfatizava sua pele bronzeada. Ela piscou com força, recuperando o foco da atenção. – Vamos começar.

– Me mostre sua postura de tiro – disse ele, e Leia assumiu a posição que vira seus guardas exibirem tantas vezes. Depois de um instante, Kier concordou e ergueu as sobrancelhas, impressionado. – *Ótimo,* essa parte você já domina.

Ela pensou que ele talvez fosse colocar os braços ao redor dela para corrigir sua posição, e se pegou pensando que talvez poderia fingir uma postura um pouco mais desleixada...

Não. Leia queria que qualquer pessoa interessada nela soubesse quem ela era, do que era realmente capaz. Se Kier Domadi quisesse colocar os braços ao redor dela... Bem, ele que desse um jeito de fazer isso.

Mas talvez ela também pudesse dar o seu.

Foco, disse a si mesma, enquanto as luzes diminuíam até um quarto da intensidade inicial. Ela passava tão pouco tempo com gente da idade dela, menos ainda com pessoas pelas quais se sentisse atraída... Estar perto de Kier a energizava de uma forma que ela ainda não tinha experimentado, e ela gostava disso.

– Iniciando a simulação para treino de alvo número um – disse Kier em voz alta, antes de assumir a própria posição, com as costas quase coladas contra as de Leia. – Preparar... Vai.

Um pequeno poliedro dourado surgiu no ar, no lado de Kier da arena. Ele instantaneamente disparou um dos blasters azulados de treino, "estilhaçando" a imagem holográfica. Um placar transparente flutuando acima deles contabilizou dez pontos.

– Pontos? A gente vai contar pontos? – Leia ajustou a empunhadura da arma.

Com a visão periférica, ela o viu olhar para ela por cima do ombro.

– Você não tem medo de desafios, tem?

Ela respondeu apontando a arma para o próximo poliedro flutuante e atirando. O tiro pegou de raspão no holograma, mas foi o bastante para mantê-lo no lugar por mais alguns instantes, tempo mais do que suficiente para que desse um segundo tiro e eliminasse o alvo. "*Cinco pontos*", anunciou o placar.

– Está bem, então – disse Kier, e de alguma forma ela foi capaz de ouvir o sorriso em sua voz.

A maior parte da hora seguinte passou em um borrão alegremente intenso. Leia continuou pegando os alvos de raspão em vez de acertá-los em cheio, até perceber que sua mira quase sempre pendia para a esquerda. Depois que entendeu como ajustar seus disparos, sua pontuação começou a crescer vertiginosamente. Quando as luzes voltaram a se acender, estava trinta pontos atrás de Kier – mas, na metade da disputa, chegara a ter quase cento e cinquenta pontos de desvantagem.

– Mais alguns minutos – disse ela, arfando, surpresa com o quão cansada estava – e eu teria alcançado você.

Leia achou que ele discordaria, mas ele aquiesceu.

– Teria mesmo. Acho que você tem talento para isso.

– A gente precisa praticar de novo e ver, não acha? – Ela ergueu uma das sobrancelhas.

Por sorte, Leia não era a única que gostava de um desafio. Um sorriso lento se abriu no rosto de Kier.

– Sim. A gente precisa.

Naquela noite, ela voltou com o *Estrela Polar* para Alderaan, com a mente cheia de pensamentos sobre o dia de treino de tiro ao alvo e sobre quando poderiam treinar de novo. Pela primeira vez em meses, desembarcou sem se perguntar onde os pais estavam, ou se perceberiam que ela tinha voltado. Então, naturalmente, daquela vez eles estavam esperando por ela.

– Achamos que você estaria aqui para o jantar – disse o pai, enquanto entrava na biblioteca, onde Leia planejava embarcar em uma longa sessão de devaneios. – Faz tempo que não comemos em família. E você parece faminta.

Era faminta que ela parecia? Leia ajeitou a postura, tentando não parecer absolutamente nada.

E falhou.

– Para mim, ela parece feliz. – Breha vinha apenas alguns passos atrás do esposo trazendo um copo geladinho de chalevante, a bebida favorita de Leia. – O que fizeram hoje?

– Tiro ao alvo. Eu e Kier praticamos juntos. Ele já pratica faz tempo, e achei que seria… – Um bom treino para o combate não era exatamente o que os pais gostariam de ouvir. – …muito divertido.

Bail e Breha trocaram olhares.

– Kier? – disse Bail. – Kier Domadi da Legislatura de Aprendizes, certo?

– E do curso de técnicas de rastreamento – acrescentou Breha.

Pelo menos as sombras na biblioteca esconderiam qualquer sinal de rubor. Ela não queria os pais se intrometendo. Como explicaria a relação que tinha com Kier antes que ela mesmo a entendesse melhor? Hora de trocar de assunto para distraí-los.

– Isso, o próprio – disse, de forma tão casual quanto possível. – Ele ganhou dessa vez, mas quase o alcancei. Acho que sou boa nisso.

– Talvez tenhamos uma campeã de tiro em mãos – Breha disse para Bail, com o sorriso aumentando. – Acha que ela poderia competir de forma anônima?

– Sim, até ganhar a primeira competição importante. – Ele passou o braço por trás das costas de Breha, puxando-a mais para perto. – Depois disso, vamos ter que anunciar o talento brilhante de nossa filha.

A aprovação dos pais sempre deixava Leia feliz, e depois de tanto tempo sem nenhuma demonstração daquilo, sentiu que queria sorver tudo de uma vez. Ela inclusive tinha novidades para contar que, esperava ela, aumentariam aquele orgulho.

– Aliás, estou saindo amanhã na minha próxima missão humanitária.

Breha cruzou os braços diante do peito, deliberadamente teatral.

– Não em um lugar perigoso, espero eu.

– Em Onoam – esclareceu a princesa. – É uma lua, na verdade. As condições de mineração são complicadas, então vou levar novos equipamentos de proteção para eles. E *só*.

– Parece tranquilo – disse Breha, com um óbvio alívio.

Bail franziu ligeiramente as sobrancelhas.

– Onoam. Acho que ouvi esse nome... anos atrás, talvez...

– Vice-rei? Vossa Majestade? – O Capitão Antilles apareceu em uma das portas. Ele tinha uma aparência tensa e distraída que Leia começava a reconhecer. – Precisamos conversar no escritório.

Os pais saíram imediatamente, sem dirigir nenhuma outra palavra a Leia. Ela não ficou ofendida. Eles obviamente discutiriam as providências que tomariam contra o Império – quaisquer que fossem elas –, e Leia ainda precisava conquistar o direito de participar daquele tipo de conversa. A viagem para Onoam seria um passo crítico na

CAPÍTULO 11

ENQUANTO O *Estrela Polar* deslizava pelo azul elétrico do hiperespaço, Leia arriscou:

– Parece que faz mais do que algumas semanas desde que a gente viajou juntas pela última vez.

– Parece, é? – disse Ress Batten. Ela parecia muito interessada nos controles diante de si, tanto que nem sequer ergueu o olhar. – Talvez eu esteja misturando os voos. As viagens parecem se confundir na minha cabeça depois de um tempo.

Desconcertada, Leia voltou a atenção para o datapad, mas as informações na tela não significavam nada. Seus pensamentos divagavam em outra direção.

Não fazia sentido Batten declarar algo como *Sim, eu me lembro de viajar para aquele posto militar ilegal e esbarrar com o seu pai lá!* Reconhecer aquele tipo de coisa seria arriscado para ambas, além de perigoso para Bail Organa. Mesmo assim, Leia achava o silêncio compartilhado desconfortável. *Talvez eu só queira alguém para falar sobre isso*, pensou ela. *Alguém além de meus pais.*

Mas Ress Batten não poderia ser sua confidente. Se Leia contasse o que sabia, apenas colocaria a pilota em risco; o pai sempre falava para ela que não deveriam colocar nenhum funcionário em perigo sem o devido consentimento. Além disso, Batten jurara servir como pilota e oficial, não como uma conspiradora, menos ainda como uma amiga.

O distanciamento entre a princesa e a pilota era algo que a mãe aconselhara também. *O palácio pode ser um lugar isolado, Leia*, Breha dissera à garotinha várias vezes, desde quando ela era pequena demais para entender como o doce lar da família poderia ser solitário. *Temos muitos privilégios, mas precisamos fazer muitos sacrifícios também. Temos que carregar nossos fardos sozinhos.*

Aquilo ainda não fazia total sentido para Leia. Os pais apoiavam um ao outro, e poderiam ter o apoio dela também se a permitissem fazer parte dos planos de se opor ao Imperador.

Mas aquele silêncio dolorido – aquele constrangimento que havia entre ela e a outra pessoa a bordo, que ambas não admitiriam sentir – era um dos fardos a que Breha se referira.

Ela precisava se acostumar a carregar aquele peso.

Os planos de Leia não exigiam que voasse em pessoa para Naboo. Ela não tinha a menor vontade de pisar no planeta natal de Palpatine, mas quando o *Estrela Polar* entrou na órbita de Onoam e ela viu Naboo se destacando no campo estelar, sentiu um aperto inexplicável no coração. Era um planeta bonito – verde e azul, adornado com fiapos suaves de nuvens – e certamente não merecia ser julgado porque um de seus habitantes se revelara tão mau.

Depois ela pensou em Wobani, e Arreyel, e em tantos outros mundos que um dia haviam sido belos como aquele antes de serem envenenados pelo Império de Palpatine. Ela não era capaz de apreciar a beleza de Naboo sabendo qual era o custo de boa parte de sua prosperidade.

De qualquer forma, o destino de Leia tinha seu próprio charme. Ao contrário da maioria das luas e planetas menores com minas,

Onoam continuava sendo um lugar agradável – pelo menos na superfície. Ventos suaves faziam tremular a grama alta que se estendia pelas planícies sob um céu róseo. Muitos cidadãos mais abastados de Naboo tinham casas de veraneio ali, incluindo o governador provincial daquele setor; a apenas alguns quilômetros do espaçoporto havia ainda um palácio real secundário.

Por pura coincidência, a figura real em questão estava visitando Onoam. Leia conhecia os protocolos o suficiente para saber que mesmo sua missão humanitária precisaria esperar uma hora ou duas, pois era dever de uma princesa cumprimentar uma rainha.

– É bem-vinda a nosso sistema, Princesa – disse a Rainha Dalné, com o tom de voz mais formal que era tradicional aos governantes do planeta. Ela estava sentada em um trono dourado, vestida com a suntuosa veste de uma governante de Naboo; sua túnica longa era de um tom de violeta tão intenso que era quase preto, todo adornado com bordados prateados. Os cabelos negros haviam sido entrelaçados à base de uma rede prateada que se espalhava ao redor da cabeça da monarca como um leque, e a marca branca em seu rosto fazia o vermelho dos lábios parecer ainda mais intenso. – Se soubéssemos de sua visita antes, teríamos preparado um banquete em sua homenagem.

– Não esperava encontrar a senhora aqui – disse Leia, uma frase que era tão próxima de um pedido de perdão quanto necessário. – Achei que as muitas questões em seu mundo a manteriam em Naboo. – Ops. Será que aquilo soara como uma crítica à rainha? *Ótimo, seu segundo incidente diplomático em duas viagens. Nesse ritmo, vai acabar provocando uma guerra antes do fim do mês.*

Mas a Rainha Dalné sorriu, ligeiramente entristecida.

– No passado, as rainhas de Naboo de fato governavam o planeta. Mas desde que nosso Senador Palpatine virou imperador, seus governadores assumiram os problemas de Naboo. De fato, tenho poucas funções além da cerimonial.

As palavras de Breha vieram à mente de Leia mais uma vez: *O palácio pode ser um lugar isolado.* Dalné era uma garota não muito mais velha do que Leia, sem pais governantes para apoiá-la e sem tarefas significativas a realizar. Levava uma vida de extremo luxo que muitos invejariam, mas Leia conhecia muito bem as grades da gaiola que a cercavam.

No entanto, realeza não precisava significar uma completa solidão.

– Vossa Majestade, se tiver tempo e disposição, poderia juntar-se a mim hoje. Estaremos distribuindo equipamentos de proteção aos mineiros. – Ela meio esperava que Dalné recusasse imediatamente. Sem dúvida aquilo teria consequências políticas que Leia, como forasteira, não era capaz de compreender.

Mas a rainha de Naboo sorriu. A maquiagem pesada não era mais capaz de esconder sua verdadeira expressão.

– Tenho a disposição, Princesa Leia, e assim arranjarei o tempo.

De acordo com os documentos que Leia estudara, o relacionamento entre Naboo e sua colônia mineradora em Onoam sempre fora tumultuoso. Uma geração antes, os mineiros haviam feito greves recorrentes para exigir maiores porcentagens dos lucros, e alguns grupos dissidentes haviam inclusive cometido atos menores de violência política – haviam quebrado janelas e escudos de segurança, e até mesmo queimado um armazém em Naboo.

Sem dúvida, os mineiros atuais dariam tudo para trabalhar nas condições que seus antecessores achavam tão degradantes. Antes, os mineiros de Onoam queriam ser tratados com maior justiça; agora, queriam ser apenas reconhecidos como seres sencientes. Quando o elevador de carga com a primeira parte dos equipamentos chegou ao túnel da mina, a luz se transformou em um recurso escasso; a pouca iluminação ali mal era suficiente para se trabalhar, e nada mais. Uma poeira pesada pairava no ar. Leia tossiu mais de uma vez, e a maquiagem alva de Dalné já começava a parecer imunda. Aquele não era um ambiente saudável para elas e nem para ninguém.

Mas apenas seres sencientes podiam minerar a especiaria medicinal. Era fácil demais hackear ou invadir droides e programá-los para contrabandear quantidades consideráveis do produto, que mais tarde poderia ser usado para sintetizar outras substâncias mais potentes – em outras palavras, ilegais. Pessoas também podiam contrabandear o material, mas eram menos habilidosas nisso e geralmente tinham outras motivações para se manterem honestas. Leia achava que as melhores motivações seriam salários mais altos, boas condições de trabalho e um senso de comunidade e camaradagem.

Mas Palpatine preferia "motivar" aquelas pessoas utilizando-se de crueldade e terror.

Quando, enfim, chegaram ao nível mais profundo da mina com os equipamentos, um pequeno grupo de trabalhadores aguardava as visitantes reais. Seria um comitê de recepção como qualquer outro se um punhado de stormtroopers não perambulasse por ali casualmente, um perto de cada saída.

O droide de protocolo de Dalné as anunciou, gesticulou na direção de um homem alto e magro e disse:

– Este é Brel Ti Vorne, representante escolhido pelos mineiros.

– Minha rainha – disse Ti Vorne, fazendo uma reverência a Dalné, como seria apropriado. Logo depois, porém, voltou a atenção para Leia. – Princesa Leia de Alderaan, nós a recebemos com toda gratidão.

– Receberão algo mais útil do que uma princesa. – Ela apontou os caixotes sendo trazidos pelos droides de transporte. – Compramos recursos para quinhentos mineiros: há armaduras de segurança, máscaras de gás, campos portáteis de força que podem purificar o ar e algumas outras coisinhas das quais achei que poderiam precisar.

Ela esperava sorrisos, ou pelo menos gestos de reconhecimento. Em vez disso, a expressão de Ti Vorne se entristeceu, e os mineiros atrás dele passaram a alternar o peso de uma perna para a outra e murmurar entre si.

– Os presentes incomodam vocês – disse a Rainha Dalné. – Posso perguntar o porquê?

– Se precisam de outras coisas com mais urgência – acrescentou Leia, apressada –, posso tentar trazer esses itens também. Só me digam que coisas são essas.

Ti Vorne balançou a cabeça.

– Esses itens facilitariam muito nosso serviço, Vossa Alteza.

Facilitariam. Não facilitarão. Ela disparou um olhar suspeito para os stormtroopers mais próximos; não pareciam estar prestando uma atenção especial ao encontro, mas como saber o que se passava atrás dos capacetes? Então Leia se aproximou de Ti Vorne e baixou a voz.

– Eles não podem nos ouvir. Me conte a verdade.

Ele hesitou por mais um momento, tão incerto que ela quase retirou o que dissera, até que o homem, enfim, suspirou.

– A senhorita pode nos dar esse equipamento, Vossa Alteza. Talvez a gente receba a autorização para usar parte dele, pelo menos por um turno ou dois. Mas mais cedo ou mais tarde vão tirar tudo da gente... Ou como punição, ou porque os equipamentos supostamente estarão "com defeito", ou simplesmente vão dizer que perderam os itens. Alguma coisa do gênero. A gente até dava um jeito de guardar uma ou outra coisa aqui e ali, até descobrir que tudo tinha o mesmo destino: o major Imperial responsável por essa mina vende tudo e embolsa o lucro.

Leia quase ficou sem palavras de tanta indignação.

– O que... Eles... Isso é um crime!

Ti Vorne deu de ombros.

– Não quando é o chefe que faz.

– Não, nesse caso é ainda pior. Nesse caso, isso é... é só... um *poodoo* total.

Isso fez os olhos de Ti Vorne se arregalarem, e a Rainha Dalné teve que conter o riso. Aquilo era demais para uma linguagem diplomática.

– Perdão – disse Leia, com tanta graça quanto foi capaz de recuperar. – O sofrimento de vocês me entristece, e me faz querer agir.

– Então a senhorita já é melhor do que a maioria, Vossa Alteza. – Ti Vorne tinha uma expressão curiosa no rosto, como se temesse pelas palavras que diria em seguida. Mas o que falou foi: – Pedimos ajuda recentemente. Inclusive para pessoas que achamos que poderiam agir por nós. Mas nada aconteceu ainda.

Leia entrelaçou as mãos diante do corpo.

– Então me digam o que posso fazer por vocês. Por favor, aceitem estas doações em nome de todos os mineiros. Pretendo descobrir uma maneira de fazer com que mantenham os equipamentos desta vez.

– Nós duas descobriremos como – acrescentou a Rainha Dalné, com uma intensidade na voz que Leia ainda não ouvira vindo dela.

O sorriso de Ti Vorne era triste. Parecia não as culpar, mas também não acreditava nelas.

– Sua boa vontade é um presente por si só.

Pouco depois, quando Leia e Dalné subiam das catastróficas profundezas da mina pelo elevador de carga, Leia murmurou:

– Boa vontade não serve para matar a fome. Eles não podem respirar boa vontade também.

– Todos sabemos da corrupção do Império – Dalné soava desolada. No pouco tempo que haviam passado no subterrâneo, sua maquiagem facial fora quase totalmente enegrecida pela poeira nojenta. – Ela se espalha para todos os lados. Mas nem eu mesma sabia que tinha chegado tão fundo.

– Há algo que a senhora possa fazer? Há alguma... lei antiga, ou dever cerimonial, que permita que aja?

Dalné pensou por tanto tempo que Leia assumiu que ela estava majoritariamente tentando descobrir um jeito sensível de dizer que nada poderia ser feito. Até que ela estalou os dedos.

– Posso exigir uma audiência com os oficiais de alto escalão. O próprio governador tem um chalé aqui em Onoam; acho até que está por aqui no momento.

– É o... Moff Quarsh Panás, não é?

– Sim. Ele é nativo de Naboo, então não é como abordar alguém de fora. E por mais que faça vista grossa, ele não é corrupto. – Dalné hesitou. – Mas *é, sim,* pessoalmente leal a Palpatine.

Aquela lealdade o transformava em alguém perigoso, mas...

– Devemos dar uma chance a ele. Imperiais honestos são bem raros. Seria uma pena desperdiçar um deles.

Ter algo importante a fazer claramente revigorara Dalné. Alegre até demais, dados os riscos, ela disse:

– Devo requisitar uma audiência imediata, então?

Leia concordou.

– Acho que é hora de conhecer Panás.

CAPÍTULO 12

A EQUIPE DE MOFF PANÁS conseguiu uma audiência para a rainha de Naboo e sua convidada – mas ofereceram apenas um horário, naquele mesmo dia, dali a pouco tempo. Leia se pegou perguntando se a ideia dos subalternos do moff era evitar cumprir o pedido da rainha simplesmente garantindo que ela se atrasasse.

Para piorar as coisas, Leia precisava trocar de roupa. Seu vestido branco simples era apropriado para a maioria das ocasiões – ou seria, caso não estivesse imundo depois de uma visita às profundezas de uma mina. Ela tentara se convencer de que chegar à audiência toda nojenta e suja poderia servir como uma prova das condições de trabalho nas minas, mas não era capaz de fazer algo assim. Aparentemente, os constantes sermões de 2V sobre cuidar ao máximo da aparência tinham se enraizado nela. Então, tinham arrumado um tempo para voar até o lar de Dalné, em Onoam, onde finos trajes reais estavam disponíveis em abundância.

Nunca vou contar nada disso para Doisvê, decidiu Leia, enquanto colocava um dos vestidos da rainha. *Ela iria se vangloriar por dias.*

Leia pegou emprestado o vestido mais simples possível, também branco, mas o vestido mais simples de uma governante de Naboo ainda era extremamente ornamentado. Véus tingidos de rosa e amarelo bem claro desciam em camadas sobre o manto, e uma rede alva se erguia atrás de sua cabeça como um rufo. O efeito era belo, mas para o gosto de Leia era também extravagante.

– Este é o vestido tradicional – insistiu Dalné, enquanto afofava os véus que cascateavam dos ombros da princesa. – Rainhas e outras oficiais do alto escalão o usam em tempos de júbilo. É apropriado trajá-lo quando se encontra com um dignitário pela primeira vez; assim, sinaliza que está esperando que as negociações sejam bem-sucedidas.

– É que é… demais.

Dalné concordou, resignada.

– Depois que fui eleita rainha, demorei meses para me acostumar com o peso dos adornos de cabeça. Este, que estou usando agora, é um dos mais leves. Mas o que faz parte do vestido de júbilo é realmente fácil de…

– Não, não. – Leia ergueu uma das mãos. – Não quero chegar fingindo que sou uma rainha.

A fala surpreendeu Dalné.

– Mas a senhorita é qualificada demais para ser uma aia!

Enquanto Batten acelerava o *Estrela Polar* sobre a ondulante grama alta de Onoam, Leia ouvia Dalné falar sobre as várias funções que as aias de Naboo haviam desempenhado no passado, servindo de conselheiras pessoais a agentes da inteligência. A tradição fora se perdendo conforme a rainha se tornava mais uma personagem figurativa do que uma governante, mas aias ainda precisavam se provar por meio de uma série de testes físicos e mentais que desafiariam até mesmo cadetes da Academia Imperial.

Como era ser uma verdadeira rainha de Naboo? *O fardo devia ser pesado*, pensou Leia, *em todos os sentidos – da responsabilidade de cuidar de um planeta inteiro aos adornos de cabeça cerimoniais.* Mesmo os vestidos no closet de Dalné deviam pesar pelo menos cinco ou seis quilos. Felizmente, as tradições reais de Alderaan não exigiam nada das monarcas além do uso de tranças.

Batten ficaria no *Estrela Polar*, que pousou a uma distância respeitável do chalé. A segurança Imperial não oferecia brechas, nem mesmo para princesas ou rainhas. Foi um funcionário civil que registrou o pouso, no entanto, um sujeito alto e esquisito que usava uma máscara de gás. Devia ser estranho estar cercado de belezas naturais e ar puro e não poder respirar com segurança.

Os véus da capa ondularam ao redor dos pés de Leia enquanto subia com Dalné os degraus que levavam ao chalé do moff, uma estrutura imponente construída com troncos grossos de uma madeira vermelha ricamente esculpida. Mesmo assim, ela foi capaz de caminhar com suavidade e segurança, sem medo de tropeçar. Não tinha como ser princesa a vida inteira sem aprender como lidar com um vestido com cauda.

Um atarracado droide LEP as levou até o salão de pé direito alto com janelas amplas que revelavam a bela vista que se estendia até o horizonte em três direções. Mas o lugar, notou Leia, não era realmente luxuoso. A maior parte dos oficiais do alto escalão do Império gostava de se cercar de um glamour exagerado sinalizado por posses adquiridas de formas escusas: estátuas roubadas de museus, peças de mobiliário ostentosamente caras e afins. Moff Panás preferia o simples e prático, mesmo sem perder o bom gosto.

Apesar dos vários anos de experiência com autoridades Imperiais, Leia começou a sentir esperança. Dalné dissera que Panás era um homem decente. Aquele salão confirmava que ao menos não era como os outros superiores do Império. Talvez a negociação realmente as levasse a algum lugar.

– Vossa Majestade. – A voz masculina grave ecoou pelo salão. Leia se virou parcialmente para ver o homem alto, belo e de pele negra que caminhava na direção da rainha com uma xícara na mão. Ele tinha mais ou menos a idade de Bail, mas não era tão alto e tinha cabelos grisalhos marcando suas têmporas aqui e ali. Outro droide LEP gingava atrás dele carregando uma chaleira e mais xícaras para as convidadas. O Moff Panás continuou:

– A senhora me pegou em meio a meu chá da tarde. Espero que a senhora e sua convidada...

O olhar de Panás enfim recaiu sobre Leia. Ele parou de súbito, com os olhos arregalados em choque. Conseguiu não derrubar a xícara, mas derramou parte do chá no chão.

– Moff Panás, o senhor está bem? – Dalné se adiantou com urgência enquanto o pequeno droide buscava um esfregão para limpar o chão.

– É claro. Peço perdão. Sua convidada... me fez lembrar de uma pessoa. – Recuperando a dignidade, Panás se aprumou e caminhou na direção de Leia, aparentemente à vontade de novo. Mesmo assim, ela pôde ver uma curiosidade intensa em seus olhos. – É a Princesa Leia Organa de Alderaan?

– Sim, Moff Panás. É um prazer conhecê-lo. – Leia ficou mais desconcertada pelo comportamento esquisito de Panás do que deveria. Em vez de iniciar com uma troca de cortesias, foi diretamente ao ponto. – Precisamos discutir a situação dos mineiros aqui em Onoam.

Ele respirou fundo, visivelmente se recuperando.

– Mas é claro. Vamos discutir isso enquanto nos servimos de chá... Isso considerando que ainda tenha sobrado algum na chaleira em vez de no chão.

Ela sorriu. Não era a melhor das piadas, mas era mais do que a maioria dos Imperiais era capaz de fazer. Certamente era um sinal positivo, especialmente depois de um começo tão constrangedor.

Elas se sentaram com Panás no terraço voltado para um pequeno rio que resplandecia prateado sob a luz do sol. Leia expôs o que haviam visto nas minas, e descreveu os problemas que Ti Vorne havia relatado, tendo a sensibilidade de não mencionar o nome do mineiro. Panás manteve os lábios pressionados, talvez com raiva, enquanto ela falava, e era possível perceber que o sentimento era direcionado aos Imperiais corruptos.

– É claro que o Imperador Palpatine encoraja um certo grau de... – Panás procurou uma palavra que fosse diplomática o bastante – ...

iniciativa entre seus oficiais. Eles supostamente devem lidar com a desobediência por meios econômicos sempre que possível, em vez de recorrer à violência.

É assim *que você vai falar sobre o que está acontecendo? As pessoas tinham que ser gratas por serem roubadas em vez de mortas?* Leia simplesmente consentiu e soltou um evasivo "Aham".

Panás balançou a cabeça.

– O problema surge quando oficiais experientes começam a acreditar que podem agir dessa forma com todos os cidadãos, e não apenas com criminosos. Precisamos vigiar tal comportamento, ou a disciplina entre as tropas irá se desintegrar.

Virtualmente todos os outros planetas do Império testemunhavam "tal comportamento" constantemente. O Moff Quarsh Panás, porém, talvez estivesse disposto a garantir que Naboo não fosse um deles.

– Se o senhor pudesse estabelecer algum tipo de vigilância nas minas, começando agora com os equipamentos novos que trouxe, talvez pudesse fazer uma diferença real – arriscou Leia.

– Pois assim será, então – disse Panás.

Ela se virou para Dalné, sorrindo vitoriosa. Dalné sorriu de volta, mas a maquiagem elaborada em seu rosto não era capaz de esconder que estava tão confusa quanto feliz. Aparentemente, Panás não era sempre tão prestativo. Por que estava fazendo uma exceção no caso de Leia?

Ele se ajeitou em sua cadeira de madeira de wroshyr com a xícara de chá ainda em mãos, embora estivesse tanto tempo sem beber dela que a infusão já deveria estar gelada.

– É realmente um prazer conhecê-la, Vossa Alteza. Encontrei com seu pai algumas vezes durante as Guerras Clônicas.

Leia se animou. Desde a mais tenra infância, ficava entusiasmada com as histórias de aventura do pai durante a guerra. Quando era bem novinha, ele mantinha as histórias simples – contava sobre as vezes que escapara por pouco, ou sobre vistosos Cavaleiros Jedi. Conforme foi ficando mais velha, ele tinha passado a contar mais a ela sobre a diplomacia, a complexidade e as tragédias que cercavam as batalhas. Mesmo assim, ela não conseguia resistir à empolgação que sentia com as Guerras Clônicas.

– O senhor serviu com ele e com o General Kenobi?

Assim que o nome deixou sua boca, ela quis morder a língua. Nem todo mundo na galáxia queria lembrar dos Jedis. Palpatine certamente não queria, e Panás era leal a seu imperador.

Mas Panás concordou.

– Conheci Kenobi também, mas muito antes do começo das Guerras Clônicas. Antes mesmo que fosse investido Cavaleiro Jedi, aliás.

– Sério? – Devia haver outras dezenas de histórias sobre o grande Obi-Wan Kenobi, que nem mesmo o pai conhecia.

Antes que Leia pudesse perguntar mais, porém, Panás se ajeitou de leve na cadeira para olhá-la bem de frente.

– Perdoe-me se esta for uma pergunta pessoal, mas... Creio que me lembro de ouvir que o vice-rei e sua rainha adotaram uma criança. É verdade?

– Sim, é claro. Não é uma pergunta pessoal, de maneira alguma. Minha adoção foi celebrada publicamente em Alderaan. – Era uma questão *esquisita*, porém. O que aquilo tinha a ver com a conversa?

Panás concordou com a cabeça, como se estivesse considerando as palavras cuidadosamente.

– E há quantos anos foi isso?

– Completei dezesseis anos alguns meses atrás. E meus pais me adotaram imediatamente após meu nascimento.

– Quase exatos dezesseis anos. – Os olhos de Panás haviam recuperado a intensidade do momento em que vira Leia pela primeira vez. – E seus pais biológicos são...

Aquela *sim* era uma pergunta pessoal, mas Leia não se importava de responder a ela. A pouca informação que tinha sobre o assunto era de conhecimento público em Alderaan e qualquer outro lugar.

– O que soube é que meu pai biológico morreu em uma das últimas batalhas das Guerras Clônicas. Já minha mãe de nascença foi ferida, e viveu apenas tempo suficiente para me dar à luz.

– E a senhorita sabe o nome deles?

– Não – respondeu Leia. – Nunca perguntei.

– E por que não? – A pergunta veio de Dalné, que corajosamente tentou amenizar a conversa desviando-a de um assunto específico para um mais geral. – Não tem curiosidade? A maioria das pessoas adotadas tem.

Leia deu de ombros.

– Se um de meus pais biológicos tivesse sobrevivido, eu teria gostado de conhecê-lo. Mas ambos pereceram antes mesmo que eu completasse um dia de vida. Meus pais adotivos são a única família que tive, a única que desejei ter. Não é toda pessoa adotada que se sente assim, mas para mim... minha família já está completa do jeito que está.

– A desintegração da República foi uma época perigosa e caótica – disse Panás. Seus olhos nunca deixaram de encarar Leia. – Muitas pessoas se perderam, e é difícil saber o que aconteceu com elas. Ouvíamos tantos rumores que era difícil decidir em qual acreditar.

– Tenho certeza disso. – Leia não entendia muito bem as razões para aquela digressão, mas pelo menos o moff não estava mais fazendo perguntas sobre seus pais biológicos. Será que era adotado, ou tinha adotado uma criança? Qualquer uma das explicações faria sentido, mas nenhuma a satisfazia inteiramente.

O estranho chá da tarde acabou pouco depois. O Moff Panás as acompanhou até a porta, conversando sobre amenidades, embora continuasse observando Leia cuidadosamente o tempo inteiro. Um tanto irritada, ela se pegou pensando se ele achava que ela roubaria uma das xícaras.

– Obrigada mais uma vez pela audiência e por sua gentil atenção, Moff Panás – disse Dalné.

O sorriso de Panás para ela pareceu completamente genuíno.

– Por muitos anos servi as rainhas de Naboo. É um privilégio servi-la também.

– Hoje também serviu uma princesa de Alderaan. – Leia estendeu a mão, e Panás a tomou. O aperto foi incomodamente intenso, mas a expressão da princesa não denunciou o desconforto. – Fico aliviada de saber que alguém com autoridade está dando atenção aos interesses dos mineiros. – *Finalmente*, acrescentou ela, mas apenas em sua mente.

– Conhecer a senhorita foi uma... experiência singular. – Panás inclinou a cabeça, ainda estudando Leia com o olhar a laser. – Devo falar pessoalmente com Palpatine sobre isso.

– Sobre os mineiros? – Aquilo era mais do que Leia ousara imaginar.

Panás negou com a cabeça.

– Sobre a senhorita, Vossa Alteza. Acho que ele deveria saber que os Organa adotaram uma filha de tamanha distinção.

O que quer que *aquilo* significasse, ele voltara a focar na adoção. Leia deu um jeito de livrar a mão do aperto de Panás de forma polida.

– Se também puder mencionar os mineiros, eu apreciaria.

Ele pareceu se recompor.

– Claro. Falei sério mais cedo, Princesa Leia. Os supervisores das minas não irão mais sair ilesos desse tipo de roubo mesquinho.

Aquelas palavras fizeram toda a tarde peculiar valer a pena.

Depois que se virou para voltar para dentro do Chalé, Leia e Dalné desceram os degraus, seguindo em direção ao *Estrela Polar*. Os ventos que faziam oscilar a grama ao redor delas puxavam também suas vestes e capas, e com sorte abafaram as palavras que Leia murmurou:

– O que exatamente foi *isso*?

– Não faço a menor ideia. Acha que de repente... – Dalné hesitou – ...seu pai e o Moff Panás eram amigos e tiveram algum tipo de desavença? Ele pode ficar incomodado com qualquer coisa boa conquistada por um inimigo, mesmo a adoção de uma criança.

Aquilo parecia forçado para Leia. Mesmo assim...

– Meu pai é um crítico declarado de Palpatine. Como Panás é extremamente leal ao Imperador, provavelmente se ressinta...

Um paredão de calor atingiu Leia e a empurrou para a frente enquanto o mundo era tomado por um clarão branco. Um estrondo sobrepôs qualquer outro ruído, até que os ouvidos de Leia zumbiam tanto que ela não conseguia ouvir mais nada. Dalné era um borrão tropeçando nos degraus ao lado de Leia, e a única outra coisa que a princesa conseguia discernir eram as labaredas que se erguiam em direção ao céu rosa-claro.

Explosão, pensou ela. Era a única palavra coerente que lhe ocorria.

Leia atingiu o chão com força, de barriga, e ficou sem conseguir respirar pelo que pareceu tempo demais. Dalné se arrastava ao lado dela, com as madeixas longas do cabelo se soltando do adorno e lágrimas dissolvendo a maquiagem branca. Ela não disse nada, apenas apertou a mão de Leia.

Algo explodiu, pensou Leia, abismada. *O chalé do moff. Mas isso não faz nenhum sentido. É uma casa feita de madeira, não uma nave ou uma estação...*

O que significava que a casa fora destruída por uma bomba.

Sentando-se, Leia olhou ao redor e viu apenas caos. Partes fumegantes de droides estavam espalhadas no gramado em meio a pedaços de madeira em chamas e destroços. O chalé, ou o que restara dele, estava obscurecido pela fumaça preta que se elevava em direção ao céu. Stormtroopers corriam na direção do incêndio, sem dúvida em uma tentativa de salvar Quarsh Panás, embora parecesse impossível que alguém tão perto da explosão tivesse sobrevivido. Ress Batten também corria até a rainha e a princesa, apenas alguns passos atrás dos Imperiais.

A distância, um homem disparava para longe.

É o civil, o que usava a máscara de gás! Leia tentou se levantar, mas não conseguiu. Ergueu o braço para pelo menos apontar na direção do fugitivo...

...até que percebeu que aquele fora um ataque a um oficial Imperial. Um ataque ao Império.

O que significava uma possibilidade de que o acontecimento fosse ligado às atividades obscuras de seus pais em Crait.

Leia não podia denunciar o responsável pela bomba, não mediante o risco de ele ser conectado à sua família. A lealdade a Bail e Breha Organa nunca a ferira antes, mas era o que fazia naquele instante, enquanto ela permanecia sentada vendo o assassino escapar.

Será que os pais também haviam se tornado assassinos?

CAPÍTULO 13

O CAOS QUE SE SEGUIU À EXPLOSÃO deixou Leia desnorteada por quase uma hora. Em um minuto, estava encarando o chalé em chamas, pensando: *Eu estava há pouco bebendo chá lá dentro, com um homem que agora está morto.* No outro, um droide médico a rodeava, escaneando a princesa à procura de ferimentos; quando o droide terminou, ela tinha sintiplasts em alguns cortes mais graves e um campo de imobilização ao redor do tornozelo, que latejava de forma ameaçadora. Então se lembrou do homem mascarado que fugira... Depois se perguntou se ele tinha alguma conexão com qualquer que fosse o grupo obscuro do qual os pais eram parte, e se eles sabiam que aquilo aconteceria com Quarsh Panás e com quem estivesse perto dele... E também se lembrou da maneira disfarçada com a qual o líder dos mineiros tinha falado sobre procurar "ajuda"...

– Você aí. – A voz metálica do stormtrooper fez Leia cair em si novamente. Ele se erguia imponente diante dela, com a armadura branca manchada pela fuligem. A luz do sol batia no capacete de um jeito que fazia com que Leia quase fosse capaz de ver os olhos humanos lá dentro. Ele fez um gesto com o rifle blaster na direção de uma área onde algumas pessoas ainda abismadas e imundas eram alinhadas por outros stormtroopers. – Vá se juntar aos outros suspeitos.

– Suspeitos? – Os ânimos de Leia foram inflamados de novo, mas antes que ela pudesse falar qualquer coisa, a Rainha Dalné de Naboo se interpôs, com sua grandiosidade já parcialmente recomposta.

– Ela não é uma suspeita – disse Dalné, com uma voz profunda e plana que deixava claro que não falava como uma pessoa comum, mas como monarca. – Esta é Leia, princesa de Alderaan, filha da rainha do planeta e de seu representante no Senado Imperial. Seria um absurdo acusá-la de ataque terrorista.

Com um sobressalto, Leia percebeu que ela estava mais conectada à causa real do ataque do que qualquer outra pessoa por perto.

Mas a explicação de Dalné foi o suficiente para o stormtrooper. A hierarquia rígida do serviço Imperial fazia com que nenhum soldado médio hesitasse em se curvar à autoridade.

– Me perdoe, Vossa Majestade, Vossa Alteza. Não estava ciente.

– Sem problemas – disse Leia, de forma tão suave quanto conseguiu. – Acredito que estamos todos abalados.

O stormtrooper ficou claramente dividido entre ser perdoado e não querer admitir que estava "abalado" diante de duas garotas adolescentes. Ele, enfim, fez um gesto na direção do *Estrela Polar*, onde Ress Batten fora forçada a esperar.

Leia se levantou, fazendo uma careta de dor quando apoiou o peso sobre o tornozelo. Percebendo seu desconforto, Dalné estendeu o braço de imediato. Enquanto caminhavam juntas até o iate real, Dalné murmurou:

– Se não fôssemos quem somos, seríamos levadas para a detenção junto com os outros.

– E se nenhuma dessas pessoas for culpada? – Leia não vira mais o homem mascarado; ele tinha planejado bem a fuga.

A testa franzida de Dalné fez sua maquiagem espessa craquelar.

– Uma delas acabará sendo, antes que o oficial legal local se envolva. Ele vai querer a cabeça de alguém, e não vai ousar reportar aos superiores que não foi capaz de resolver o assassinato terrorista de um governador de província. Um moff. – Ela balançou a cabeça, como se admirada. – Só alguém que conhece Naboo e Onoam muito bem para ter planejado as coisas assim. Há outros poucos lugares em que um moff estaria tão desprotegido quanto aqui.

Outra descarga de medo fez o coração de Leia se apertar. O pai mencionara visitas a Naboo em várias ocasiões; aparentemente, tinha amigos no planeta desde a época das Guerras Clônicas. E, embora nunca entrasse em detalhes sobre o tempo em Naboo, poderia muito facilmente ter viajado até Onoam. Ele devia conhecer bem a área.

Bail Organa poderia estar em conluio com quem quer que tivesse planejado aquele ataque.

Ele não foi responsável por executá-lo, é claro – ele sabia que eu estava vindo para cá –, mas não lembrava ao redor de qual planeta Onoam orbitava. Talvez soubesse apenas que o ataque seria em uma das luas de Naboo...

Dalné, aparentemente sem perceber a inquietação de Leia, continuou falando.

– Logo bloquearão todo este sistema. Seu status real impedirá que seja presa, mas ainda podem detê-la aqui.

– Partiremos imediatamente – prometeu Leia. O vento havia acalmado, e a relva alta ao redor delas parecia um conjunto de muralhas impenetráveis de vegetação, paredes de um labirinto que ela mal sabia que percorria. – Mas a senhora...

– Sim?

– Se... Se bloquearem o sistema por um tempo... Significa que nenhuma outra autoridade Imperial será capaz de assumir o controle em breve. Por alguns dias, quem sabe até por algumas semanas, a rainha de Naboo talvez possa ser uma rainha de verdade de novo. Poderá ter o poder de ajudar os mineiros, afinal de contas.

No instante em que as palavras deixaram a boca de Leia, ela entendeu como aquela rota seria arriscada para Dalné. Mesmo a tomada temporária de poder em um único planeta poderia ser vista como insurreição. A construção fumegante no horizonte mostrara a ela o quão perigosa, e mesmo perversa, podia ser a revolução contra o Imperador – mas ela não precisava de um exemplo similar para demonstrar como o Império era cruel. Sabia daquilo tanto quanto qualquer outro cidadão ou cidadã da galáxia.

Dalné certamente sabia daquilo também. Mesmo assim, em vez de recusar ou fingir não ter ouvido, ela ergueu o queixo.

– Talvez haja uma chance – disse para Leia. – Vale a pena tentar, pelo bem dos mineiros.

Leia pegou a mão da nova amiga.

– Você sempre será uma aliada em Alderaan.

– E você sempre será uma aliada aqui.

O retorno para casa foi tenso. Pela primeira vez na vida, Leia temia o reencontro com os pais. Precisaria fazer perguntas difíceis, as mais difíceis de todas, e dessa vez não se contentaria com a conversinha de que precisava ser mais sábia ou mais responsável ou já ter um pé na cova antes de merecer o direito de saber da verdade. Se Leia quase perdera a vida por causa do trabalho dos pais – se eles tivessem envolvimento no assassinato do Moff Quarsh Panás –, ela precisava saber.

E se eles tiverem? Sussurrava uma voz traiçoeira em sua mente. *O que você vai fazer?*

Ela nunca denunciaria os pais. Jamais. Fora de cogitação.

Mas tampouco poderia fingir que nada tinha acontecido. Não se eles fossem culpados.

– Graças à Força a senhorita está viva – disse Ress Batten, assim que desembarcaram no espaçoporto de Aldera. – Se eu tivesse que voltar e reportar à sua mãe que tinha morrido sob a minha proteção, eu certamente ia tomar uma bronca. – Ela se conteve. – O que eu quero dizer é que eu ia estar transtornada pelo luto.

– Está tudo bem – disse Leia, distraída. A movimentação no espaçoporto lotado ao redor dela poderia muito bem ser composta de hologramas, trêmulos e insubstanciais, visões de um lugar muito distante. – Obrigada por tudo.

Batten franziu o cenho.

– Vossa Alteza, tem certeza de que está tudo bem? Posso te levar até um hospital, ou encontrar o droide médico mais próximo...

– Não, de verdade, não é nada. Só preciso de um descanso. – Ela fez um esforço para sorrir para a pilota. Batten não pareceu convencida, mas se contentou em levar a princesa até o palácio.

Quando Leia adentrou a área privativa da construção, viu que era aguardada apenas por WA-2V, que abriu os braços metálicos em um gesto amplo.

– Vossa Alteza! Isso é incrível!

– Foi mesmo tudo incrível, acho, embora não seja exatamente a palavra que eu...

– Sim, está sujo, mas é de longe o vestido mais belo que já vi a senhorita usar! – 2V deslizou até ela, estendendo os magrelos dedos de aço para tocar um dos véus rosa-claro preso à capa. – Claro que qualquer um que conhecesse um pouco de moda saberia que Naboo é *o* lugar para vestimentas formais, mas achei que dificilmente a senhorita se ajustaria tão rápido!

A dedicação obsessiva da droide de cuidados pessoais geralmente divertia Leia. Naquele dia, porém, ela precisou usar todo o autocontrole para não descontar o nervosismo em 2V. *É a programação dela. Ela não pode escolher a própria programação.*

– Eu sinto muito, Doisvê, mas peguei o vestido da Rainha Dalné emprestado. Precisamos limpá-lo e devolvê-lo para ela.

As articulações de 2V cederam com a decepção.

– Ah. Ah, ora, certo. Pelo menos temos um belíssimo exemplo no qual nos inspirar, não acha?

– É claro, tudo bem. Onde estão meus pais?

– A rainha e o vice-rei estão na biblioteca, mas acho que a senhorita deveria me deixar arrumá-la um pouco antes de se apresentar a eles. Se bem que talvez seja melhor deixar verem o vestido! Talvez assim aprovem uma expedição de compras em Naboo.

– Não vamos falar sobre isso agora. – Querendo dizer, *nunca*. A sensação de Leia era que, se possível, jamais chegaria perto do sistema de Naboo de novo.

Ela deu um jeito de dispensar a droide pedindo que ela preparasse uma camisola confortável e arrumasse as cobertas, embora tivesse certeza de que ainda demoraria horas para ir para a cama. A noite já caíra, e a exaustão fazia cada músculo do corpo de Leia doer – mas ela não conseguiria descansar até que tivesse falado com os pais.

Leia se aproximou da biblioteca mais devagar quando percebeu que uma das altas portas de bronze fora deixada aberta, e ouviu os pais falando um com o outro em um tom de voz exaltado que denunciava o terror ou a raiva que sentiam, se não os dois ao mesmo tempo.

– ... uma posição, imediatamente – dizia o pai, que caminhava de um lado para o outro no assoalho de madeira. – Caso contrário, não vamos conseguir controlar os guerrilheiros, e não vai ter como estabelecer o quão longe podem ir.

A mãe falou em um tom que Leia reconhecia como o que ela usava para dar notícias duras.

– Os critérios de Saw podem ser falhos, mas é hora de nos perguntarmos até quão longe... Leia!

Os dois se viraram para vê-la à porta. A iluminação trêmula da lareira era praticamente a única fonte de luz no cômodo, mas Leia conseguia perceber o quão abalada a mãe estava. O pai, porém, parecia... bravo.

Furioso.

A mãe falou primeiro.

– Você está bem?

– Não me machuquei muito – respondeu Leia. Não era a mesma coisa que um *sim*, e os pais sabiam disso.

Breha caminhou até a filha, com as mãos estendidas, a barra do robe vermelho farfalhando ao roçar no assoalho. Ela parou a apenas alguns passos de Leia, mas era impossível ler sua expressão. Quando voltou a falar, as palavras saíram em uma voz baixa e estável, a mesma que usava com Leia quando a menina, ainda criança, caía e ralava o joelho.

– Meu bem, há alguma razão específica para ter escolhido ir para o sistema de Naboo? Ficou interessada nesse mundo por causa de algo que possa querer compartilhar? Pode se abrir com a gente.

Depois de tudo o que acontecera, era *aquela* a primeira pergunta da mãe?

– Os senhores disseram que eu não poderia ir a um planeta politicamente sensível. Pensei que o planeta natal do Imperador era tão distante disso quanto possível, mais ainda por estar indo para uma de suas luas. Não é como se eu soubesse que alguém iria assassinar o moff. – Quando a mãe se encolheu, Leia temeu ter sua resposta. – Os senhores sabiam?

– O quê? – disparou Bail.

Leia aprumou os ombros.

– Os senhores sabiam o que aconteceria com o Moff Panás?

Breha cobriu a boca com as mãos, e pela primeira vez a rainha de Alderaan ficou sem palavras. Foi Bail – o mais controlado dos dois, geralmente – que retorquiu:

– Acha mesmo que iríamos recorrer a assassinato? Leia, o que deu em você?

– Como eu saberia? Os senhores não me contam nada sobre o que estão fazendo, o que significa que preciso especular.

Bail ergueu a voz, algo que fazia muito raramente.

– E especulou que somos *assassinos*?

– Mas estão planejando atacar o Império! – ela gritou de volta. – Cedo ou tarde, isso vai significar matar pessoas!

– Exatamente – disse Breha, calma, olhando apenas para o esposo. Leia recuou um passo, chocada. Se a mãe percebeu, não demonstrou.

Bail chacoalhou a cabeça.

– Não consigo continuar falando sobre isso agora. Eu preciso... descansar, pensar.

– Isso seria ótimo. – Breha tocou o ombro do vice-rei, e foi como se tivesse injetado nele uma nova dose de calma.

Mesmo assim, ele caminhou na direção da porta, parando ao lado de Leia apenas para dizer:

– É um alívio saber que não se machucou. Amamos você.

– Eu também amo vocês. – A resposta saiu em voz baixa.

Leia sentiu uma outra presença no cômodo com eles – o desconhecido, talvez o futuro. Algo maior e mais obscuro do que qualquer um deles.

Depois que o pai foi embora, Leia se virou para a mãe.

– Vamos caminhar nos jardins – disse Breha.

– Precisamos conversar sobre isso.

– Os jardins são um lugar tão bom para se conversar quanto qualquer outro. Além disso, quero dar um pouco de privacidade a seu pai.

O palácio oferecia privacidade mais do que suficiente para uma centena de pessoas, mas Leia entendia o que a mãe queria dizer. Os pais, às vezes, precisavam sentir a separação entre eles por um tempo.

Os jardins do palácio, assim com o próprio palácio, eram uma obra de séculos. Canteiros com flores e samambaias ricamente elaborados desenhavam padrões ao longo do pátio central. Esculturas feitas em puro mármore branco ou metal brilhante se aninhavam em meio a arranjos de hera construídos para servir de molduras. Leia achava os jardins mais bonitos no inverno, quando a neve fazia os padrões intrincados parecerem uma manta de renda. Ele também ficava muito direção desse objetivo. Pelo menos o destino, daquela vez, era seguro. Que planeta seria mais distante da atividade anti-Imperial do que o mundo nativo de Palpatine?

Eles certamente ficariam felizes de descobrir que ela estava indo para o sistema de Naboo.

bonito no fim da primavera, como era o caso; as flores de pavio-de--candeia, que desabrochavam à noite, estavam abertas para revelar as pétalas luminescentes em tons de laranja-claro e dourado.

Quando criança, Leia achava que o brilho suave que emanava do tórax da mãe vinha de um buquê de pavios-de-candeia que ela guardava no coração. Depois passou a entender o funcionamento dos pulmonodos, e conhecera muitas outras pessoas com órgãos mecânicos substitutos – mas a afeição que sentia pelas pavios-de-candeia nunca diminuíra. Para ela, as flores sempre evocariam magia e amor.

Breha se sentou em um dos bancos de pedra polida. Embora Leia soubesse que também podia se sentar, não o fez. Queria continuar em pé por mais um tempo. A mãe começou:

– O relatório que recebemos da Tenente Batten indica que você se encontrou pessoalmente com o Governador Panás. Isso é verdade?

– Sim. Provavelmente fui a última pessoa com quem ele conversou.

– Me conte o que se passou entre vocês.

A frustração de Leia ameaçou irromper de novo.

– Não acho que o que disse ao governador importa mais do que o fato de que alguém o matou, e...

– Não, Leia. – Não era a mãe gentil quem falava ali, e sim a rainha, cuja palavra era lei. – Sei que testamos sua fé em nós, mas precisa confiar em mim agora. É de vital importância que me conte precisamente o que você e Panás discutiram. Não deixe nenhum detalhe de fora. Preciso entender o que aconteceu para que possamos saber como proceder.

Aquilo não fazia sentido algum... Mas, mesmo assim, Leia confiava nela. Então contou à mãe sobre os minutos, sobre a Rainha Dalné, sobre a decisão de visitar o chalé, e até mesmo sobre o processo de escolha do vestido que usaria. Quando Leia mencionou a estranha surpresa de Panás ao vê-la, a mãe começou a tremer tanto que a princesa precisou se forçar a olhar para as pavios-de-candeia. Caso contrário, talvez não fosse capaz de continuar falando.

– Ele disse que informaria Palpatine de que meus pais tinham adotado uma filha... excepcional, ou distinta... Ele usou algum elogio, não me lembro qual. Depois nos despedimos, Dalné e eu começamos a descer os degraus... E foi aí que a explosão aconteceu.

– Quanto tempo se passou entre o momento em que se despediram e a morte do moff?

– Não muito. Se tivéssemos trocado mais duas ou três frases, eu ainda estaria no chalé quando ele explodiu. – Leia enfim voltou a olhar para a mãe. Parecia que Breha Organa tinha envelhecido vários anos em um minuto. Com uma mão pressionava o tórax, o brilho fraco dos pulmonodos escapando por entre os dedos, e com a outra agarrava um punhado de seda do robe. Sua tez, geralmente dourada, agora estava pálida. Leia se aproximou, alarmada. – A senhora vai desmaiar?

– Acho que não. – A mãe fechou os olhos e respirou fundo. – Chegamos muito perto da destruição completa.

– Eu cheguei mais perto do que os senhores. – Leia cruzou os braços. Seu vestido ainda cheirava fumaça.

– Ah, meu bem, não nesse sentido. Você foi quem esteve em maior perigo, mais do que poderia imaginar. – Breha ficou em pé e puxou a filha para um abraço. – Mas se qualquer coisa tivesse acontecido com você... Não tenho nem palavras. Seu pai e eu assumiríamos o risco no seu lugar sem pestanejar. Você sabe disso, não sabe?

Leia estava tocada, mas resistiu ao ímpeto de retribuir o abraço da mãe.

– Ainda não respondeu à minha pergunta. O que vocês dois têm a ver com isso?

A pausa que se seguiu durou tanto que, a princípio, ela achou que a conversa acabara, e que seria simplesmente colocada de lado mais uma vez. Mas Breha enfim disse:

– Não sabíamos que isso ia acontecer, não. Não teríamos sido a favor caso soubéssemos. Quarsh Panás era, de longe, o oficial do alto comando do Império que tínhamos mais chances de contatar algum dia, talvez até para trabalharmos juntos. Seria um grande risco... talvez um que nunca assumiríamos. A lealdade de Panás a Palpatine era grande. Mesmo assim, era um homem tão bom quanto possível para alguém no círculo íntimo do Imperador, e muito melhor do que a maioria. Panás era... uma opção que eu gostaria que ainda tivéssemos.

– Também enxerguei isso nele. Mas se queriam conversar com Panás, então por que...

– Foi uma ação de um associado – começou Breha, balançando a cabeça enquanto gesticulava para que Leia se sentasse ao lado dela. – Não. Você merece um pouco da verdade. A bomba foi obra de um grupo de pessoas que se autointitulam guerrilheiros, comandados por um homem chamado Saw Gerrera. Ele é corajoso, um guerreiro inteligente... Mas seus métodos estão ficando cada vez mais violentos, cada vez mais extremos. Saw está aliciando algumas das pessoas que seu pai e eu mais precisamos do nosso lado. Não sei como resolveremos isso. Mas pode ter certeza de que vou contar a ele quão perto chegou de assassinar nossa filha. Se isso não o chocar e o fizer reconsiderar seus meios, nada mais irá.

Leia estava sendo tratada como uma adulta, e queria responder à altura. Pesou as próximas palavras com cuidado.

– Disse que não aprova os métodos dele. Mas quando eu perguntei sobre violência mais cedo, a senhora disse "exatamente". O que quis dizer?

Foi a vez da mãe de pesar a resposta.

– Sou uma filha de Alderaan. Minha mãe me criou para apreciar a paz, e estou tentando criar você da mesma forma. Não sou belicista. Mas também não sou estúpida, e apenas os estúpidos acreditam que o governo de Palpatine pode ser derrubado sem violência. Quando ele souber da existência de uma rebelião organizada, como um dia acontecerá caso consigamos passar do estágio de apenas sussurrar pelos bastidores, ele irá querer nossa cabeça. E se não estivermos prontos para revidar, será nosso fim.

Leia sentia que devia argumentar contra aquilo, ou pelo menos pensava que devia *querer* argumentar. Mas, por mais intimidadoras que fossem as palavras da mãe, sabia que o argumento fundamental fazia sentido.

– Por que papai ficou tão chateado quando a senhora mencionou isso?

– Ele ainda não aceitou completamente que, para ter sucesso, a rebelião precisará assumir uma escala maior. Depois do que viveu nas Guerras Clônicas, isso é compreensível. Aquelas batalhas deixaram cicatrizes em toda uma geração da galáxia, e sem dúvida essa é uma das razões pelas quais há tantas outras pessoas relutantes em entrar em um novo conflito. Mas outras já começaram a ver a verdade.

– Como a senhora.

– Como eu, e como alguns outros amigos nossos. E não, não vou dizer quem. Ter revelado a identidade de Saw já é mais informação do que poderia ter dado a você. – A mãe ajeitou uma mecha do cabelo de Leia, prendendo-a de novo no penteado. – Digamos apenas que temos muita negociação pela frente, com pessoas de várias facções, representando muitos pontos de vista.

Leia achava que qualquer movimentação contra Palpatine nasceria tão somente da bondade pura de propósito. No entanto, com as palavras da mãe, vislumbrou uma aliança maior e mais complicada, em que as facções compartilhavam um objetivo claro, mas pouco concordavam além disso.

– Não estão todos do mesmo lado?

– No quesito mais importante, sim. Mas não há apenas um caminho. Quando falamos da moralidade envolvida no que podemos ter que fazer... Vamos precisar encontrar nosso caminho em meio a muitas sombras.

– Juntos – disse Leia, completando a frase da mãe.

Breha deu um sorriso torto.

– Precisamos acreditar que sim.

CAPÍTULO 14

QUANDO LEIA FOI PARA A CAMA naquela noite, exausta e depois de um belo banho, sentiu que as coisas entre ela e a mãe haviam sido colocadas em pratos limpos – talvez mais ainda do que antes, quando Breha começara a revelar alguns detalhes da aliança obscura contra Palpatine da qual os pais faziam parte. Elas podiam voltar a confiar uma na outra. O pai ainda não a procurara depois da discussão na biblioteca, mas ela tinha certeza de que voltariam a conversar de manhã, quando ele, enfim, tivesse se acalmado. Mesmo assim, quando se enfiou debaixo das cobertas de seda, não conseguiu dormir, apesar de todo o cansaço. Queria algumas respostas para a questão moral que a mãe havia levantado, mas era algo difícil de se conseguir.

Quarsh Panás era um homem decente que servia ao Império mais por lealdade pessoal do que por ambição. Assassiná-lo junto com outras pessoas em sua própria casa... Como pode ter sido a coisa certa a se fazer?

Mas Mamãe tem razão. Palpatine não vai entregar seu poder, a menos que seja forçado a isso. Se o Senado Imperial ainda não foi capaz de confrontar o Império até agora, nunca será.

O último pensamento a chocou; era uma verdade que ela não sabia que sabia. O pai e seus aliados no Senado trabalhavam incessantemente para amenizar os maiores males do governo Imperial. Ele e sua aliada política mais próxima, Mon Mothma de Chandrila, tinham conseguido suavizar punições impostas sobre indivíduos ou mesmo sobre sistemas estelares inteiros. Com a ajuda de outro senador de Chandrila, Winmey Lenz, além da Senadora Pamlo de Taris, tinham derrubado moções para impedir o Império de punir crimes com escravidão. E a própria Leia ajudara a rascunhar a legislação que barrava o recrutamento obrigatório de stormtroopers, respondendo a rumores de que alguns almirantes estavam fazendo campanha para tal.

Tinham feito muito, mas não fora o suficiente.

Ela disse a si mesma: *Você não pode ter medo de sujar as mãos.*

Mas não estava falando de sujeira. Estava falando de sangue.

A luz do sol entrando pela janela na manhã seguinte informou a Leia que o desjejum seria servido no terraço sul. Por menor que fosse aquele prazer, ela precisava de um motivo para se alegrar, pelo menos por algumas horas.

O terraço sul do palácio oferecia uma visão do Rio Wuitho e dos vilarejos menores que ficavam ao redor de Aldera. Mais trepadeiras de pavio-de-candeia se enrolavam ao redor do guarda-corpo esculpido do terraço, embora de dia as flores ficassem fechadas em pequenos botões. Um bando de thrantas voejava no céu, com as asas cinzentas batendo a distância. Leia se animou quando viu a mesa posta com queijos, rocamboles e um suco verde e doce – e quando viu que o pai estava à mesa para a refeição. Geralmente ele e a mãe já estavam trabalhando quando ela se levantava, mas talvez tivesse esperado para falar com ela.

– Bom dia. – Ela deu um sorriso para o pai, mas se conteve quando ele se virou para ela com uma expressão fechada. – Eu... Ah, acho que o senhor não vai ter um dia tão ocupado hoje, vai?

– Todos os meus dias são ocupados ultimamente. – O tom dele era solene, não bravo, mas de alguma forma aquilo a deixava ainda mais desconfortável. – Você e eu deveríamos falar sobre suas futuras missões humanitárias.

– Eu deveria discuti-las tanto com o senhor quanto com a mamãe com antecedência.

Bail ergueu uma sobrancelha.

– E só chegou a essa conclusão agora?

Leia levou as mãos aos lábios.

– Não é como se fosse fácil encontrar com os senhores – retorquiu. – Ultimamente, nunca têm tempo para mim.

Ela esperava que ele se envergonhasse, achando que certamente se sentiria culpado quando confrontado. Mas não foi o que aconteceu.

– Não, geralmente não temos. Agora que já sabe as verdadeiras razões para tal, esperava que fosse mais compreensiva.

– Eu sou! É que só... me acostumei a fazer as coisas de forma mais independente.

O tom dele ficou ligeiramente mais suave.

– Isso é natural. Mas o potencial custo de outro erro é grande demais. Precisamos eliminar até a mais remota chance de que acabe se metendo em algo perigoso. Levantei uma lista de mundos aprovados para que escolha suas futuras missões. Todos têm necessidades urgentes que os fazem dignos de qualquer ajuda que possa oferecer.

Leia ponderou consigo mesma que não fazia diferença se era ela mesma quem escolhia as missões de caridade, contanto que o mundo em questão precisasse de ajuda. Mesmo assim, se sentiu massacrada. Seu Desafio do Coração deveria ser um passo em direção à vida adulta. Em vez disso, estavam fazendo as coisas por ela, como se ela fosse uma criança.

– Que tal eu escolher minhas próprias missões, mas garantir que vou repassá-las com o senhor e a mamãe com antecedência, sem falta?

A expressão de Bail voltou a ficar carrancuda enquanto ele colocava um cubo de dados diante dela, batendo na tela para mostrar os planetas que tinha escolhido para fazerem parte de sua nova cosmologia limitada. Para ela, o pai parecia tão distante que poderia muito bem ser um daqueles planetas afastados.

– Esta lista é definitiva, Leia. Não vamos discutir mais isso.

E sem mais, pousou a caneca na mesa e foi embora do terraço, deixando-a para começar o dia sozinha.

O humor da princesa continuava azedo dias depois, quando a *Tantive* IV adentrou a atmosfera verde e pesada de Chal Hudda para começar a primeira missão de caridade sancionada pelos pais. O planeta podia precisar de ajuda tanto qualquer outro, mas seria mais fácil para ela *agir* de forma caridosa do que se *sentir* assim.

Chal Hudda era um mundo da Orla Exterior que interessava a virtualmente ninguém. A superfície pantanosa tornava a aterrissagem difícil, exceto para as naves mais leves, e seus recursos naturais não serviam de nada para praticamente nenhuma forma de vida além das que haviam evoluído nele. Continha uma sociedade irritantemente independente e autossuficiente – ou assim fora até pouco antes, quando uma terrível doença começara a afetar jovens Chalhuddanos. A doença incapacitava indivíduos adultos por um curto período de tempo, mas os mais novos acabavam morrendo com frequência. Relatórios indicavam que a doença alcançara proporções epidêmicas, e a pobreza relativa de Chal Hudda significava que tinham pouca capacidade de importar tratamentos médicos.

As vacinas que Leia levava eram suficientes para imunizar meio milhão de jovens Chalhuddanos, isso tudo ocupando um volume menor do que o quarto da princesa. Mesmo assim, precisara ir com a *Tantive* IV, e não com o iate, pois apenas uma nave daquela dimensão seria capaz de carregar um veículo menor para aterrissagem.

Ela adentrou a câmara de lançamento vestida com o macacão azul-claro adequado para qualquer clima, fechando a gola alta enquanto caminhava na direção do Capitão Antilles. Demorou um instante para reconhecê-lo pois ele também usava um macacão, justo e ligeiramente brilhante, em vez do uniforme usual.

– Estamos prontos, Capitão?

– Prontos para lançar ao seu comando, Vossa Alteza. Se puder me acompanhar... – Ele fez um gesto na direção de uma nave de aterrissagem em forma de bolha, e ela embarcou. Levavam com eles apenas dois outros tripulantes e um droide de protocolo. Enquanto o Capitão Antilles assumia o assento ao lado dela, a porta transparente de plasma resplandeceu e voltou a se mesclar à parede.

A voz de Ress Batten saiu pelos alto-falantes: "*Pronto para lançar em cinco, quatro, três...*". A escotilha da câmara de lançamento se abriu, permitindo a entrada de uma lufada de névoa esverdeada. "*...dois, um.*"

Antilles apertou os controles, fazendo a bolha disparar pela escotilha e depois despencar para baixo. Leia segurou o fôlego de forma involuntária enquanto via a água se aproximando rápido deles, até que enfim atravessaram a superfície. Enquanto os últimos raios do sol desapareciam na escuridão, o capitão acendeu os faróis e os fez avançar.

– Como alguém vive nesse lugar? – murmurou Leia. Um mundo coberto por oceanos era uma coisa, mas aquele lugar era turvo demais até para ser chamado de pântano.

– Mundos diferentes para formas de vida diferentes – disse Antilles, animado. Era um ditado antigo, no qual ela achava difícil não acreditar.

A nave passou por uma gruta, depois reemergiu em um dos bolsões de ar subterrâneos no qual o povo de Chal Hudda vivia. Leia já vira alguns membros da espécie – viajavam e faziam comércio, embora de maneira esparsa –, mesmo assim foi pega de surpresa com seu tamanho gigantesco. Tinham quase o tamanho de dorsorvalhados, com uma pele brilhante cor de oliva, duas protuberâncias similares a chifres saindo das laterais da cabeça e crinas pretas que não eram nem tentáculos e nem pelagem, mas algo entre as duas coisas.

O droide de protocolo, chamado C-3PO, soltou:

– Caso não saiba, Vossa Alteza, Chalhuddanos têm cinco gêneros diferentes, que alternam ao longo da vida. Os pronomes que usam no próprio idioma nativo são bem complexos: indicam não só o gênero atual do indivíduo, mas também os dois ou três anteriores e, ocasionalmente, o gênero com o qual está se identificando mais no momento. Como nossa língua não tem palavras equivalentes, "você" ou "eles" pode ser usado na maioria dos casos.

Leia achava que não precisaria de tantos pronomes, mas droides de protocolo nunca sabiam quando parar – especialmente aquele em particular.

– Obrigada, Cetrespeó.

Aquela missão prometia ser curta, quase rotineira. Ela entregaria as vacinas, aceitaria o agradecimento do povo de Chal Hudda e iria embora. A próxima sessão da Legislatura de Aprendizes começaria em breve, e ela já estava ansiosa para voltar para Coruscant. Em parte, porque seria bom voltar ao trabalho, mas também porque mal podia esperar para ver os amigos de novo – especialmente Kier.

Isso não vai levar nem cinco minutos, pensou, enquanto flutuavam até o ponto de desembarque. *Já que meu pai vai escolher minhas missões, é bom mesmo que escolha as mais rápidas e fáceis.*

Ou era o que ela pensava sobre aquela missão até cinco minutos depois quando, diante do indivíduo que liderava o povo, repetiu:

– Você *se nega* a aceitar as vacinas?

– Nós negamos sua piedade. Nós negamos sua condescendência. – A pessoa na liderança, que se chamava Occo Quentto, inflou o saco de ar que tinha sob o lábio inferior, o que fez com que ficasse com uma postura ainda mais intimidadora. – Sempre demos conta de cuidar do nosso povo sem ajuda, e assim continuaremos.

– Isso... Isso não é nenhuma ameaça à sua independência. – Leia jamais imaginaria uma resposta daquelas, e mal conseguia escolher as palavras. – Nossa intenção não é demonstrar condescendência...

– É claro que não! – exclamou Occo Quentto. – Vocês, pessoas secas, acham que estão tão acima de nós que nunca perguntam o que *nós* pensamos sobre *vocês*. Falam com falsidade e usam palavras elaboradas que não significam nada em vez de lidar conosco como pessoas honestas. Não confiamos em vocês, não gostamos de vocês e não queremos vocês. Podem ir embora.

Occo Quentto começou a bambolear na direção de seu trono alto sob coaxares de aprovação dos outros indivíduos, o que deixou Leia parada no lugar com o queixo caído. Ela olhou para o Capitão Antilles, que deu de ombros.

Pense em alguma coisa!

– Occo Quentto! – chamou Leia. – Por favor, me escute!

Occo continuou bamboleando.

– Já ouvi você. Acha que não tenho força. Acha que não tenho orgulho.

Aquilo foi a gota d'água.

– Que se dane o orgulho! – gritou Leia.

O grupo de Chalhuddanos ficou em silêncio. Occo Quentto se virou para enfrentar Leia, com os olhos protuberantes a encarando no que provavelmente era uma expressão de indignação.

Leia já não se importava mais. Estava nervosa demais para ser diplomática, tão nervosa que tremia.

– Essa doença está matando as crianças do seu povo! Se isso estivesse acontecendo no meu planeta e a única maneira de ajudá-las fosse engolir meu orgulho, eu faria isso. Ajoelharia em meio à imundície se preciso fosse. Se não é capaz de fazer o mesmo, não merece a liderança.

As últimas palavras ecoaram dentro da gruta pelo que pareceu um longo tempo. O grupo de Chalhuddanos ficou encarando Leia, assim como o Capitão Antilles.

– Ai, ai, ai, isso não vai dar certo – disse C-3PO em voz baixa.

Leia se pegou perguntando se deveria se arrepender do que dissera, mas resolveu que não. Ela estava *certa*.

Occo Quentto aquiesceu.

– Enfim alguém que fala o que vem à mente. – Mais Chalhuddanos coaxaram em concordância. – Ainda é arrogante, mas pelo menos fala com honestidade. Poucas pessoas secas são assim.

Leia decidiu ignorar a alcunha de *pessoa seca*.

– Significa que vai aceitar as vacinas?

Occo Quentto ficou em silêncio por tanto tempo que Leia deixou de achar que diria não e passou a se perguntar se por acaso tinha entrado em algum tipo de transe. Até que Occo Quentto disse:

– Tenho uma condição.

– Diga.

– Você deve pedir um favor nosso em troca. Não pode chegar dando uma de grande salvadora. Deve se aproximar de nós como igual. O que significa que deve ter um débito conosco equivalente ao que teremos com você.

E o que eu pediria em troca? Água pantanosa?

Mas Leia pensou rápido.

– Eu... Bem, não quero pedir a você um favor que não esteja à altura de sua generosidade, Occo Quentto. Poderia fazer esse pedido em algum momento do futuro? Quando tiver uma necessidade grandiosa o suficiente, peço sua ajuda. – Ela cruzou os braços e tentou exibir a expressão mais séria que conseguia. – E quando pedir... Ah, espero que possa me atender adequadamente.

Occo Quentto soprou uma grande bolha, que flutuou no ar.

C-3PO se inclinou mais para perto.

– Vossa Alteza, essa é a maneira com que Chalhuddanos riem.

Ela começou a ser capaz de ler a expressão de Occo Quentto, e achou que seu rosto ostentava algo muito próximo de um sorriso.

– Aceitaremos ficar em débito com vocês, contanto que não seja por muito tempo.

– Isso é um sim? – perguntou Leia. Àquela altura, ela sabia com certeza que aquilo era um sorriso.

Alguns dias depois, enquanto voava por uma das aerovias de Coruscant, Leia ainda ensaiava a história na cabeça. Quais detalhes teriam mais chance de fazer Kier rir?

Perto dali, um telão eletrônico brilhante mostrava o rosto do Imperador enquanto vários lemas patrióticos apareciam na parte inferior. Aquela imagem de Sheev Palpatine provavelmente tinha décadas. Ela nunca vira o Imperador pessoalmente, mas ouvira boatos sussurrados sobre sua aparência medonha e sua pele extremamente pálida. O homem no telão, porém, parecia um homem de meia-idade qualquer, sorrindo de forma agradável. Ela achava que existia um conjunto de imagens que usavam havia duas décadas, com algumas edições digitais para atualizar as vestes de acordo com a moda vigente. Todo mundo certamente sabia que as imagens eram falsas – humanos demonstravam sinais de envelhecimento depois de vinte anos –, mas ninguém falava aquilo em voz alta.

Vivemos entre tantas mentiras, pensou Leia. *Talvez Occo Quentto tenha um ponto quando diz que "pessoas secas" nunca falam a verdade.*

Assim que entrou na antecâmara da Legislatura de Aprendizes, animou-se ao ver Kier já conversando com alguns colegas, especialmente quando ele também a viu e imediatamente pediu licença antes de avançar em sua direção. Leia teria caminhado para encontrá-lo, mas Amilyn Holdo apareceu diante dela com seu cabelo verde, pompons metálicos e cheios de glitter nos vários rabos de cabelo preso e uma expressão trágica no rosto.

– É um momento de grande luto – disse Amilyn, pegando as mãos de Leia entre as suas. – Sei que está sofrendo tanto quanto eu.

– Alguém morreu? – Leia olhou ao redor do cômodo, inquieta. Não parecia faltar ninguém.

– Leia. – A voz de Kier saiu pouco mais alta que um sussurro. – Tentei entrar em contato com você mais cedo. Queria dar a notícia pessoalmente, quando não estivéssemos em público.

Leia sentiu o estômago se revirar.

– Que notícia?

– A Legislatura de Aprendizes recebeu uma condecoração por ter recomendado Arreyel como o melhor planeta para a nova academia.

Leia ergueu as sobrancelhas. Onde aquela notícia era ruim?

Kier colocou uma mão no ombro da princesa.

– Os primeiros engenheiros a avaliarem o lugar encontraram uma fonte de radiação logo abaixo da superfície. Está protegido por rochas, mas elas estão prestes a serem dinamitadas para que Arreyel sirva de fonte de energia para novas fábricas gigantescas do Império. Digo, fábricas do tamanho de um planeta.

– Estão dando seis semanas para que a população evacue Arreyel – acrescentou Amilyn. Ela não parecia mais estar agindo de forma ridícula. – Sem compensação alguma.

Os olhos escuros de Kier se apertaram de raiva.

– Aparentemente, o Grão Moff Tarkin informou a eles que eram sortudos de não receberem nenhuma multa por terem escondido aquilo do Império esse tempo todo.

O horror que Leia sentiu não obscurecia seu raciocínio. Na verdade, só a fazia ver as coisas de forma mais clara.

– Foi uma armadilha – sussurrou ela. – Eles já suspeitavam da fonte de energia. Sabiam que a gente acabaria escolhendo Arreyel para servir de base para a escola. Assim, poderiam usar isso de desculpa para fazer as análises mais detalhadas de que precisavam para confirmar o que havia debaixo da superfície.

– Provavelmente – disse Kier. – Leia, não fique chateada. Não é culpa sua.

– Tanto não é sua culpa que *ninguém* jamais acusaria você de nada – acrescentou Amilyn. – Mas você vai se culpar, porque esse é o seu jeito.

– Eu não estou chateada – disse Leia, e era verdade. Ela estava era furiosa. Fora enganada para fazer o trabalho sujo dos Imperiais no lugar deles.

Em silêncio, fez um juramento: *nunca mais*.

CAPÍTULO 15

SOB TODAS AS MÉTRICAS OFICIAIS, a primeira sessão da Legislatura de Aprendizes da turma de Leia alcançara todos os objetivos. Eles haviam sido condecorados pelo sucesso – inclusive pela identificação de Arreyel como um planeta de "interesse extraordinário".

Mas, para ela, os dias passavam voando. Ela revisava os dossiês de informação várias e várias vezes e continuava indecisa, procurando desesperadamente por outras pontas soltas e armadilhas que podiam talvez nem existir. Os amigos saíam em algumas excursões pela vida noturna organizadas por Chassellon, às vezes até iam ao apartamento dos Organa para tentar arrastar Leia com eles, mas ela sempre negava os convites. Parecia errado sair e celebrar depois de ter sido a responsável pela ruína de um mundo inteiro.

Muitas vezes, quando ela trabalhava até mais tarde, Kier Domadi ficava com ela. Na primeira vez em que ele ficou para trás depois de todo mundo ter ido embora, ela queria tanto ficar sozinha que quase o expulsou. Tentou ser delicada na primeira abordagem.

– Não vou fazer nada demais, só assistir um holovídeo.

– Parece uma ótima ideia.

– Você nem sabe qual holovídeo.

Ele a encarou.

– Vai ser algo para desligar o cérebro um pouquinho, né?

– ...sim.

– Parece perfeito.

Kier tinha a qualidade rara de saber quando alguém queria ficar em silêncio, e outra mais rara ainda de aceitar um silêncio daqueles. Logo, Leia passou a se sentir confortável com ele – e, em seguida, começou a relaxar de verdade. Criaram o hábito de passar um tempo juntos – não como se fossem situações especiais, e sim como se sempre tivessem feito parte um da vida do outro. Vários filhos de várias Casas Anciãs tinham tentado seduzi-la no passado, pensando na princesa apenas como um prêmio a ser reclamado para si, a conquista definitiva sobre a qual se gabar; já Kier a encarava como uma pessoa, e tudo o que queria era saber mais sobre ela.

Pelo menos até então. Leia estava vividamente ciente do peso das palavras não ditas entre eles, da maneira que silenciosamente davam um jeito de se sentar um do lado do outro. Mas Kier nunca forçava a barra. Embora ela não tivesse contado para ele nada sobre o medo que sentia pelos pais, ou sobre a incerteza de seus planos, ele parecia sentir que ela estava passando por algo confuso e difícil, algo que precisava decifrar sozinha.

Mas ele tentava ajudar quando via que ela estava sofrendo.

– Não foi culpa sua – disse Kier, mais de uma vez, geralmente em voz baixa enquanto estavam juntos no pod legislativo. – Eles armaram para que a gente apoiasse Arreyel. Um de nós ia acabar mordendo a isca. Podia ter sido qualquer um de nós.

– Podia. Mas fui eu – ela sussurrou de volta.

Leia saiu apenas uma vez, para o aniversário de dezessete anos de Harp Allor. O senador de Harp, Winmey Lenz, dera de presente o aluguel de um lugar para a comemoração – que foi como terminaram todos em um parque aquático totalmente fechado dentro de um campo de energia em forma de bolha centenas de metros acima dos arranha-céus mais altos de Coruscant. Apenas alguns meses antes, Leia teria se deleitado com a oportunidade de escorregar por um espiral invisível no céu, espirrando água nos amigos, mas ao longo do dia todo sentira que realizava cada ação e falava cada frase de forma tão mecânica quanto um droide.

Nem mesmo a companhia de Kier ajudava muito. As viagens de Bail Organa continuavam misteriosas – em relação a seus detalhes, quando não a seu próprio motivo –, então, quando Kier voltava para Alderaan, Leia geralmente acabava sozinha. Mas ela nunca se sentia mais solitária do que quando o pai também estava no apartamento em Coruscant. Aparentemente, ele ainda precisava perdoá-la pela viagem a Onoam, porque por razões que nunca explicara, ir para o sistema de Naboo fora a pior e mais abominável coisa que ela já havia feito na vida.

Leia às vezes remoía essa questão. Ela ainda não era velha demais para ficar emburrada, mas era madura o suficiente para perceber quando estava fazendo isso. Provavelmente estava exagerando a reação ao humor do pai. Mesmo assim, o exagero maior vinha dele, e ela sabia disso.

O humor azedo voltou com ela para Alderaan. Na primeira noite depois de seu retorno, não conseguiu se abrigar na biblioteca ou viajar para as Cataratas de Istabith para refrescar a alma; não, ela teve que se submeter à determinação de WA-2V em transformá-la novamente em uma princesa glamorosa para que pudesse ser exibida por aí.

– Mais um jantar – resmungou ela, enquanto 2V enrolava um xale azul ao redor dos ombros de seu vestido branco. – Quantos minha mãe deu este ano? Dez? Vinte?

– Quatorze. Agora, pare quieta. Estes são os grampos tradicionais que preciso colocar na sua roupa. – De forma hábil, 2V prendeu o xale no lugar com dois broches, um em cada ombro. As joias brilhavam, belas, mas Leia não podia ligar menos para elas. – Pensei em dois coques laterais hoje. O que acha, Vossa Alteza?

– Tanto faz.

2V inclinou o corpo para a frente para analisar seu semblante, talvez imaginando que uma insensibilidade daquelas à moda era evidência de um desmaio iminente. Leia apenas se sentou diante da penteadeira e deixou a droide fazer seu trabalho. Enquanto olhava para o reflexo no espelho, lembrava-se de como, na infância, costumava procurar por semelhanças físicas com os pais. Embora soubesse desde sempre que era adotada, e que qualquer similaridade com Bail e Breha seria apenas coincidência, ela ainda tinha a esperança de ver em si um pouco da sabedoria e da beleza da mãe, ou talvez da gentileza que costumava encontrar tão facilmente nos olhos do pai.

Agora, é como se eu mal os conhecesse, pensou, enquanto 2V começava a retrabalhar o coque desleixado no topo da cabeça em um penteado de verdade. *Eles são mais corajosos do que eu imaginava, mas talvez mais perigosos do que pensava também, e por alguma razão ainda continuam dando esses banquetes idiotas...*

Espera aí.

Eu que estou sendo uma idiota.

Leia não frequentava os banquetes, já que ainda não era uma herdeira legítima, mas sempre fazia uma pequena aparição na recepção que acontecia logo antes do evento. O que significava que ela sabia quem geralmente eram os convidados: Mon Mothma e Winmey Lenz de Chandrila. Pamlo de Taris. Vaspar, do setor de Taldot...

Cada um deles era um senador ou líder planetário conhecido por se opor às políticas mais extremas de Palpatine.

Leia arregalou os olhos. Não eram banquetes. Eram *reuniões estratégicas.*

– Não acredito – sussurrou.

– Eu sei – disse 2V, se inclinando para admirar o próprio trabalho. – A senhorita está quase bela!

Gente, o protocolo de honestidade dessa droide precisa ser desligado urgentemente, pensou Leia.

Revigorada e curiosa, ela se apressou até a recepção. Eventos oficiais exigiam salões maiores e mais grandiosos, mas aquelas reuniões mais informais geralmente começavam no terraço oeste. Leia passou pelas portas largas e encontrou o punhado de convidados já conversando uns com os outros com taças de Toniray verde-azulado em mãos. A um canto, músicos Kitonak tocavam uma melodia suave. Mais adiante, as luzes urbanas de Aldera resplandeciam contra a escuridão crescente do pôr do sol. A mãe estava entretida em uma conversa com a Senadora Pamlo e Cinderon Malpe de Derella; o pai ainda não tinha aparecido, o que era esquisito. Ou talvez ele estivesse em uma conversa particular na biblioteca com algum outro convidado, falando sobre Crait ou Saw Gerrera ou qualquer outra coisa sobre a qual Leia supostamente não deveria saber. Talvez ela tivesse alguma chance de absorver um pouco de informação naquela noite.

– Princesa Leia. – Mon Mothma, a senadora sênior de Chandrila, caminhou até ela com um sorriso agradável no rosto. Ela usava as vestes brancas tradicionais do próprio planeta, o traje completo com a corrente prateada que indicava seu cargo. – É bom vê-la novamente.

– Digo o mesmo, Senadora Mothma.

– Por favor, me chame de Mon. Já é quase uma mulher crescida, agora. – Quando a maioria dos adultos falava aquilo, a frase soava incomodamente superior. Mas, vinda de Mon Mothma, parecia sincera. – Logo vai ser investida como herdeira ao trono.

– Se eu cumprir meus desafios. – Cautelosa, Leia não usou nenhum termo para se referir a ela. Por mais que gostasse de saber que uma mulher poderosa como aquela queria que ela a chamasse pelo primeiro nome, ainda não conseguia fazê-lo. – Não tenho muita certeza sobre o andamento deles.

– Qual deles se revelou o mais difícil? – perguntou Mon Mothma.

– O desafio da mente, acho. – As técnicas de rastreamento eram complicadas, mas ela estava se dando bem até o momento; as missões de caridade tinham se provado complexas até demais, mas por razões pelas quais Leia achava que não podia ser culpada. – Depois de ser estagiária do meu pai no Senado Imperial, achei que a Legislatura de Aprendizes seria fácil. Mas, na verdade, o trabalho se revelara... capcioso, por assim dizer.

Mon Mothma franziu a testa e concordou, da mesma forma que fazia quando discutia outros assuntos com senadores adultos.

– Fale mais.

Leia não tinha dividido aquilo com os pais ainda. Depois das últimas discussões que tinham tido, ela não queria expor para eles mais um de seus erros. Não estava acostumada a não se abrir com os pais. Então foi um alívio contar à senadora o que acontecera com Arreyel.

Foi melhor ainda ouvir a resposta de Mon Mothma.

– Tente não ficar desencorajada – disse a Leia. – Oficiais com décadas de experiência já caíram em armadilhas parecidas. Palpatine sabe muito bem como jogar suas iscas.

O fato de que aquilo fora dito de forma tão aberta era uma prova de que a teoria de Leia sobre os banquetes estava certa; apenas em um grupo de aliados declarados as pessoas seriam tão abertamente críticas ao Imperador.

– A senhora acha que o próprio Palpatine está por trás disso?

– Provavelmente não. Mas ele ensinou seus moffs e almirantes a seguir seu exemplo. Eu já caí em maquinações dele antes. Faz um tempo desde a última vez em que me pegou, mas nunca mais baixei a guarda. Isso é o máximo que a maioria de nós pode fazer.

Leia sentiu uma onda de esperança. Mon Mothma, pelo menos, era capaz de falar com ela como se ela fosse adulta, e confiar a ela suas opiniões reais sobre a hierarquia Imperial. Se uma das aliadas dos pais achasse que Leia podia ter um papel significativo nos esforços contra o Imperador, talvez eles pudessem ser convencidos disso.

– Com licença, pessoal – disse Bail Organa, adentrando o terraço a passos largos. Os músicos instantaneamente passaram a tocar mais baixo para permitir que o vice-rei cumprimentasse os convidados. – Sou o último a chegar?

– Acho que sou eu – disse Kier.

Leia piscou, surpresa. Kier Domadi – que, até onde ela sabia, nunca tinha encontrado sua mãe, e esbarrara com o pai apenas algumas vezes e sempre muito rápido, no apartamento deles em Coruscant – entrava pelas portas amplas. Embora devesse estar se sentindo um pouco deslocado no palácio, não dava nenhum sinal disso; não só estava usando um paletó moderno cinza-claro e calças escuras como também falava com muita segurança.

– Senhor Domadi. – Breha deslizou até Kier, estendendo o braço em uma oferta clara para que o rapaz o tomasse. Quando ele o fez, ela o levou na direção de Leia. – Muito obrigada por aceitar nosso convite, especialmente feito tão em cima da hora.

– É uma honra ter sido convidado, Vossa Majestade. – O único sinal de que Kier não estava totalmente à vontade eram seus olhos escuros recaindo de vez em quando na mão que a rainha apoiava em seu antebraço.

– Oi, Kier. – O sorriso de Leia denunciava muita coisa, mas a própria presença do rapaz ali deixava claro que os pais já sabiam, tanto quanto ela, o que havia entre eles. – Mãe, o que é isso?

Breha deu de ombros e depois ajeitou o caimento do xale prateado.

– Sei que às vezes você se sente solitária enquanto damos nossos banquetes. Esta noite, achei que ia apreciar ter uma companhia. Requisitamos um jantar maravilhoso para os dois; os droides vão colocar a mesa para vocês aqui mesmo.

Leia estava dividida. Por um lado, jantar sozinha com Kier tendo aquela vista espetacular... Ela já sonhara acordada com uma ocasião daquelas. Mas também já começara a criar outros planos para a noite, que pareciam ainda mais urgentes.

Ela ouviu o pai cumprimentando Mon Mothma atrás dela.

– Senador Lenz não pode vir?

– Winmey pede desculpas por não poder comparecer – disse Mon Mothma. – Mas é claro que me reunirei com ele assim que voltar.

Para conversar sobre um jantar? Duvido.

Ocorreu a Leia que a mãe talvez não tivesse convidado Kier apenas para alegrar a filha. Talvez quisesse distrair Leia do que realmente estava acontecendo.

Se fosse isso, aquela seria a primeira vez que Leia estaria um passo à frente da rainha.

Quando o banquete começou e os outros convidados partiram junto com os músicos, Leia e Kier foram deixados sozinhos, exceto pelos droides de serviço que serviram o jantar para eles com agilidade. Leia se sentou e comeu e bebeu nos momentos apropriados, mas sua cabeça estava no salão de banquetes e no que podia estar acontecendo ali.

Estava tão curiosa que nem mesmo Kier Domadi foi capaz de conquistar sua atenção completa.

– Então, você nunca vai aos banquetes? – perguntou ele, bebericando com cuidado o néctar da taça de um vermelho profundo. – Mesmo sendo a princesa?

– As princesas não têm tudo, sabia?

A intenção de Leia era fazer uma piada, e foi surpreendida quando ele fez uma mesura com a cabeça para pedir desculpas.

– Eu sei disso. Percebi que... quando a gente se conheceu, que eu talvez estivesse...

– Kier. Está tudo bem. Eu sou *sim* ridiculamente privilegiada. Mas minha família e eu tentamos usar nossos privilégios mais em benefício das outras pessoas do que de nós mesmos. – Aquela era uma resposta programada, o tipo de resposta diplomática que o pai daria. Ela nunca parecia inadequada para Leia. Era uma pequena dose de verdade.

Os pais estavam fazendo mais pela galáxia do que qualquer outra pessoa sonharia. Talvez mais ainda do que deveriam fazer?

– Eu acredito na casa real de Alderaan – disse Kier, com sinceridade. Os olhos dele encontraram os dela com uma intensidade quase sobrenatural, como se capturassem a luz emitida pelos lumedroides acima deles. – Somos bem servidos pela sua monarquia há centenas de gerações. Isso é mais do que a maioria dos planetas pode dizer, e muito mais do que a galáxia em geral pode afirmar.

Aquela era a segunda vez na noite em que ela ouvia alguém criticar Palpatine abertamente sem olhar ao redor para garantir que ninguém estava ouvindo. A coragem de Kier a tocou com mais força do que a de Mon Mothma. Ela ergueu o queixo.

– Você não acredita no Império?

– E quem acredita, além da massa de manobra que passou por lavagem cerebral? O governo de Palpatine é uma... uma paródia do que um governo deveria ser. Tem corrupção para todos os lados, e eles nem se preocupam mais em esconder. A crueldade do Imperador é conhecida por todos, mas os únicos que admitem são as pessoas repugnantes o suficiente para o elogiar por isso. Sei que a República tinha seus problemas, mas eles não eram nada se comparados a isso tudo. – Kier se apoiou no encosto da cadeira, mirando o horizonte avermelhado. – Todo dia agradeço à Força por ter nascido em Alderaan. Pelo menos posso ser leal ao meu planeta e a seus governantes. Pelo menos sei que nossa felicidade e segurança não são compradas ao custo da miséria de outras pessoas. Somos mais livres aqui do que a maior parte das outras pessoas no Império jamais será.

Um fantasma de uma ideia começou a assumir forma na mente de Leia. Minutos atrás, achava que um movimento daqueles seria muito ousado para a noite – mas era algo que ela podia considerar mais tarde, semanas ou meses no futuro. Mas naquele momento...

Eu acredito nele. Ele é uma boa pessoa, que se importa com o nosso planeta e acredita no governo da minha mãe. Talvez ele se importe comigo também. E Kier sempre quer fazer a coisa certa.

Talvez ele possa me ajudar a descobrir o que exatamente essa coisa certa é.

Ela pegou a própria taça de néctar, principalmente para ter algo para fazer com as mãos.

– Então – começou, tão casualmente quanto conseguiu –, as partes mais antigas deste palácio têm mais de mil anos de idade. Sabia?

Kier concordou.

– Eu estudei sobre o palácio... Até escrevi um artigo sobre ele uma vez. É toda a história da arquitetura de Alderaan em uma única construção. – Ele deu um sorriso tímido. – Quais são minhas chances de ganhar uma excursão por ele?

Mantenha o foco, disse Leia para si mesma.

– O salão de banquetes é um dos cômodos mais antigos de todos. No passado, tudo era iluminado com lampiões e velas, e os criados eram todos pessoas em vez de droides...

– Apenas pessoas como criados? Parece... primitivo – disse ele, com a expressão séria.

– De algum jeito, sobrevivemos – respondeu Leia, com a mesma seriedade. – De qualquer forma, naquela época, se alguém quisesse ouvir às escondidas o que diziam no salão, não tinha como plantar dispositivos de escuta. As pessoas usavam outros métodos.

Kier se ajeitou na cadeira, com a sombra de um sorriso no rosto.

– Vossa Alteza, por acaso está considerando espiar?

Ele estava disposto a entrar na brincadeira. Por um instante, Leia desejou que fosse apenas para isso que ela o estivesse convidando.

Mas o convite que tinha a oferecer era mais precioso, e muito mais perigoso.

Leia também se aprumou e se inclinou sobre a mesa, esperando que ele entendesse que pelo menos parte daquilo era muito sério.

– Você tem que jurar. Independentemente do que ouvir à noite, nada vai sair deste palácio. Você nunca vai mencionar nada disso para mais ninguém além de mim. Não quero revelar os segredos dos meus pais. Eu só quero... compartilhá-los. – *Assim, mais alguém vai saber o que eu sei. E não vou precisar carregar esse fardo sozinha.* – Você precisa *me jurar* pelo que lhe é mais sagrado.

A postura de Kier mudou completamente. Talvez ele mal tivesse ideia do que estava prestes a saber, mas entendia que aquilo era muito mais do que um jogo. Ele consentiu devagar com a cabeça.

– Eu juro por Alderaan.

– Tudo bem, então. – Leia foi tomada por um arrepio, e não sabia com certeza se era de medo ou de antecipação. – Vem comigo.

CAPÍTULO 16

VÁRIAS CENTENAS DE ANOS ANTES, o estilo de arquitetura preferido pelo povo de Alderaan incluía treliças ornamentalmente esculpidas em pedra clara. Às vezes, os mais ricos e poderosos incrustavam suas treliças com pedras preciosas, enquanto os cidadãos comuns apreciavam padrões intrincados escavados diretamente na rocha. Artesãos verdadeiramente refinados produziam aberturas tão finas na pedra que a luz atravessava a superfície conservando-a inteira.

Em geral, era esse último tipo de treliça mais fina que ladeava o salão de banquetes do palácio. A família real, na época da construção, conduzia sua espionagem à moda antiga, entreouvindo conversas. Seus artesãos haviam construído as paredes de forma tão hábil que as reentrâncias naturais ou regiões sombreadas tinham pequenas aberturas, esculpidas em um ângulo tal que o som do salão era amplificado dentro dos pequenos corredores que havia entre as treliças esculpidas e as paredes internas.

Corredores *bem* pequenos.

– Os humanos eram menores na época? – perguntou Kier, aos sussurros, enquanto engatinhavam pelas passagens. As sombras e a penumbra pintavam padrões neles enquanto seguiam.

– Provavelmente.

O corredor não era tão desconfortável para Leia, mas até ela precisava se espremer. Bem, talvez os monarcas do passado quisessem dificultar a espionagem.

Alcançaram uma das pequenas câmaras com tamanho suficiente para que alguém pudesse se sentar lá dentro. Os dois juntos mal cabiam ali, e o máximo que conseguiram foi se sentar lado a lado, com os ombros e as pernas encostados e os rostos muito próximos.

Leia não se importava.

– A sopa está deliciosa – disse Cinderon Malpe. – Sério, Breha, seus cozinheiros se superaram.

– Ora, muito obrigada – disse a mãe de Leia, com sua entonação mais majestosa. – Farei questão de transmitir seus elogios a eles.

Kier ergueu uma sobrancelha.

– Escandaloso.

– Só espera um pouco, pode ser?

Leia foi tomada pela dúvida por um instante. E se estivesse errada sobre o propósito daqueles jantares? E se fossem realmente noites de comida boa e conversa?

Não. Tenho certeza. Mas talvez já tenham terminado de falar sobre os planos esta noite.

– Você se esconde bastante aqui? – murmurou Kier. A luz que passava irregularmente pela pedra esculpida pintava metade do rosto dele com sombras. – Para conseguir alguns segredos?

– Eu costumava perambular por aqui quando era pequena. Agora, nem tanto.

A última vez em que se aventurara por trás das treliças fora cerca de sete anos antes, enquanto os pais jantavam sozinhos na semana anterior ao seu Dia do Nome. Leia era jovem e egocêntrica o bastante para supor que provavelmente conversariam sobre os presentes dela. Em vez disso, ela os pegara rindo baixinho e flertando... E acabara fugindo correndo, com o rosto vermelho, bem a tempo de evitar uma lição não requisitada sobre o que exatamente casais faziam juntos em seus momentos de privacidade. Aquilo fora suficiente para mantê-la longe dos corredores até aquele momento.

– Foi solitário crescer no palácio?

A pergunta de Kier a pegou desprevenida.

– Não sei – admitiu. – Não é como se eu tivesse muito com o que comparar. Às vezes queria ter mais parceiros para brincadeiras, mas... não é como se eu não me divertisse.

Ele olhou para cima e ao redor, claramente indicando a câmara secreta em que se encontravam. Estava obviamente prestes a falar, mas um dos droides de serviço deslizou para perto e ambos ficaram em silêncio.

– ...então eu disse: "se essa é a rota mais curta que é capaz de encontrar, deixe para lá". – A Senadora Pamlo suspirou, dando um toque melodramático à fala. – Como se viajar por aí com as várias restrições já não fosse difícil o bastante.

Com um soquinho na mesa, Vaspar acrescentou:

– E a situação só piorou com o fiasco na lua de Naboo.

Leia prendeu a respiração. Ainda não contara a Kier sobre a viagem para Onoam; sabia que os pais não gostariam que falasse sobre aquilo. Mas, dada a forma com que ele a olhou, ela soube que ele ouvira as notícias sobre a morte do Moff Panás – e pelo menos entendia que a situação era ainda mais complexa do que já seria o assassinato de um governador provincial.

– Saw Gerrera foi longe demais – disse o Senador Malpe, com a voz mais exaltada a cada palavra. – Não é assim que deveríamos operar!

– Temos que colocar um fim nisso – concordou Pamlo.

Breha falou em seguida.

– Os guerrilheiros de Gerrera passaram totalmente dos limites. Mataram pessoas inocentes, e talvez o homem que chegava mais perto de um aliado que seríamos capazes de encontrar no alto escalão do Império. Mas, e peço que considerem isso, não podemos acreditar que nossa batalha seguirá sem derramamento de sangue para sempre.

– Esse é um terreno traiçoeiro – disse uma voz que Leia não conhecia. – Está perigosamente próxima de ser conivente com *assassinato*, Vossa Majestade. O que vem depois?

– Guerra – disse Breha.

O salão caiu em silêncio. Leia olhou para Kier, cujos lábios estavam entreabertos em uma expressão de choque, mas ele estava arrebatado demais para perceber que ela o observava.

Depois de um longo momento, Cinderon Malpe disse:

– Que esse dia ainda esteja muito distante.

– Concordo profundamente – retrucou Bail –, mas devemos começar a nos preparar. Uma noite tenebrosa se aproxima, quer ajamos ou não. Se agirmos, porém, podemos ter esperanças de um alvorecer mais positivo.

Ele não demonstrava nenhuma das dúvidas que o atormentavam, nada sobre as discussões que tivera com a esposa. Ou ele enfim se convencera, ou entendia a importância de, pelo menos na fachada, demonstrar união.

– Essas considerações cabem ao futuro. – Foi Mon Mothma a próxima a falar, tão calma e controlada quanto qualquer rainha. – No momento, devemos encontrar uma maneira de colocar os guerrilheiros de Saw Gerrera na linha. O uso de violência por parte deles é indiscriminada e prematura e, portanto, tão perigosa para nós quanto para os servidores do Império.

– Se não for mais – disse Bail.

– Estão ouvindo o que estão falando? – Leia não conhecia aquela voz masculina. – Odiamos a crueldade e a violência do Império. Como podemos alegar sermos moralmente superiores se nós mesmos consideramos recorrer à violência?

– Há momentos em que se recusar a barrar a violência não pode ser mais chamado de não violência – respondeu Mon Mothma.

– Deixamos de ser objetores e passamos a ser meros espectadores. A determinada altura, a moralidade deve ser colocada em ação, caso contrário não passa de... vaidade.

– Quer dizer que... – a voz da Senadora Pamlo morreu quando as portas do salão de banquetes se escancararam.

– Estimados presentes! – anunciou um dos droides de protocolo. – Apresentaremos agora um interlúdio musical para vossa apreciação.

O ruflar suave no assoalho revelou-se ser o som dos passos dos Kitonak.

Ótimo, pensou Leia, e sabia que os pais sentiam o mesmo alívio. Haviam contratado músicos orgânicos para a noite em vez de droides. Músicos orgânicos eram mais difíceis de dispensar sem despertar suspeitas, o que significava que a conversa sobre a rebelião seria interrompida por um momento – talvez até pela noite toda.

Ela e Kier trocaram outro olhar silencioso. Ele a entendeu de imediato e começou a engatinhar de novo pelo corredor, seguido por Leia.

Não falaram mais até estarem de volta no terraço. Os droides de serviço já haviam limpado a mesa, e um deslizou imediatamente até eles com outras duas taças de néctar. Leia aceitou a dela sem nem dirigir um segundo olhar ao droide – analisar a reação de Kier era mais importante.

Ele enfim disse:

– Sabe disso há quanto tempo?

– Não muito. – Leia escolhera confiar nele, mas sabia que dar detalhes apenas o colocaria em perigo, assim como os pais e seus aliados. – Eu queria ajudar, mas depois do que aconteceu no sistema de Naboo... não sei o que pensar.

– Alguém precisa agir contra o Império. – Kier respirou fundo e disse algo que ela não esperava ouvir: – Mas eu queria que eles estivessem tendo essa conversa em outro planeta da galáxia.

Ela franziu a testa.

– Que diferença faria?

Ele se virou para ela e tocou de leve sua mão, talvez tentando amenizar o impacto das palavras que diria.

– Você percebe que o envolvimento dos seus pais com tudo isso coloca o nosso planeta em risco? Se o Imperador Palpatine ficar sabendo disso, pode fazer com que Alderaan vá à falência. Ou nos impor um embargo. Pessoas mais jovens poderão ser convocadas, ou mesmo colocadas em campos de trabalho forçado. E quem sabe mais o quê?

Os piores medos que Leia tinha pelos pais fervilhavam em sua mente. Será que seriam executados em praça pública, de forma gráfica, como um exemplo para outros governantes? O pensamento a fez se sentir enjoada e fraca. Quase tão ruim quanto ele era a ideia de Alderaan sendo reduzido à devastação e ao desespero que vira em Wobani.

Mesmo assim, ela conseguiu juntar forças para falar:

– Alderaan é um dos principais Mundos do Núcleo: tem poder, dinheiro e influência. Podemos usar isso como escudo. Podemos fazer isso pelo bem maior.

Kier refletiu sobre aquilo antes de responder. Ela gostava de como ele ponderava cuidadosamente as coisas antes de falar.

– Não é só sobre sua família, que pode usar o status de Alderaan como "escudo". Também não é sobre pessoas como eu. É sobre milhões de crianças e de idosos, incluindo os vários moradores de assentamentos e refugiados de centenas de planetas cheios de problemas. Alderaan pode ser o único lugar realmente seguro no Império todo. Proteger este espaço não é covardia, Leia. Pode ser o maior presente que podemos dar à galáxia inteira.

– Preciso pensar sobre isso – disse ela. – Mas concorda que... algo precisa ser feito?

Depois de outra pausa, ele assentiu.

– Seus pais são corajosos, e são fortes. Nós vamos precisar de muitas pessoas como eles se quisermos que o Império caia algum dia.

Mas a discussão na mesa... Não consigo decidir se aquilo é um movimento político ou um desastre prestes a acontecer.

Ela gostaria de argumentar, mas não tinha como. A falta de união entre os potenciais rebeldes contra o Império era ainda pior do que Kier podia imaginar apenas entreouvindo a conversa no salão de jantar.

– E se eles estiverem sendo enrolados? – continuou ele. – Enganados e atraídos para uma armadilha?

– Meu pai lutou nas Guerras Clônicas, Kier. Ele sabe como diferenciar amigos de inimigos. Se não soubesse, nunca teria sobrevivido.

Kier inclinou a cabeça em reconhecimento.

– Eles precisam encobrir todos os rastros. Fazer com que seja possível negar o envolvimento deles caso algum dia o Império fique sabendo disso. Seus pais certamente são inteligentes o bastante para garantir isso.

– Eles são inteligentes o bastante.

E eram mesmo. No entanto, Leia sabia que os pais estavam no cerne do movimento; se a existência da rebelião viesse à tona, eles necessariamente seriam condenados. Mesmo que conseguissem pensar em uma forma de disfarçar o próprio envolvimento e se proteger, deixariam tudo de lado antes de colocar seus aliados em risco.

Mas contar aquilo a Kier apenas o faria ficar mais preocupado. Era melhor deixar que acreditasse que ainda existia algum tipo de segurança. Pelo menos, ele estava do lado deles.

Leia chegou mais perto.

– Você já jurou não dizer nenhuma palavra. Mas preciso que jure de novo.

– Eu juro por Alderaan – repetiu ele. Seus olhos encontraram os dela com a intensidade que ela passara a conhecer muito bem. – Nossos segredos ficarão entre nós. *Para sempre.*

Ela queria agradecê-lo com um abraço, ou talvez só quisesse dar um abraço nele de qualquer forma, mas as portas do terraço se abriram para revelar os pais de Leia e seus convidados e convidadas. Alguns passos atrás deles, deslizavam mais droides de serviço com taças de Toniray. Se Leia não estivesse tão tensa, teria achado graça em vê-los fingir que não tinham nada mais significativo em mente do que a beleza da noite e a doçura do vinho.

Leia enviou 2V para a recarga, assim poderia se preparar para dormir em silêncio. Quando se sentou diante da janela, escovando distraída o cabelo, pensou no que Kier dissera. Será que os pais estavam sendo irresponsáveis por colocar o planeta em risco? Ou será que seria mais irresponsável não usar o poder e a fortuna de Alderaan a serviço do bem?

Uma batidinha na porta a fez se virar.

– Pois não?

A mãe entrou no quarto, com o cabelo escuro solto ao redor dos ombros e uma única madeixa prateada no rosto. O que mais impactou Leia foi o sorriso malandro da mãe.

– Bem – começou ela –, acho que devia mencionar: seu pai e eu gostamos muito de Kier Domadi.

Algum dia, esperava Leia, ela seria madura demais para não corar. Esperava que esse dia chegasse logo.

– Ah. É... Ele é... – No último instante, decidiu usar outra abordagem. – Obrigada por ter convidado Kier.

– Achamos que você gostaria de ter um pouco de companhia, para variar. – Breha foi tão sincera que Leia se sentiu mal por ter suspeitado que a mãe tivera motivos escusos. – Ele é inteligente, se porta muito bem, e obviamente tem grande consideração por você.

E como exatamente a senhora sabe disso? Leia quis perguntar, mas manteve a boca fechada.

Breha concluiu.

– E ele é bem bonito, tanto quanto um rapazote é capaz de ser. Você escolheu muito bem.

Leia não sabia se de fato tinha feito alguma escolha, mas algo na entonação da mãe a distraiu.

– Então, qual é o problema?

Com um suspiro deliberadamente melodramático, Breha levou uma das mãos ao decote do robe de seda carmesim.

– Acho que uma partezinha de mim esperava que o primeiro romance da minha filha não fosse ser tão... certinho. Às vezes, uma garota faz bem em cair na lábia de um cafajeste aqui ou outro ali.

Um pensamento completamente novo ocorreu a Leia.

– Mãe... Quando era nova, você... nunca... Você *jamais*...

– Boa noite, meu bem. – Breha se virou para a porta.

– Mãe?

A mãe apenas agitou a mão enquanto saía.

A dúvida sobre por quem a mãe se apaixonara antes de encontrar o pai era, ao mesmo tempo, perturbadora e intrigante. Mas nem aquilo foi capaz de distrair Leia por muito tempo – o que ouvira aquela noite era incendiário demais para que ela ficasse na cama simplesmente pensando em outra coisa.

Mon Mothma está certa. É nossa responsabilidade fazer alguma *coisa, mesmo que ainda precisemos descobrir quais são os melhores passos a se dar. E ela conversou comigo como se eu fosse adulta, e não uma criancinha. Se ela achar que é possível confiar em mim, talvez meus pais também enxerguem isso.*

Enquanto Leia ajeitava o travesseiro sob a cabeça, começou a repensar seus planos.

Esqueça conquistar mamãe e papai.

Se alguém pode me incluir nessa luta contra o Império, essa pessoa é Mon Mothma.

CAPÍTULO 17

NO DIA SEGUINTE, LEIA passou horas enfurnada na biblioteca, comendo frutas e pão de uma bandeja e bebendo incontáveis xícaras de chá. Nem o pai e nem a mãe apareceram – mas, se tivessem aparecido, ela estaria totalmente preparada para mostrar a eles em que estava trabalhando: um relatório completo sobre cada um dos planetas "aprovados" da lista de missões de caridade elaborada pelo pai. Repassar a cultura e as necessidades de todos aqueles mundos era importante e responsável, exatamente o tipo de coisa que eles esperariam dela.

O que não precisavam saber era que Leia estava tentando descobrir como transformar a viagem para um daqueles planetas em uma ação contra o Império.

Não uma ação sob o ponto de vista do tal de Saw Gerrera. E nem mesmo uma ação como aquela para a qual o pai se preparava em Crait. Ela entendia os limites do que era capaz de fazer sendo uma garota de dezesseis anos sem muito mais do que uma nave à disposição. O que mais podia oferecer na luta contra o Imperador Palpatine eram *evidências*.

O Império ostentava uma aparência polida e impenetrável que supostamente representava um estrito estado de direito. Mantivera boa parte da roupagem da República – armaduras e uniformes haviam sido apenas levemente modificados – e fizera os sinais externos de poder ficarem mais acentuados, nítidos e imponentes. Boa parte da autoridade de Palpatine se baseava na ilusão de que ele, sozinho, seria capaz de proporcionar ordem depois do caos das Guerras Clônicas. Mas o que ele chamava de ordem não passava de controle, e tal controle era exercido tão somente em prol de seus bajuladores mais poderosos.

Planetas que já tinham riqueza e influência conseguiam se proteger dos piores excessos do Império. Leia descobrira essa verdade primeiro com os pais, e depois com o trabalho no Senado. Sem dúvida, eram poucas as pessoas ainda totalmente iludidas, mas a maior parte do populacho da galáxia ainda era incapaz de entender a profundidade do abismo entre as promessas de Palpatine e a tirânica realidade.

As pessoas não veem a pior parte do que ele faz, pensou Leia, fechando a cara enquanto riscava Dinwa Prime da lista de potenciais candidatos. *Posso documentar parte disso e levar esses registros até as pessoas que não conseguem enxergar. Isso não colocaria mais ninguém em risco além de mim.*

Não que os pais fossem a favor de ela se colocar em risco – mas Leia não achava que o perigo seria assim tão grande. Tinha imunidade diplomática graças ao trabalho com o Senado e a seu status como princesa de Alderaan. Quaisquer explicações plausíveis cobririam o tipo de coleta de dados que ela pretendia fazer.

Mas por onde começar? Ela precisava partir da lista de Bail, ou os pais interviriam antes mesmo que tivesse a chance de realizar qualquer coisa.

Ruoss Menor continuava destruído depois das últimas medidas repressivas de Palpatine, mas o mal já fora feito muito antes – o que significava que associar causa com efeito seria complicado, dados os recursos limitados que Leia tinha. Anelsana sofria os efeitos de um embargo econômico, mas as maiores provas disso poderiam ser coletadas apenas nas cidades mais importantes do planeta, e o pai limitara o acesso ao continente rural mais ao norte do mundo...

A fome em Chasmeene.

Leia se ajeitou na cadeira, virando a tela para evitar o brilho do sol vespertino que agora entrava pelas janelas altas. As pessoas passavam fome em Chasmeene havia anos, mas tudo começara quando golpes retaliatórios do Império tinham arrasado uma ampla área rural do planeta. O "crime" pelo qual havia sido punido fora falhar em entregar a cota exigida pelo Império. Tal punição poderia devastar Chasmeene por gerações. Leia poderia obter material que provasse a origem e o extremismo do dano causado; os sinais dele seriam visíveis até mesmo em holoimagens regulares.

Um sorriso se espalhou pelo rosto dela enquanto pensava: *Obrigada pela sugestão, papai.*

Para acabar com a fome, ela precisava de uma quantidade considerável de alimentos, sementes e equipamentos agrícolas, o que significava que Leia precisaria recrutar a *Tantive* IV. Ela se sentiria tentada em pegar a nave de qualquer jeito; com ela, seria mais fácil evitar ser notada no meio de um grande volume de atividade.

Enquanto os tripulantes se apressavam de um lado para o outro, preparando pacotes de suprimentos para cada área que ajudariam, ela começou a procurar por alguém que pudesse dar uma ajudinha. *Vou precisar estar envolvida na missão praticamente o tempo todo; não é como se não quisesse ajudar as pessoas também. Mas as imagens precisam ser coletadas com cuidado, não escolhidas de forma aleatória...*

– Ei, você aí – ela disse para um dos droides do Capitão Antilles, um astromech azul e prateado. – Você pode me ajudar?

Ele assoviou de forma afirmativa, e deslizou imediatamente pelo porão de carga. Leia se inclinou para se aproximar dele – um movimento instintivo de alguém que queria manter um segredo, mesmo que o droide fosse capaz de "ouvir" instruções sussurradas a uma distância muito maior.

– Tenho instruções especiais para você.

A cabeça semiesférica do droide pareceu se virar para olhar para ela e ele inclinou os braços para trás. Ela se pegou sorrindo; era sempre ótimo quando um droide tinha personalidade – embora o que mais precisasse no momento fosse discrição.

– Preciso que mantenha essas instruções em segredo – ordenou. – O que significa que não pode revelar nada disso para ninguém, nem mesmo para o Capitão Antilles. Juro que elas não contrariam nenhum regulamento.

O droide hesitou por um momento, em um ato surpreendentemente humano, mas depois apitou afirmativamente.

Leia baixou ainda mais a voz.

– Preciso que tire holos e faça sondagens da superfície de Chasmeene, especialmente nas áreas que foram atingidas pelos golpes retaliatórios de alguns anos atrás. Elas estão mapeadas aqui. – Com isso, a princesa inseriu um cartão de dados no leitor que ficava logo na base da cabeça semiesférica do droide. – Registre o máximo de informação que puder, pode ser? Quero tudo.

O droide assoviou alegremente e saiu deslizando, seguindo direto para a área central do porão onde ficavam os sensores da nave. *Que coisinha esperta*, pensou ela.

E aquilo a fez ter outra ideia.

– Ah, mais uma coisinha! – O droide parou de deslizar e virou a cabeça no eixo para olhar para ela, que corria atrás dele. – Se tiver a chance... Talvez você possa dar uma entradinha nos bancos de dados locais e fazer um backup de algumas coisas? Sei que isso chega perto de violar os regulamentos, mas se encarar isso como uma espécie de "calibração de sensores da nave", um teste normal de manutenção, aposto que não vai ser bloqueado.

O droide aparentemente concordou, porque voltou à tarefa com alguns cliques e assovios.

O único sinal de problemas veio no fim da missão, quando o Capitão Antilles começou a sair com a *Tantive* IV para fora da órbita do planeta e a imagem holográfica de uma comandante do Exército Imperial surgiu, sem aviso, na ponte de comando.

– Temo informar que uma análise de nossos bancos de dados mais antigos revelou algumas sondagens altamente irregulares – disse a comandante, com nariz, queixo e olhar acentuados no rosto magro. – Alguém em sua nave deve ser responsável. Desejamos realizar uma busca.

Ter mantido o Capitão Antilles ignorante dos planos fora uma boa ideia, percebeu Leia, porque nem um ator profissional teria reagido com um ultraje tão convincente.

– Esta é uma embarcação diplomática com autorização! Estamos em uma missão de caridade, como nossos registros mostram. Isso é assédio a um membro do Senado Imperial, Comandante, e *será* reportado.

Chamar uma legisladora aprendiz de "membro do Senado Imperial" era forçar um pouquinho a barra. O melhor que Leia poderia fazer era forçar a barra ainda mais, até que ela quebrasse. Ela surgiu no holograma, com os olhos arregalados, tentando parecer extremamente nervosa. Aquilo sempre a fazia parecer mais nova.

– Algum problema, Capitão Antilles? Eu não tinha a intenção de... – Voltando-se para a comandante Imperial, Leia juntou as mãos, como se fizesse uma súplica. – Sou apenas um membro da Legislatura de Aprendizes. Juro que não tinha a intenção de causar problemas.

O Capitão Antilles disparou um olhar de canto de olho para ela, sugerindo que não tinha gostado nada de ter sido cortado daquela forma em público. Mas, de novo, ele não sabia que Leia era culpada – então não era capaz de apreciar em sua totalidade o alívio que a inundou quando a expressão da comandante Imperial foi tomada pela dúvida, depois pelo desprezo e, enfim, pela diversão.

Ninguém olhava para uma garota e via uma ameaça. Aquela era uma vantagem que os pais ainda não tinham enxergado, mas que Leia planejava usar tanto quanto possível.

– Nesse caso, peço perdão – disse a comandante, com os lábios apertados em uma careta. Com um gesto de mão, fez um sinal para alguém fora do enquadramento do gerador de hologramas, e os vários alertas vermelhos na ponte de controle da *Tantive* IV voltaram a piscar em verde. – Longe de mim importunar membro tão crucial do governo.

Conforme a nave saía da órbita do planeta, um dos oficiais da ponte murmurou:

– Eles estão ficando cada vez mais paranoicos.

O Capitão Antilles não respondeu em voz alta, mas a expressão em seu rosto revelou um momento de satisfação; Leia conseguia imaginar ele pensando *Ótimo. É bom* mesmo *terem medo.*

Ela seguiu até o pequeno nicho cheio de portas de dados onde o astromech azul e prateado se enfiara. Inclinando-se na direção dele, murmurou:

– Escapamos por um fio.

Em resposta, o droide fez surgir uma tela, que começou a lampejar com os dados coletados. Muitos dados. Leia arquejou quando percebeu que o droide não só coletara informações sobre a situação atual de Chasmeene, mas também algumas que datavam de anos – talvez décadas? – antes. Dados que provariam, acima de qualquer dúvida, que o Império tinha responsabilidade direta pela devastação do planeta. Poucos humanos demonstrariam uma iniciativa daquela, e uma quantidade menor ainda de droides.

– Isso é perfeito – disse a princesa. O astromech assoviou, satisfeito consigo mesmo, como se dissesse "eu sei".

Extasiada, Leia inseriu os comandos para preparar vários cartões de dados. Raramente se sentia tão poderosa quanto naquele momento, tendo em mãos as provas das infrações de Palpatine.

A euforia durou dois dias, até Leia voltar para Coruscant e entregar as evidências para a pessoa que achava que mais poderia tomar alguma providência.

– Vossa Alteza – disse Mon Mothma, talvez usando o título para amenizar o peso das próximas palavras –, temo que não podemos fazer muito com isso.

– Como assim? – protestou Leia. – É a prova do que o Império fez com um planeta que simplesmente não conseguiu entregar sua cota! As pessoas vão ficar furiosas quando virem isso.

Mon Mothma cruzou os braços sobre o tampo da escrivaninha. Atrás dela, pequenas naves disparavam pelo céu de Coruscant.

– Aqui no Senado, onde sempre vemos a versão "oficial" dos eventos, às vezes esquecemos que as pessoas médias nos planetas médios estão sujeitas a menos propaganda do que nós. Elas escutam mais conversas e rumores do que infocasts oficiais. Temos que ser coniventes com as narrativas políticas oficiais porque é assim que as coisas são feitas no Senado. Mas essas narrativas não valem muito fora de Coruscant e de alguns outros mundos do Núcleo, incluindo o meu e o seu.

Ou Leia não estava entendendo nada, ou era Mon Mothma que não.

– Mas... São *provas*...

– Ninguém precisa de mais provas. As pessoas na galáxia *sabem* que Palpatine é corrupto e cruel. Já sabem disso há pelo menos uma geração. – Mon Mothma se recostou na cadeira, como se o peso do conhecimento a desgastasse. – Não é a ignorância que mantém os mundos no Império. É a tirania. O medo.

Leia se largou na própria cadeira. Tinha muita certeza de que realizara algo notável. De que valera a pena expor a tripulação da *Tantive* IV a um pequeno risco, e que aquilo ajudaria os pais a verem o que ela era capaz de fazer. Em vez disso, aquilo só provara o exato oposto: que ela não sabia com o que estava lidando, que já não entendia nada antes mesmo de ter entrado de cabeça na rebelião.

– Não se sinta desencorajada, Leia. – Mon Mothma conseguiu dar um sorrisinho fraco. – Se parar para pensar, vai entender que essa é uma das armas mais poderosas que temos. Palpatine é capaz de ditar a história aqui, em suas academias e na Frota Imperial, mas isso o faz acreditar que consegue ditá-la em todos os lugares. E isso não é verdade. Trilhões de pessoas sabem quem ele é de verdade. A cada dia que passa, mais delas têm vontade de fazer o que quer que seja necessário para derrubar o Império. Agora, o que falta é um estandarte ao redor do qual se agrupar. Em breve, espero, vamos ser capazes de dar isso a elas.

Mesmo chateada, Leia ficou impressionada com o quão calma Mon Mothma estava. Os pais dela eram corajosos, mas o medo que tinham do que viria pela frente era tanto palpável quanto compreensível. Aquela mulher, no entanto, parecia completamente pronta para aceitar qualquer coisa. Ela não tinha medo, e era difícil se sentir amedrontada na presença dela.

Talvez o que falte não seja um estandarte ao redor do qual se agrupar, pensou Leia, enquanto via Mon Mothma se erguer da escrivaninha. *Talvez seja uma pessoa.*

A senadora atravessou o gabinete, aparentemente procurando pelas palavras certas. A atmosfera do ambiente sugeria serenidade e paz, com suas cores claras, cadeiras almofadadas e uma bela visão do céu acima das nuvens. Mesmo a xícara de chá Chandrilano fumegando na mesa prometia calma. Mas aquele cômodo, assim como sua ocupante, ocultava suas complexidades.

– Há de chegar o dia em que evidências como essa serão importantes – disse Mon Mothma, enfim. – Quando Palpatine cair, precisaremos reescrever a história falsa que ele criou para que a verdade seja refletida. Documentos como estes, reunidos por pessoas honestas... Esse tipo de coisa vai ser nosso ponto de partida.

Leia não tinha a intenção de ser historiadora. Algum dia, quando pudesse falar com Kier sobre aquilo, tiraria sarro da ironia de ser ela quem escreveria os livros didáticos.

– Fico feliz que sejam úteis. – As palavras saíram em um tom firme. Pelo menos ela podia ficar orgulhosa do próprio autocontrole.

Mon Mothma pareceu ficar orgulhosa também, pois caminhou até Leia e colocou a mão sobre seu ombro.

– Mais do que qualquer coisa, fico honrada por ter confiado em mim para mostrar tudo isso. O Império trabalhou muito duro para destruir nossa fé uns nos outros, ao redor de toda a galáxia. É apenas ousando procurar outras pessoas que faremos os aliados de que precisamos.

– Talvez algum dia eu seja uma dessas aliadas – disse Leia.

– Você já é.

As palavras gentis ajudaram, assim como o sorriso de Mon Mothma. Mas Leia deixou o gabinete da senadora com uma nova compreensão da própria falta de poder.

Como seria capaz de lutar contra um governo inteiro? Contra um modo de pensar, contra as lentes deformadas por meio das quais as pessoas viam o mundo?

Talvez Mon Mothma e os pais descobrissem uma maneira. Mas, mesmo que fizessem, Leia duvidava de que teria alguma participação naquilo.

CAPÍTULO 18

SE AO MENOS A SESSÃO da Legislatura de Aprendizes do dia seguinte fosse sobre outro assunto... Qualquer outro assunto.

– Hoje vocês terão que sugerir as sanções que o planeta Lolet sofrerá – entoou o droide RA-7. – O governo planetário infringiu o Regulamento Dezesseis-ME, que diz respeito ao suprimento de combustível para uso dos pilotos Imperiais.

Leia permaneceu sentada no pod de Alderaan, triste quase a ponto de estar entorpecida, enquanto os holos apresentavam a versão do Império dos eventos. Na história oficial, Lolet fora egoísta por não ajudar um comboio de caças TIE deixado para trás. No entanto, era fácil perceber uma sombra de uma verdade meio oculta.

O comboio tinha ido parar no sistema Lolet por uma única razão: para intimidar a população local. O planeta se negara a abastecer naves enviadas para aterrorizá-lo; por causa disso, todos os habitantes precisariam sofrer.

E o Imperador dera à Legislatura de Aprendizes a *honra* de decidir que tipo de sofrimento seria aplicado como punição.

Leia olhou para Kier e viu que ele prestava atenção nela. Se estivesse um pouco menos triste, aquilo a teria feito corar, ou a teria deleitado. Mas tudo o que conseguiu foi dar de ombros, sem forças. Ele franziu o cenho, preocupado; antes que pudesse dizer qualquer coisa para ela, porém, o debate sério começou.

– Não vejo nenhuma necessidade de aplicar penalidades maiores que as usuais – disse Harp Allor, com o cabelo escuro refletindo a luz brilhante que vinha do centro da câmara. – O planeta nem cometeu um crime tão escandaloso assim...

– *Todo* crime contra a Frota Imperial é escandaloso! – protestou um dos representantes de Arkanis. – E esse tipo de crime está se tornando cada vez mais recorrente. Precisamos traçar limites agora, antes que os planetas acreditem que podem sair ilesos depois de um desrespeito explícito como esse.

– Ah, não me venha com essa baboseira patriótica – A entonação de Chassellon Stevis foi tão casual que deixou os demais sem reação. – O procedimento padrão já é suficiente. Se não fosse, acham que iam colocar essa missão na nossa mão, pra começo de conversa? O Senado não delega nada para a Legislatura de Aprendizes com a esperança de que a gente faça algo novo e criativo. Eles só delegam coisas cujo resultado já é esperado.

O coração de Leia se apertou ainda mais. Não que ela já não tivesse entendido aquilo sozinha depois do fiasco com Arreyel. Mas admitir que a Legislatura de Aprendizes tinha um poder ínfimo e uma autonomia menor ainda era admitir que ela, também, era totalmente impotente.

A punição padrão por violar o Regulamento 16-ME era aumentar o tributo pago ao Império em um valor a ser determinado pelo governador da província em questão. Se o planeta fosse valioso o bastante, o valor final poderia chegar ao triplo do original – criando assim uma dívida crescente que nenhum mundo teria a capacidade de pagar. A única maneira de se livrar da dívida era abrir mão da pouca autonomia que o planeta ainda tinha e se submeter de forma completa e definitiva ao governo Imperial.

Lolet estava longe de ser o primeiro planeta a ter tal destino. Só seguiria o padrão sombrio criado por Umbara, Raxus, Gossam...

Isso é um teatrinho de fantoches infantil, pensou ela, amarga. *Somos tanto a plateia quanto os personagens.*

O pod de Gatalenta desceu, colocando Amilyn Holdo sob o holofote. Ela tingira o cabelo com o mesmo tom de verde da túnica, mas pelo menos só a capa tinha alguns sininhos costurados nela.

– Se puder ter a atenção dos presentes... Isso não é tudo! – Ela então se conteve. – Digo, tenho informações que podem esclarecer o assunto.

Leia ouviu alguém murmurando no pod de Glee Anselm:

– É agora que ela conta que teve um sonho profético sobre as tendências da moda ou coisa do gênero?

Leia teria olhado feio para os aprendizes por terem ridicularizado uma colega, se aquela não fosse uma previsão bem acertada de algo que Amilyn de fato falaria.

O rosto longo da garota pintou-se de azul com as luzes vindas dos gráficos em três dimensões que sobrepôs aos holos.

– Se olharem para estes gráficos, verão que representam as reservas de combustível de Lolet no período em questão. Estavam muito mais baixas do que o normal, tanto que a maioria dos outros planetas considerava que ele estava em um estado de crise. Minha pesquisa indica que Lolet aumentou o custo do combustível quase até o ponto de ruptura enquanto evacuava uma das luas depois de uma grande instabilidade geológica ocorrida no início daquele ano. Não deram o combustível que o Império requisitou porque *não tinham.*

Leia teve a sensação de que não sabia que estava dormindo até que as palavras de Amilyn a fizeram acordar. Procurava por provas de infrações cometidas pelo Império nos confins da galáxia, mas fora Amilyn Holdo que expusera outro crime bem diante do nariz de todo mundo. Leia nunca mais deixaria o próprio humor fazer com que ficasse tão descuidada.

– Eles tinham, sim! – protestou o garoto de Arkanis. – Os gráficos mostram claramente que poderiam ter cumprido a cota.

– Só se acabassem com toda a reserva que tinham – respondeu Amilyn, apontando com o dedo magrelo na direção dos gráficos holográficos; ela tinha o braço tão comprido que parecia que seria capaz de atravessar os holos azuis. – Lolet ficaria sem nada para cobrir eventuais emergências futuras no sistema. Imagina só se... – Ela claramente se conteve; pelo menos estava tentando se passar por uma pessoa normal, mesmo que não tivesse muito sucesso. – Nenhum regulamento exige que um planeta se coloque em risco desse jeito.

O moleque de Arkanis não deu o braço a torcer.

– E nenhum regulamento diz que um planeta pode estocar combustível para emergências. Se a Frota Imperial denunciou Lolet, e se nossa função aqui é impor sanções, isso significa que os planetas *devem* entregar o combustível que tiverem sempre que o Império precisar dele.

– Além disso – um dos aprendizes de Glee Anselm se meteu –, porque Lolet se preocuparia com alguma emergência hipotética, que talvez nunca acontecesse? Se tivessem algum problema, poderiam pedir ajuda ao Império.

Amilyn negou com a cabeça.

– O Império nem sempre atende a esse tipo de pedido de ajuda!

Aquilo foi como um soco no estômago de Leia. Dizer aquele tipo de coisa de forma privada, entre amigos, já seria arriscado. Só alguém tão sincera como Holdo falaria uma verdade explosiva como aquela em público.

– O que disse? – O aprendiz de Arkanis aproveitou a oportunidade. – O Imperador sempre deixa claro que se preocupa com todos os seus povos, e negar isso é praticamente um ato de traição!

Ou de insubordinação, pensou Leia, automaticamente.

Kier se inclinou, chegando tão perto dela que foi possível sentir sua respiração na orelha enquanto o garoto sussurrava:

– A gente tem que criar uma distração, ou isso aqui vai terminar com stormtroopers arrastando Holdo para a cadeia.

Ela concordou – ele estava certo –, mas que tipo de distração poderiam criar? Por um momento de loucura, Leia imaginou fingir que o pod estava quebrado e fazê-lo voar sem controle pelo ar como se fosse um daqueles speeders bate-bate de crianças em vez de uma instalação legislativa.

Amilyn ou não tinha percebido o perigo ou não dava a mínima para ele.

– É uma galáxia grande! Planetas inteiros às vezes passam despercebidos! É apenas... normal.

– Talvez seja normal para *você* – disparou o aprendiz de Glee Anselm. – Que tem a cabeça cheia de penas. Aposto que é por isso que você sempre tem umas presas no cabelo.

Leia decidiu que um surto de raiva seria uma boa distração. Ficou de pé e ergueu a voz.

– Já chega! Se são bobos o suficiente para ligar para o que as pessoas vestem, talvez seja melhor voltarem a brincar com outras crianças e deixar as pessoas crescidas governarem.

O aprendiz de Glee Anselm teve a consideração de parecer constrangido, mas o de Arkanis só ficou mais irritado.

– Então acha que é apropriado criticar o Imperador em público?

Em matéria de armadilhas, aquela era uma bem complicadinha de evitar.

– Acho que criticar o *gosto estilístico* de outras pessoas em público rebaixa todos aqui reunidos.

Amilyn parecia não reconhecer um colete salva-vidas quando via um.

– Só não acho certo penalizar um planeta inteiro por... – Ela ficou procurando palavras e, quando não as encontrou, calou-se.

Mas Kier completou:

– Por uma falta de clareza na lei. Como disseram, nenhum regulamento especifica claramente o que um planeta deveria fazer em uma situação dessa.

Leia aproveitou a deixa.

– Exatamente. O que precisamos fazer é recomendar uma alteração no texto legal, de modo que nenhum outro mundo cometa um erro desses por conta de uma confusão, como aconteceu com Lolet.

A ideia de recomendar um novo texto legal era nova para boa parte dos aprendizes de legisladores, além de ser empolgante – um gostinho da autoridade de verdade. Imediatamente, as pessoas começaram a discutir quem deveria rascunhar o novo texto e quem o apresentaria. Mesmo os que queriam transformar Lolet em um exemplo pareciam ansiosos em definir um novo regulamento que transformaria sua severidade em lei.

Ocorreu a Leia que Lolet quase certamente seria punido de um jeito ou de outro. A nova lei proposta, qualquer que fosse ela, seria cruelmente severa, exigindo que todos os planetas limpassem seus próprios estoques de emergência para atender ao capricho de qualquer comandante Imperial que passasse por eles, mesmo que não precisasse de verdade. Mas aquilo daria um pouco de tempo a Lolet, talvez uma chance de levantar fundos para lidar com a eventual pena. Não ajudaria tanto, mas já era alguma coisa.

– Quer dizer, Amilyn Holdo deu um tempo a mais para eles – disse ela para Kier mais tarde, enquanto os dois caminhavam pelas aerovias amplas que deixavam o complexo senatorial. – Havia uma fraqueza na argumentação do Império e eu nem percebi.

– A questão foi capciosa mesmo. – Kier não era o tipo de pessoa que acharia necessário apontar que ele mesmo tinha percebido a brecha. Ele tinha mais interesse no ponto em que ela queria chegar.

Leia considerou as palavras cuidadosamente enquanto avançavam, vislumbrando aqui e ali hologramas tremeluzentes de propaganda que projetavam prismas de luz multicolorida no céu. Pareciam estar andando dentro de um caleidoscópio. Lá embaixo, nas amplas vias de tráfego aéreo, veículos flutuavam quase imóveis, em um engarrafamento em três dimensões típico de Coruscant.

– Venho me sentindo desencorajada ultimamente – admitiu ela. – Saber... o que sabemos me lembra do quanto ainda precisamos fazer. Mas, quando fico desencorajada, não enxergo as oportunidades de realmente fazer algo de bom.

Ele pesou as palavras por mais alguns passos. Ela gostava de como o silêncio entre eles era confortável.

– Você está sempre se perguntando o que pode fazer pelo bem maior.

Perplexa, Leia apenas consentiu.

– Sabe, de vez em quando não tem problema viver sua vida. – Kier ergueu uma mão, prevendo a objeção. – Não estou falando para ser, sei lá, egoísta ou trivial. Você nunca faria isso porque simplesmente não é assim. Mas está tudo bem só, sabe, *ser uma pessoa*. De vez em quando, você pode deixar a vida acontecer e viver o momento. Acho que você precisa. Porque, se continuar carregando o peso de vários mundos nas costas todo dia, vai acabar ficando cansada. Não vai ter forças quando mais precisar, porque já vai ter se exaurido.

Aquilo parecia... familiar demais.

– Tudo bem querer algumas coisas só para você – continuou ele. – Sair e se divertir de vez em quando. Ficar grata por saber que seu planeta é seguro, e que as pessoas que você ama estão em segurança.

– Às vezes, parece que não tenho o direito de ser feliz sabendo que há tantas outras pessoas sofrendo.

– Faz mais sentido você não ter o direito de *não* ser feliz – disse Kier. Quando ela o encarou, ele concordou com a cabeça. – Falo sério. Se as pessoas viverem tomadas pela tristeza e pelo medo o tempo todo, a vitória dele vai ser completa.

Leia sabia a quem ele se referia. Em um passeio público em Coruscant, seria suicídio mencionar o nome de Palpatine em voz alta num contexto daqueles. Além disso, estavam aprendendo a entender um ao outro sem precisar de palavras.

Leia citou um filósofo de Alderaan:

– A alegria afasta o medo.

Kier sorriu.

– Exatamente.

– Alguma sugestão?

– Deixa eu ver. – Ele fingiu considerar seriamente a pergunta por um instante. Andavam bem devagar àquela altura. – A gente pode... ir até as Lagoas de Glarus juntos quando voltarmos para casa.

As Lagoas de Glarus eram conhecias pelo cenário espetacular e pela vida aquática. Ficavam em uma das regiões de Alderaan onde o clima era quente o suficiente para ser chamado de agradável, e atraíam muitos viajantes que queriam aproveitar o calor, o sol e as oportunidades de nadar ou mergulhar – ou, ainda, sua famosa atmosfera romântica.

Ela inclinou a cabeça.

– Você e eu?

Mais uma vez ela vislumbrou a timidez que viu nele no primeiro encontro, quando nem sequer entendia que aquilo era timidez.

– Só se você quiser.

Leia não respondeu imediatamente. Havia algo no rosto dele quando a olhava daquela forma, uma mistura de incerteza e esperança e mais alguma coisa que ela não conseguia nomear, mas reconhecia como algo que também existia dentro do próprio coração. Aquele silêncio não era confortável, de jeito nenhum, mas de alguma forma só tornava tudo melhor.

– Eu quero – disse ela. – Quero muito.

O sorriso voltou para o rosto de Kier.

– Sério?

– Sério.

Talvez ela não precisasse lutar contra o Império inteiro todos os dias. Talvez não tivesse problema descobrir quem ela era além de senadora em treinamento ou princesa. Descobrir o que era simplesmente ser Leia.

CAPÍTULO 19

O PRIMEIRO PASSO PARA SER UMA PESSOA completamente normal com preocupações completamente normais era passar mais tempo com os amigos largada por aí, sem fazer nada. Leia passara a ficar confortável na companhia das pessoas que conhecera no curso de técnicas de rastreamento, mas eles ainda se viam apenas durante as expedições ou nas reuniões semioficiais relacionadas à Legislatura de Aprendizes. Era hora de tentar fazer algo puramente social, sem nenhum propósito além de passar o tempo e se divertir.

Mas ela não sabia que "largada por aí" poderia ser tão literal...

– Imagina que você é feita de madeira! – Amilyn Holdo manteve o espacate, a despeito do fato de não estar no chão, e sim suspensa no ar, presa apenas por tecidos brilhantes que enrolara de forma acrobática em cada uma das pernas. – Inflexível! Inabalável!

– Inacreditável – murmurou Leia, que não conseguira nada além de se enroscar até ficar sentada no ar sem achar que cairia dos quatro metros de altura a qualquer instante.

Aparentemente, aquela era uma prática esportiva de Gatalenta chamada de aeroagem, que supostamente tornava o planeta inteiro mais forte. A razão para tal era que os praticantes mais avançados conseguiam meditar pendurados, "desconectados do chão", e dessa maneira melhorar o bem-estar espiritual tanto deles mesmos como o das pessoas a seu redor. Leia achava que a real razão era que os mais fracos acabavam se enforcando nos tecidos, e assim só os mais fortes sobreviviam.

Ela também não sabia com certeza se podia ser enquadrada no grupo dos "fortes". Até o momento, o que sabia era que a aeroagem consistia principalmente em macacões azuis-claros e justos e o total desprezo pela vida.

– Certo – murmurou Leia para si mesma. – É só esticar uma perna. Você consegue.

Enquanto, desajeitada, estendia um dos pés, tentando enrolá-lo no tecido vermelho mais próximo, Amilyn desfez o espacate. Manteve uma das pernas presas e deixou o corpo cair para trás, até ficar pendurada de ponta cabeça. Para alguém tão desajeitada e canhestra no chão, Amilyn tinha uma graça considerável no ar.

– Lembre-se – disse ela, com a estranha voz melodiosa. – Você é feita de madeira. Forte, mas orgânica! Matéria viva feita de Força!

Sou feita de madeira. Sou feita de madeira. Leia dobrou o joelho e traçou um semicírculo com a perna, prendendo-se certinho ao tecido. Por um instante, capturou o que "ser feita de madeira" realmente significava. Encorajada, deixou o corpo se ajeitar em uma das posições. Suas costas doíam, mas ela conseguiu manter o equilíbrio.

– Isso aí! – Amilyn bateu palmas. Os cabelos longos (na ocasião pintados de magenta) cascateavam de sua cabeça como se fossem mais um dos tecidos. – Está chegando lá!

Em um acesso de confiança, Leia estendeu os braços para completar a pose...

...e rodopiou como um ciclone por um longo segundo antes de se esborrachar no chão. Felizmente, a superfície era tão elástica que a princesa quicou uma vez antes de aterrissar suavemente. Mesmo assim, grunhiu quando pousou com os membros estatelados para os lados.

Amilyn desceu rodopiando até ela, virando devagar ao longo de todo o comprimento de um tecido rosa com tal elegância que, se Amilyn fosse qualquer outra pessoa, Leia acharia que estava se exibindo. Com um salto, pousou bem ao lado de Leia.

– Machucou?

– Não, eu só bebi humilhação direto da fonte.

– Não se sinta humilhada. – Amilyn deu um sorriso torto e engraçadinho. – Você foi muito bem para alguém tentando pela primeira vez, especialmente para alguém de outro mundo. Às vezes, nem quem nasce aqui pega o jeito até ter uns cinco ou seis anos.

Leia fez uma nota mental de conferir a taxa de mortalidade infantil em Gatalenta.

Aquela sala de aeroagem fazia parte do complexo senatorial de Gatalenta, algo que consideravam importante a ponto de terem um lugar para praticar perto dos gabinetes. Muitos outros planetas também tinham "ambientes essenciais" únicos, como os tanques de água salina de Mon Calamari e os túneis de vento para exercício das asas de Toydaria. Talvez um espaço para a prática de uma ginástica meditativa fosse estranho para Leia, mas cada planeta definia as próprias prioridades.

– Que tal a gente fazer alguns alongamentos básicos no solo? – sugeriu Amilyn. – Assim você vai se acostumando com as combinações musculares necessárias.

Leia teve a impressão de que a garota estava pegando leve com ela. Depois da última queda dos tecidos, porém, pegar mais leve não seria nada ruim.

– Vamos tentar.

Ela precisou se esforçar para acompanhar até mesmo os exercícios no solo. As aulas de dança e de condicionamento físico faziam com que Leia fosse ágil e flexível, mas Amilyn era capaz de torcer e virar os membros em ângulos que pareciam impossíveis para espécies com estrutura esquelética. Mas ela era boa em sugerir modificações para Leia, e em ajudá-la a chegar no estado mental adequado.

– Qualquer desequilíbrio interno vai com a gente lá para cima. Será que um pouco mais de incenso ajudaria?

A fumaça dos incensos preenchia tanto o ar que era como se estivessem em meio a uma das florestas brumosas de Eriadu.

– Acho que já está bom de incenso.

– Então talvez a gente possa conversar sobre o desequilíbrio. – Amilyn montou uma pose equilibrada em um pé só que parecia fácil de imitar. – Se não quiser revelar muitas informações, fale por meio de metáforas. Muitas pessoas acham a prática elucidativa.

Leia copiou a postura e descobriu que era fácil – a princípio. Permanecer nela, porém, exigia um controle muscular considerável.

– Não consigo inventar metáforas e fazer isso ao mesmo tempo. Mas... acho que posso contar algumas coisas.

Manter tudo aquilo dentro de si definitivamente não estava ajudando. Por mais peculiar que Amilyn Holdo fosse, tentava genuinamente ajudar as pessoas ao seu redor. Aquilo tinha seu valor.

– Todas as confissões feitas durante a aeroagem permanecem no salão para se dissiparem junto com a fumaça – prometeu Amilyn.

– Ah, maravilha. – O equilíbrio de Leia melhorou quando ela ergueu os braços mais alto. – Bom, para começar, sempre fui próxima dos meus pais, mas parece que a gente não se entende mais. – Ela não contou as razões específicas; podia confiar aquela verdade apenas para Kier. – De vez em quando, a gente se conecta, mas na maior parte do tempo... Sinto que eles estão longe de mim, mesmo quando estamos no mesmo cômodo.

– É o princípio evolutivo agindo.

– Como assim?

Ainda equilibrada numa perna só, Amilyn abaixou graciosamente até o nível do solo.

– Se os filhotes de uma espécie não tiverem motivações para se afastar dos cuidados dos pais, os indivíduos dela nunca terão uma existência independente, o que significa que jamais se reproduzirão.

Uma espécie dessa é extinta logo. Assim, o último estágio da vida antes da vida adulta sempre envolve um conflito entre os progenitores e a cria.

Talvez a fumaça do incenso estivesse exercendo algum efeito sobre Leia, porque aquilo parecia fazer um certo sentido, mesmo que certamente não explicasse tudo que havia entre ela e os pais.

– Também estou frustrada com o quão pouco estamos conquistando na Legislatura de Aprendizes. O Senado tem mais poder, mas mesmo ele é submisso ao Imperador. Sempre quis entrar para a política, tentar transformar a galáxia em um lugar melhor. Agora me pergunto se isso é mesmo possível.

Ela tentou afastar da mente a explosão em Onoam, o terrível cheiro de destroços em chamas e morte. A mãe e o pai não queriam aquilo – mas será que era aonde os planos como os deles inevitavelmente levavam?

– A Força se alimenta tanto das nossas intenções quanto das nossas ações – disse Amilyn, de forma enérgica. – É preciso tentar se erguer e ter sucesso, mas não podemos nunca deixar de nos erguer.

– Não. – A palavra saiu mais dura do que planejado, e o sorriso de Amilyn vacilou pela primeira vez no dia. Leia tentou se acalmar antes de continuar. – Boas intenções não são o suficiente. Não são inúteis, mas... não é desse ponto que devemos partir. E nem é nele que devemos terminar.

– Esse é... é um bom argumento, na verdade. – Uma ruga surgiu na testa de Amilyn enquanto ela considerava aquilo. – Em Gatalenta, é a mente que comanda nossa vida, e na nossa cultura as intenções têm muita influência... Discutimos sobre elas, julgamos com base nelas... Mas na galáxia em geral, as coisas são... Bem... são menos agradáveis.

Leia concordou com a cabeça.

– Infelizmente sim.

– Esse vai ser o foco do meu próximo transe meditativo. – Amilyn mudou de posição, torcendo a coluna em uma ponte desafiadora.

– Você já contou quais são as suas frustrações. Agora fale sobre a alegria na sua vida. O que faz você feliz, aqui e agora?

O coração de Leia deu a resposta imediatamente, tão rápido que ela até se assustou. Uma parte dela queria se desvencilhar daquele conhecimento, mas outra – uma muito mais poderosa – continuava voltando à arena de tiro, ou às passagens secretas do palácio, ou ao chalé nevado aonde Kier levara para ela aquela primeira caneca de mocoa.

Ela não disse o nome dele em voz alta. Enquanto arriscava uma tentativa da própria torção da coluna, perguntou:

– Seria moralmente possível se sentir feliz quando há tanta injustiça ao nosso redor?

– É claro que sim. A felicidade é nosso fundamento moral.

– Isso me parece... – Leia conseguiu fazer a ponte, mas a impressão era que os músculos do abdômen impediam que respirasse. – ... parece... parece... hedonista.

– De maneira alguma. – Voltando a se erguer com uma facilidade desgraçada, Amilyn disse: – Um grande mal só pode ser combatido pelos fortes. As pessoas precisam de combustível espiritual tanto quanto precisam de alimento, água e ar. Alegria, amor, felicidade, esperança: essas são as emoções que nos dão força para fazer o que é preciso.

Agora a culpa não era só do incenso: aquilo era genuinamente verdadeiro. Leia se largou no chão elástico, relaxando de verdade na companhia de Amilyn pela primeira vez.

– Acho que toda essa meditação faz bem para vocês, viu.

– Sim. Bom, além disso, é bem óbvio que você gosta do Kier. Você podia usar essa energia também, sabia?

Leia abriu a boca para protestar, mas qual seria o ponto?

– É como se... como se tudo ao meu redor fosse uma tempestade violenta, e ele... ele fosse um porto seguro. O único que permite que eu seja eu mesma.

– Tenha cuidado com palavras como "único" – disse Amilyn, agitando o dedo longo, embora sorrisse. – Não deixe sua mente se abalar pelo elemento mais perigoso de que se tem notícia.

– Que é...?

– Um par de belos olhos escuros. – Depois Amilyn pensou sobre o que dissera por um momento. – Ou mais de um par, se você curtir sair com Grans. Ou Aqualish, ou Talz. Ou até...

– Já entendi! – Leia disse, em meio ao riso. – No meu caso, só humanoides do gênero masculino.

– Sério? Parece tão... *limitador.*

– Felizmente, a galáxia é grande.

E ela já encontrara alguém extraordinário nela.

No fim daquela tarde, Leia caminhava pelo complexo senatorial de bom humor. Não sabia se era por causa do incenso, da conversa com Amilyn ou da perspectiva de dali a pouco tempo embarcar em mais uma viagem do curso de técnicas de rastreamento com Kier, mas ela não se sentia triste pela primeira vez em muito tempo. Aparentemente, aquela coisa de "ser normal" realmente funcionava.

Mas seus passos vacilaram quando viu funcionários se enfiando nos gabinetes, correndo pelos corredores, gesticulando uns para os outros para que corressem até os aposentos dos próprios planetas.

Por sorte, as instalações de Alderaan não ficavam muito longe. Ela chegou até elas em minutos e entrou às pressas apenas para descobrir que não havia ninguém no salão comunal; uma multidão, no entanto, estava reunida no gabinete do pai. Leia enfiou a cabeça pela porta para ver todo mundo agrupado ao redor do visualizador da HoloNet.

– ...sem vítimas fatais, apenas por meio da coragem de nossos stormtroopers Imperais. No entanto, o ataque ao comboio representa um enorme perigo para os entrepostos na região da Orla Média e à interconexão entre os membros de nosso Império.

Só quem conhecesse Bail Organa tão bem quanto a filha seria capaz de perceber o alívio que sentira ao ouvir as palavras "sem vítimas fatais". Aquela era a única emoção que ele demonstrara; não expressava nem inquietação, nem surpresa.

Não é igual ao que aconteceu no sistema de Naboo, concluiu Leia. *Isso é algo de que meus pais sabiam.*

Algo que planejaram.

Algo que ajudaram a executar.

– Relatos falsos circulando em vários canais informais alegam que uma fragata médica foi sequestrada – continuou a narradora do infocast. – Embora muitos membros da tripulação tenham se amotinado e tentado ajudar no ataque, a embarcação continuou sob controle das autoridades apropriadas.

Muitos membros informados do Senado sabiam o que era possível ler nas entrelinhas das notícias oficiais transmitidas pela HoloNet. Se a fragata médica em questão ainda estava sob controle, seu nome jamais seria revelado. Se tripulantes tivessem sido capturados, pelo menos um ou dois seriam nomeados; Palpatine jamais hesitaria em identificar seus inimigos. A real mensagem era que alguém do alto escalão da fragata tinha tentando removê-la da Frota Imperial e, com a assistência de combatentes – cedidos pelos pais de Leia ou por seus aliados –, tinham escapado com a sofisticada nave, seus suprimentos e seus equipamentos intactos.

Sem vítimas fatais, Leia reforçou para si mesma. Os pais apoiavam operações ágeis, inteligentes e não violentas, o tipo de ação com as quais ela achava que conseguiria ser conivente.

Mas tinham tentado tomar uma fragata médica. Aquelas fragatas eram feitas para cuidar de vítimas de eventos em larga escala, como catástrofes planetárias, ou...

...conflitos militares de larga escala.

Ela sabia daquilo apenas devido às aulas de história sobre as Guerras Clônicas. Ao longo de sua vida, nenhuma batalha do mesmo tipo acontecera. E Leia sempre tivera esperanças de que jamais fosse acontecer.

Aparentemente, os pais dela tinham outros planos.

Depois que a HoloNet transmitiu exatamente as mesmas informações de três maneiras diferentes, os grupos de espectadores começaram a se dispersar. Dos corredores externos das câmaras do Senado, Leia podia ouvir várias pessoas conversando entre si; aquilo seria assunto para a maioria das pessoas em Coruscant pelo resto do dia.

No gabinete de Bail Organa, porém, os funcionários continuavam em silêncio. Voltaram ao trabalho sem falar nada. Quantos deles sabiam? Será que estavam trabalhando com o pai? Ou, se não fossem coniventes com a conspiração, será que estavam dispostos a ficar em silêncio em vez de confrontar a verdade?

Ela esperou até ser a última pessoa no gabinete do pai e fechou a porta de correr atrás de si.

– Pai...

– Nós não vamos ter essa conversa. – Os olhos de Bail encontraram com os dela apenas por um instante antes de focarem em um datapad.

– Como é capaz de falar isso? Sei o que isso significa. Se eu sei, o Império também sabe.

As mãos dele pararam de manipular o datapad, mas ele não conseguiu erguer os olhos.

– Sem dúvida. O que significa que ter discrição é ainda mais importante.

– Mas, papai, como os senhores podem...

– Leia, já chega. – Bail enfim ergueu a cabeça, olhando para a filha de um ponto que parecia muito distante. – Quanto menos souber, mais segura vai estar. Quanto menos for dito neste gabinete, mais seguras as outras pessoas ficarão. Entende isso?

Ela já sabia que sua segurança estava em risco, mas não tinha considerado os funcionários de Bail. Ele tinha tocado no único ponto que a faria deixar aquilo de lado. Aquiescendo, Leia saiu do gabinete do pai com uma expressão plácida no rosto, como se estivesse completamente inabalada.

Dentro dela, porém, suas emoções estavam tumultuadas, e ela não sabia dizer o que era pior: a distância entre ela e os pais, que parecia aumentar cada vez mais, ou o medo pelo conflito sem nome que se armava no horizonte.

CAPÍTULO 20

CINQUENTA ANOS NO PASSADO, Felucia era apenas um mundo florestal nos confins da Orla Exterior, de interesse para quase ninguém além de quem já morava por lá. Vinte anos antes, porém, tornara-se crítico no controle da Rota Comercial Perlemiana, um dos principais campos de batalha das Guerras Clônicas. E, ao longo dos últimos dez anos, não fora mais do que uma sombra do que costumava ser, suas cidades devastadas pelo conflito. Na ocasião da visita de Leia, Felucia cumpria seu papel nos planos do Império: era uma fonte da planta curativa nysillim, e nada mais.

Selvas e florestas tropicais densas e quase impenetráveis ainda cobriam quase toda a superfície do planeta, o que fazia dele um ótimo lugar para aulas de técnicas de rastreamento.

– Eu devia estar feliz de a gente não estar escalando muito hoje. – Chassellon ia na frente ao passo que as pessoas humanoides da turma se arrastavam de joelhos pela lama (enquanto isso, Sssamm nadava alegremente, sentindo-se totalmente em casa). – Mas até andar na neve é mais fácil do que avançar por essa meleca.

A Comandante Pangie gritou lá de trás:

– As primeiras subidas estão chegando!

– *Kriff* – praguejou Chassellon.

Leia quis rir dele, mas estava quase concordando. Não dava para ver praticamente nada ao longe além de neblina e sombras de árvores enormes. Cercando-os por todos os lados havia samambaias crescendo em arcos listrados que lembravam os monstrals dos Togruta, heras gigantescas, raízes massivas brotando do solo e flores alaranjadas que pareciam bonitas, mas tinham caules cobertos por espinhos afiados. Como Leia era baixinha, a lama batia mais alto nela e tornava o avanço ainda mais complicado.

Kier caminhava ao seu lado. Nenhuma vez tentou pegar a princesa pelo braço ou ajudá-la a avançar; obviamente sabia o quanto ela odiaria isso. Mas ajustava o passo ao dela, fazendo companhia. No começo Amilyn fizera o mesmo; depois de erguer uma das sobrancelhas para Leia e Kier, porém, apertou o passo, avançando com facilidade pela lama com as pernas longas como as de pássaros aquáticos.

A certa altura, enquanto a Comandante Pangie estava ocupada em se livrar de uma sanguessuga-narceja, Leia ousou sussurrar para Kier:

– Você soube da fragata, não soube?

Ele arregalou os olhos, em um sinal de alerta.

– É claro. Mas a gente não devia...

– Não, eu não quis... – Leia olhou ao redor. Alguns fios soltos de cabelo estavam grudados em sua testa e seu pescoço por causa do suor e da umidade terrível. – Só queria falar que acho que foi mais perto da ideia... que é o jeito mais certo de fazer as coisas. – *Uma ação pela qual eu não precisaria perdoar meus pais. Algo em que teriam meu apoio. A menos que isso leve para um caminho mais perigoso...*

– Não tenho tanta certeza – respondeu Kier.

Eles precisavam discutir melhor aquilo. Mas Leia foi se distraindo conforme o grupo avançava aos trancos e barrancos por um caminho largo cheio de neblina até chegar à clareira diante das encostas que precisariam escalar naquele dia. Não eram nem tão altas nem tão íngremes quanto os paredões de pedra que haviam encarado até então, mas toda a superfície estava úmida com condensação ou coberta de líquen.

– Parece escorregadio? – perguntou a Comandante Pangie, com a alegria meio cruel de sempre. – É porque é mesmo! Amigão de Fillithar, para você pode ter sido fácil até o momento, mas quero ver você se virar agora.

A língua de Sssamm oscilou de nervoso, mas ele não protestou, apenas consentiu.

– Tem outra coisa que precisam aprender com as técnicas de rastreamento: cada um de vocês tem talentos e fraquezas únicos – continuou a comandante. – Cada um vai dar de cara com tarefas que consegue fazer melhor do que os outros, mas também vai esbarrar com algumas em que vai ter uma performance, digamos, patética.

Leia olhou para baixo, analisando a lama que melecava o macacão cinza até a metade da coxa. *Bom, já que vou mesmo ser patética em alguma coisa, melhor que seja em algo que não é tão perigoso.*

– Vou dividir vocês em duplas – prosseguiu a comandante Pangie – e distribuí-los em locais diferentes, de onde vão começar a escalada. Não vão ficar muito longe uns dos outros, mas boa sorte para quem tentar enxergar os outros. As coordenadas do ponto de encontro já foram baixadas automaticamente no equipamento de vocês. Nesse meio-tempo, precisam descobrir como se encontrar. Ah, e não se esqueçam de ativar os campos anti-impacto! Se esquecerem, o primeiro escorregão desses penhascos aqui vai ser o último que vão dar na vida!

– Como se a gente precisasse de um lembrete para *isso* – disse Chassellon. Ele já estava cercado pelo brilho fraco que denunciava o campo.

Amilyn olhou para ele de cabeça erguida.

– Para alguém que cresceu em um arranha-céu, você tem medo demais de altura.

Leia reprimiu uma risadinha e Chassellon cruzou os braços de súbito.

Para a satisfação de Leia, Kier foi designado como sua dupla. Parecia um momento propício para falarem em particular, mas não contavam com a diferença que a superfície escorregadia fazia. Embora o ângulo do aclive fosse tal que conseguiriam caminhar em outro tipo de terreno, a superfície escorregadia exigia que avançassem apoiados sobre as mãos e os joelhos, e não era nada fácil. Falar de qualquer outra coisa não relacionada à escalada se provou impossível.

– Certo – arfou Leia. – Parece que tem tipo uma ravina ou coisa do gênero ali na frente. Não é tão larga, mas a gente vai precisar das cordas.

– Não precisa ter medo – disse Kier, logo abaixo dela. – A gente vai dar conta.

Ela não estava tão preocupada até ouvi-lo dizer aquilo, porque significava que *ele* estava preocupado.

Enquanto avançavam pela superfície diagonal que os levaria até a ravina, Leia conseguiu enxergar melhor o obstáculo que precisariam superar. A fenda tinha uns bons três metros de largura; precisariam usar as cordas para se balançarem até o outro lado. Desafiador e mais do que um pouco assustador, embora divertido.

– Sempre gosto dessa parte – confessou ela, enquanto ancoravam as cordas na pedra.

– Sério? Eu odeio. Geralmente, preciso fechar os olhos.

– Ah, qual é! O campo anti-impacto vai proteger você.

Kier chacoalhou a cabeça.

– Mas não faz a queda ser nem um pouco menos assustadora.

– Então simplesmente não pense nisso. – Depois de algumas horas praticando aeroagem com Amilyn, Leia tinha ganhado mais experiência em matéria de quedas. – É só pensar nos pontos de apoio lá do outro lado.

Ela identificou seus potenciais pontos de apoio, conferiu mais uma vez a corda e empurrou tão forte quanto conseguiu. Por um segundo, foi como se estivesse voando – balançando de lado pelo ar, quase sem sentir o puxão da corda na cadeirinha. Mas o momento de euforia passou quando o outro lado se aproximou. Leia atingiu o paredão com os braços e as pernas flexionados para absorver parte do impacto, e encontrou apoio imediatamente. Enfiou uma nova chapeleta para ancoragem em uma fenda na pedra até se sentir segura o suficiente para amarrar a corda nela.

Respirando com dificuldade e com um sorriso no rosto, chamou Kier.

– Vem! Tenta!

Ele sorriu para ela como se Leia tivesse acabado de fazer um truque de mágica e agora ensinasse para ele o segredo. Ele se jogou...

...no exato momento em que Leia viu grãozinhos de rocha escorrendo do ponto de ancoragem. Antes que pudesse gritar, a chapeleta cedeu e o rapaz caiu para além do seu campo de visão.

– Kier? *Kier?*

Ela se virou do jeito que conseguiu, e para seu alívio percebeu que ele tinha chegado do outro lado, embora por um triz. Acabara pendurado na beira do penhasco, com o apoio precário das mãos. A chapeleta e a corda, inúteis, pendiam de seu cinto.

– Estou bem – disse Kier. – Mais ou menos.

– Como assim "mais ou menos"?

– Bati com tudo aqui desse lado. Acho... Tenho quase certeza de que o meu gerador de campo já era.

Leia foi de um estado de mero medo a um de horror paralisante. Se o gerador de campo de Kier estivesse quebrado e ele caísse, morreria. Ele estava sem nada que o prendesse ao paredão de pedra, e em uma posição desfavorável para escalar. Era fácil demais imaginar ele despencando, sendo destroçado pelas pedras antes mesmo que atingisse o chão.

Depois da primeira onda de terror, porém, sua mente clareou. A determinação a fazia focar mais do que qualquer outra coisa.

– Vou buscar você.

– Não. Sua corda não vai aguentar nós dois.

– Pode ser que aguente – protestou ela, embora soubesse que a soma do peso deles chegava no limite da capacidade de seus equipamentos.

Mas ela ainda não tinha se soltado da corda do outro lado. Com agilidade, deu mais corda no ponto de apoio novo, o que com sorte seria o suficiente para alcançar Kier.

Ele ainda não queria que ela se arriscasse; ela sabia disso porque conseguia vê-lo se ajeitando para conseguir um apoio melhor para os pés. Mas não havia onde se apoiar, e o processo só o fazia correr mais risco.

– Que tal ficar quietinho aí? – gritou ela. – Aguenta firme!

Leia se empurrou de novo, balançando de volta até o outro lado da fenda – percorreu um arco maior dessa vez, o que a fez ter a sensação de sofrer uma queda real. Aquela parte ela não amava. Mais uma vez, chegou com facilidade do outro lado antes de se empurrar novamente, dessa vez na direção de Kier.

Ele se encolheu contra a rocha e ela bateu no paredão bem ao lado dele. Segurar na beira do penhasco era mais difícil do que ela achou que seria; Kier tinha feito um bom trabalho ao não cair imediatamente. Mesmo assim, ela conseguiu.

De perto, conseguia ver como Kier estava pálido, mas ele deu um jeito de sorrir.

– Minha heroína.

– Não ainda. – Ela ergueu o pescoço e percebeu como ia ser difícil sair da fenda repleta de pedras afiadas e cortantes. Qualquer protuberância podia cortar facilmente a corda deles, ou mesmo machucar Leia e Kier. Na verdade, balançar de novo até o outro lado, que era seu plano original, parecia extremamente propenso a resultar em vários machucados. *Certo, preciso de um outro plano.* – A gente vai ter que... dar um salto mortal, se jogar, como quiser chamar, daqui da beira da fenda. É o único jeito de atravessar.

– Eu não tentaria fazer isso sem planejar direito o movimento. A comandante disse isso um milhão de vezes.

– Ela não está aqui, e essa é a nossa melhor opção. – Nada era mais chocante do que perceber que a "melhor opção" ainda era bem ruim.

Ela usou um mosquetão para prender a cadeirinha dela à de Kier. De tão perto assim, ela conseguia ver os músculos nos braços dele, e como tremiam pelo esforço extremo de se segurar em uma posição tão precária. Os olhos dele encontraram os dela quando ele ouviu o clique metálico.

– Eu devia tentar fazer isso sozinho – disse ele.

– Não tem onde colocar uma chapeleta para a ancoragem.

– Você não devia se arriscar por mim.

– Ei, o meu gerador de campo ainda está funcionando, esqueceu? É você que está por um fio aqui. – Ela sorriu, esperando que ele não percebesse que, numa queda com tantos obstáculos no meio, havia grande chance de o gerador dela também se danificar antes da ativação de emergência.

Ou ele já tinha percebido isso ou detectou o nervosismo dela. Mas não discutiu, apenas se firmou da melhor maneira possível enquanto ela enlaçava o corpo dele com um dos braços. Eles se abraçaram bem apertado, a ponto de Leia sentir o coração dele batendo rápido contra o próprio peito.

– Agora ou nunca? – disse ele, apenas.

– No três. Conta você.

Assim que disse isso, Leia se sentiu... centrada, de um modo que nunca se sentira antes. O nervoso foi embora, e ela respirou fundo. Não foi só uma inspiração; foi como se estivesse absorvendo os aromas e a umidade do ar, tornando-se parte do próprio planeta.

– Tem certeza? – perguntou Kier.

– Sim. – Leia ficou surpresa com a própria determinação. – Tenho um bom pressentimento sobre isso.

– Certo. Um.

Ela fechou os olhos e respirou fundo de novo. Parecia que era capaz de sentir a forma e dimensão das rochas ao redor deles, e sabia o lugar de cada apoio e protuberância automaticamente, como se fossem partes de seu corpo.

– Dois.

O instinto a mandava se conectar com o que estava sentindo, a tornar-se parte daquilo – não, a *reconhecer* que era parte daquilo, porque claro que ela fazia parte daquele planeta desde...

– *Três.*

Leia saltou exatamente no mesmo momento que Kier, os membros inundados por uma força que ia além da que ela possuía. Eles balançaram por entre as protuberâncias e alcançaram o outro lado sem dificuldades. No instante em que Kier tocou a rocha, instalou uma chapeleta de ancoragem e se prendeu a ela, suportando a si mesmo para que a corda de Leia não tivesse que aguentar todo o peso. Por alguns segundos, ficaram ali pendurados, arfando e se recompondo.

– Isso que eu chamo de salto – disse ele, enfim. – Como fez isso?

– Não faço ideia. – Aquele feitiço estranho que a tomara já tinha se dissipado. A energia vital que fluíra tão brevemente por seu corpo já não estava mais ali.

Juntos, escalaram até o pequeno platô onde descansariam e se recuperariam antes de encontrar com o resto do grupo. Leia achava que Kier conferiria o gerador de campo primeiro, mas em vez disso se virou para ela.

– Por que você fez isso?

– O quê? Salvar a sua vida?

Ele não se abalou.

– Isso. E arriscar a sua.

– Eu não podia deixar você cair.

– Você podia. Inclusive devia, em vez de se arriscar.

As palavras dele não faziam sentido.

– Mesmo que você não fosse meu... meu amigo, eu ia tentar salvar você como faria com qualquer outro cidadão de Alderaan. Não, como faria com qualquer outra pessoa, independentemente de onde. – Exceto, talvez, Palpatine. Ele podia quebrar o pescoço à vontade.

– Você ouviu o que acabou de falar? – A mão de Kier se fechou ao redor do braço dela. – É como se pensasse que a própria vida não pertence a você.

Ela começou a protestar, mas se conteve, porque as primeiras palavras que lhe vieram à mente foram: "*Mas ela não pertence*".

Kier chegou mais perto, falando com uma intensidade que a fez sentir arrepios.

– Claro que você quer fazer a coisa certa. Que quer servir o povo de Alderaan. E sim, você odeia o Império. Mas você não precisa ser sempre tão altruísta. Não precisa ser sempre você a fazer o sacrifício.

– Você estava pendurado só pela pontinha dos dedos! Não tinha mais ninguém por perto...

– E se você caísse? O que a gente ia fazer? Pensa no que isso ia significar para o povo de Alderaan. Para os seus pais.

Leia nunca considerara aquilo. Internamente, já remoera a ideia de saber o quanto os pais sofreriam caso algo acontecesse com ela, mas não achava que podia fazer qualquer coisa a respeito daquilo. Se eles a vissem naquela situação, sendo a única pessoa capaz de salvar alguém do perigo, diriam para ela fazer tudo o que fosse possível apesar dos riscos. Eles que a haviam ensinado sobre dever e altruísmo, para começo de conversa.

Kier tomou a mão dela entre as suas. A pele dele estava tão arranhada e ralada como a dela; aquele toque tinha que ter sobre ele o mesmo efeito que tinha sobre ela. Leia não o teria deixado cair por nada no universo.

– Você continua tentando carregar a galáxia nas costas. – As palavras saíram quase em um sussurro, e ela se aproximou dele para ouvir melhor. – Se você já é assim sendo uma princesa, como vai ser quando for rainha?

– Eu sirvo o meu povo. – A resposta foi automática.

– Você merece viver a própria vida. Merece alguém que coloque você em primeiro lugar.

– Talvez. – Estavam tão perto agora que Leia era capaz de sentir a respiração dele em seu rosto. – Eu já tenho uma pessoa assim?

Kier inclinou a cabeça, estudando a expressão dela. Ou pelo menos ela achou que era isso – no momento, era difícil olhar para qualquer coisa que não fossem seus lábios.

– Sim. Tem.

Ele pousou a outra mão na lateral do rosto de Leia, mas foi ela quem tomou a iniciativa de beijá-lo.

Ela não tinha lá uma grande experiência, mas o beijo dele pareceu bom. Ótimo, até. Talvez até espetacular. Depois Kier a beijou de novo e ela percebeu que só ficava melhor, mais até do que ela podia sonhar.

Foram os últimos a chegarem ao ponto de encontro, o que rendeu uma bronca da Comandante Pangie antes que pudessem contar o que tinha acontecido. Uma olhada no gerador de campo quebrado mudou a atitude dela de forma tão drástica que logo estava prometendo encontrar uma escalada mais fácil da próxima vez. Isso fez Chassellon dar um sorrisão enquanto seguiam até a nave, além de um chacoalhar amigável da cauda de Sssamm. Mas Leia não estava em condições de prestar muita atenção em nenhum dos dois, e nem mesmo no olhar maroto de Amilyn, enquanto Kier e ela sentavam lado a lado, com os ombros e os joelhos se tocando, e o sorriso dele combinando com o dela.

CAPÍTULO 21

LEIA QUERIA APRENDER MUITAS coisas durante seus desafios, e novas lições continuavam a aparecer o tempo todo – algumas inesperadas, sobre coisas que ela nem desconfiava precisar saber.

Por exemplo, naquele momento estava aprendendo que a impaciência que uma pessoa sente antes de beijar alguém de quem gosta não é nada perto da que sente depois.

– Se concentra – murmurou Kier, os dois no centro da arena de tiro. Ele parecia muito sério, o que era irônico dado que era ele quem continuava a roçar a mão de leve nas costas dela.

– Eu cuido dos meus alvos, sabichão. Você cuida dos seus.

Um brilho no canto da visão periférica de Leia a fez girar no lugar, com os dedos apertando o gatilho assim que acertou a mira. O alvo holográfico "se estilhaçou" em jatos estonteantes de luz antes de desaparecer. Ela olhou para Kier por cima do ombro, fingindo-se de convencida.

Ele obviamente entendia o que ela de fato sentia, porque inspirou fundo e se esqueceu dos próprios alvos. Quando ela sorriu, ele se inclinou na direção dela, do mesmo jeito que fizera em Felucia...

...o que deu a ela a chance de esticar o braço além do rapaz e estilhaçar o alvo *dele* em pedacinhos.

– Porcaria – murmurou ele, fazendo-a rir. – Você estava me distraindo de propósito, não estava?

– Uma garota tem que dar seu jeito de ganhar.

– Mas você geralmente já ganha apenas atirando melhor do que eu.

Leia deu de ombros.

– Se eu não mudar as coisas de vez em quando, como vou te manter esperto?

Abandonando toda a pretensão de prestar atenção no jogo, Kier a envolveu com um dos braços e a puxou para um beijo rápido e irresistível. Rápido demais, na opinião de Leia. Ela o puxou de volta, e por longos minutos os alvos holográficos rodopiaram e correram de um lado para o outro na escuridão, intocados.

Então aquela era a sensação de viver apenas o momento, esquecer as responsabilidades e regras e encontrar uma parte secreta de si mesma em outra pessoa onde, de alguma forma, ficara escondida por todo aquele tempo. O futuro sinistro não pairava mais constantemente sobre ela; fora banido para o lugar distante de onde pertencia (era apenas uma possibilidade – não uma coisa real, mas sim uma previsão de algo que poderia nem sequer acontecer). Ela mal conseguia dormir pensando em Kier à noite, mas acordava sorrindo toda manhã. Depois de meses de solidão, enfim voltara a se sentir querida. Mesmo aquela sensação não era tão doce quanto a de retribuir o carinho – importar-se tanto com alguém que era como se vivesse duas vidas em uma, como se tivesse duas perspectivas sobre a galáxia em vez de apenas uma. Como conseguia viver antes tendo apenas uma?

O alarme de encerramento tocou, sobressaltando o casal. Leia riu quando viu os resultados péssimos projetados no placar, e Kier grunhiu.

– Certo – disse ele. – Da próxima vez a gente vai ter que se concentrar, ou nossas habilidades vão regredir até o nível iniciante.

– Pensa. – Leia passou a mão nos cabelos negros dele, desejando distraidamente que ele os deixasse crescer o bastante para que ela pudesse entrelaçar os dedos neles. – Se a gente voltar ao nível iniciante, vamos ter que aprender tudo de novo. Isso significa horas e horas de prática juntos, sozinhos aqui, só você e eu.

Fingindo pensar, ele concordou.

– Sabe, a gente precisa repetir os treinos de hoje.

– Repetir muito.

– Infinitas vezes.

Antes que Leia pudesse responder de novo, uma luz vermelha começou a piscar no teto da arena – um sinal familiar no complexo senatorial que indicava um pronunciamento especial. Palavras apareceram nas telas mais altas e uma voz artificial entoou:

– Haverá um pronunciamento oficial na câmara central às dezesseis horas. Todos os senadores e senadoras que estiverem atualmente em Coruscant devem comparecer.

Aquele tipo de pronunciamento obrigatório era raro, e nunca dizia respeito a coisas boas. Uma incerteza nauseante perturbou a animação de Leia; o rosto de Kier deixou claro imediatamente que sentia a mesma coisa.

– Não acho que essa exigência se aplica aos aprendizes a legislador – disse Kier. – Mas acho que a gente devia assistir.

– Não, não se aplica a nós. E sim, a gente precisa ir com certeza.

Leia correu até os vestiários. Pelo menos tinham ficado tão distraídos um com o outro que não tinham derrubado nenhuma gota de suor na arena. Podiam apenas se trocar, sem precisar tomar banho, e assim chegariam mais rápido à sessão. Ela não sabia que era capaz de acionar seu modo oficial com tanta velocidade. Muito provavelmente aquilo era algo bom.

No entanto, ela sentiu *algo* quando Kier saiu do vestiário ainda tentando fechar a jaqueta, revelando um vislumbre do tórax nu...

– Vamos – ela disse a ele, acrescentando em pensamento: *Deixar o pronunciamento para lá.*

Quando criança, Leia tinha entrado no pod senatorial do pai algumas vezes, e o acompanhara na maior parte das sessões quando ainda trabalhava como sua estagiária. Aquilo era muito familiar para ela, ou deveria ser.

Mas, enquanto assumia o próprio lugar no pod naquela tarde, ficou subitamente consciente do quanto o clima no Senado Imperial mudara ao longo dos últimos meses. Geralmente, senadores falavam uns com os outros pelos comunicadores quase sem parar nos minutos que antecediam um pronunciamento – em geral batiam um papo burocrático, o equivalente verbal da maior parte do trabalho deles. Embora o Senado Imperial fosse muito atrelado ao governo de Palpatine, seus membros ainda mantinham um clima de agitação e empenho – uma ânsia de realizar o que quer que fosse possível.

Naquele dia, porém, a câmara estava quase em silêncio. Senadores entravam, assumiam seus lugares e não falavam quase nada, nem mesmo com os colegas com os quais compartilhavam os pods. A maior parte dos sons que Leia ouvia eram passos ou o farfalhar de vestes, além de algumas tossidas e chiados. Aquela quietude a deixava tensa.

Agora que tinha parado para pensar, as sessões do Senado vinham sendo silenciosas havia algum tempo. As aberturas turbulentas das quais se lembrava de quando era criancinha haviam se acalmado com o tempo; aquele silêncio todo chegara tão aos poucos que Leia nem sequer percebera até aquele momento. Será que o Senado havia se esquecido de que ainda tinha alguma autoridade? De que era uma das únicas forças que ainda existia entre Palpatine e o poder absoluto? Não podiam se dar ao luxo de se manterem passivos diante da resistência; era justamente quando precisavam se esforçar e trabalhar mais duro...

Ela então se lembrou de Arreyel, e afundou no assento.

– Tudo bem? – murmurou Kier ao lado dela. Apesar da preocupação, não parecia ter percebido a profundidade de sua inquietude; e é claro que não perceberia. Ele não sabia quais eram seus motivos.

Em vez de responder à pergunta, ela disse:

– Esta é sua primeira vez na câmara do Senado, não é?

– A primeira depois da excursão de apresentação.

O sorriso dele era encantador. Ele parecia empolgado com a situação, excitado com a ideia de assistir àquilo porque não tinha uma referência de dias melhores com a qual comparar a experiência. *Ele ainda tem fé. Preciso ter também. Nós* somos capazes *de realizar coisas nesta câmara, mesmo que seja mais difícil do que antes.*

A abertura do pod começou e Bail Organa entrou. A expressão dele parecia distante como sempre – até ver Leia e Kier sentados lado a lado, mais próximos do que ela havia notado. O pai ergueu uma sobrancelha no que deveria ser uma brincadeira gentil. Em vez disso, o gesto inflamou os ânimos de Leia. Como ele era capaz de ignorá-la por tanto tempo e gritar com ela quando estava apenas tentando ajudar, e depois agir como se nada tivesse acontecido?

Ela pelo menos foi adulta o suficiente para não falar nada daquilo em voz alta. Apenas balançou a cabeça, negando-se a olhar nos olhos do pai.

Kier, no entanto, já se levantava.

– Boa tarde, Vice-Rei. Espero que nossa presença não seja inapropriada.

– É claro que não, Sr. Domadi. É bom ver que estão ambos aqui.

Bail se sentou, puxando a longa capa para mais perto do corpo. A câmara do Senado era mantida em uma temperatura relativamente baixa – uma concessão aos vários senadores cujos elaborados padrões de vestimenta podiam ser sufocantes. Mas Leia conhecia o pai bem o suficiente para saber que o gesto não tinha nada a ver com o frio. Era um sinal de que estava preocupado.

Bail Organa era um homem calmo e de temperamento tranquilo. Não ficava preocupado sem motivo.

O salão já quieto caiu em um silêncio quase absoluto enquanto o pod do orador aparecia no centro do cômodo, com todas as luzes se ajustando para focar nele. O Grão Moff Tarkin surgiu em seu uniforme verde-oliva, uma figura tão delgada e afiada quanto a lâmina da Espada Rhindon. A imagem dele na tela portátil do pod revelava um sorriso estreito em seu rosto – o sinal mais sinistro de todos.

– Estimados senadores e senadoras. – Sua voz fina ecoou pela câmara, e Leia soube que aquilo não era apenas o efeito dos droides amplificadores. Aquele homem sabia como projetar sua autoridade sem fazer nenhum esforço aparente. – Certamente se lembram do terrível incidente de algumas semanas atrás, quando insurgentes tentaram comprometer uma fragata médica Imperial. Por mais patético que tenha sido o esforço, continua representando um desrespeito escandaloso às leis do Império e ao próprio Imperador Palpatine.

Patético? Tomar uma fragata médica inteira? Leia tentou se lembrar do tamanho impressionante da Frota Imperial; suas naves eram tão numerosas e titânicas, e tripuladas por tantos milhões de oficiais, que era difícil para a mente humana compreender por completo suas dimensões. Talvez perder uma única fragata não importasse tanto.

Mas não. Importava, sim. Caso contrário, Tarkin não estaria tão determinado em fingir que não.

Tarkin tinha um sorriso empertigado, que fazia parecer que sabia que aquela expressão não lhe pertencia.

– Uma investigação completa revelou que os instigadores dessa ação vieram de dentro do governo do planeta Christophsis, que recebeu fundos incontáveis deste Império para reconstruir a devastação causada em seu território pelas Guerras Clônicas. Tais líderes escolheram recompensar nossa generosidade com esse nível de ingratidão.

As mãos de Bail Organa se fecharam em punhos sobre seu colo. Seguindo o olhar do pai, Leia viu que o pod senatorial de Christophsis ainda estava vazio.

– Desse modo, resolvemos usar esses líderes de exemplo. Ou melhor, antigos líderes. Os ex-senadores e supervisores foram presos, com penas de pelo menos quatro anos. O primeiro ministro foi julgado, culpado e executado por traição. Além disso, sua cidade natal, Tophen, que descobrimos ser o centro de sua atividade, já foi pacificada. – Aquilo significa centenas de milhares de pessoas mortas, se não milhões. O choque fez Leia ficar anestesiada da cabeça aos pés. Tarkin ergueu uma das sobrancelhas, como se fosse capaz de ouvir os gritos silenciosos de protesto vindos das pessoas ali reunidas. – Esperamos que tal ação, drástica como foi, tenha servido para reprimir os elementos radicais atuantes em Christophsis, restaurando, assim, a ordem no planeta e entregando uma mensagem para todos que ameaçam a paz que o Imperador nos garante: resistimos agora, e sempre, e resistiremos até o fim. Independentemente do que vier pela frente, o Império persistirá.

Alguns poucos senadores de Coruscant e Glee Anselm começaram a aplaudir veementemente. Outros se juntaram quase imediatamente, incluindo Bail Organa. Kier ficou apenas olhando o próprio vice-rei aplaudir a ideia de um Império eterno, mas Leia entendeu os motivos e também se juntou às palmas.

Havia câmeras focadas em cada um dos pods, em cada uma das pessoas. Qualquer um que falhasse em demonstrar o entusiasmo apropriado pelo último absurdo perpetrado por Palpatine seria um alvo potencial no futuro.

A tirania nos transformou em mentirosos, pensou Leia, odiando-se por estar aplaudindo. Olhou para o lado e viu o sorriso triste do pai para ela. Ele sentia a mesma coisa, soube ela, e descobriu que não conseguia mais ficar brava com ele. Embora ainda aplaudisse, Bail voltou a olhar para Tarkin com o queixo erguido e o olhar fixo, em um gesto silencioso de desafio.

A atenção de Leia, então, recaiu sobre Kier, que não aplaudia. Sem dúvida, ele não entendera todas as possíveis ramificações políticas daquele momento. Talvez enxergasse Leia e o pai como hipócritas.

Preocupar-se com o que ele poderia estar achando dela não a incomodava tanto quanto a maneira com que encarou Bail. Kier não parecia estar admirado, intimidado ou confuso.

Ele parecia... furioso.

Quando soubera pela primeira vez sobre os planos contra o Império, ele dissera que os pais de Leia estavam arriscando o planeta ao se envolver. Aquela notícia provava seu ponto. O que acontecera com Christophsis poderia acontecer com Alderaan qualquer dia, a qualquer momento.

CAPÍTULO 22

– PRECISAMOS VOLTAR PARA ALDERAAN por alguns dias – disse Bail Organa após a sessão enquanto, ao redor deles, outros senadores retornavam para seus gabinetes em diferentes estados mal disfarçados de raiva e choque. – Tenho negócios para resolver por lá, e além disso... estou com muitas saudades da sua mãe.

Tradução: preciso falar com a sua mãe sobre o que aconteceu em Christophsis, pensou Leia.

Ela também queria ir para casa, onde estaria segura atrás dos muros do palácio, com sorte discutindo abertamente a situação com os pais. Descobriu ainda uma vontade súbita de afundar na própria cama e se enfiar debaixo das cobertas – o que era constrangedoramente infantil, mas ao mesmo tempo muito bom.

– Quando partimos?

– Assim que o *Estrela Polar* estiver pronto. – Bail se virou para Kier, que acompanhava pai e filha a certa distância. – Fique à vontade para voltar conosco, Sr. Domadi. Há espaço mais do que suficiente a bordo.

– Seria uma honra, senhor. Eu aceito.

O coração de Leia deu um salto no peito com a perspectiva de passar ainda mais tempo com Kier, mas só até perceber que o pai estaria de olho neles. Pior ainda: a presença de Kier a impediria de continuar conversando abertamente sobre Christophsis com o pai. A oferta generosa de Bail ao amigo da filha resultaria, na verdade, em várias horas de conversa forçada sobre qualquer outro assunto que não aquele que mais ocupava a mente dos três.

Ela suspirou. Conspirar era mais difícil do que parecia.

A família Organa não falou sobre Christophsis até a hora do jantar, quando se sentaram para comer sozinhos no terraço. Assim que o último funcionário humano partiu, deixando no recinto apenas os poucos droides de serviço, Breha soltou um palavrão que Leia jamais vira saindo antes da boca da mãe. Depois completou:

– Como foram capazes de fazer isso?

– Você sabe como. – Bail fechou os olhos por um instante, e seus dedos se fecharam ao redor do cabo da faca como se ele fosse usá-la como arma. – Palpatine comanda a galáxia com punho de ferro há quase duas décadas. Uma geração inteira cresceu sem memórias da República, e sem ter noção de como é a liberdade de verdade. Talvez ele ache que não precisa respeitar nem os últimos vestígios de autonomia governamental que nossos planetas ainda têm.

Leia teria protestado, dizendo que sabia como era a liberdade de verdade, assim como Kier e provavelmente a maioria de seus outros amigos. Era o tipo de coisa que era possível reconhecer mesmo sem nunca tê-la visto antes. Mas ela queria que os pais se acostumassem com a ideia de estar falando sobre o assunto na presença dela antes de se intrometer.

Breha se levantou da cadeira e caminhou a passos largos pelo terraço. O decote do cafetã vermelho-escuro revelava o brilho suave dos pulmonodos, que substituíam seu coração e seus pulmões desde que um acidente muito antigo quase a matara. A maior parte das pessoas que recebia pulmonodos os mantinha visíveis apenas temporariamente, até passar pelas sessões necessárias de tratamento com bacta para cobrir os órgãos com carne e pele novas. No entanto, a mãe de Leia mantivera seus implantes orgulhosamente expostos. *Isso me lembra de que sobrevivi*, dissera a Leia certa vez. *E de que nada pode me parar tão facilmente.*

– Você acha que isso vai fazer com que os outros enxerguem o que nós enxergamos? – Breha mirava Aldera no horizonte, abraçando o próprio corpo. – Acha que enfim vão perceber que o Império só vai ser derrotado por meio de ações diretas? Será que estão prontos para pegar em armas? – Quando o esposo não respondeu de imediato, acrescentou: – Você já vê, não vê?

Bail concordou e se recostou na cadeira. Um droide atarracado aproveitou a oportunidade para repor a xícara de chá Chandrilano com água quente.

– Fui sincero alguns meses atrás. Ainda não acho que um conflito desses é inevitável, mas aceito que é muito provável agora. Talvez até recomendado. Mon Mothma concorda, e ela está ainda mais disposta do que você a tentar me convencer disso.

Breha deu um sorrisinho triste.

– Boa sorte para ela.

– Vocês precisam entender que o que aconteceu em Christophsis vai dificultar ainda mais as coisas para nós – disse ele. – Conseguir o apoio de todo mundo depois de algo assim vai ser complicado.

Leia foi incapaz de continuar em silêncio.

– Insurgir contra o Império significa assumir um risco. Um belo risco. Todo mundo já deve saber disso.

A mãe voltou para a mesa, embora a atenção agora recaísse sobre a filha, e não mais sobre a refeição.

– É claro que todos já sabiam disso antes. Mas há uma grande diferença entre o conhecimento abstrato e a realidade concreta de cadáveres e cidades destruídas. Precisamos viver com a certeza absoluta de que nossa libertação do Império não poderá ser comprada apenas com informações, recursos e dinheiro. No fim, o preço será pago em sangue.

Sem nem acreditar na própria ousadia, Leia disse:

– E se isso significar o sangue do povo de Alderaan?

Com um olhar abalado, os pais encararam um ao outro por um longo momento antes de Bail se pronunciar.

– Se formos ser fiéis aos ideais de justiça, dignidade e paz para todos os povos que defendemos aqui em Alderaan, precisaremos compartilhar igualmente os riscos necessários.

As palavras dele fizeram sentido para Leia, soando verdadeiras em relação a tudo em que ela acreditava. Mas tampouco era capaz de esquecer o que Kier dissera.

– Criamos justiça, dignidade e paz aqui. É um lugar na galáxia onde as pessoas podem viver da maneira que bem entenderem, sem se ajoelhar aos pés de Palpatine. Precisamos defender um lugar desses, não?

Bail se levantou, em um movimento tão súbito que balançou a mesa, fazendo tanto a esposa quanto a filha sobressaltarem.

– Achei que tínhamos dado uma criação melhor para você, Leia. Você não é uma garotinha egoísta, e também não é covarde. Pare de fingir. – Com isso, ele se virou e marchou para fora do terraço sem olhar para trás.

Leia ficou encarando o próprio prato. A visão da comida, quase intocada, borrou-se com as lágrimas que negou derramar, e ela mordeu o lábio inferior esperando que uma dor anulasse a outra.

– Minha querida. Está tudo bem. Ele não devia ter dito aquilo. – Breha aproximou-se da filha e tomou uma das mãos dela nas suas. – Não é com você que ele está bravo.

– Não é o que parece. – Leia piscou, reprimindo as lágrimas no último instante.

A mãe negou com a cabeça.

– O que você disse agora não é tão diferente do que ele mesmo dizia ano passado. Depois das Guerras Clônicas, seu pai esperava nunca mais ver um conflito galáctico de proporções maiores. Aceitou isso apenas com grande dificuldade, e acho que ouvir você repetindo os mesmos argumentos dele... Isso o faz confrontar o quão sérias as circunstâncias são, que é justamente o que precisamos contemplar.

Conflito galáctico de proporções maiores. Aquilo podia significar várias coisas, e nenhuma delas era boa.

– O que exatamente estamos contemplando?

Breha se afastou; Leia, então, encontrara os limites do que os pais estavam dispostos a revelar.

– Deixe que eu e seu pai nos preocupemos com isso. – Ela acarinhou as tranças da filha. – Sinto muito por termos colocado um fardo desse nas suas costas.

– A verdade não é um fardo.

– Oh, minha querida. – Breha deu um sorriso triste. – Quem dera você estivesse certa.

Naquela noite, Leia se distraiu por um tempinho com um vídeo que Kier lhe enviara, um vídeo em time-lapse de uma pavio-de--candeia do jardim da família desabrochando à noite; ele escolhera uma trilha sonora bonita para acompanhar, e era quase como se tivesse dado um buquê das flores para ela.

Mas até mesmo aquela sensação desaparecia rápido quando ela pensava em tudo que acontecera ao longo do dia. As palavras duras do pai a tinham atingido como açoites, cujos ferimentos demorariam muito para sarar; mas nem aquilo era tão ruim quanto se lembrar do destino de Christophsis. E a satisfação gélida do Grão Moff Tarkin com as mortes de tantas pessoas...

Impossível dormir, disse Leia, decidida, empurrando as cobertas para o lado. Àquela hora da noite, o palácio estaria silencioso e calmo. Os pais e funcionários humanos provavelmente já estavam dormindo; a maior parte dos droides, como 2V, estavam dormentes em suas baias de carregamento.

Em outras palavras, era o momento perfeito para perambular às escondidas pelo palácio.

Leia vestiu seu robe azul e atou os cabelos longos em um rabo único antes de sair de fininho para o corredor. As paredes antigas de pedra abafariam a maior parte dos ruídos, mas ela confiava no silêncio que a cercava. Não havia luz além de alguns lumedroides que flutuavam aqui e ali. O coração dela batia rápido enquanto se apressava pelos corredores, conferindo cada novo cômodo conforme avançava. Era quase absurdo precisar se preocupar tanto em estar andando pela própria casa, especialmente porque nenhum dos pais jamais sonharia em impedi-la, e ela nunca fora proibida de ir ao gabinete privativo da rainha quando a mãe não estava presente.

Mas o fato é que ela queria fuçar.

Breha dissera: *"Nossa libertação do Império não poderá ser comprada apenas com informações, recursos e dinheiro"*. Aquilo sugeria que seus aliados já estavam reunindo fundos. Agora, Leia suspeitava que todas aquelas horas que a mãe gastava debruçada sobre livros-caixa e registros financeiros não correspondiam apenas ao trabalho normal de gerenciar as finanças da coroa. O tempo extra poderia muito bem ser devido à atenção que a rainha dava ao financiamento do que quer que fosse o esforço maior que os pais tinham em mente.

O gabinete privativo de Breha era um espaço pequeno, margeado de um dos lados por uma vasta câmara do gabinete público e, do outro, pela biblioteca. Era uma das áreas mais antigas do palácio ainda em uso rotineiro; tinha paredes de pedra, vigas de madeira expostas e uma lareira tão enorme que se estendia por quase toda a largura do cômodo, profunda o bastante para que alguém entrasse nela. Os grossos tapetes tecidos à mão isolavam o frio do piso de pedra. O ambiente era tão confortável que a mãe ocasionalmente abandonava os escritórios da rainha e ia trabalhar ali, sob a luz e diante do calor oriundos de fogo de verdade.

O que significava que o terminal de informações naquele cômodo tinha todas as liberações para acessar as contas reais.

Leia colocou a palma da mão sobre o círculo prateado de acesso e sorriu quando o terminal ligou. Cada membro da família real devia lidar com as próprias finanças, embora ela nunca tivesse se preocupado com isso exceto durante os efeitos malsucedidos de aprender contabilidade. Os pais podiam estar escondendo informações estratégicas sobre seus esforços, mas ela apostava que não tinham pensado em esconder os números dela.

A aposta se provou correta. O conhecimento superficial que tinha das finanças de Alderaan permitia que entendesse quais gastos eram normais e quais eram incomuns. Quantidades imensas de créditos entravam e saíam das contas sob a identificação genérica, embora pouco familiar, de *Desenvolvimento de Espaçoporto*. Leia sabia muito bem que o planeta não estava construindo ou nem mesmo planejando construir outro grande espaçoporto. Aquilo indicava que ela já sabia onde começar a vasculhar.

Passara pouco tempo analisando as transações com aquela identificação quando esbarrou pela primeira vez com Itapi Prime. Chandrila. Ocahont. Paucris Maior. Crait. Unzel. Mon Cala.

O que já sabia sobre os senadores e lugares envolvidos informava que, provavelmente, todos aqueles mundos estavam conectados de alguma maneira aos esforços maiores dos pais contra o Império. Paucris Maior parecia especialmente ativo nos últimos meses; a quantidade de créditos direcionada ao planeta era exorbitante – muito mais do que os próprios fundos reais de Alderaan seriam capazes de suprir. Além disso, assim como Crait, Paucris Maior não enviava dinheiro algum, apenas recebia.

Devem estar construindo uma base ali, pensou Leia, *assim como em Crait.* Mas a explicação não a satisfez. Paucris Maior tinha recebido uma quantidade de créditos cinquenta vezes maior do que a destinada a Crait; o que quer que estivesse acontecendo ali operava em uma escala totalmente diferente.

Leia não tinha a intenção de invadir outro entreposto militar com um blaster na cintura. As palavras do pai sobre atirar em possíveis intrusos a marcaram.

Mas não significava que não poderia dar uma olhadinha. Avaliar as coisas.

Depois de memorizar as informações que pareciam mais pertinentes, ela deixou o gabinete privativo e avançou pelo corredor. Quando passou pela biblioteca, ouviu a voz do pai.

– Leia?

A primeira coisa em que pensou foi: *pega no pulo.* Ela se controlou, porém. O ato de andar pela própria casa não era inerentemente escuso. Era a culpa que a fazia se sentir daquele jeito.

Ela entrou pela porta da biblioteca e encontrou o pai sentado em uma das grandes poltronas de couro diante das janelas mais afastadas. Lá fora, a noite azul-escura estava pintalgada de estrelas no céu e pavios-de-candeia no chão. Ele usava um robe verde-escuro – quase tão impressionante quanto seu casaco de vice-rei, tão usado que já estava quase roto. Um dos velhos livros de papel jazia aberto sobre seu colo.

– O que o senhor está fazendo com isso? – perguntou ela, enquanto se aproximava.

Bail fez um gesto distraído na direção do livro.

– Procurando alguma sabedoria no passado. Embora não tivessem mais dela no passado do que temos agora. – Seus cálidos olhos castanhos a olharam com uma ternura que ela não via havia muito tempo. – Sinto muito por ter sido tão grosseiro com você mais cedo.

O primeiro impulso de Leia foi dizer "Tudo bem", mas ela resistiu. Era melhor falar a verdade.

– Parece que não consigo fazer nada certo no que diz respeito ao senhor.

Ele chacoalhou a cabeça, incrédulo.

– Mas você fez quase tudo certo durante toda sua vida! Sempre tivemos tanto orgulho de você, tanta sorte por tê-la... Às vezes, não consigo acreditar que, de todas as crianças da galáxia, o destino nos trouxe justamente você.

Ele sempre dizia aquele tipo de coisa para ela, mas fazia algum tempo que Leia não escutava aquelas palavras, e elas a tocaram mais do que antes.

– Também fui muito sortuda – disse ela, com um nó na garganta.

Bail estendeu uma mão. Ela a pegou, sentando-se no banquinho acolchoado diante dele. Enquanto apertava seus dedos, o pai disse:

– O que eu e sua mãe estamos tentando realizar... É a coisa mais ambiciosa, perigosa e aterrorizante que já fizemos na vida. Estamos colocando tudo em risco, inclusive você. O peso desse fato me oprime todos os dias. Peço perdão por ter descontado minhas frustrações em você.

– Não consigo imaginar o quão difícil deve ser – respondeu ela, com a voz vacilando.

– E espero que nunca precise.

Já que estavam sendo honestos um com o outro, Leia achou que poderia dizer a maior verdade de todas.

– O senhor sabe que me manter no escuro não vai me salvar caso o Império descubra o que estão fazendo, não é?

O pai fechou os olhos, como se sofresse.

– Talvez não. Mas se houver uma chance, por menor que seja, vamos garantir que você a tenha.

– Ainda acho que posso ajudar.

– Pode, no Senado – respondeu Bail. Leia revirou os olhos, mas o pai se inclinou para mais perto e continuou: – Pode fazer aliados e formar alianças que existam independentemente do controle de Palpatine. Esse é o trabalho mais importante no Senado Imperial atualmente. Se eu não tivesse trabalhado com Mon Mothma por tanto tempo por lá, acha que ela seria nossa aliada nisso?

Leia jamais considerara as coisas por aquele ângulo.

– Quer dizer, então, que não é só sobre o trabalho oficial. É sobre as conexões extraoficiais também.

– Precisamente. Em nenhum outro lugar tantos líderes planetários podem se juntar abertamente sem correr riscos. O Senado Imperial é apenas uma sombra do que foi na época da República, mas espero que algum dia seja lembrado como o berço de uma aliança que trouxe a liberdade de volta à galáxia. – Ele sorriu gentilmente para a filha. – Aprenda a exercer seu papel na política e *por trás* da política também, Leia. Há um trabalho realmente valioso a ser feito.

– Nunca tinha pensado desse jeito antes. – Animada, acrescentou: – E as pessoas na Legislatura de Aprendizes são as que se tornarão senadores daqui uns anos.

– Exato. São as que serão importantes em nosso futuro. – Os olhos escuros do pai se fecharam em uma piscadela que ela conhecia muito bem. – Como, sei lá, esse tal de Kier Domadi...

– *Para.* – Leia empurrou o pai de brincadeirinha, o que o fez rir. Ela sentia falta daquela risada mais do que imaginava.

– Você sabe que não pode impedir para sempre que a gente faça perguntas, não é?

A curiosidade de Bail parecia bastante real, mas ela o conhecia bem demais para entender que ele não forçaria a barra se ela não quisesse falar, e ela não queria. O que tinha com Kier ainda era muito novo e muito frágil para ser revelado por completo. Seria como abrir à força as pétalas de uma pavio-de-candeia de dia, só para ver os raios do sol carbonizarem o broto dentro dela, extinguindo permanentemente sua luz.

– Vou contar mais coisas para vocês quando houver o que contar – disse ela, enfim. – Certo?

O pai aquiesceu uma vez, vigorosamente, como um homem fechando um negócio com o qual estava satisfeito.

– Certo.

Quando Leia deixou a biblioteca naquela noite, sentia-se vibrante de alegria e alívio. Ter brigado com o pai era algo que a assombrara; pelo menos agora haviam feito as pazes, e ela o entendia melhor. E mais: via uma maneira de tornar seu trabalho na Legislatura de Aprendizes realmente útil.

Mas isso não significava que tinha esquecido sobre Paucris Maior.

CAPÍTULO 23

PROCURAR POR ALIADOS na Legislatura de Aprendizes também significava procurar por eles no curso de técnicas de rastreamento. Fazia sentido começar com Harp Allor, uma vez que Chandrila já tinha uma aliança forte com Alderaan; além disso, Mon Mothma parecia ser ainda mais central no esforço contra Palpatine do que os pais de Leia, e o outro senador Chandrilano, Winmey Lenz, comparecera a vários banquetes-que-não-eram--exatamente-banquetes. Juntas, achava Leia, Harp e ela poderiam aliciar as outras pessoas.

Por isso deu um jeito de ficar na equipe de Harp na próxima excursão do curso – uma caminhada justamente pelos pântanos de Chandrila –, esperando que tivessem uma chance de conversar.

Não tiveram.

– Isso é nojento. – Chassellon avançava com dificuldade pela lama na altura da cintura, limpando a testa suada com as costas da mão. – Achei que Felucia era ruim. E eu pensando que Chandrila era um planeta *civilizado*.

– E é! Nós somos! Mas esses pântanos são... Bom, eles são assim – terminou Harp, murcha.

Aquelas terras pantanosas, uma das últimas áreas nativas remanescentes em Chandrila, eram úmidas e quentes, envoltas em brumas opacas emanadas pelas árvores retorcidas de folhas azuis que formavam pelo menos noventa por cento da paisagem. A Comandante Pangie tinha dito a eles que ter que encontrar o caminho pelos charcos testaria as habilidades deles de observar e lembrar de pequenos detalhes. Leia concluiu que deveria ter sabido, com base no sorriso da comandante, que a trilha também envolveria algum tipo de sofrimento extra.

– Estamos ficando para trás, eu sei disso – choramingou Harp. – Nosso grupo vai ser o último a chegar ao ponto de encontro.

Leia fez um esforço e sorriu para ela.

– Não importa, contanto que a gente chegue lá.

– Os pântanos não deveriam ser planos? – reclamava Chassellon enquanto se arrastavam adiante, o caminho iluminado pela luz do sol que ficava esverdeada ao passar pela névoa. – Porque estamos nessa subidinha já faz umas três horas, e estou farto disso.

– A gente vai chegar nos lamaçais em alguns klicks – prometeu Leia. Deveriam, pelo menos se ela estivesse reconhecendo direito as raízes estranhamente mescladas de uma árvore específica.

Chassellon olhou na direção dos céus, pedindo uma misericórdia que não vinha.

– Lamaçais? Por acaso são *lamaçais* que representam a grande oportunidade de as coisas ficarem melhores?

– Você disse que queria parar de subir! – respondeu Harp. – Bom, essa é a sua chance!

Será que eu ia falhar no Desafio do Corpo se eu largasse dois dos meus companheiros de trilha no meio da natureza selvagem? Leia cerrou os dentes e seguiu em frente.

De fato, quando chegaram nos lamaçais, ela ficou bem feliz. Eles se erguiam dos pântanos em uma série de platôs e nenhum deles era atraente, mas pelo menos eram um pouco mais sólidos do que líquidos, diferente da meleca pela qual se arrastavam. Se conseguissem dar um jeito de subir nos lamaçais, conseguiriam ver com mais clareza a terra firme adiante, o que os levaria até o ponto de encontro e, depois, para casa. Leia olhou para a roupa de caminhada e o sarongue que usava – ambos cobertos de lama – e se perguntou qual seria a aparência de Kier a uma altura daquela. Ela mal podia esperar para provocá-lo, ou para ser provocada de volta...

– Finalmente – disse Chassellon. – Certo. Harp, me joga para cima e depois eu puxo vocês duas.

Harp colocou as mãos na cintura.

– Ué, e por que eu deveria jogar você para cima? Por que não o contrário? Você é mais alto do que eu, ia se sair melhor me dando pezinho.

Ele retrucou:

– Eu sou mais forte do que você, então vou conseguir te puxar para cima com mais facilidade.

– Quem falou que você é mais forte?

– Ah, qual é, Harp? Você mal bate no meu cotovelo.

– E isso não tem nada a ver com ser fraca!

Força, dai-me paciência para não matar esses dois, pensou Leia. Mas as provocações infinitas, junto com a exaustão que ela sentia e a nojeira generalizada do dia, faziam com que seu bom humor estivesse por um fio. A cabeça dela começou a latejar, e a única coisa pela qual conseguia ser grata era por estar alguns passos atrás deles e ainda – pelo menos até ali – fora da discussão.

– Você só está irritado porque não pode pagar para ser o melhor da turma, como faz com todas as outras coisas! – gritou Harp. – Alguns de nós realmente nos importamos em fazer a coisa certa!

– E alguns de nós só querem sair de uma vez por todas dessa lama! – Chassellon gritou de volta.

A raiva dentro de Leia borbulhou até sentir que o sentimento era a única força que restava em seu corpo. Certamente, a qualquer instante, ela estouraria e...

Foi quando ela ouviu o ruído ao longe e sentiu o tremor fraco sob os pés.

Leia ergueu a cabeça, mirando os lamaçais. Através da névoa esverdeada, via... movimento?

O barulho ficou mais alto, enfim chamando a atenção de Chassellon.

– O que foi isso?

– Oh, kriff – soltou Harp, com os olhos se arregalando. – *Avalanche de lama.*

Foi como se as palavras tivessem feito a imagem entrar em foco. Aterrorizada, Leia percebeu que metade da encosta ao lado escorria na direção deles. Quem estivesse nos lamaçais conseguiria fugir correndo, mas quem estivesse no meio do pântano seria varrido para longe.

– Chassellon, vai primeiro! – gritou Leia. Ele estava certo sobre ser mais forte. Ela juntou as mãos para dar pezinho e ele se apoiou nela instantaneamente, jogando-se na direção da margem do elevado. Acima do rugido da avalanche de lama, que ficava mais alto a cada segundo, ela acrescentou: – Agora vem você, Harp! Vai!

Harp pisou nas mãos de Leia e saltou, estendendo os braços na direção de Chassellon, que a puxou para cima do elevado. Depois, ele se dependurou na margem, tentando alcançar Leia desesperadamente...

A onda de lama a atingiu como se fosse algo sólido, com tanta força quanto uma árvore ou uma parede. Ela sentiu o ar sendo expulso dos pulmões; sua visão ficou preta. O corpo dela foi rolando, cercado e sufocado por lama pesada escorrendo a uma velocidade extraordinária. A sensação era de que a morte a engolira inteira.

As técnicas que havia aprendido no curso se manifestaram. Fechando os olhos, Leia forçou a mão até o cinto e acionou o gerador de campo. Ouviu um terrível som de algo sendo sugado ao redor dela e depois se assustou quando a lama foi expulsa para fora do campo, fazendo-a flutuar no centro de uma bolha de energia. Sob a luz fraca que vinha do cinto, Leia vislumbrava o lodo rodopiando e escorrendo ao redor dela.

O pânico ainda espreitava, às beiras da consciência de Leia, mas ela conseguiu manter o corpo imóvel; a bolha era forte, mas não impermeável, e se agitar dentro dela poderia comprometer a integridade do campo. Ela precisava confiar no equipamento. *O ar é mais leve do que a lama. O que é mais leve flutua e o que é mais pesado afunda. É só esperar.*

Mas só tem ar nesse bolha para...

A luz começou a entrar lentamente no campo, e depois lampejou com força quando a bolha irrompeu na superfície. Balançando dentro dela, Leia rolou de lado na direção da terra firme mais próxima, ou o que havia de mais parecido com isso em meio aos pântanos de Chandrila. Quando viu grama úmida e achatada debaixo de si, desligou o gerador de campo e despencou no chão como se fosse um peixe recém-pescado. Ela respirava freneticamente e havia lama cobrindo cada milímetro de seu corpo. Mas nada importava. Tudo o que queria era ficar ali largada, sem se mexer, de preferência para sempre.

Ela ouviu seu nome sendo chamado a distância. Depois de alguns poucos instantes, recuperou energia suficiente para se importar, e para reconhecer as vozes.

– Leia? – Harp estava quase chorando. – Leia?

– Vossa Alteza! – Chassellon erguera a voz para gritar de forma surpreendentemente profunda e retumbante. – Estamos procurando por você! Se puder nos ouvir, dê um sinal de onde está!

Depois de algumas tentativas, Leia foi capaz de respirar fundo o bastante para gritar de volta.

– Aqui!

Eles chegaram correndo onde ela estava pouco depois, ambos tão obviamente aterrorizados que ela quase quis rir.

– Gerador de campo – disse ela, e tossiu. – Lembram?

Harp se largou no chão ao lado dela.

– Eu tinha me esquecido dele.

– Nunca mais vai esquecer – disse Leia, e depois tossiu de novo. Talvez tivesse engolido um pouco de lama no começo da confusão.

Chassellon se recuperou quase instantaneamente e estendeu a mão na direção de Leia, cortês e formal.

– Queira se erguer, minha senhora. – Geralmente ela achava a ênfase que ele dava a seu status real irritante, mas naquele momento pareceu reconfortante, como ser enrolada em sua coberta preferida. Leia permitiu que ele a ajudasse a se levantar. No começo tudo girou, mas ela logo recuperou o equilíbrio. Lama escorria por seu corpo, e Chassellon levou a mão livre ao peito. – Tuas vestes reais estão um arraso, Vossa Alteza. Estilista particular?

Ela riu de novo.

– Quase isso.

Eles enfim chegaram, atrasados, ao ponto de encontro – tão atrasados que a Comandante Pangie já começara a separar os outros em grupos de busca. Kier correu até Leia imediatamente e a abraçou. *Bem discreto ele*, pensou, embora não se importasse com aquilo no momento.

O mau humor de Chassellon voltara, dessa vez direcionado integralmente à comandante.

– Isso é ridículo! Harp se machucou em Alderaan, Leia e Kier quase caíram e morreram em Felucia, e agora isso? O curso de técnicas de rastreamento deveria ser uma oportunidade de aprender, não de ver quem é mais apto a sobreviver!

A Comandante Pangie negou com a cabeça.

– Geradores de campo, Stevis. Vocês deviam usar geradores de campo para ninguém se machucar. Precisam se lembrar disso.

– Ou o quê? – retorquiu Chassellon. – A gente morre?

– Exatamente. – A comandante deixou a palavra perdurar no silêncio chocado que se seguiu, antes de assumir o tom de voz mais baixo e sério que Leia já ouvira vindo dela. – Rastreamento pode ser perigoso. Cada um de vocês sabia disso antes de começar. Cada um de vocês pensou que o perigo não se aplicaria a vocês, porque são jovens e estúpidos no que diz respeito a esse tipo de coisa. Precisam aprender isso logo, e é melhor que aprendam aqui com os geradores de campo para salvar vocês do que em qualquer outro lugar da galáxia onde não vai ter rede de segurança, gente para ajudar ou segundas chances. Técnicas de rastreamento não têm a ver apenas com achar o caminho por aí. Têm a ver com aprender como manter os pés no chão e pensar. Com lidar com riscos de verdade. E até mesmo com encarar a morte de perto.

Será que meus pais sabiam disso?, perguntou-se Leia, antes de concluir que é claro que sabiam.

Os colegas de curso reunidos em círculo estavam todos em silêncio e submissos – Harp estava pálida e trêmula, Sssamm tinha a cabeça baixa e Chassellon parecia inesperadamente solene. Exceto por Amilyn Holdo com seu cabelo cor-de-rosa, que sorriu e disse:

– Eu *sabia!*

A princípio Leia planejava voltar para Coruscant com os outros, mas depois do susto com a avalanche de lama sentia que devia voltar para casa por pelo menos uma noite ou duas.

– Eu posso ir com você, se quiser. – Kier segurava uma das mãos dela entre as suas, parados no meio do espaçoporto. O veículo da turma do curso estava a alguns metros dali, e os amigos já embarcavam. – Para cuidar de você no caminho de volta. E depois a gente pode voltar para Coruscant juntos.

– Está tudo bem. Honestamente, estou exausta. Só quero dormir um pouco.

O que era verdade – mas não toda a verdade. Leia não estava tão abalada pela experiência a ponto de não enxergar uma oportunidade, e uma que não estava pronta para compartilhar com mais ninguém, nem mesmo Kier.

– Tudo bem, se tiver certeza – disse Kier. Quando ela assentiu, ele beijou sua testa uma vez, passou o polegar em seu rosto e seguiu até a nave.

Leia não precisou esperar muito tempo pelo próprio veículo. O *Estrela Polar* chegou rápido, com Ress Batten sozinha no comando. Batten correu para se encontrar com ela, e depois franziu o cenho.

– A senhorita parece bem. Me disseram que estava em perigo mortal, mas isso é o que, só um cabelo meio bagunçado?

– É que você não me viu antes do banho. – Leia já tinha se arrumado e colocado de novo o vestido azul-escuro de viagem. Parecia limpinha até para os padrões de 2V, mas ainda podia sentir a coceira quando se lembrava da lama. – Mas vamos embora logo.

Decolaram de Chandrila sem trocar mais do que algumas palavras. Batten jamais mencionara nada sobre a viagem delas para Crait, mas às vezes Leia sentia o conhecimento suspenso que havia entre elas, um silêncio que mais energizava do que intimidava. Não sabia ler as reações de Batten muito bem, mas certamente a pilota não expressava desaprovação ou medo.

Com sorte, era curiosidade.

– Então – começou Leia, alguns minutos depois de saltarem para o hiperespaço –, você não acha que a gente já... fez algumas viagens interessantes juntas?

Batten negou com a cabeça.

– Elas foram bem chatinhas, na verdade. Medianas. Rotineiras. Pura monotonia.

– Pura monotonia. Tipo o que aconteceu em Crait.

– Chato *demais*.

Leia fez questão de olhar para o painel, e não para o rosto de Batten, quando disse:

– É que eu estava aqui pensando... de agora, no caminho para casa, se não for demorar muito, a gente fazer uma outra viagem chatinha. Algo totalmente mediano.

– Opa, sério? – A nota de empolgação na voz de Batten fez Leia erguer os olhos para ver o sorriso no rosto da mulher. – Acontece que eu bem que gostaria de um pouquinho mais de monotonia na minha vida.

Ela quer, pensou Leia. *Ela sabe que é uma ação contra o Império, e quer fazer parte. Quantas outras pessoas estão preparadas por aí, dispostas, talvez até ansiosas por se juntar a nós assim que nos revelarmos?*

Para Batten, ela disse apenas:

– Vamos para o sistema de Paucris Maior. Sem pousar dessa vez. Quero só observar à distância. E vamos deixar isso fora dos registros.

– Sabe, Vossa Alteza, gosto do seu jeito de pensar.

Conforme o *Estrela Polar* disparava pelo brilho azulado do hiperespaço, Leia foi repousar em um dos sofás. A adrenalina batalhava com a exaustão e vencia – por um triz – enquanto ela analisava as possibilidades. *Batten provavelmente é uma boa candidata para se juntar a nós algum dia. Chassellon Stevis? Talvez ele não seja tão do mal quanto parecia a princípio, mas ele ainda assim poderia nos denunciar em um estalar de dedos. Amilyn Holdo...* Leia franziu a testa. Àquela altura, genuinamente gostava de Amilyn e acreditava que ela tinha ideias nobres, mas isso não mudava o fato de que parecia altamente improvável que a garota fosse útil em uma situação de crise.

Pensar em Kier a fez sorrir. É claro que Kier ia querer fazer parte daquilo. Ela não tinha esquecido a preocupação dele com a proteção de Alderaan, mas vários planetas estavam se juntando agora. Ele odiava o Imperador e tinha mais coragem de falar isso em voz alta do que a maioria. Quando entrassem em ação, ele estaria ao lado deles.

– Vamos sair do hiperespaço em um instante, Vossa Alteza – avisou Batten.

Quando se levantou, Leia sentiu outra onda de cansaço a atingir. Lembrou-se da cama a esperando em Alderaan. Não demoraria muito agora. Fariam algumas varreduras do sistema. Para ela, a ideia ali era apenas sentir as dimensões do que os pais estavam planejando, ter uma ideia do escopo e da escala que a ajudaria a saber para o que se preparar. Iriam atrás de alvos como a Estação de Calderos? Tentariam persuadir mais embarcações a desertar?

O leve chacoalhão que sacudiu o *Estrela Polar* foi o sinal de que estavam de volta ao espaço regular. Leia se juntou a Ress Batten no cockpit e a encontrou já fazendo varreduras.

– A senhorita está bastante interessada nesse planeta chato, hein? – disse Batten, mas logo perdeu o interesse na piada. – Ai, kriff – soltou, enquanto os dados rolavam diante de si. – Meu kriff cósmico.

– O que foi? Não tem... É o Império...

– Não, não é isso. – Batten fez surgir uma panorâmica na tela. – Olha isso.

As varreduras nem tinham chegado à superfície do planeta; em vez disso, focavam no que flutuava em sua órbita. Dezenas de naves grandes, que iam de embarcações medianas de transporte a naves de batalha de dimensão planetária, estavam anexadas a delgadas estações espaciais de reparo, sem dúvida através de raios tratores. Algumas das naves eram mais novas, mas a maior parte delas parecia antiga – embora desse para perceber que estavam sendo consertadas. *Não. Reformadas.* Kier já tinha mostrado para Leia material histórico das Guerras Clônicas o suficiente para que ela soubesse que algumas das naves planetárias datavam daquela época, mas agora pareciam equipadas com motores novos e modernos.

– Estão consertando essas gracinhas – disse Batten, mais para ela mesma do que para Leia. – Deixando as naves prontas.

Até aquele momento, Leia acreditara que os pais apoiariam alguns ataques. Missões militares controladas e direcionadas, nada como os atos terroristas de Saw Gerrera. Resistência às forças de Palpatine, talvez defesa para quem estava em maior perigo. Uma pressão que forçaria o Imperador a ouvir, a ser razoável, talvez até a abdicar.

Mas ela estava sendo boba.

Olhando o escopo gigantesco da armada diante dela, Leia, enfim, entendeu que os pais estavam se preparando para uma guerra.

CAPÍTULO 24

– AS GUERRAS CLÔNICAS. – O monitor do Museu do Imperador tocava a excursão com os membros da Legislatura de Aprendizes com a voz cuidadosamente monótona de alguém que participa de um funeral. Atrás dele, uma tela plana mostrava imagens de milhares de troopers clones marchando juntos em um terreno acidentado. – Uma tragédia como poucas vistas antes, e felizmente pela última vez.

Leia estremeceu e depois olhou ao redor, esperando que ninguém tivesse percebido. Ninguém tinha. A maior parte dos colegas estava visível e profundamente entediada; Kier, ao lado dela, estava obviamente absorto nas imagens que passavam diante dele, filmagens reais das Guerras Clônicas que ele tanto estudava.

Filmagens reais. História falsa.

– O Conde Dookan de Serenno comandou a desanexação da facção Separatista da República que ruía – continuou o monitor. – Agiu, no entanto, movido por uma ambição covarde, sem pensar nos bilhões de vidas que seriam perdidas. Mas Dookan estava certo sobre uma coisa: a República tinha de fato apodrecido em seu âmago, não mais governada pela lei, pela ordem e pela disciplina. Se o Senado tivesse escolhido outro chanceler depois da deposição do fraco e ineficaz Valorum, a própria ordem galáctica poderia ter se desfeito. Mas o tempo em que vivemos cria os heróis e heroínas de quem precisamos.

O retrato inaugural de Palpatine encheu a tela até que parecesse que o próprio Imperador estivesse sorrindo para eles com olhos gentis. Leia se perguntou quanta manipulação digital seria necessária para criar aquela ilusão de gentileza. Ou talvez ele não estivesse apenas fingindo. De qualquer forma, ela não podia entender qual era a função de querer transmitir uma imagem benevolente ao mesmo tempo em que fazia tudo o possível para se provar um homem cruel e bélico.

Palpatine começara a guerra anterior. Será que o pai de Leia começaria a próxima?

Enquanto o monitor os levava até a área que falava sobre a infância de Palpatine (intitulada "De Origem Humilde", já que Naboo era um planeta devastado pela pobreza), Leia foi ficando para trás.

– Está tudo bem? – murmurou Kier. – Você passou o dia inteiro quieta.

– Acho que sim. É que isso tudo é tão... – Ela fez um gesto com a mão em vez de dizer a palavra *falso* com todas as letras.

Kier considerou a fala com cuidado.

– Quando vou mais a fundo atrás de informações, é... difícil encontrar fontes primárias.

– Você devia conversar com o meu pai alguma hora. Ele conta umas histórias em que você não ia acreditar. Como a vez que os caçadores de recompensa fizeram ele e vários outros senadores de refém dentro do próprio Senado. – Era seguro mencionar *aquele* incidente em público. A maior parte das histórias que Bail Organa tinha a contar sobre as Guerras Clônicas eram muito mais sensíveis politicamente.

– Será que ele me contaria? Sério? – Kier tinha um brilho fascinado no olhar que a maioria dos garotos da idade dele exibia quando falava de deslizadores novos.

Leia deu um sorriso.

– Sim. Meus pais adoram você, aliás.

– Espero que eles não sejam os únicos.

Ela deu um empurrãozinho nele com o corpo, ele retribuiu, e eles deram as mãos. Viram Chassellon a apenas alguns passos de distância fingindo vomitar; a piada provavelmente tinha a intenção de ser mais amigável do que qualquer coisa, mas Leia não estava com paciência para aquele tipo de coisa. Na verdade, achava muito difícil se concentrar até mesmo em Kier, ou no museu de mentiras que os cercava.

A mente dela continuava voltando à frota ao redor de Paucris Maior, preparando-se para um conflito que tinha o potencial de fazer as Guerras Clônicas parecerem um jantar comemorativo.

– Outro jantar comemorativo? – disse Leia, desanimada, parada no meio do grande salão do palácio, vendo os droides de serviço indo de um lado para o outro em alvoroço.

– Sim, a rainha dará outro banquete. – 2V praticamente resplandecia de satisfação enquanto deslizava ao lado da protegida real, desviando de droides que carregavam garrafas de vinho e arranjos de flores. – Devo dizer que é muito bom ver um retorno dos padrões apropriados de hospitalidade e convivência da corte. Agora, agilizando! Já para o seu quarto. Temos que fazer com que a senhorita fique apresentável, e o Construtor bem sabe como mal temos tempo para isso!

Não houve nada que Leia pudesse fazer a não ser seguir a droide.

Ela decidiu abrir o jogo com os pais sobre ter espiado o sistema de Paucris assim que voltasse para Alderaan. Talvez a explicação deles fosse aterrorizante por si – como seria a inevitável bronca que ela levaria –, mas decidiu que encararia qualquer verdade concreta em vez do suspense de não saber.

Agora, no entanto, teria que suportar aquilo por pelo menos mais um dia, fora o conhecimento de que os pais estavam trabalhando duro para planejar aquele tipo de coisa bem ali no palácio, ao redor de uma mesa de jantar com seus "co-conspiradores".

Escuta só o que estou falando – "co-conspiradores", pensou Leia, enquanto vestia distraída o vestido amarelo-claro que 2V deixara separado. Seu cérebro já previa um potencial futuro onde tudo aquilo daria completamente errado, onde ela e os pais seriam presos ou executados por traição, e onde ela ou ficaria completamente sozinha ou precisaria morrer ao lado deles. Era como se já pudesse ouvir o juiz declarando as penas.

– Posso prender? – disse 2V.

Leia a ficou encarando até perceber que a droide falava sobre os largos braceletes de metal que ficavam na prateleira superior do armário. Com um suspiro, Leia estendeu as mãos.

Quando saiu no terraço, as pessoas convidadas já tinham se reunido. Parecia ser um banquete menor do que a maioria; as pessoas ali reunidas sem dúvida eram o núcleo do movimento contrário a Palpatine. Bail Organa estava em uma discussão séria com Winmey Lenz, enquanto Breha conversava com a Senadora Pamlo. A distância, Aldera resplandecia no horizonte crepuscular. Foi Mon Mothma quem cumprimentou Leia primeiro, aproximando-se com um sorriso no rosto.

– Princesa. Que prazer revê-la.

– Também é muito bom rever a senhora – disse Leia, mas na verdade não era. Como conseguiria conversar sobre as trivialidades de sempre com o que vira em Paucris pesando tanto sobre suas costas? Foi quando algo lhe ocorreu: ela poderia perguntar para a própria Mon Mothma. Ninguém mais naquela reunião contaria a verdade para Leia, talvez nem mesmo os pais, mas Mon Mothma talvez contasse. Leia começou: – Minha turma viajou para Chandrila recentemente...

– Soube que foi vítima dos lamaçais. – Mon Mothma colocou uma das mãos no braço de Leia, um breve gesto de desculpas. – Me avise quando voltar a Chandrila, e posso garantir que passe seu tempo em algum lugar mais agradável.

Ou seja, em qualquer outro lugar do planeta. Mas Leia não se deixou distrair.

– No caminho de volta, fiz um pequeno desvio...

Ela foi interrompida pelas portas do palácio se escancarando para revelar o mordomo, Tarrik, que parecia desacorçoado e à beira de um ataque de nervos. Leia entendeu o motivo no momento em que reconheceu a pessoa que vinha atrás dele.

– Vossa Majestade, Vice-Rei – anunciou Tarrik com sua voz retumbante, os olhos disparando de um lado para o outro. – Apresento-lhes o Grão Moff Wilhuff Tarkin.

Fez-se um silêncio instantâneo. Todos ficaram completamente imóveis, exceto por Tarkin, que adentrou o terraço como se fosse sua propriedade. Usava uniforme militar completo e tinha um sorriso nos lábios apertados.

– Vossa Majestade – disse, fazendo uma meia mesura para Breha, com o comportamento tão polido e educado quanto se tivesse sido de fato convidado. – Peço perdão pela intrusão.

– Governador Tarkin. – Breha respondeu tão facilmente, e sorriu de forma tão gentil, que alguém que visse de fora mal perceberia que havia algo errado ali. – A que devemos este prazer inesperado?

– Estava viajando em minha embarcação privada, o *Pico da Carniça*, quando ela sofreu uma pequena pane no sistema. – Tarkin suspirou. – Nada demais, espero, mas precisei aterrissar para fazer alguns reparos, e Alderaan era o mundo mais próximo. Naturalmente, sabia que devia cumprimentar a rainha e seu vice-rei assim que possível.

– O senhor é muito bem-vindo – disse Bail. Mesmo tendo trabalhado com o pai na política por dois anos, Leia nunca o vira mentir de forma tão suave.

Tarkin analisou o terraço. Sua memória era ainda mais afiada que seu olhar, o que significava que sem dúvida reconheceu todos os presentes imediatamente.

– Pareço ter interrompido algo.

O entendimento congelou Leia mais rápido do que carbonita. *Ele sabe.*

A mãe também devia ter percebido, mas seu sorriso não vacilou.

– É um simples jantar, Governador. E o senhor naturalmente está convidado a se juntar a nós.

É claro que ela convidaria Tarkin – o que mais poderia fazer? –, mas Leia foi novamente inundada pelo terror quando ele respondeu:

– Que gentil da sua parte, Rainha Breha. Aceito.

As demais pessoas no terraço já estavam se ajustando à novidade, distribuindo sorrisos e acenos de cabeça, mas Leia tinha certeza de que todos queriam desmaiar e/ou gritar tanto quanto ela.

Mas Leia percebeu outra coisa que lhe deu força para se controlar: Tarkin não *sabia*. Ele suspeitava, o que já era ruim o bastante, mas se tivesse certeza sobre o que os pais estavam armando, teria chegado acompanhado de stormtroopers, e haveria um Destroier Estelar pairando sobre Aldera. Naquela noite ele queria apenas ter uma noção sobre a reunião, avaliar se suas suspeitas estavam corretas. Se a mãe, o pai de Leia e seus amigos revelassem um mínimo sinal de medo, o Grão Moff Tarkin iria se aproveitar dele. O banquete se tornara um ato de uma grande peça teatral em que a vida de cada pessoa presente estava sob risco.

Breha viu Leia e sua expressão se animou.

– Dá azar se sentar em número ímpar para jantar. Nossa filha irá se juntar a nós.

– Seu primeiro banquete oficial – disse Bail, e deu um olhar para a filha em que ela podia ver apenas o pedido de desculpas.

– O primeiro de todos? – Tarkin pareceu satisfeito. – Ora, ora. Que prazer estar presente.

– Geralmente, o herdeiro ou a herdeira não participa dos banquetes até ser investido – disse Leia, enquanto se aproximava e estendia a mão. Os dedos dele estavam gelados. – Então, devo a honra ao senhor.

Aparentemente, ela era capaz de mentir tão bem quanto os pais.

Mesmo antes da moda recente dos "banquetes", a Rainha Breha de Alderaan tinha a fama de ser uma boa anfitriã. Leia nunca entendera muito bem no que isso consistia além de dar várias festas, servir comida e bebida em uma escala extravagante e receber graciosamente todo mundo que aceitava o convite. Na noite de seu primeiro banquete, porém, Leia entendeu a verdadeira habilidade da mãe, praticamente uma arte.

Breha desviou a conversa para Eriadu, para o novo design dos uniformes militares e para outros tópicos com os quais sabia que Tarkin era especialmente familiar. Ele naturalmente dominou a conversa, o que ao mesmo tempo o deixou lisonjeado e cortou drasticamente a necessidade de atuação das outras pessoas à mesa. A rainha havia organizado os lugares na mesa de tal forma que Tarkin estivesse à sua direita, o que o honrava e também o mantinha por perto, de modo que ela pudesse gerenciá-lo melhor. E ela também mantinha todo mundo conversando, o que era crítico, porque cada silêncio que caía era pesado, quase excruciante.

Mas a jogada mais genial da rainha, no entanto, foi no momento do vinho. Tarkin e alguns poucos outros convidados foram servidos com um legítimo Toniray, mas todos os Organa, Mon Mothma e a maioria dos demais receberam um vinho ligeiramente mais claro. A diferença de coloração era suave demais para que qualquer pessoa de fora do planeta percebesse, mas Leia notou imediatamente. Aquele era um vinho muito similar ao Toniray, mas muito mais fraco e mais frutado do que embriagante. Ela bebera daquele vinho até em seu Dia da Reivindicação, ocasião na qual fora promovida e servida com a bebida de verdade.

Assim os Organa se manteriam sóbrios, enquanto Tarkin passaria a ter os sentidos ligeiramente embotados.

Mas não tanto. Leia notou como ele bebia pouco vinho; era um homem cauteloso demais para ficar bêbado em meio a potenciais inimigos. Mas, em uma noite como aquela, sua família precisava aproveitar cada vantagem que pudesse.

– Somos muito sortudos aqui em Alderaan – disse Breha, enquanto os droides de serviço levavam embora os pratos sujos para preparar a mesa para a sobremesa. – Nosso reino é claramente definido. Deve ser muito mais difícil equilibrar as necessidades de tantos planetas e setores, e até mesmo de divisões militares.

– Não é um serviço para quem é fraco do coração. – Tarkin não deu mais detalhes. Apesar de ter relaxado um pouco ao longo do jantar, seu olhar de ave predatória continuava focado. – Embora, é claro, muitos planetas tenham problemas similarmente complexos. Não concorda, Senador Malpe?

Cinderon Malpe fez uma pausa, com o guardanapo em mãos. Leia fez um esforço para não estremecer.

– É... É claro que temos nossos próprios desafios em nosso sistema, e no Senado. – A gagueira fez Leia querer se esconder. Será que ele estava prestes a arruinar tudo naquele momento?

Tarkin se inclinou para a frente.

– O que diria que é mais difícil?

– Nós... – Malpe engoliu com dificuldade. Leia imaginou ouvir o ruído dos coturnos dos stormtroopers batendo no chão. – Temos que dividir nosso tempo entre dois lugares, é claro, já que precisamos passar parte do tempo em Coruscant...

– Eu que o diga... – murmurou Breha.

Bail pousou a taça de vinho na mesa com força, o ruído ecoando pelo salão.

– Não faça isso.

– Fazer o quê? – Breha deu outro gole no vinho. Um pouco demais, um pouco rápido demais. Se a bebida de fato tivesse um alto teor alcoólico, seria o gesto de alguém que esperava se embebedar.

– Não comece. Não aqui. – O olhar de Bail vagando pelo cômodo revelou mais vergonha do que Leia jamais vira vindo dele, ou pelo menos essa parecia a intenção.

A mãe deu de ombros, exagerando o gesto como uma pessoa embriagada faria.

– Ah, então agora sou eu que estou começando. Eu, aqui na minha casa, enquanto meu esposo procura qualquer desculpinha para correr para Coruscant ou... – Ela levou as mãos a boca, como se tentasse conter fisicamente as palavras.

– Chega disso! – exclamou Mon Mothma. Ela atirou o guardanapo na mesa, encarando Breha com um ódio que Leia nunca a vira expressar antes. – Já estou farta das suas suspeitas e insinuações. Vai, Breha. Crie coragem nessa cara. Diga com todas as letras.

Breha colocou as duas mãos na mesa e disse, com uma doçura exagerada:

– Meu esposo adora dar uma escapadinha para Chandrila. E tenho certeza de que a senhora pode nos dizer o motivo.

Foi como se tivesse dado um tapa na outra. Embora Leia soubesse que aquilo era uma encenação – pelo menos ela tinha quase certeza de que era –, não era capaz de imaginar nem por um instante os pais sendo infiéis um com o outro. A ideia de um envolvimento entre o pai e Mon Mothma a fazia querer chorar. Mas entendia que algumas pessoas poderiam acreditar.

– É com isso que preciso conviver. – Bail fez um gesto na direção da esposa. – Uma paranoia sem fim, e uma esposa que imagina traições todas as vezes que demoro algumas horas para responder suas mensagens. É como se eu estivesse preso a um cabresto.

– Que imagina? *Imagina?* – Breha se ergueu da cadeira, com os olhos fulgurando. – Por acaso eu imaginei a garota de Corellia ano passado?

Bail se encolheu e Pamlo virou a cabeça, levantando a mão como se não quisesse mais testemunhar a cena. Leia se esforçou para manter a compostura, até se perguntar por que estava fazendo aquilo. Pela primeira vez, sua melhor alternativa era agir honestamente. Então, liberou a terrível tensão que sentia irrompendo em um choro soluçante.

– Isto não é apropriado – disse Tarkin, com a voz afiada como uma lâmina amolada. – Vejam o que fizeram com a menina.

Leia continuou chorando com a cabeça baixa enquanto as lágrimas escorriam pelo rosto, inclusive depois de perceber que o surto convencera Tarkin de que aquela terrível cena era real – ou, pelo menos, que a briga entre os pais era real. Ele provavelmente não fora persuadido de que todas as pessoas à mesa eram inocentes; Leia duvidava de que teriam uma sorte daquelas. Mas ele não acreditava mais que se infiltrara em um encontro conspiratório, e sim em um jantar cheio de bebida que acabara sendo um desastre.

– Pedimos perdão, Governador Tarkin. – Bail se ergueu da cadeira e fez uma mesura, enquanto a mãe de Leia se largava na cadeira e pousava a cabeça sobre os braços apoiados na mesa. – Ela exagerou no vinho e...

– É algo que deveriam evitar no futuro. – Tarkin se levantou, aprumando-se como um grande felino expondo as garras. – Cenas como essa não teriam sido toleradas se esta fosse uma visita oficial. Como cheguei de surpresa, creio que sou o único culpado por esperar mais de membros de uma das Casas Anciãs. Desejo uma boa noite aos senhores.

E, com isso, retirou-se a passos largos.

Ninguém disse nada até que as portas antigas tivessem se fechado, e por um instante depois disso, durante o qual o salão pareceu não ter ar algum. Então, todos expiraram simultaneamente. O pai se largou na cadeira enquanto os outros se soltavam contra o encosto dos assentos ou apoiavam a cabeça nos braços.

Breha estendeu a mão para apertar o pulso de Leia.

– Meu bem, nada disso é real.

– Eu *sei* disso – disse Leia, enxugando o rosto. Era mais fácil começar a soluçar do que parar.

– Foi tudo de mentirinha? – Cinderon Malpe começou a rir, um som quase quebrado. – Vocês são muito melhores nisso do que eu.

A expressão de Mon Mothma relaxou-se em um sorriso.

– Ótimo trabalho, Leia. Você convenceu Tarkin quando mais nenhum de nós conseguiria.

Ela enfim fizera algo pela rebelião, algo importante e útil – mas, em vez de se sentir triunfante, só conseguia se sentir enjoada.

– Espera. – O rosto da Senadora Pamlo ficou sem expressão enquanto ela alternava o olhar de Breha para Bail. – Contaram à sua *filha* sobre tudo isso? À sua filha adolescente?

– Eles não me contaram – insistiu Leia. – Eu descobri sozinha.

Alguns grunhidos se espalharam pelo salão, como se ela tivesse apenas piorado as coisas. Bail se adiantou.

– Explicamos a verdade por trás de algumas coisas que Leia estava presenciando. Ela está cercada disso, vivendo no coração disso tudo. A descoberta dela de parte da verdade foi inevitável.

– Mas a envolveram em nosso trabalho! – protestou Vaspar. – Uma mera criança!

– Leia Organa não é uma criança – disse Mon Mothma. A voz dela inspirava uma atenção que teria silenciado uma reunião muito mais numerosa do que aquela. Ela aquiesceu lentamente. – Leia já passou por seu Dia da Reivindicação. Já passou para a vida adulta, é uma representante da próxima geração. E não se enganem: é a geração dela que terá que suportar o fardo do que está por vir. Será essa geração que fará a maior parte do trabalho de reconstrução depois, isso se tivermos sorte de ter algum "depois". Precisamos de pessoas jovens conosco. Sem elas, esta guerra já está perdida antes mesmo de começar.

O coração de Leia se aqueceu ao pensar na fé que Mon Mothma botava nela, na necessidade de se fazer digna daquele desafio. Mesmo assim, não foi totalmente capaz de expulsar de si o pavor do que viria pela frente.

CAPÍTULO 25

PAMARTHE TINHA A REPUTAÇÃO de ser um planeta durão e perigoso – mas, até onde Leia sabia, a fama tinha mais a ver com o povo do que com o terreno. Era difícil transitar entre os arquipélagos pela água, e talvez até por terra para quem tinha medo de altura. Mas Leia não tinha, e felizmente sua companheira de equipe também não – que, a propósito, era alguém que se sentia muito confortável em ser aérea, e em mais de um sentido.

– Dá para ver as estrelas tão bem daqui – disse Amilyn, enquanto cruzavam uma das longas pontes de corda que conectavam as ilhas de Pamarthe. – Não tem poluição visual! Quase nenhuma nuvem!

– Pelo menos não nesta noite. – Leia ouvira as histórias sobre as tempestades em Pamarthe.

Depois que o curso de técnicas de rastreamento, enfim, capturara a moral da turma, a Comandante Pangie diminuíra consideravelmente o nível de dificuldade das atividades. Ao que parecia, encontrar o caminho não era tão difícil quando não se estava lutando desesperadamente para conservar a vida. Leia tirara Amilyn como companheira para aquela rodada; depois de superar a decepção de não ser parceira de Kier de novo, percebeu que tinha se dado bem. Amilyn Holdo podia ser meio bizarra, mas era também interessada na astrologia de vários sistemas, o que fazia com que fosse sobrenaturalmente habilidosa em se orientar pelas estrelas.

– Deixa eu ver. – Amilyn parou e estendeu as mãos para o céu, juntando os dedos em um gesto estranho que a fez semicerrar os olhos, considerar algo e, então, consentiu. Os minúsculos apetrechos coloridos em seu cabelo multicolorido se misturavam com o céu noturno lá em cima. – Certo. Mais duas ilhas para a esquerda e acho que já vamos estar quase lá.

– Mais pontes de corda. – Leia suspirou, e elas continuaram avançando.

A ponte em que estavam balançava e oscilava enquanto seguiam. Bem longe, lá embaixo, Leia podia ouvir o rugido do oceano, com as ondas quebrando nas rochas que se elevavam além da superfície nos amplos espaços oceânicos entre as ilhas.

Talvez valesse a pena se molhar, para sentir a força de uma dessas tempestades, pensou Leia. Ela imaginou nuvens escuras pairando sobre as revoltas águas cinzentas. Talvez algum dia pudesse voltar ao planeta com um amigo... Kier, talvez...

Ela se conteve. O futuro se tornara algo frágil. Nunca antes Leia entendera como apreciava as mais simples expectativas que tinha para o resto de vida – servir no Senado, passar mais tempo com as pessoas com quem se importava, eventualmente virar rainha, talvez até ter filhos em algum ponto do futuro. Mas mais nada daquilo era garantido.

Era melhor não planejar o futuro.

A próxima ilha de Pamarthe que alcançaram era uma das maiores, equipada com um espaçoporto movimentado. O planeta tinha a reputação de produzir ótimos pilotos e, como resultado, esse ramo de negócios prosperara ali. As pessoas faziam desvios por sistemas inteiros para recrutar tripulações ou arrumar frete naquele mundo. Era quase bizarro estar em uma excursão de técnicas de rastreamento e esbarrar de forma tão súbita com um monte de gente ocupada, gritando sobre passageiros e destinos, mas era o caminho mais rápido para chegar até a próxima área natural.

– A comandante disse que pelo menos oito pontes ancoram esta ilha. – Por mais que tentasse, Leia não conseguia se lembrar da disposição precisa; estava ficando melhor em memorizar informações visuais de forma rápida, mas ainda não era *tão boa* assim. – Se a gente seguir pela errada, vamos acabar chegando na ilha errada, que pode ou não ser conectada com o ponto de chegada, então... Ei. Ainda está me ouvindo?

Amilyn encarava um ponto fixo a seu lado, o que Leia primeiro assumiu ser uma de suas viagens usuais pelo hiperespaço mental. Quando seguiu o olhar da garota, porém, viu o que atraíra a atenção da amiga: um grupo de Gamorreanos que grunhiam e empurravam humanos trêmulos na direção de uma nave, os prisioneiros tão juntos uns dos outros que era difícil ver as algemas em seus pulsos.

Escravos. Só o pensamento fazia o estômago de Leia se revirar. Ver aquilo acontecer era ainda mais difícil. Mas o que era o desconforto dela perto do que os próprios escravos tinham encarado e ainda precisariam encarar?

Ela se forçou a assistir. *Seja testemunha*, pensou. *É tudo o que pode fazer por essas pessoas no momento, então, faça.* As palavras de Mon Mothma sobre o futuro a sustentavam, mas de forma precária. Ela sentiu um nó na garganta antes mesmo da rampa de embarque se fechar e a nave decolar. Apenas quando ela sumiu de vista é que Leia voltou a atenção à companheira. O rosto de Amilyn brilhava, úmido de lágrimas.

– É como se eles estivessem em uma bolha de duraplast – disse ela, o que não fez sentido para Leia até que Amilyn continuou: – A gente pode ver através como se não houvesse nada entre nós. Podemos até empurrar a superfície até ela se deformar. Mas não até ela ceder. Não é possível tocar neles.

Leia concordou com a cabeça.

– Sim, é isso mesmo.

– Nunca tivemos escravidão em Gatalenta. – Amilyn começou a caminhar na suposta direção do destino delas, com Leia um pouco para trás, mas estavam ambas em um estado de torpor enjoado. Os desafios do curso de técnicas de rastreamento não importavam mais. – Nunca, e nosso Conselho de Mães não permite que pessoas escravizadas sejam levadas ao nosso planeta. Se isso acontecer e pegarem o capataz, os escravos são declarados libertos.

– Essa é uma boa lei.

Alderaan também banira a escravidão, mas Leia não sabia se tinham ou não uma lei que libertava pessoas escravizadas levadas até o planeta. Como saberia? Ela perguntaria para os pais assim que voltasse para casa. Se não havia nada que podia fazer pelas pessoas sofredoras que acabara de ver, pelo menos libertaria outras em nome delas.

Avançaram em um silêncio inquieto por alguns passos, ouvindo os gritos e anúncios ao seu redor – "Pedras preciosas de Mahranee a Riosa! Preciso de transporte!", "Passageiros para Pantora!" – sem nem dar muita bola a nada. Até que um dos anúncios atraiu a atenção de Leia: "Fretado senatorial para Chandrila!".

Amilyn também se sobressaltou.

– Acha que é para a Harp?

– Por que ela ia pegar um voo fretado para Chandrila no meio de uma excursão do curso?

– Ela pode ter se machucado. Ou talvez tenha sido uma emergência familiar.

– Pode ser. – Ela achava mais provável que ou a Comandante Pangie ou médicos locais fossem capazes de cuidar de qualquer ferimento. Uma emergência familiar, no entanto, era plausível. Mais do que encontrar Winmey Lenz ou Mon Mothma naquela ilha aleatória em um planeta aleatório. – A gente devia ver se ela está bem, só por desencargo de consciência.

Juntas, seguiram na direção da voz que anunciara o voo fretado, abrindo caminho por entre passageiros, pilotos e droides de carga que apinhavam o espaçoporto. Embora estivessem cercadas por todos os lados por naves e pistas de asfalto, Leia ainda podia ouvir o rugido do mar e o quebrar das ondas ali perto, o que a lembrava de quão pequeno era aquele vislumbre de civilização.

Chegaram a uma área mais aberta e viram os passageiros da nave fretada. Leia instantaneamente parou e estendeu a mão para conter Amilyn pelo braço, puxando-a para trás de um contêiner de carga grande o bastante para esconder as duas.

– Não é o Winmey Lenz ali? – Amilyn virava a cabeça de um lado para o outro, como um pássaro aquático procurando por comida. – Ele é o patrono da Harp. Será que ele veio buscá-la?

Leia negou com a cabeça. Não era a presença de Lenz que a preocupava. Por mais improvável que a presença dele ali fosse, haveria várias explicações para tal. Mas Winmey Lenz estava conversando com um oficial Imperial – que usava um uniforme com uma gandola branca.

Não eram muitos Imperais sênior que usavam gandola branca. Aquela vestimenta era reservada para oficiais da DSI, para um punhado de patentes mais obscuras que tinham níveis similares de autoridade ou poder e para grão-almirantes. A gandola branca supostamente inspirava respeito; mas, na verdade, instilava medo. O coração de Leia batia mais rápido na presença daquele homem, quem quer que fosse ele. Muito pior do que o uniforme branco era o fato de que o oficial Imperial conversava de forma casual com Winmey Lenz, como se fossem amigos.

Isso não significa nada. Mamãe e papai se viraram bem conversando com o Grão Moff Tarkin não muito tempo atrás. Mas nem assim Leia foi capaz de afastar a inquietação.

– Fique fora de vista – disse a Amilyn. – Quero saber se consigo entreouvir o que eles estão conversando.

Só depois que disse aquilo percebeu que não tinha absolutamente nenhuma boa explicação para o que estava fazendo. Felizmente, sua companheira era a pessoa menos inclinada a pedir uma.

– Que tal ali? – Amilyn apontou um tanque de combustível estacionado ao lado de uma nave de transporte, definitivamente perto o bastante para que Leia entreouvisse a conversa.

Com agilidade, ela se escondeu atrás de um grupo de Pau'ans, cujas estatura e vestes longas e oscilantes davam boa cobertura. Quando chegou ao tanque de combustível, agachou-se atrás dele – e só então percebeu que Amilyn vinha logo atrás.

– Eu disse para você não vir comigo! – sussurrou Leia.

– Não, você não disse. – Amilyn franziu a testa.

Preciso escolher as palavras com mais cuidado da próxima vez, Leia pensou consigo mesma. Mas Winmey Lenz voltara a falar, e ela passou a focar inteiramente nele.

– ...prazer é todo meu, Diretor. – Lenz sorriu para o misterioso diretor com tanta facilidade quanto sorrira para os frequentadores do último banquete. – Regulamentos mesquinhos não deviam ter o direito de ficar no caminho de construções necessárias.

– Você é um homem sensível, Lenz. Tem certeza de que é de Chandrila? – O sorriso do diretor não se expressou em todo o rosto. – Que sorte a minha você ter tanto quadanium em mãos.

Lenz não olhava mais o diretor nos olhos.

– Às vezes, o destino nos alinha com o que mais precisamos.

Quando a conversa se transformou em uma conversa fiada de despedida, Amilyn se empertigou e assumiu uma expressão séria.

– Por que o Império compraria quadanium a preço reduzido de um senador? Por que não simplesmente tomaria o produto de um planeta sob alguma penalidade?

Leia pensou rápido.

– Pode haver algumas razões. A maior probabilidade é que algum projeto esteja com problemas de orçamento, e o diretor não quer levar isso para seus superiores. – Especialmente porque superiores de oficiais de gandola branca necessariamente eram pessoas nos mais altos escalões do Império, que não era o tipo de pessoa que alguém iria querer decepcionar.

– Isso é ilegal? – Amilyn juntou as mãos, como se apreciasse aquilo. – Descobrimos um crime?

– Não sei. Algumas transações como essa são ilegais, mas outras não. Talvez o diretor tenha seus próprios motivos para pedir para Lenz manter a negociação em segredo.

Independentemente de qualquer coisa, percebeu Leia, o comportamento de Winmey Lenz era preocupante. Na melhor das hipóteses, o homem tinha um relacionamento estreito com um oficial Imperial, um que estava ajudando ativamente em algum projeto maior de construção. Ele negara especificamente ter quaisquer contatos substanciais com Imperiais no passado; era uma mentira. E se estava mentindo para os pais de Leia e Mon Mothma sobre aquilo, sobre o que mais estaria?

E pior: sobre o que ele estaria contando a verdade?

O pânico tomou Leia quando ela entendeu que ele talvez já tivesse denunciado seus pais. *Não, ele não pode – se tivesse, já estaríamos na prisão, ou mortos. Mas ele já sabe tudo sobre os planos dos meus pais, sobre tudo que Mon Mothma está tentando fazer. Confiaram nele, mas ele está mentindo. Isso significa que ele pode mudar de lado a qualquer minuto.*

– Cor de nuvem – disse Amilyn.

– Oi? – Leia soou estúpida, mas não se importou. Não era hora de ouvir nenhuma das metáforas malucas de Amilyn.

– Você está tão pálida que ficou com cor de nuvem. – Amilyn segurou o braço de Leia, como se achasse que ela fosse desmaiar a qualquer momento. Cargas e viajantes continuavam a passar por elas, o que fez Leia se lembrar da avalanche de lama em Chandrila, quando saíra rolando em meio ao lodo sem nenhuma possibilidade de se safar. – Qual é o problema? O que pode ser tão ruim no fato de que Lenz está vendendo esse tipo de coisa?

Contar toda a verdade a ela era impossível.

– Ele está sendo falso – Leia soltou. – Chandrila sempre é contra Palpatine no Senado, mas no âmbito privado? Lenz é amigo próximo de um oficial Imperial de alto escalão.

– É como o lado com cobertura de um bolinho.

Leia se recusou a perguntar. Só ficou olhando para Amilyn, se questionando se algum dia aquela onda de esquisitice passaria.

– Dizem que quando você derruba um bolinho, o lado com a cobertura sempre cai virado para baixo – disse Amilyn, repetindo o ditado como se fosse uma grande descoberta. – Então sempre me perguntei: e se você cobrir *todo* o bolinho com cobertura, e aí derrubar ele? Não ia ter nenhum lado para cair virado para cima, então, o bolinho nunca ia cair. Ia continuar suspenso no ar, praticando aeroagem sem os tecidos.

Chega de dar uma de ridícula – Leia abriu a boca para soltar os pensamentos raivosos que tinha na cabeça, mas então o entendimento chegou com tudo.

– Calma. Você está dizendo que Lenz está agindo dos dois lados. Ele está bajulando o Império e também quem está contra ele porque assim, caso Palpatine chegue a ser derrubado do poder, ele ainda vai poder se beneficiar.

– O Senador Lenz é o bolinho da analogia – disse Amilyn. – Só para deixar claro.

– Eu entendi essa parte.

A mente de Leia estava à toda, considerando todas as possibilidades. Winmey Lenz não iria expor os pais de Leia, Mon Mothma e seus aliados sem motivo. Ele não era um risco... por enquanto. Mas na primeira vez que encarassem um perigo real, uma ameaça imediata de exposição, Lenz poderia muito bem virar um informante para salvar a própria pele. Seria o movimento mais inteligente.

Um assistente conversava com Lenz agora, falando sobre os envios de quadanium. Provavelmente deviam aproveitar a oportunidade apresentada pela distração do senador e ir embora. Era difícil lembrar que ainda estavam em uma excursão do curso de técnicas de rastreamento. Antes de se virar, porém, Leia ouviu o assistente dizer algo que a deixou de orelha em pé, e fez os ruídos do espaçoporto parecerem muito distantes.

– Ele disse Ocahont? – perguntou Leia.

Amilyn deu de ombros.

– Não estava prestando atenção. Estava tentando imaginar um bolinho levitando.

– Acho que ele disse Ocahont. – Aquele nome aparecia com frequência nos registros da mãe que supostamente diziam respeito à construção de um espaçoporto. Tinha que ter alguma conexão com os planos da rebelião. Era possível que Lenz já os tivesse traído, afinal de contas? O envio para Ocahont poderia ser uma isca, algo para o Império seguir e assim "descobrir" o entreposto que porventura existisse ali.

– Você está cor de nuvem de novo – disse Amilyn.

– Preciso descobrir qual é a dessa entrega para Ocahont.

Leia fez um gesto na direção do que parecia ser a nave de transporte em questão. Freneticamente, tentou pensar em maneiras de investigar que pudesse implementar nos próximos minutos. Talvez pudesse acessar o manifesto. Seu posto real não dava a ela autoridade de consultar o manifesto de uma nave aleatória, mas era possível que os habitantes locais de Pamarthe não soubessem disso.

Em seu devaneio, ficara encarando o solo, ou o nada, então demorou alguns instantes para perceber que Amilyn não estava mais ali. Leia levantou a cabeça, olhando para os lados em desespero, e seu queixo caiu quando viu Amilyn se esgueirando até a embarcação que ia para Ocahont. A menina subiu a rampa de embarque na ponta dos pés, parou na porta, sorriu para Leia e fez um gesto para que a princesa a seguisse.

– Não não não não não – sussurrou Leia. Embarcar como clandestinas na nave não era a resposta. Passageiros clandestinos podiam ser expulsos em planetas remotos, presos, às vezes até explorados como servos...

Qual é. Mesmo que qualquer uma dessas coisas aconteça, você só precisaria entrar em contato com os seus pais. Isso presumindo que eles não a encontrassem primeiro, porque certamente eles sairiam em sua procura no instante em que fosse dada como desaparecida.

Ela tentou afastar aqueles pensamentos irresponsáveis. Se aquele material tivesse como destino algum tipo de emboscada para o Império, com a ajuda de Winmey Lenz, elas acabariam no cerne de uma ação militar. Nesse caso, ela e Amilyn não estariam arriscando apenas a liberdade, mas sim a vida.

Mas quando Leia tentou gesticular para que Amilyn voltasse, recebeu de volta outro sorriso animado e a amiga desapareceu para dentro do porão de carga, sem dúvida procurando por um lugar melhor para se esconder. Amilyn, que não tinha noção do verdadeiro perigo que a aguardava, estava aparentemente determinada a conferir aquilo.

Leia não podia deixá-la ir sozinha.

Leia olhou de um lado para o outro e esperou até um grupo de Ishi Tib e outro de Aqualish passarem, conversando alto entre si. Ela se misturou à multidão, garantiu que ninguém prestava atenção nela e correu até o passadiço. De maneira imprudente, Amilyn tinha arrastado as duas para uma grande confusão; era responsabilidade de Leia tirar as duas dali.

Foi o que disse a si mesma. Aquilo a ajudava a disfarçar que, lá no fundo, estava um pouquinho empolgada.

CAPÍTULO 26

A COMANDANTE PANGIE soou incrédula, o que era justo dadas as circunstâncias.

– *Uma emergência familiar?*

– Exatamente – disse Leia pelo comunicador, escorando-se na parede do porão de carga enquanto os motores da nave de transporte ligavam com um rugido. Quando a embarcação decolou, ela acrescentou: – Peço perdão pelo sumiço repentino. Amilyn Holdo está comigo, assim não preciso viajar sozinha.

– Bem... – A comandante claramente queria fazer uma objeção, mas uma emergência familiar real soava importante. – Você me avisa quando chegar em Alderaan, entendeu?

– Entendi! – prometeu Leia. *Isso considerando que algum dia eu volte para casa.*

A Comandante Pangie desligou bem a tempo, porque a vibração que tomava a nave significava que estavam acelerando. Sem dúvida, subiam com uma velocidade que as colocaria fora do alcance dos comunicadores em segundos.

Amilyn, enquanto isso, aproveitava para ficar à vontade, estendendo no chão o colchonete à prova d'água e se enrolando em uma coberta quentinha. A coberta era feita para proteger contra intempéries, mas funcionaria igualmente bem para espantar o frio do porão de carga.

– Vem – disse ela, dando um tapinha no chão. – Você precisa montar seu ninho. É uma viagem de seis horas até Ocahont, então, a gente pode aproveitar e dormir um pouquinho.

– Não vou conseguir dormir nem por decreto. – Leia se sentou ao lado de Amilyn mesmo assim. Não fazia sentido ficar andando de um lado para o outro.

– Por que não? – perguntou Amilyn.

– Porque eu estou nervosa e chateada, e não sei o que a gente vai encontrar quando chegar lá.

– Nem eu – disse Amilyn, baixinho. – Não estou com medo, porque nunca tenho medo de coisas que amedrontam as outras pessoas, nem mesmo do desconhecido. Mas se eu *devesse* estar com medo... Bom, aí peço que você me conte.

Independentemente de como aquilo terminasse, Amilyn descobriria parte da verdade. Seria melhor que ouvisse o máximo vindo de Leia, de forma tão clara e honesta quanto possível. A recusa dos pais de dar informações a Leia tinha criado complicações perigosas; se ela, por sua vez, se negasse a informar Amilyn, o que mais daria errado? Se bem que seria difícil até para Amilyn Holdo surgir com uma ideia mais imprudente do que embarcar clandestinamente em uma nave que ia na direção de um entreposto militar ilegal...

– É o seguinte – disse Leia, forçando-se a focar. – Algumas pessoas decidiram que... que os planetas desta galáxia precisam de outra defesa que não o Império... uma defesa contra o Império...

– Uma *rebelião*. – Amilyn se deleitou pronunciando a palavra. – Já era hora!

– Não é para ficar feliz com isso. Você entende o que isso significaria? Para nós, para toda a galáxia?

O sorriso murchou no rosto de Amilyn, substituído por uma solenidade que a princesa nunca vira nela antes.

– Sim, eu entendo. Mesmo assim, já era hora.

A cabeça de Leia voltou a se encher de imagens de Paucris Maior, com as naves sendo reformadas para as batalhas que encarariam pela frente. Para o derramamento de sangue, para a morte.

– Algumas semanas atrás, você me fez perceber que só a intenção não é suficiente – continuou Amilyn. – A bondade é provada através de ações, não de ideias. Desde então, venho pensando sobre o que isso significa num contexto maior, e... e entendi que significa se erguer contra o Imperador. – A expressão solene dela se transformou em um sorriso. – Eu só estou aliviada por não ter que fazer isso sozinha.

– Entendo perfeitamente. – Leia esfregou as têmporas com os dedos. – Você é capaz de manter um segredo?

– Nem precisa perguntar – respondeu Amilyn, com uma honestidade irritante.

Nem mesmo Kier sabia tanto quanto Amilyn Holdo teria descoberto até o fim da viagem. Leia se preparou para contar tudo, mas congelou quando as portas que levavam ao porão de carga se abriram. Ela e Amilyn se encolheram às pressas em um canto, escondendo-se tanto quanto possível no meio de alguns caixotes.

– Alguém vai pegar a gente – disse um Quarren entre risinhos, enquanto deixava que outro o empurrasse mais para dentro do porão.

– Ninguém vai ver.

O outro Quarren acarinhou os tentáculos faciais do primeiro com lascívia. *É assim que é o ritual de cópula deles?*, pensou Leia, tentando olhar para qualquer outro lugar que não o casalzinho se ajeitando em cima de um dos contêineres próximos. *Ou será que isso é só, sei lá eu, o fetiche desse?* Ela tinha a perturbadora sensação de que estava prestes a descobrir.

– Acho que a gente devia aproveitar o momento – disse o primeiro Quarren. Ele levou os dedos terminados em ventosas até a gola do outro, e Leia ouviu botões sendo abertos. – Quem sabe quando a gente vai ter outra chance de... *Aaaghhh*!

Leia fez uma careta quando os Quarrens recuaram aos tropeços, encarando as duas passageiras clandestinas que tinham acabado de notar. Ela foi capaz apenas de ficar encarando os dois, mais aterrorizada por ter sido descoberta do que eles deviam estar.

Amilyn pousou as mãos sobre o coração.

– Estou tão feliz que vocês encontraram um ao outro!

Menos feliz de ter sido descoberta ficou a pessoa responsável em Ocahont, que naquele dia em específico calhava de ser Mon Mothma.

Enquanto Leia e Amilyn eram empurradas para os quartéis do entreposto, Leia avistou o cabelo ruivo e as vestes brancas familiares e soltou um suspiro de alívio.

– Senadora. Que bom ver a senhora.

– O sentimento não é mútuo. – Mon Mothma ergueu uma sobrancelha. – Trouxe uma amiga?

– Eu me enfiei clandestinamente na nave – disse Amilyn, alegremente. – Tecnicamente nós duas nos enfiamos, mas a ideia foi minha. Então, não coloque a culpa na Leia.

Mon Mothma ergueu as duas mãos como se dissesse: *Preciso de tempo para encontrar as palavras.* Com um olhar, dispensou os dois Quarrens, que consideravam Leia e Amilyn suas prisioneiras, e não ficaram nada felizes em vê-las sendo tratadas como visitas. Leia achou que superariam a chateação assim que tivessem outra oportunidade de ficarem sozinhos.

O entreposto em Ocahont aparentemente fora construído muito tempo antes dos abrigos improvisados em Crait. Embora os tripulantes da nave de transporte tenham se assegurado de que as duas não pudessem analisar com cuidado a disposição do lugar, as diferenças eram claras. Centrais de dados substanciais enchiam o cômodo onde Mon Mothma estava, incluindo um mapa circular montado bem no centro do espaço. O longo comprimento dos corredores pelos quais Leia e Amilyn haviam sido conduzidas sugeria um complexo grande. E qualquer lugar que precisasse de um enorme suprimento de quadanium... Bom, por maior que o entreposto fosse, logo seria maior ainda.

Mon Mothma se apoiou no mapa por alguns longos segundos antes de dizer:

– Princesa, sabe que eu apoio que a senhorita exerça um papel maior em nossos... empreendimentos, mas isso já foi longe demais.

– Foi uma coincidência, uma feliz coincidência – insistiu Leia. – O que a senhora sabe sobre as negociações de Winmey Lenz com o Império?

Havia uma chance de Mon Mothma dizer que sabia tudo sobre aquilo. Leia inclusive pensara que talvez Lenz estivesse organizando alguma operação elaborada para sabotar os projetos do Império. Mas quando viu sulcos marcarem a fronte da mulher, entendeu que não era o caso.

– Como assim, Leia? Lenz cuidou desta entrega de quadanium para nós, é claro, mas...

– Ele negociou uma quantidade ainda maior com o Império – disse Leia. – Vimos com os nossos próprios olhos ele fechar o negócio. Não reconheci o oficial, mas ele certamente era de alta patente, e Lenz o chamou de "diretor".

– O cara usava uma gandola branca – intrometeu-se Amilyn. – Esse é o nível do problema.

Mon Mothma recuou um passo. Para a maioria das pessoas, aquela seria uma reação pouco significativa – vindo da calma e contida Mon Mothma, porém, poderia muito bem ter sido um grito.

– Pela Força. Como descobriram isso?

– Esbarramos com ele em Pamarthe. Talvez tenha sido só uma feliz coincidência, talvez tenha sido a Força em ação. – Leia acreditava na Força, mas raramente achava que ela guiava ações de forma direta. Naquele dia, porém, estava tentada a considerar a possibilidade. – De toda forma, Lenz tem conexões com o alto escalão do Império que não revelou a vocês. Não tem como isso ser bom.

– Não, não tem. – Mon Mothma tamborilou os dedos longos na beirada do mapa, como se estivesse trabalhando em um código. – Não podemos deixá-lo saber que estamos de olho nele. Precisamos apenas... isolá-lo. Fazê-lo acreditar que estamos brigando entre nós, que estamos menos decididos em relação a nossos planos. Se ele acreditar que a coalizão está se desfazendo, chegando a lugar nenhum, vai deixar as coisas como estão. Nos denunciar a uma altura dessas só o exporia.

– *É possível* fazer com que ele acredite nisso? – Leia achava que política envolvia mais o ato de mentir do que qualquer outra atividade. Aparentemente, rebeliões deixavam a política no chinelo.

– Ele nunca esteve no centro dos nossos planos. Há limites do que ele sabe. Então, sim, acho que ele pode ser persuadido. – Mon Mothma chacoalhou a cabeça, como se tentasse clarear os pensamentos. – Além disso, nem precisamos mentir sobre as discussões internas. Só sobre a nossa falta de resolução para os conflitos.

Aquilo parecia sombrio, mas também era algo sobre o qual Leia falaria com os pais em algum outro momento, de preferência bem no futuro.

– Então – começou a princesa –, como essa informação é altamente confidencial, a senhora vai manter esta viagem inteira em segredo dos meus pais, certo?

Com um sorriso gentil, Mon Mothma deu um passo na direção de Leia, colocou as mãos em seus ombros e disse:

– De jeito nenhum.

Leia fez uma careta. Da cadeira onde estava, Amilyn murmurou:

– Eita.

– Ainda estamos trabalhando na decisão de quem estará no comando deste grande empreendimento – continuou Mon Mothma. – Talvez seja eu, mas talvez não seja. Tudo o que sei, com certeza, é que seus pais estão no comando do próprio lar, do qual a senhorita ainda faz parte. O que significa que vai ter que resolver isso com eles.

Antes de se separarem e pegarem cada uma sua nave para casa, Amilyn tentou encorajar Leia.

– Você trouxe informações importantes! – insistiu. – Isso tem que valer alguma coisa.

– Espero que sim.

Mas não valeu de nada.

– Nós não podemos continuar tendo essa conversa, Leia. – Bail Organa andava a passos largos pela biblioteca, com as mãos entrelaçadas atrás das costas. – Quantas vezes vamos ter que implorar para deixar que cuidemos disso? Para aproveitar sua juventude em vez de cair de cabeça nisso?

– Eu já disse, não estava investigando Winmey Lenz. Calhei de descobrir o que ele estava armando. Depois disso, tinha que fazer alguma coisa, não tinha?

– Alguma coisa, sim – disse o pai. – Entrar clandestinamente em uma nave de carga? Não.

– Eu só fui atrás da Amilyn! – insistiu Leia. – E não venha com aquela de "e se todos os seus amigos pulassem da janela em Coruscant, você ia pular?", porque isso é diferente.

– Ela está certa – disse Breha, com uma calma inesperada; os olhos escuros e pesarosos dela encontraram com os do marido. – Leia respondeu à situação com a qual foi confrontada da melhor maneira possível. Não podemos exigir mais do que isso.

– Podemos exigir que fique fora de perigo. Se não puder, então nós vamos *fazer* com que fique fora de perigo. – Bail parou de caminhar e apontou para baixo, na direção das áreas raramente usadas do palácio. – Havia calabouços lá embaixo, caso não saiba.

Dessa vez, a voz da mãe saiu aguda.

– Bail!

Ele ergueu a mão.

– Você sabe que não falei sério.

– Nem brinque com isso. – Breha se levantou, e o amplo saiote do vestido verde farfalhou ao seu redor. Os globos de constelações acima deles capturavam os últimos raios do pôr do sol, fazendo com que as estrelinhas na superfície brilhassem em vermelho e dourado. – Não há como se esconder do que há por vir. Para ninguém na galáxia. Somos tolos de pensar que podemos esconder nossa filha do futuro e mantê-la em segurança. A segurança foi a primeira coisa que sacrificamos quando decidimos nos opor a Palpatine. E não será a última.

– Você não pode estar falando sério. – Bail recuou um passo. Leia raramente os vira discutir de verdade; o melodrama que se desenrolara diante de Tarkin fora o confronto mais feio que já vira entre os dois. Um embrulho no estômago denunciava que aquilo estava prestes a mudar. – Nossa filha só tem dezesseis anos! Já contamos coisas demais para ela... Já falhamos em desencorajá-la...

– E o que ganharíamos em desencorajá-la?

– Isso a protegeria por mais um tempo. – Bail fez uma careta, aparentemente sentindo uma dor quase física. – Eu faria qualquer coisa para mantê-la segura por mais um dia. Por que você não?

– Manter as coisas em segredo não é a mesma coisa que mantê-la segura!

Leia tentou se intrometer.

– Eu já trouxe informações úteis para vocês. Não vale de alguma coisa? Vocês não confiam em mim?

O pai se virou para ela com tal sofrimento no olhar que ela desejou não ter dito aquelas palavras.

– Eu confio *minha vida* a você. Mas não confio a sua ao Império.

Breha insistiu, como sempre fazia quando já estava certa sobre algo.

– Podemos começar aos poucos, Bail. Em condições seguras. Quando, daqui a algumas semanas, for levar o comboio de suprimentos ao lugar onde reformamos as naves, leve Leia com você. Temos mais defesas lá do que em qualquer outro lugar. Ela vai poder ver o que já realizamos e começar a entender.

Leia já vira a frota nascente em Paucris Maior, mas não era a hora certa de revelar aquilo – isso se existisse uma hora certa para tal. Ela mordeu o lábio inferior e tentou parecer inocente.

O pai nem prestava mais atenção.

– Não vou admitir isso. Não vou tratar nossa filha como uma... uma carta sobressalente em um baralho de sabacc. Se você está disposta a isso, nem tenho certeza de que algum dia a conheci.

Breha fechou os olhos e Bail arquejou, como se ele tivesse sido atingido pelas palavras duras. Depois, marchou para fora da biblioteca, deixando mãe e filha sozinhas.

Àquela altura, Leia estava tão ferida que mal podia olhar no rosto tomado pela dor da mãe. Ela sussurrou:

– Sinto muito por ter causado problemas.

– Você não causou. Teve um golpe de sorte que pode muito bem ter salvado vidas. Em algum momento, seu pai vai enxergar isso. – Breha abriu os olhos, que estavam avermelhados, mas sua voz continuava límpida. – Seu pai não está respondendo por ele no momento. É uma coisa dura permitir que a filha vá para a guerra.

Leia concordou, tentando se lembrar da calidez e da alegria que existira entre eles não muito tempo atrás, naquele mesmo cômodo. A memória parecia muito distante.

– A rebelião tem seus próprios três desafios, eu acho.

– Como assim? – A mãe parecia mais querer uma distração do que estar interessada, mas era razão o bastante para que Leia continuasse.

– Antes de se tornar o que vai ser, ela precisa fortalecer a mente, o corpo e o coração. O Desafio da Mente é fazer todo mundo concordar.

O Desafio do Corpo é o que estão fazendo em Crait e Ocahont: transformar a ideia de rebelião em algo real.

– E o Desafio do Coração é seguir em frente sem nos tornarmos quem abominamos. – Breha suspirou. – Muito bem notado, minha filha.

Mãe e filha se sentaram em um dos sofás baixos e Leia abraçou Breha apertado, sem saber se procurava conforto ou o oferecia. Quando a mãe pousou a cabeça sobre a dela, decidiu que talvez pudessem ser ambas as coisas ao mesmo tempo.

– Você tem um papel a desempenhar na batalha por vir, Leia. Vamos descobrir que papel é esse nos próximos meses ou anos. Seu pai ainda vai se opor a nós por algum tempo, e temos que respeitar os sentimentos dele o bastante para que ele possa lutar. – O tom de Breha traía o quanto aquilo seria difícil para ela, mas as palavras que dizia à filha continuaram calmas e firmes. – Eu só peço uma coisa. De agora em diante, sempre que for fazer uma coisa dessas... mesmo que esbarre com a missão sem querer... procure a mim ou Mon Mothma imediatamente. No instante em que puder falar conosco, seja em pessoa ou via holo, faça isso. É a única maneira de garantir que continue tão segura e útil quanto possível.

– Você não disse que é para falar com o papai.

– Não ainda – admitiu Breha.

Era a primeira vez que a mãe de Leia pedia a ela que guardasse segredo do pai. Sempre achara que aquilo seria divertido, mas não era.

CAPÍTULO 27

O QUE FAZER QUANDO se é uma garota de dezesseis anos que sabe que o mundo que conhece está prestes a acabar?

A sensação de Leia é que ela passara os vários dias seguintes em um transe. O palácio, o lugar que lhe era mais familiar, de súbito passara a parecer grande demais, escuro demais, a disposição dos corredores tão complexa quanto o padrão das tranças nas quais 2V insistia em atar o cabelo de sua protegida toda manhã. O pai partira para Coruscant na noite da última e mais terrível discussão familiar; ele fazia aquela viagem regularmente desde sempre, mas daquela vez a partida carregava uma sensação agourenta de separação. A mãe de Leia – sempre tão forte, graciosa e equilibrada – agora perambulava de camisola e robe pelas áreas privadas do palácio até perto da hora do almoço; quando 2V resmungara sobre isso, Breha fora estúpida com a droide. Ela obviamente se desculpara no momento seguinte, mas o acontecimento continuou chocante para Leia.

E os problemas ainda nem começaram, lembrou a si mesma certa noite, enquanto ela e Breha jantavam silenciosamente no terraço, ambas olhando para Aldera em vez de uma para a outra. *Se as coisas já estão tão ferradas e estranhas agora, como vai ser quando tudo ficar realmente ruim?*

A voz da mãe interrompeu seu devaneio.

– Você não deveria voltar para Coruscant em breve?

– Ainda falta uma semana para a próxima sessão da Legislatura de Aprendizes.

– Lembro de você agendar um transporte vários dias atrás – disse Breha disse, franzindo a sobrancelha.

– Vai ter uma festa amanhã – admitiu Leia. – Um dos bailes formais para os quais convidam os graduandos da Academia Real todo ano. O pessoal da Legislatura de Aprendizes geralmente participa também.

O primeiro sorriso em dias surgiu no rosto de Breha.

– Está planejando ir com Kier Domadi?

Leia deu de ombros.

– Pensei em perguntar se ele não prefere vir aqui em vez de ir à festa. Posso chamar ele para visitar o palácio, não posso?

Ela queria desesperadamente contar a ele algumas coisas que descobrira. Talvez Kier ainda não pudesse saber a verdade sobre Paucris Maior, mas Leia poderia discutir os detalhes sobre Winmey Lenz e sua atividade como agente duplo – e, mais importante, sobre qualquer que fosse o papel que as pessoas da idade deles precisariam desempenhar no conflito que havia pela frente. Aquela era uma conversa que deveriam ter no planeta natal de ambos, sob o céu que compartilhavam.

– Você sempre pode convidar seus amigos para visitar sua casa – disse Breha. – Que é a razão pela qual devia ir ao baile de amanhã à noite em Coruscant. Ele só vai acontecer uma vez, mas sua casa vai estar sempre aqui.

– É que parece errado – admitiu Leia, enfim, enquanto um droide de serviço deslizava até a mesa com o caf pós-jantar. – Sair para celebrar, quando por aí... – Ela fez um gesto na direção do céu que escurecia aos poucos, no qual algumas poucas estrelas mais brilhantes começavam a cintilar.

– O que há "por aí" é justamente outro motivo pelo qual deveria ir ao baile. – Breha se debruçou na mesa e pegou a mão da filha entre as suas. – Não é para sempre que seremos livres para viajar para onde bem entendermos. Não é para sempre que seremos capazes de tirar um tempinho para ir a festas chiques. Não é para sempre que vamos ter a chance de dançar com a pessoa que amamos. – O jeito com que sua voz vacilou fez o peito de Leia doer enquanto a mãe concluía: – Então, dance agora.

Leia não sabia que era capaz de amar a mãe mais do que já amava. Ela apertou os dedos de Breha, e por longos segundos as duas ficaram apenas sorrindo uma para a outra, compartilhando da mais perfeita compreensão.

Foi a rainha quem quebrou o silêncio:

– E Doisvê vai ficar muito feliz por poder escolher seu vestido.

– Vai ficar exultante!

Na noite seguinte, Leia adentrou o Palácio Imperial de braços dados com Kier, usando um vestido branco e prateado que realizava os mais loucos sonhos de 2V. Seu cabelo fora trançado e preso em um coque no topo da cabeça, e uma joia brilhava em seu pescoço. Kier usava um terno azul-escuro ao estilo de Alderaan, em ligeiro desacordo aos estilosos homens uniformizados ao redor dele – mas, para ela, ele estava muito mais belo do que eles. Quando ouviu a música, sentiu vontade de puxar Kier para a pista de dança...

Mas não. Ela tinha vontade era de sentir vontade daquilo, de obedecer à recomendação da mãe de dançar enquanto pudesse. Em vez disso, porém, o tumulto dentro dela parecia ter se intensificado. Sempre que olhava para um dos amigos ou amigas, ou então para Kier, ou para a multidão alegre que celebrava sem ter ideia do que viria pela frente, ela sentia um aperto no coração. A emoção que a fazia sofrer por dentro não era medo. Ela sentia era uma tristeza intensa por reconhecer a beleza da realidade em que vivia enquanto ainda estava recém e intensamente ciente de quão frágil tal realidade era. De quão rápido tudo aquilo desapareceria.

Será que as pessoas vão estar tão despreocupadas assim daqui a dez anos? Cinco anos? Cinco meses? Leia ainda não sabia dizer com qual velocidade aquilo lhe escapava por entre os dedos, mas a estabilidade da existência que conhecia já começara a ceder. Por mais dedicada que fosse à luta contra Palpatine – por mais vontade que tivesse de pagar qualquer que fosse o preço exigido por aquela luta –, ainda achava difícil aceitar a fragilidade de tudo e de todos que amava.

– Tudo bem aí? – Kier apertou a mão dela, um gesto que fez um arrepio correr por seu corpo, apesar de tudo. – Você parece... longe daqui.

Ela piscou forte, forçando-se a voltar ao momento.

– Tudo bem, sim. Será que você poderia me trazer uma taça de vinho brilhado? Acho que vai ajudar.

Vinho brilhado não era exatamente embriagante, mas provocava uma descarga de endorfina capaz de transformar o tedioso em maravilhoso. Os jovens em Coruscant e em muitos outros mundos costumavam consumir a bebida regularmente; até alguns adultos preferiam vinho brilhado a vinho de verdade.

Os lábios de Kier tocaram seu rosto de leve.

– Seu desejo é uma ordem, Vossa Alteza.

A maneira com que ele disse aquilo – em voz baixa e suave – a distraiu com tanta eficiência quanto o vinho brilhado faria. Ela soltou o braço dele com alguma relutância, já sentindo falta do calor que emanava a seu lado.

Outra pessoa a encontrou quase imediatamente.

– E aí, você se ferrou muito? – perguntou Amilyn Holdo, com seu tom de voz monótono que Leia não achava mais tão esquisito. – Pelo menos você pode contar para os seus pais o que estava fazendo de verdade. Eu tive que fingir que honestamente achei que entrar como passageira clandestina em uma nave de carga ia ser divertido.

– E eles acreditaram?

Amilyn sorriu, concordando.

– Eles sabem como eu fico quando estou entusiasmada.

Leia imaginou Amilyn criancinha e foi incapaz de reprimir um sorriso.

– Não tenho dúvidas.

– Seu vestido é lindíssimo. – Abrindo os braços em uma pose, Amilyn perguntou: – Que tal o meu?

Leia precisou usar quase todo seu treinamento real para colocar um sorriso no rosto. Amilyn usava a coisa mais *Amilyn* possível: um cafetã soltinho tingido em uma estampa sinuosa e multicolorida que fazia Leia pensar em tempestades nas gigantes gasosas. Sininhos repicavam na ponta das largas mangas bocas de sino, e uma franja metálica e brilhante adornava a gola alta. Amilyn ainda conseguira tingir o cabelo com cores que combinavam com o vestido, o que a fazia parecer um borrão psicodélico interrompido apenas pelo rosto sorridente.

– É superalegre – Leia conseguiu dizer. – Muito original e ousado.

– Leia. – O rosto de Amilyn assumiu uma seriedade incomum. – Em Gatalenta a gente valoriza a gentileza e a cortesia, mas a honestidade também.

Cortesia era tratar as pessoas como elas queriam ser tratadas.

– Bom, nesse caso, acho que esse vestido é muito chamativo. Entendo por que você gosta dele, mas talvez seja um pouco exagerado para este evento.

– Eu sabia. – Quando Amilyn murchou, pareceu mais desajeitada do que o normal, como uma marionete cujo titereiro soltara as cordas. – É enjoativo como em Gatalenta todo mundo usa sempre os mesmos vestidos carmim, e a roupa de todo mundo é sempre cinza-clarinho ou branco, suspostamente para serem tranquilizantes e agradáveis... E acho que são, mas eu não sou assim.

– Você está expressando a sua individualidade – disse Leia.

Assim que falou aquilo, achou que, de alguma forma, passou a entender melhor o gosto de Amilyn pelas roupas bizarras. Talvez fossem espalhafatosas e estranhas, mas as cores brilhantes e a variedade constante refletiam, de certa forma, a pessoa que ela era por dentro.

– Exatamente. – Amilyn cutucou, cabisbaixa, a franja de uma das mangas. – Quero ser o exato oposto de Gatalenta.

Leia chacoalhou a cabeça.

– Não precisa fazer isso. Se você só está tentando ser o oposto de alguma coisa, ainda está deixando que essa coisa defina você.

– Nunca tinha pensado por esse lado.

Aquele jeito de pensar também era novo para Leia, mas ela reconhecia a verdade que existia ali.

– Você tem que se vestir como bem quiser. Ser como bem quiser. Não como as pessoas são em Gatalenta, ou como elas não são.

Ela se animou quando viu Kier abrindo caminho entre a multidão para voltar até elas. Ele devia ter visto Amilyn ao lado de Leia, porque voltou com três taças de vinho brilhado. Depois de se atrapalhar um pouquinho, deu um jeito de entregar a primeira para Amilyn.

– Que bom ver você.

– É bom ver você também, Kier. – Amilyn bebeu o vinho brilhado todo de uma vez, com naturalidade; talvez fosse assim que as pessoas de Gatalenta espairecessem.

Kier enfim conseguiu passar o vinho para Leia e brindou dando uma batidinha com a taça dele na dela, mas depois bebeu tudo em um gole só como Amilyn acabara de fazer. Quando Leia ergueu as sobrancelhas, curiosa, ele sorriu.

– Quanto mais cedo a gente terminar a bebida, mais cedo podemos dançar.

– Agora que você falou... – Ela levou a taça de vinho brilhado até os lábios e a esgotou.

Depois de alguns minutos, suas preocupações sumiram – era como se a tensão dentro dela fosse um balão que inflou até estourar em uma nuvem de glitter. O treinamento real de Leia significava que ela era capaz de deslizar pela pista de dança sem nem pensar, com os pés e os braços encontrando os passos da coreografia sem esforço. As outras pessoas dançavam ao redor deles com uma graça fluida, cada um descobrindo seu jeito de dançar como se fossem papeizinhos coloridos em um caleidoscópio girado no ritmo da música.

Kier dançava com quase tanta facilidade quanto Leia.

– Você é bom nisso – disse ela, rodopiando por debaixo do braço dele.

– Sou bom nisso *agora*. – As mãos dele encontraram a cintura da princesa naquele exato momento, e ela permitiu que ele a levantasse e a girasse em um turbilhão estonteante que a deixou exultante. – Depois de passar a maior parte do último mês praticando com um droide Bedê.

Leia riu tão alto que algumas pessoas se viraram para olhar para ela.

– Mentira.

– Foi terrível – confessou Kier. – Nada a ver com isso aqui.

A música terminou em um acorde, e eles encerraram a dança com perfeição com ele a puxando para perto, um braço enlaçando sua cintura. Eles já tinham se aproximado daquela forma antes – várias vezes –, mas naquela noite tudo parecia mais intenso, mais real, mais urgente.

Dance agora.

Provavelmente não era exatamente aquilo que a mãe quisera dizer, mas...

– Vamos dar o fora daqui – disse Leia.

Um sorriso lento tomou o rosto de Kier enquanto ele dizia:

– A gente não deveria ficar?

Eles deveriam. Deveriam continuar dançando com os outros aprendizes e com os cadetes graduandos da academia.

Mas que os deveres se danassem todos.

Leia puxou Kier mais para perto e murmurou:

– Não estou nem aí.

Eles escaparam da festa juntos, com uma segunda taça de vinho brilhado em mãos, e correram para as estonteantes luzes da noite de Coruscant. A princípio dispararam pelas passarelas suspensas, desviando alegremente dos transeuntes, para sentir que voavam pelo ar. Mesmo as holoprojeções do símbolo do Império nos telões espalhados por todos os lados eram incapazes de diminuir o prazer de Leia.

Quando passaram por um ponto de aluguel de trenós repunsórios, Kier desviou o caminho até lá. Entregou alguns créditos ao proprietário Rodiano, os dois passaram pelo escâner para provar que não estavam embriagados com nada mais forte do que vinho brilhado e partiram zumbindo pelo ar, com o vento soprando ao redor deles. Leia manteve o percurso simples – em parte por segurança, mas em parte porque queria poder prestar atenção no calor dos braços de Kier ao redor dela enquanto ele a abraçava por trás.

– Ei – disse ele, apontando na direção do complexo senatorial. – Vamos até lá.

No topo do complexo, um elaborado jardim fora plantado para o desfrute dos membros seniores do governo; em Coruscant, o rico verde da vegetação era o maior dos luxos. Na maior parte das noites, várias pessoas perambulavam por ali, relaxando com a família e os amigos. Naquela noite, porém, o Senado estava em sessão noturna e os outros aprendizes de legislador continuavam no baile, então, Leia conseguiu pousar bem no centro do jardim, que no momento era todo deles.

Kier segurou a mão dela e a puxou para longe do trenó, caminhando na direção do chão fofo. As fileiras de palmeiras belomi oscilavam devagarinho com a brisa, cercando-os tão completamente que era possível acreditar que estavam na superfície do planeta, e não muitos metros acima dela.

– Nenhum lugar é tão belo quanto Alderaan – disse Kier –, mas este chega perto.

Ela pensou no desejo intenso dele de proteger Alderaan contra o conflito que se aproximava, o perigo se intrometendo novamente em sua alegria.

– Ei. – Ele ergueu o queixo dela com os dedos, virando o rosto de Leia na direção do seu. – Tudo bem?

– Tudo, de verdade.

Kier não se deixou enganar.

– Está preocupada com a sua mãe?

Ele ficara muito apreensivo com a suposta emergência familiar que a tirara da excursão em Pamarthe. Ela fora forçada a inventar uma mentira, o que odiava – mas era com a intenção de proteger tanto Kier quanto os pais, então a manteve.

– Está tudo bem. Os pulmonodos dela só precisavam de um ajuste. Foi só um susto.

A luz que passava pela copa das palmeiras destacava os ângulos acentuados do rosto do garoto, a profundidade de seus olhos.

– Então o que foi? Está nervosa por causa dos seus desafios, depois do que aconteceu em Pamarthe? – O sorriso que ele deu a aqueceu por dentro. – Você vai conseguir escalar o Appenza. Vai ser um prazer escalar junto, se você quiser.

O herdeiro ou herdeira tinha autorização para levar um acompanhante na escalada, e ela não podia imaginar nada melhor do que chegar ao pico da montanha e se declarar a próxima rainha com Kier a seu lado.

– Sim. Eu ia adorar.

– Mas não é com isso que está preocupada.

Ele certamente merecia uma pequena parcela da verdade. Qual parte dela poderia separar e determinar como segura? A princesa enfim disse:

– Recentemente, viajei até um lugar que... me fez perceber que o que meus pais estão planejando... é inevitável.

A expressão dele se fechou.

– Estão prestes a fazer algo perigoso?

– Não, não. Ainda não. – Ela balançou a cabeça com veemência. Tudo aquilo era perigoso sim, mas Kier estava perguntando se a ação era iminente. Isso, ao menos, Leia tinha certeza de que podia negar. – Mas não sei quanto tempo vai demorar. Só sei que vai acontecer. Tudo na nossa vida está prestes a mudar.

Ele a abraçou forte. Ela repousou a cabeça contra seu peito, no ponto exato onde podia ouvir melhor as batidas de seu coração. Eram todos tão frágeis, tão mortais. A luta que se seguiria os iria arrebatar, e não havia nada que Leia pudesse fazer para proteger nenhum deles.

– Sei que tudo está prestes a mudar – murmurou Kier. – O Império não pode mais continuar. As pessoas não podem mais viver assim, o que significa que uma rebelião é inevitável. A gente tem que se preparar para isso; a gente *precisa* disso. Mas o que está prestes a acontecer...

– Não. – Ela colocou dois dedos sobre os lábios dele. – Eu não devia ter dito nada. Quero esquecer completamente de tudo, só por esta noite.

Leia se deixou afundar no solo macio, apreciando o frescor da grama sob a palma das mãos. Depois de um momento, Kier se ajoelhou ao lado dela. Quando hesitou por um momento, ela começou a perguntar no que ele estava pensando, mas aí ele estendeu a mão, com os dedos trêmulos, e removeu um longo grampo do cabelo de Leia. Ele o ergueu entre os dois, como se perguntasse silenciosamente se deveria continuar.

Alderaan tinha várias tradições sobre tranças: quem as devia usar, quando e por quê. Os costumes variavam de continente para continente, e de acordo com a idade de quem as usava. Mas, em todos os casos, um dos atos mais profundos de intimidade era permitir que alguém desatasse suas tranças.

Depois de um suspiro profundo e trêmulo, Leia se virou, oferecendo a ele a parte de trás da cabeça.

Kier começou devagar, tentando descobrir a melhor maneira de fazer aquilo, mas foi ganhando confiança conforme continuava. Cada grampo foi sendo colocado com cuidado em uma pilha ao lado deles, para que pudessem manter a menor distância possível entre si. Sempre que seus olhos se encontravam, o mundo problemático ao redor parecia cada vez mais distante.

2V fazia seu trabalho muito bem: o cabelo de Leia só começou a se soltar quanto a última das tranças foi desatada. Quando, enfim, as madeixas cascatearam pesadas e escuras ao redor de seus ombros, Kier enterrou as mãos nelas, e Leia não precisava mais pensar ou se preocupar com nada. Ela apenas fechou os olhos, deu um beijo nele e se entregou.

CAPÍTULO 28

APRENDIZES DE LEGISLADOR RARAMENTE se contentavam com a experiência da Legislatura. O interesse acadêmico de Kier era exceção; a maior parte das pessoas ali almejava carreiras políticas ou Imperiais, e o tempo que passava com o Senado servia como um mero ponto de partida. Assim, atrair a atenção de um oficial sênior geralmente era um bom sinal.

A princesa de Alderaan não precisava desse tipo de atenção – mas, mesmo que precisasse, Leia teria ficado igualmente horrorizada ao ser convocada para uma reunião com o Grão Moff Tarkin.

– O que ele pode estar querendo? – Kier balançou a cabeça, consternado, quando ela mostrou a tela a ele. Estavam juntos no apartamento dos Organa, assistindo a um dos famosos holovídeos melodramáticos de Shili. – É como se ele tivesse passado perto da Legislatura de Aprendizes depois daquele primeiro dia.

– Mas ele esteve em Alderaan. – Leia se lembrou do terrível jantar, do suspense que tinha se abatido sobre eles como um céu tempestuoso. – Recentemente. Acho que ele estava tentando abalar meus pais.

– Você acha que ele suspeita de algo? – Kier se empertigou, alerta, quase saltando de pé. Ela se lembrou de como o próprio medo inicial fora intenso. – Por que não me contou nada?

– Isso só colocaria você na mira dele junto com a gente. – Ela se encolheu no sofá, abraçando os joelhos junto ao peito. O apartamento da família não parecia mais tão vazio desde que começara a passar mais tempo ali com Kier, mas a mensagem de Tarkin fizera a ausência do pai parecer vívida de novo. – Eu queria poder perguntar para o meu pai como lidar com isso.

– Você não pode ligar para ele?

Não agora que ele se foi. Leia se conteve.

– Não a tempo. A convocação é para agora de manhã.

Quando se ergueu do sofá, tentando desamassar a túnica que vestia, Kier se levantou também.

– Quer que eu vá com você?

– Tarkin não ia permitir.

– Não até o gabinete dele. Só caminhar com você até lá, caso isso te ajude a ficar mais calma.

A doçura dele aliviou parte da tensão dentro dela – não tudo, nem perto disso, mas o suficiente para que se recompusesse um pouco. Ela pousou as mãos nas laterais do rosto de Kier.

– O que me ajudaria é saber que você vai estar aqui quando eu voltar.

– Então vou ficar bem aqui.

Kier lhe deu um beijo de despedida tão intenso que o calor dele perdurou nela por toda a jornada através dos labirintos de elevadores, passarelas e corredores que a levavam até o gabinete de Tarkin em Coruscant. Quando chegou lá, porém, Leia viu o imponente brasão Imperial nas portas e um arrepio começou a tomar seu corpo. Mas o treinamento real lhe servira para mais do que simplesmente cumprir rituais cerimoniais da corte. *Dominante e confiante? Não. Não é isso que o Grão Moff quer ver. Recatada e inocente – assim é melhor.* Leia entrelaçou as mãos na frente do corpo, baixou levemente o queixo e adentrou a construção.

Antes que o droide de protocolo sequer terminasse de anunciar sua chegada, Tarkin se levantou da mesa. Nem mesmo o sorriso polido podia amenizar os traços de seu rosto cadavérico.

– Vossa Alteza. Que bom que veio.

Leia precisou invocar cada minuto de cada ano de treinamento para não se encolher quando apertou a mão do Grão Moff. Os dedos dele não poderiam ser mais descarnados.

– Obrigada, Governador. Aprecio a honra, mas devo admitir que fui surpreendida pelo convite. – *Baixe os olhos e fale mais baixo, como se estivesse chateada.* – Depois de como me comportei...

– Ora, ora, deixe disso. A senhorita não teve responsabilidade alguma naquela cena lamentável. – O tapinha "simpático" que deu no ombro da princesa não a enganou; ele estava tentando testá-la em vez de confortá-la. – Na verdade, desde aquela noite, estive preocupado com a senhorita. Senti que deveria tomar algum tipo de ação, caso fosse cabível.

– O senhor? – Leia foi incapaz de manter a incredulidade longe da voz, mas tudo bem. Ele esperava pegá-la de guarda baixa, e ficaria satisfeito por ter conseguido.

Ele fez um gesto na direção da cadeira diante da mesa; educado, não se sentou até que ela o fizesse primeiro.

– Exato. Perdoe minha interferência, mas ocorreu-me que quando a filha de uma rainha e de um vice-rei tem suas dificuldades, há pouquíssimas pessoas a quem pode recorrer.

– É muito gentil da sua parte, senhor. – Vindo de outra pessoa, o gesto realmente teria sido gentil. – Mas, de verdade, o que aconteceu naquela noite... é só entre meus pais. Preciso deixar que resolvam isso no momento oportuno.

Tarkin concordou e, embora a estudasse avidamente, ela não foi capaz de detectar nenhuma suspeita... não até o momento.

– É uma atitude muito madura, permitir que seus progenitores ajam como acharem melhor.

Ainda com o olhar baixo, ela disse:

– Sei que esse é o melhor jeito de lidar com isso, mas admito que é difícil às vezes. – Será que ele queria fazê-la chorar de novo? Se, com isso, Leia conseguisse encerrar a reunião, estava disposta a soluçar até que droides médicos a carregassem e a deixassem em observação.

– Sem dúvidas. – Para seu espanto, Tarkin fez um gesto para que um droide de serviço trouxesse chá para ela enquanto se ajeitava na cadeira como se estivesse se preparando para falar por um longo tempo. – Mas é esse tipo de autocontrole que a fará ser uma ótima senadora e uma rainha excelente. Seus pais têm uma bela reputação, Vossa Alteza, mas ouso dizer que a senhorita os eclipsará quando chegar a hora.

Por que ele está falando sobre isso?

Ela sustentou um minúsculo sorriso inseguro no rosto enquanto aceitava a xícara de chá. Tarkin continuou falando enquanto o droide o servia também.

– Embora o governo descentralizado do Império seja o que garante nossa estabilidade e força, líderes planetários continuam exercendo um papel crítico. O Imperador precisa conhecer quais monarcas, presidentes, primeiros-ministros, comandantes e senadores irão apoiar seu governo, monitorando as atividades em seu planeta mais de perto do que somos capazes de fazer daqui de Coruscant.

Coopere conosco. Faça o que estamos mandando e pode manter o seu trono. Ele não estaria tendo aquela conversa com Leia a menos que achasse que ela herdaria o trono logo.

Como os pais mal haviam entrado na meia-idade, só havia uma razão para Tarkin pensar naquilo.

Seu corpo se tensionou por inteiro – a garganta conteve sua voz e os ouvidos começaram a tentar se fechar para que ela não precisasse ouvir mais nada. O coração de Leia batia frenético no peito, e o impulso de sair correndo do gabinete era quase massacrante. Ela simplesmente deu um gole antes de falar, de forma tão firme que impressionou a si mesma:

– Entendo o quão importante isso é para o Imperador Palpatine.

– Creio que de fato entenda. É uma boa garota. – Tarkin sorriu, obviamente pensando que ela era jovem e inocente o bastante para se sentir lisonjeada com tal condescendência. – Embora parabenize sua atitude de dar um certo, hum, espaço a seus pais, quero que saiba que, no futuro, quando ficar insegura e quiser orientação, terei prazer em dá-la. – *Em ser seu titereiro, o responsável por mover as cordas que a comandam.*

– Agradeço, Governador. Entendo. – *Em mais níveis do que pode imaginar.*

Talvez algum traço de sua emoção tenha escapado. Talvez ele fosse um homem tão calculista que foi incapaz de não aplicar a última prova. Ela não sabia o motivo – o que sabia era que Tarkin tombou a cabeça, analisando-a como um predador prestes a dar o bote, antes de dizer com um floreio cortês:

– Enxergo essa atenção como um investimento no futuro de nosso Império. Algum dia, espero eu, alcançaremos um estado de perfeita ordem e paz, daqui de Coruscant até os sistemas mais distantes de Lothal, Paucris, Rattatak, ou até quaisquer outros mundos que ainda encontraremos.

Paucris. A palavra a atingiu como a lâmina de uma espada. Tarkin certamente não mencionara aquele sistema por acaso. Ele esperava abalar uma garotinha que – até onde ele presenciara – caía no choro facilmente. Os olhos dele se focaram nos dela, procurando sinais de um deslize que a denunciaria, e assim condenaria todos eles.

Leia nem se mexeu. Com toda a força da imaginação, visualizou Kier sentado diante de si, sorrindo para ela, e ouviu o calor em sua voz quando respondeu:

– Que algum dia vejamos essa paz perfeita.

Por um instante que pareceu eterno, nada mudou – até que Tarkin relaxou um pouco.

– Ótimo, ótimo.

Ela precisou jogar conversa fora até terminar a xícara de chá. Também precisou permitir que o governador a acompanhasse para fora do gabinete, de braços dados com ele, e depois se despedir. Leia se forçou inclusive a caminhar em um passo normal por um bom tempo depois de partir, mesmo enquanto pegava três elevadores e uma passarela que a levavam de volta ao complexo senatorial. Mas, assim que entrou nos corredores internos, Leia saiu correndo.

Entrou de supetão no gabinete do pai, assustando os funcionários.

– Por favor, me digam que meu pai está aqui.

– Temo dizer que não, Vossa Alteza – disse o droide de protocolo, com um toque distinto na voz que dizia *e a senhorita deveria saber disso.* – A volta de Senador Organa está agendada para daqui seis dias, pois...

– Preciso usar o escritório privativo dele. Com licença.

Leia entrou correndo, sabendo que ninguém na equipe do pai tinha autoridade para impedi-la, mesmo que quisessem. Ela se conectou à HoloNet e ligou para o palácio, direto para a mãe; enquanto a conexão se estabelecia, fez uma ligação de áudio para Mon Mothma.

A senadora respondeu primeiro.

– *Princesa Leia?*

– Sim... Espera um pouquinho, minha mãe está conectando... – A Rainha Breha brilhou em sua forma holográfica no escritório, usando os trajes de exercício com os quais não aparecia na frente de ninguém além da família. Antes que a mãe perguntasse o que estava acontecendo, Leia soltou: – O Império sabe sobre Paucris Maior.

A mãe ficou tão visivelmente pálida que deu para perceber mesmo através do holo. O tom de Mon Mothma foi severo.

– E como soube disso?

– Eu não estava bisbilhotando, eu juro...

– Não importa! – disse Breha. – Como soube disso?

– Tarkin me chamou até seu escritório. Eu agi como se fosse um encontro amigável de aconselhamento, mas ele estava me sondando. Dizendo coisas que sugeriam que eu herdaria o trono em breve. – Leia viu a mãe levar a mão ao pescoço, um sinal que abalou a confiança da filha. – Depois ele mencionou alguns sistemas distantes de forma supostamente aleatória, e falou sobre Paucris. Ele olhou diretamente para mim. Tenho certeza de que não dei nenhum sinal que me denunciasse, mas não tem como isso ter sido coincidência.

– Tenho certeza de que está certa. – A impressão era que Mon Mothma envelhecera anos em meros segundos. – Temos que mandar uma mensagem para avisá-los... Não podemos confiar em sondas de droides para isso, e mal podemos saber em quem confiar até contermos os vazamentos de Winmey...

– Não posso sair de Alderaan – disse Breha. – Vamos ter uma cerimônia de entrega de medalhas em algumas horas.

– Ninguém se importa com a cerimônia de entregas de medalha – começou Leia, antes de a mãe a interromper com um gesto.

– É claro que ninguém se importa, meu bem, mas se eu cancelar de súbito um evento público, a notícia vai chegar até o Império. Até onde sabemos, eles estão preparados para atacar a qualquer momento. Não podemos correr o risco de chamar a atenção deles, ou pode ser que deem o bote antes que possamos evacuar.

– Tenho uma reunião com um dos grão-almirantes no fim da tarde – disse Mon Mothma. – Princesa, precisa ir imediatamente.

Por mais que Leia esperasse por aquele momento, por mais que tivesse implorado para ajudar, Leia não esperava ser convocada para algo tão urgente e sério quanto aquilo. Mas entendeu imediatamente. As pessoas sentiriam falta de uma senadora ou de uma rainha, mas não de uma aprendiz de legisladora. Leia já tinha todas as informações de que precisava para completar a missão. E a confiança deles nela era absoluta.

– Vou partir agora mesmo – prometeu Leia. – O *Estrela Polar* está em Coruscant?

– Está aqui em Alderaan. – A rainha soltou um palavrão, o que em outras circunstâncias teria sido chocante. – Vai precisar alugar uma nave. Uma embarcação independente, uma que não atraia muitas perguntas.

Aquilo parecia intimidador, mas Leia concordou com a cabeça.

– Por mais curto que o tempo seja – acrescentou Mon Mothma –, vai precisar parar em algum lugar no meio do caminho e trocar de nave. Não queremos ninguém rastreando seus movimentos de perto.

– Entendi – afirmou Leia. – Vou precisar de créditos. – O valor necessário para alugar pelo menos duas embarcações estava além até do estipêndio generoso que ela recebia em Coruscant.

– Vou levar pessoalmente uma peça de crédito indetectável até você – disse Mon Mothma. – Onde está agora?

– No gabinete do meu pai.

A única despedida que se seguiu foi o clique da ligação de áudio se desconectando. Leia voltou a focar na mãe, que afundara em uma cadeira e tinha as mãos entrelaçadas nos cabelos soltos.

– Não vou nem perguntar o que sabe sobre Paucris – disse Breha, apenas.

– Provavelmente é melhor – admitiu Leia.

– Entende que o Império pode estar indo até nossa base neste exato momento? – A mãe tremia tanto que era possível perceber mesmo com as oscilações do holo. – Entende o tamanho do perigo que está correndo? Não posso deixar que vá a menos que tenha entendido direito.

– Eu entendo. – Mesmo assim, Leia não estava tão aterrorizada quanto estivera no gabinete de Tarkin. Ela percebeu que nunca seria massacrada pelo medo se tivesse algo para fazer. Sua mente já estava na jornada, na mensagem, em todos os detalhes que a fariam avançar e impediriam que se pegasse imaginando a prisão pelo Império e os horrores que certamente se seguiriam. – Tudo bem, mamãe. Eu estou pronta.

– Sim, acho que está mesmo. – Breha piscava rápido. Leia percebeu que a mãe sabia que tanto o esposo quanto a filha estavam em perigo iminente, e mesmo assim não havia nada que pudesse fazer além de exercer seu dever, manter a coroa na cabeça e sorrir. Aquilo parecia insuportável. Mesmo assim, ela levantou a mão como se pudesse tocar o rosto de Leia e disse:

– Eu te amo.

– Eu também te amo.

O holo se desligou imediatamente, e Leia entendeu a razão. Estender a conversa apenas atormentaria mais a mãe. Era melhor focar no que podia ser feito. A Legislatura de Aprendizes só teria outra sessão dali alguns dias. Ela tinha entregado as propostas com antecedência, como de costume, então o prazo de entrega não seria um problema, e Harp a convidara para assistir a alguns holovídeos no dia seguinte – mas, àquela altura, Leia ou estaria de volta ou estaria na prisão...

– *Kier* – murmurou. Ele ainda estava esperando por ela no apartamento dos Organa, sem saber de nada. Quando abriu outro canal de comunicação, ele apareceu diante dela quase imediatamente; devia estar esperando bem em frente à câmera. – Eu estou bem – começou ela. – Mas acho que Tarkin está atrás dos meus pais. Preciso ir ao sistema de Paucris agora mesmo.

– Espera aí, o quê? – Kier estendeu as mãos, como se tentasse conter o fluxo de informação. – Precisa ir aonde?

– Não importa. – Ela de fato não deveria abandonar o garoto sem nenhuma informação, mas tudo estava acontecendo rápido demais. Leia continuou: – Só me dê cobertura se alguém perguntar, pode ser? Diga que preciso ir para casa por um tempinho.

– Leia, isso não está me cheirando nada bem.

Ela concordou com a cabeça.

– Pode ser que não. Mas talvez... Talvez ainda haja tempo. – Ela estendeu a mão, como a mãe fizera, e disse: – Logo volto a falar com você. – *Por favor, que isso seja verdade.*

Kier parecia querer discutir, mas ele também sabia quando discutir com ela seria inútil.

– Logo – repetiu ele. – Promete?

– Prometo.

E, com isso, ela desligou o holo, o que a deixou sozinha em um silêncio sobrenatural pelo tempo de algumas respirações. Foi quase tempo suficiente para que o medo a tomasse – mas aí Mon Mothma chegou correndo pelos corredores, com a túnica branca voando atrás de si, corada de um jeito que Leia nunca a vira antes.

– Peça de crédito – disse a senadora, sem fôlego. – É conectada a contas em bancos tão obscuros que Palpatine nem tem informações sobre eles, com um saldo suficiente para alugar dez naves se precisar.

Leia pegou a peça listrada em dourado e colocou em um dos bolsos mais seguros do cinto.

– Se duas naves não forem o bastante, outras oito não vão ajudar muito. – Era uma piadinha meio mórbida, mas a ajudou a sorrir.

Mon Mothma parou, ainda esbaforida, obviamente procurando por alguma pílula de sabedoria ou conselho útil. Depois chacoalhou a cabeça, colocou as mãos nos ombros de Leia e disse as únicas palavras que importavam.

– Que a Força esteja com você.

CAPÍTULO 29

LEIA NUNCA PRECISARA alugar a própria nave antes, mas achava que não seria tão difícil. O que não entendera ainda é que nunca tinha tentado fazer muitas coisas sem se apresentar como princesa legítima de Alderaan, e como as coisas eram simplesmente muito mais fáceis para uma princesa.

– Uma embarcação? – grunhiu o piloto Lonerano. – Uma coisinha magrela que nem você? O que vai transportar?

Desesperada, Leia tentou decidir se devia arranjar algum tipo de carga para levar junto, mas como faria aquilo a tempo?

– Ah, só eu mesma.

A pelagem do Lonerano se arrepiou em consternação.

– Você disse que vai para Pamarthe, né?

– Isso. – Fora a escala mais movimentada e ao mesmo tempo remota que primeiro veio à mente dela.

Mas pelo jeito ela tinha escolhido mal, porque o Lonerano disse:

– Então é melhor pegar um transporte de passageiros e economizar seus créditos.

– Preciso chegar lá o mais rápido possível...

– Com uma nave de passageiros, não vai demorar nem um dia. – O Lonerano deu um tapinha na cabeça dela. – Agora vaza, filhotinha.

Quantos anos ele acha que eu tenho? Oito? Assim que o Lonerano se afastou, Leia analisou o espaçoporto lotado à procura de alguma embarcação que parecesse pequena o bastante para atendê-la. Alugar uma nave podia parecer muito fácil mas, na prática, arrumar uma para partir o mais rápido possível, e sem atrair perguntas, vinha se provando bem desafiador. Três pilotos tinham recusado prestar serviço para ela até aquele momento; ela também tentara uma nave modelo YT que parecera promissora, caindo aos pedaços e provavelmente precisando de dinheiro para reparos, mas ela havia decolado antes mesmo que a princesa a alcançasse.

Quando viu outra nave toda desajeitada e cheia de remendos do outro lado do hangar, Leia correu na direção dela. Enquanto abria caminho pela multidão, abaixando-se para desviar de um grupo de Arconas e de um Crolute gigante e carrancudo, ela tentou criar uma história melhor. *Eu estou fugindo de casa, e meus pais estão atrás de mim!* Não, porque alguém sensível acabaria perguntando por que estava fugindo completamente sozinha. *Minha avó em Pamarthe está terrivelmente doente, e preciso chegar lá o mais rápido possível!* Já servia.

Leia correu até a nave, mas parou de supetão quando viu não uma, mas duas pessoas conhecidas diante da embarcação, discutindo.

– Desculpa – disse Chassellon Stevis –, mas se eu não chegar ao leilão em Arkanis a tempo, alguém vai arrematar aquele deslizador. Tem noção de como é raro um modelo desse aparecer?

– Raridade é uma ilusão, porque cada pessoa e cada objeto na galáxia é, à sua maneira, algo único. – Amilyn Holdo, com o cabelo ainda tingido em cores brilhantes, mas vestida com um macacão simples de viagem, sorria benevolentemente na direção do colega. – De qualquer forma, eu me inscrevi para um retiro de meditação no meu planeta, e ele começa amanhã.

Chassellon fechou os punhos, como se quisesse chacoalhar Amilyn para tirar alguma razão dela na força bruta.

– Você pode pegar um transporte de passageiros!

Amilyn, por sua vez, cruzou os braços e não cedeu.

– Eu poderia, se eu já não tivesse alugado a *Moa*, que é o caso. Ah, oi, Leia!

Leia disparou:

– Preciso dessa nave.

– Ah, *qual é*. – Chassellon ergueu os olhos ao céu, talvez pedindo ajuda para divindades que não responderam. – Você é um raio de uma princesa! Pode conseguir a nave que bem entender!

Mas Amilyn percebeu algo em Leia que reconheceu, talvez da jornada delas até Ocahont. Ela juntou as mãos, fechou os olhos e disse:

– Tudo bem.

Os olhos de Chassellon se arregalaram de ódio – e Leia nem podia culpá-lo totalmente –, mas ele também pareceu vislumbrar parte do medo e da necessidade genuínos dela. Respirou fundo, ajeitou a gola do terno violeta e disse com mais graça do que ela achava que ele tinha:

– Tudo bem, então. Pode ficar com a nave.

Leia talvez estivesse assumindo um risco ao dizer aquilo, mas era necessário.

– Chassellon, por favor. Não conta para ninguém que você me viu.

Embora ele claramente não entendesse a razão daquele pedido, pareceu compreender que era importante. A voz soou solene quando disse:

– Nem uma palavra. Para absolutamente ninguém. – E, com isso, saiu andando, sem nem olhar para trás.

– Às vezes as pessoas surpreendem – disse Amilyn. – Aliás, sobre essa viagem que precisa acontecer com tanta urgência assim... A gente está falando sobre aquelas coisas das quais não falamos?

Leia demorou um segundo para decifrar a frase.

– Sim, a gente está. E eu preciso ir.

– *A gente* precisa ir, você quer dizer. – Quando Leia a encarou, Amilyn deu de ombros. – Eu já aluguei a nave. E, além disso, já sei todas as coisas que não posso saber.

Definitivamente estou ficando melhor em traduzir as coisas no dialeto Holdonês, porque isso fez total sentido para mim. Leia quis protestar, dizendo que Amilyn *não* sabia de tudo, e para o próprio bem não deveria mesmo saber – mas, na verdade, o que Amilyn já sabia era, sem dúvida, mais do que suficiente para acabar com a garota se o Império os descobrisse. E a melhor maneira de impedir que o Império os descobrisse era partir imediatamente, sem maiores discussões.

Havia outras vantagens naquilo também.

– Talvez seja melhor mesmo que a nave esteja alugada no seu nome – admitiu Leia.

– Então vamos. – Amilyn empurrou Leia na direção do passadiço. – Para onde a gente tá indo, aliás?

– Pamarthe de novo.

Amilyn sorriu tão abertamente quanto se estivessem em uma viagem a passeio.

– Brill? – gritou. – Mudancinha de planos! Ou melhor dizendo: vamos para um planeta totalmente diferente!

Leia desejara ver uma das famosas tempestades de Pamarthe. E, de todos os seus desejos, a Força escolhera justo aquele para realizar, e no pior momento possível.

A *Moa* os pegou no meio de várias tempestades, tanto terrestres quanto celestes: enquanto o mar escuro ao redor da ilha portuária se agitava sob um céu fechado, auroras oscilavam em tons de rosa e de verde lá em cima, anunciando tempestades solares que afetariam vários dos sensores da nave.

Eu tinha que ter escolhido justo Pamarthe?, Leia perguntava a si mesma enquanto ela e Amilyn desembarcavam da nave, com a tripulação de Ithorianos acenando enquanto subiam a rampa da *Moa*. *Eu podia ter escolhido qualquer planeta na galáxia, mas tive que escolher justo o que está prestes a fechar o tráfego aéreo.*

Até a disposição meio inconsequente de Amilyn pareceu murchar diante da visão.

– Ficar encalhada aqui seria amedrontador de um jeito bom em circunstâncias normais, mas nesse momento é amedrontador de um jeito ruim, não é?

– Do pior jeito. – Leia ainda imaginava o rosto do pai, que surgia em sua mente de tempos em tempos. Primeiro o via cálido e amoroso, como quando conversaram na biblioteca, mas depois se lembrava da fúria dele durante aquele último encontro. Será que aquela seria a memória final que teria do pai? *Não, isso não. Por favor, que eu tenha mais uma chance de fazer as pazes com ele.* – Dizem que os pilotos de Pamarthe não têm medo de nada. Espero que seja verdade.

Infelizmente, descobriram que o povo de Pamarthe tinha medo de exatamente uma coisa: perder suas amadas naves. Depois das primeiras três negativas, a vontade de Leia era se jogar no chão e dar um chilique, como se fosse uma criança. Respirou fundo algumas vezes, tentando canalizar a raiva em alguma direção melhor, e ouviu Amilyn dizer:

– Que tal aqueles... sapões peludos?

Virando na direção em que Amilyn apontava, viu um grupo atarracado de criaturas bamboleando na direção de uma nave plana e baixa, e arfou cheia de uma nova esperança.

– Chalhuddanos!

– Quem?

– Eu explico depois. Por enquanto, deixa que eu falo.

Leia disparou na direção da nave do povo de Chal Hudda com um amplo sorriso no rosto – mas, quando notaram a aproximação dela, ficou claro que o grupo em questão não fazia ideia de quem ela era, porque fecharam a expressão, deram de ombros e desviaram o olhar. Ela sem dúvida não parecia nem um pouco imponente, não mais do que uma adolescente com o olhar selvagem e uma roupa indistinta. As broncas de 2V ecoaram em sua memória: *Uma princesa é em parte conhecida pela grandeza de seus trajes!*

– Pontos para a Doisvê – murmurou Leia.

Quando ela e Amilyn se aproximaram, o maior Chalhuddano virou as costas.

– Não precisamos de nenhuma ajuda de gente seca – resmungou –, e também não ajudamos ninguém.

Amilyn se intrometeu:

– É um serviço pago! Um serviço *bem* pago! Ela é uma princesa... – A expressão da garota se desfez quando percebeu a aparência desgrenhada de Leia. Acrescentou, débil: – É sério.

Não era daquele jeito que impressionariam o grupo de Chalhuddanos, que só soltaram um bufar e saíram andando. Leia parou no meio do grupo, ergueu o queixo e declamou:

– Coloquem-me em contato com Occo Quentto. Imediatamente.

Olharam para ela. Alguém no grupo soltou outro bufar e um som desencorajador, mas o resto trocou olhares incertos. O simples fato de que ela sabia o nome da liderança do planeta provavelmente fez com que prestassem atenção.

– Vocês me ouviram – continuou Leia, com toda a frieza monárquica que conseguiu invocar, o que foi muito. – Agora.

Em alguns minutos ela já estava dentro da úmida nave Chalhuddana, com suor escorrendo da testa enquanto um holo em tons de sépia surgia.

– Você é aquela princesa – disse Occo, em sua versão de um cumprimento amigável.

– Isso, sou eu. – Ela manteve o rosto impassível e o tom imponente. – Você me deve um favor, Occo Quentto, e vai retribuí-lo hoje.

A grande bolsa de ar sob o queixo de Occo se inflou, depois murchou de novo.

– Essa reivindicação é legítima. O que exige?

– Transporte imediato até Paucris Maior, para mim e para uma acompanhante.

Occo concordou com a cabeça.

– Que assim seja.

Sem precisar de mais ordens ou convencimento, o grupo de Chalhuddanos começou a bambolear para lá e para cá, aprontando-se para a viagem. Por mais que Leia precisasse daquilo, porém, sabia que seria desonesto não falar mais nada.

– Eminente líder, precisa ouvir mais sobre a verdade que há por trás dessa viagem.

Os lábios largos da enorme boca de Occo se apertaram em uma careta.

– O favor foi reivindicado. O favor será pago.

– Mas você vai me fazer um favor muito maior do que o que eu fiz – disse Leia. – E vai ser muito mais perigoso, também. É injusto com o seu povo eu envolver vocês nisso sem maiores explicações.

– Que explicação pode se erguer entre o povo Chalhuddano e nosso dever? – Occo alternou o peso de uma nadadeira para a outra, o corpo inquieto com a desconfiança das criaturas da terra. – Você nos desonra ao duvidar de nós.

Leia fez uma reverência mais humilde do que faria para o próprio Imperador e assumiu uma fala mais formal.

– Duvidam de mim, eminente líder, ao não ouvirem o que estou dizendo.

Depois de um coaxar profundo e exasperado, Occo disse:

– Iremos ouvir.

– Ao viajar para tal sistema, sua tripulação colocará a vida em perigo. A Frota Imperial logo seguirá até Paucris Maior com o objetivo de erradicar todas as pessoas que encontrar. O povo que lá está é meu povo, e devo salvá-lo mesmo que isso signifique perder minha vida. Mas não posso transferir essa responsabilidade para o seu povo antes que ele, e você, entendam perfeitamente o que irão confrontar. Mas agora já sabem.

Occo Quentto piscou os olhos protuberantes e a bolsa de ar inflou pensativamente. Leia pensou que talvez tivesse sido honesta demais, a ponto de perder a nave – e talvez até mesmo a guerra.

Mas então Occo disse:

– Quanto maior o favor, maior a honra. Essa nave irá levar vocês ao sistema de Paucris, e todas as outras naves de Chal Hudda que estiverem no setor também irão a seu encontro. Não podemos ofertar mais do que cinco ou seis delas, mas usaremos todas as nossas habilidades para transportar e cuidar de vocês da melhor forma possível.

– Isso é mais do que retribuir meu favor, Occo Quentto. – Leia colocou as duas mãos sobre o coração, esperando que o órgão circulatório das pessoas Chal Hudda ficasse em algum lugar meio parecido. – Depois disso, estarei de novo em dívida com o seu povo.

– E, algum dia, reivindicaremos outro favor. – O rosto largo de Occo se franziu em uma expressão que ela achou que era sua versão de um sorriso. – *Agora* você nos entende.

O holo desapareceu.

– Eu tinha a esperança de experimentar a mortalidade de perto, mas devo dizer que isso aqui está saindo melhor que a encomenda – disse Amilyn. Leia se virou, pronta para sugerir que a amiga ficasse ali mesmo com a peça de crédito de Mon Mothma, mas a amiga sorria. – Isso é *fantástico.*

As naves do povo Chalhuddano eram equipadas com armamentos – não muito, mas eram. Leia tinha dado um jeito de formar uma minúscula frota própria. Por mais satisfeita que estivesse, imaginou-se encarando um Destróier Estelar do Império e...

Estremeceu. *Que a Força nos guie até lá, para começar,* pensou. *Aguenta firme, papai. Estou a caminho.*

CAPÍTULO 30

– VAMOS CHEGAR AO SISTEMA de Paucris na contagem de três – disse a pessoa de Chal Hudda que pilotava a nave, o corpo acomodado na cadeira em formato de cumbuca.

Leia e Amilyn – que ao longo da última hora haviam aprendido muito sobre a alta tolerância do povo Chalhuddano às ondas de choque – correram imediatamente até um mesmo assento e prenderam o cinto de segurança (se as duas se sentassem juntas e apertassem o cinto o máximo possível, ele funcionava até que bem).

Amilyn soprou um cacho de cabelo roxo que caíra sobre seu rosto para poder encarar Leia nos olhos. Não havia sinal algum da extravagância de sempre quando disse:

– O que fazemos se o Império já estiver aqui?

– A gente foge antes que alguém nos veja, se possível. – As chances não eram lá muito boas, mas também não eram remotas; Leia duvidava que um droide teria sido capaz de superar as probabilidades como elas. – Caso contrário, a gente se entrega imediatamente. Alega ignorância e deixa claro que só contratamos esse grupo de Chalhuddanos, que sabem menos ainda do que nós.

Ela não achava que aquilo salvaria a pele da tripulação, mas enfim – havia uma chance. Se o grupo tivesse nem que fosse uma chance em mil de sair ileso, Leia tinha o dever de tentar.

– Alegar ignorância – repetiu Amilyn. – Beleza. Acho que sou boa nisso.

– Pelo nosso bem, espero que seja mesmo.

Leia não estava muito otimista. Achava que qualquer dúvida que ainda pudesse penetrar na mente de seus captores sumiria no instante em que o Grão Moff Tarkin ficasse sabendo da chegada da princesa no mesmíssimo sistema que mencionara a ela algumas horas antes. Nem Amilyn Holdo e nem o grupo de Chalhuddanos conseguiriam se safar.

Ou eu vou salvar a vida de todos os rebeldes no sistema de Paucris... ou vou ter condenado ainda mais pessoas à morte.

O Chalhuddano que pilotava a nave empurrou uma alavanquinha e a vibrante luz azul do hiperespaço deu lugar ao espaço coalhado de estrelas. A embarcação inteira chacoalhou tão freneticamente que Leia mordeu acidentalmente a língua, fazendo-a sangrar. A cabeça de Amilyn bateu contra a dela com tanta força que doeu, mas não a atordoou o bastante para impedir que continuasse encarando a tela, com os olhos arregalados, dividida entre a esperança e o pavor...

– Há uma frota de naves planetárias e civis espalhadas ao redor de estruturas que orbitam Paucris Maior – coaxou o Chalhuddano no comando. – Nossas outras naves se aproximam. Não há embarcações Imperiais no sistema.

Graças à Força. Leia se largou ao lado de Amilyn e suspirou fundo. Na tela, em meio ao amontoado de naves, conseguiu distinguir o perfil peculiar da *Tantive* IV, que nunca lhe parecera tão bela. Amilyn chacoalhou o punho fechado no ar, em um sinal de vitória.

– Não vamos comemorar tão cedo. – Leia soltou o cinto de segurança, saltou para fora da cadeira alta em forma de cumbuca e correu até o painel de comunicações. Quando gesticulou, o canal foi aberto e ela disse: – Para todas as embarcações captando este sinal: aqui é

Leia Organa de Alderaan chamando Bail Organa, ou qualquer outra pessoa no comando de... qualquer outra pessoa no comando. Repito: aqui é a Princesa Leia Organa de Alderaan. Por favor, respondam.

Nenhuma resposta chegou.

– Será que devemos voar mais perto? – perguntou Amilyn.

– Melhor não. Eles podem ter ordens de abater qualquer nave não autorizada. – Leia se lembrava muito bem do aviso do pai em Crait.

Os segundos se arrastaram e Leia sentiu o estômago se revirar – mas logo ouviu um ruído de estática.

– *Leia?* – Ela nunca ficara tão grata de ouvir o pai parecendo absolutamente furioso. – O que você...

– O Império está vindo – disse ela. – Algo que Tarkin me disse sobre este sistema me deu a pista. Mamãe e Mon Mothma me enviaram. As naves inimigas já podem estar a caminho, e você precisa tirar a frota daqui imediatamente.

Felizmente, Bail Organa era um homem que sabia que algumas conversas podiam esperar até o momento oportuno.

– Vamos nos deslocar na contagem de dez. Encontre com a gente na *Tantive* IV.

Assim que as naves do povo Chalhuddano assumiram seu lugar entre as naves rebeldes – que estavam sendo religadas de forma apressada e tripuladas com equipes mínimas ou com droides –, a embarcação de Leia foi capaz de atracar junto à *Tantive* IV e permitir que desembarcassem. Ela esperava sentir um alívio maior estando em um lugar familiar, mas havia mais familiaridade ali do que ela esperava.

– Opa, e aí? – disse Ress Batten, com um sorriso miserável no rosto. – Caso esteja se perguntando, não, eu não estava te enganando esse tempo todo. O Capitão Antilles me colocou a par de tudo não muito tempo atrás... Bem a tempo de encarar um bom perigo mortal, hein?

– Sorte a sua – disse Amilyn, alguns passos atrás. Ela caminhava distraída, encarando as paredes brancas da nave como se fossem milagrosas.

Batten franziu o cenho, consternada. Mas não havia tempo de explicar às duas uma sobre a outra, pois, no fim do corredor, separado dela por alguns tripulantes e droides que corriam de um lado para o outro, Leia viu a figura familiar de casaco azul e capa: o pai, são e salvo, como ela imaginava nunca mais vê-lo.

Ele a notou no mesmo instante.

– Leia!

Que o protocolo real se danasse. Ela correu até ele e se atirou em seus braços. Bail a abraçou com tanta força que os pés de Leia saíram do chão por um momento, como ele costumava fazer quando ela era uma garotinha.

– Não sabia se a gente chegaria a tempo – disse ela. O rosto apertado contra o ombro do pai abafava as palavras, mas ela não queria se afastar ou soltar Bail. Ele podia ouvi-la, o que já era suficiente. – Achei que ia encontrar o senhor morto.

– Mas isso poderia ter acontecido com você. – A mãozorra de Bail Organa acarinhou seu rosto, depois ergueu seu queixo para que se olhassem. – Em vez disso, vamos salvar esta frota.

– Eu finalmente me provei para o senhor.

– Leia, não. Você *nunca* precisou se provar. Sempre acreditei em você, e sempre vou acreditar. Se fiz você duvidar disso ao longo dos últimos meses, peço perdão. – O remorso na voz do pai era tão profundo que a garganta de Leia se apertou, deixando-a sem palavras. Bail a puxou para perto e falou de forma ainda mais intensa. – De todas as várias razões que eu e sua mãe temos para lutar, *você* sempre foi a mais importante delas. Queremos uma galáxia melhor para você, um futuro melhor. Então foi difícil entender que você também tinha que lutar. Que não podemos simplesmente salvá-la... Que precisa estar ao nosso lado.

Ela concordou com a cabeça.

– Eu entendo. Sempre entendi, de verdade. Está tudo bem.

– Eu não queria me permitir aceitar que você já estava pronta para isso. – Ele deu um sorriso meio torto, mas cheio de orgulho. – Mas não há mais como negar.

Leia abraçou o pai de novo, grata porque, enfim, eram parceiros de novo, e nada mais os separaria.

O abraço durou o pouco tempo que tinham a perder. Quando Bail a soltou, já focara de novo na operação militar em andamento; a diferença era que agora incluía Leia nos planos.

– Vamos dissolver essa parte da frota por enquanto, até conseguirmos arranjar um ponto de encontro em algum entreposto alternativo. Há sequências de autodestruição programadas nas estações de reparo desde o princípio. Elas serão ativadas antes da partida do último comboio.

Parte da frota? Quantas outras naves existiam por aí, e onde estavam? Mas Leia faria esse tipo de pergunta depois.

– O senhor tem alguma nave na qual eu e Amilyn possamos voltar para Coruscant? – Leia pensava naquilo desde que haviam atracado junto à *Tantive* IV. – Não quero que ninguém ligue o povo Chalhuddano a nós.

O pai deu um sorriso ao mesmo tempo de deleite e admiração.

– Já falei com a pessoa no comando. Você fez sua primeira aliança diplomática, e no processo negociou um comboio armado. – Só então ele parou. – Espera aí. "Amilyn"?

– Oiê!

Amilyn fazia algum tipo complicado de alongamento atlético no fim do corredor – talvez para dar alguma privacidade para o encontro de pai e filha, mas talvez só por diversão.

– Amilyn Holdo de Gatalenta – explicou Leia. – Ela é uma amiga minha da Legislatura de Aprendizes. Tem um talento especial de calhar de estar no lugar certo, na hora certa.

– Esse é o melhor tipo de amigo que alguém pode ter. – Bail acenou com uma mão antes de voltar a atenção para a filha. – Temos uma saltadora que podem usar. Parece com uma nave civil, e é pequena o bastante para pilotarem sozinhas.

Leia não tinha tanta experiência de pilotagem, mas conseguia se virar.

– Certo. Depois que eu deixar Amilyn em Coruscant, queria voltar para Alderaan por alguns dias. A menos que o senhor vá estar em Coruscant também...

– Você não precisa de permissão para voltar para Alderaan – disse o pai, com gentileza. – E, depois disso tudo, acho que um tempinho na nossa casa, em família, cairia muito bem.

Ao longo dos últimos vários meses, Leia desejara e esperara que as coisas entre ela e os pais voltassem a ser como eram. Ela então entendeu que isso jamais aconteceria, porque nem ela e nem os pais eram mais quem costumavam ser. Tinham se transformado na família que seriam de agora em diante – uma família unida para encarar os desafios que tinham pela frente.

– Nossa casa – ela repetiu. – Eu ia adorar.

– Eu achava que os transportes da monarquia eram mais... Bom, mais *monárquicos*. – Amilyn olhou ao redor, analisando o minúsculo interior cinzento da nave saltadora, mais curiosa do que decepcionada. O cabelo brilhante da garota era a coisa mais colorida no recinto.

Leia escorregou para o assento do piloto e tentou se familiarizar com os controles. Dados em uma tela informavam que havia cinquenta e nove naves nas proximidades, que iam de fragatas médicas a minúsculas embarcações para uma pessoa. Com alguns toques na tela, Leia destacou as naves do povo Chalhuddano; não queria deixar o sistema até que estivessem seguros.

– Definindo percurso com destino a... – Voltar direto para Coruscant seria arriscado. – Baltizaar.

– Espelhos desviam a luz – disse Amilyn.

Leia concordou com a cabeça, assimilando o reconhecimento da amiga de que deviam fazer um desvio no caminho antes de entender totalmente a metáfora. Suspirou enquanto pensou: *É, estou ficando fluente em Holdonês.*

Pela imagem na tela, Leia era capaz de ver com facilidade a *Tantive* IV deixando a órbita do planeta com as outras embarcações; por mais distante que a corveta estivesse, seu formato era tão familiar à princesa quanto qualquer parte de sua casa. As naves ao redor começaram a desaparecer com o esticar-e-estalar ilusório que marcava o salto para o hiperespaço. O céu ao redor de Paucris Maior foi escurecendo conforme, uma a uma, as naves desapareciam. O pai de Leia ficou por perto com a *Tantive* IV até quase o final, como ela sabia que ele faria.

Amilyn se aproximou da tela onde os dados rolavam.

– Só tem mais quarenta e duas naves... Agora dezoito... Sete... Duas. – Depois de uma longa pausa, ela repetiu. – Duas. Ainda sobraram duas.

Para o espanto de Leia, uma das naves remanescentes era uma das embarcações do povo Chalhuddano, ainda perto demais das estações de reparo; não ia demorar muito até que as sequências de autodestruição fossem ativadas, explodindo as estações – e tudo o que houvesse ao redor.

– Estão com algum problema? Será que precisam que a gente os reboque? A gente *conseguiria* fazer isso?

Mas então as luzes dos motores da nave brilharam mais forte, e ela também voou hiperespaço adentro. Uma onda de alívio inundou Leia, deixando-a quase sem forças.

– Certo. Então agora a gente pode...

– Tem mais uma *sem contar a gente.*

A mão de Amilyn tremia enquanto convertia a imagem para a forma de holo: era um cruzador padrão, sem nada que o discriminasse, do tipo que podia ser alugado em qualquer hangar da galáxia. Não voava para longe de uma das estações; voava *na direção* de uma delas.

Os dedos de Leia se apertaram ao redor dos braços do assento.

– Aquela nave não estava aqui quando chegamos neste sistema, estava?

Amilyn negou com a cabeça.

Stang.

Leia tentou se recompor e começou a listar as possibilidades. O cruzador não era uma nave Imperial. Quem quer que o estivesse pilotando tampouco era um espião Imperial, caso contrário teria partido junto com as outras embarcações para reportar o que tinha descoberto – e mesmo um vislumbre rápido do que fora possível ver da frota rebelde já era mais do que o bastante para merecer um relatório. Um caçador de recompensas tentando virar informante? Mas o que um caçador de recompensas saberia sobre o sistema de Paucris? Como alguém...

O estômago de Leia se apertou. Sentiu-se tonta, como se a nave em que estava girasse em vários eixos ao mesmo tempo. Acionou os comunicadores e mandou um sinal para o cruzador, e para a pessoa que ela sabia que estaria lá dentro.

– Kier?

CAPÍTULO 31

APESAR DE SABER QUE AQUELA era a verdade, doeu reconhecer a voz de Kier.

– Leia? Graças à Força encontrei você. – Ele soou muito aliviado. Talvez até grato. – Parecia que você estava em...

– Kier! Você precisa se afastar da estação, agora! Ela vai explodir!

– Do que você es...

Se ele tivesse apertado alguns botões e acelerado naquele instante, sem hesitação, talvez o cruzador pudesse ter saído do alcance. Se tivesse voado até mais perto ou mais rápido do que voara, talvez não tivesse chance alguma. Mas quando o impacto da explosão se propagou – destruindo a estação em uma onda de fogo e estilhaços de aço –, a nave de Kier foi empurrada com violência. Amilyn gritou, mas Leia se viu sem fôlego até para isso. Ficou encarando a cena, horrorizada, sem saber se simplesmente tinha acabado de ver o garoto morrer.

A nave delas chacoalhou enquanto destroços menores atingiram o chassi. Apesar dos pedaços de metal que cobriam todo o campo estelar na tela, Leia ainda conseguia distinguir a imagem do cruzador de Kier. Os motores não brilhavam mais; não havia sinal de energia, não era possível identificar quanto dano a nave sofrera.

Uma calma pouco familiar a dominou. Quando o medo e o desespero atingiram seu pico absoluto, sua mente ficou cristalina – firme, determinada, focada, direta. Suas emoções continuavam ali, mas protegidas dentro de uma estrutura que não cederia ainda.

– O Império está a caminho. – Falou com Amilyn com tanta firmeza quanto falara com os pais em seu Dia da Reivindicação. Era como se já soubesse as palavras. – Vão estar aqui a qualquer minuto. Preciso tentar ajudar Kier, mas se quiser atracar na nave dele e depois ir embora, pode ir. Talvez eu consiga recuperar os motores do cruzador.

– *Talvez?*

Não havia por que responder. Leia ou teria sucesso ou não teria. O que importava era proteger todo mundo que pudesse.

– Você não precisa assumir esse risco. Eu já vou.

Amilyn tremia com o choque, mas balançou a cabeça em uma negativa.

– Não seja idiota. Não vou deixar nenhum dos dois para trás.

– Então vamos.

Leia levou as mãos aos controles. A nave saltadora disparou. Ela ajustou o percurso para que o cruzador de Kier (apagado, rodando de um lado para o outro, severamente destroçado) permanecesse no centro do visor, ficando maior a cada segundo.

Por sorte, tanto a saltadora quanto o cruzador eram de modelos tão básicos que tinham inclusa a função de compatibilidade de atracagem automática. A nave de Kier permanecia inerte, mas a saltadora foi capaz de se conectar a ela e enviar um pouco de energia local. A embarcação de Leia chacoalhou quando se atracou à outra, e uma luz de alerta começou a piscar: a gravidade artificial do cruzador estava inoperante. Para evitar que o conteúdo da nave delas fosse puxado para dentro do cruzador quando as portas abrissem, ela desligou de imediato a própria gravidade, enroscando uma perna ao redor da base do assento para se manter mais ou menos no lugar. E em um instante estavam desancoradas, sem peso. O cabelo de Amilyn voou ao redor da cabeça em uma nuvem multicolorida; ela encarou Leia, como se fosse incapaz de entender como tudo podia estar tão silencioso e calmo. Nem Leia entendia.

As portas se abriram e Leia se empurrou para cima, flutuando até o cruzador – ou o que restara dele. Todas as suas luzes estavam apagadas; a única iluminação era a que vinha da nave saltadora. Pedaços de metal rodopiavam no ar, e gotas flutuantes de água brilhavam quando capturadas pela luz. Uma delas atingiu o rosto da princesa – e era quente.

Água, não. Sangue.

No centro da escuridão, Leia vislumbrou a silhueta magra de Kier. Tinha os braços abertos e flutuava, solto. A inércia do movimento da garota a fez chegar mais perto dele, até precisar erguer a mão para tocar o teto e evitar uma colisão. Chegou perto o bastante para puxá-lo em um abraço. Quando sentiu a pulsação do coração dele contra sua mão, inundou-se de alívio.

– Kier? Você consegue me ouvir?

O feixe de luz fraca que vinha de baixo iluminava de leve o rosto do rapaz quando seus olhos se abriram de súbito.

– Leia?

– Estou aqui. Vou levar você de volta para Alderaan, vamos conseguir ajuda médica.

Em Alderaan, os pais iriam garantir que ele recebesse o melhor tratamento possível em segredo, uma garantia que não teriam em Coruscant.

– Você estava... estava assustada e... em perigo... – A expressão de Kier permanecia aérea. Ele a tinha reconhecido, mas parecia não ter registrado nada do que ela dissera. – Eu segui você.

O remorso atingiu Leia com tanta força que ela quis gritar, mas se forçou a focar. A ficar cristalina.

– Eu estou bem. Está tudo bem agora. Você veio atrás de mim, e eu estou em segurança. Consegue se segurar em mim? Se apoiar em mim?

Kier tossiu, e a única coisa pior que o som foi o terrível espasmo de dor que tomou seu rosto.

– ...haste de memória... – disse ele, com a voz rouca.

A consternação de Leia se transformou rapidamente na compreensão de que a haste de memória devia ser algo de vital importância. Ela escrutinou a escuridão até ver o dispositivo de escaneamento e armazenamento de memória em massa, cilíndrico e dourado. Aninhando Kier contra seu corpo com uma das mãos, capturou a haste com a outra.

– Pronto. Peguei. Você não precisa se preocupar com isso.

– Promete... ligar ela. – Ele tossiu de novo, mais fraco. – Proteja eles se... mas... Alderaan, por Alderaan...

Ele ouvira o planejamento no salão de banquetes. Soubera o que havia acontecido em Onoam, sobre a fragata médica, sobre toda a aliança de líderes prontos para se erguer contra Palpatine. Assim que chegara naquele sistema e vira a grande quantidade de naves sendo reparadas ali, Kier certamente entendera exatamente o que aquilo significava. Quando a frota começara a fugir, tinha aproximado o cruzador das estações para coletar mais informações.

Registrara tudo aquilo para poder entregar os rebeldes às autoridades.

Kier amava Alderaan mais do que odiava o Império. Se tivesse que escolher entre o resto da galáxia e seu lar, ele escolheria o segundo. Era uma escolha que Leia jamais faria – mas ela o entendia.

– Leia – sussurrou ele, lutando para respirar. – Prometa.

Ela sorriu para ele com ternura, depois acariciou seu rosto e mentiu.

– Eu prometo.

Com um suspiro, ele relaxou nos braços da princesa. Seus músculos se soltaram. Leia continuou o abraçando até sua respiração ficar mais rasa e seu coração mais fraco. Foi tudo tão lento, tão gradual, que ela não saberia apontar o momento exato da morte de Kier. Pelo que pareceu vários minutos depois, ela ficou ali abraçada a ele, querendo se demorar tanto tempo quanto possível no último lugar em que haviam ficado juntos.

Mas o Império se aproximava, e Leia tinha outras vidas para salvar.

Ela deixou a haste de memória voar de sua mão, e depois se empurrou para baixo ainda com o corpo de Kier nos braços. A luz foi ficando mais forte enquanto flutuavam de volta para a saltadora; alguns destroços do cruzador também os seguiram pelo ar, mas nada que precisariam limpar antes de entrar na nave. Amilyn usara o cinto do macacão para se amarrar ao assento, e puxava a gola sobre o rosto para cobrir os olhos. Por um instante, Leia achou que era só mais um pouco de esquisitice – até perceber que Amilyn chorava, e tentava absorver as lágrimas com a gola para que não saíssem flutuando ao redor.

Leia apertou um botão próximo à escotilha e interrompeu a conexão entre as duas embarcações; Amilyn religou a gravidade. Leia tentou segurar Kier da melhor forma que pode, mas o súbito retorno de peso a fez tropeçar, e o corpo do garoto caiu no piso com um barulho surdo.

O ruído foi tão final... tão *mórbido*...

O cristal se estilhaçou. Todo o sofrimento que Leia sentia, todo o medo e a raiva e todas as outras coisas que mantinha engarrafadas ou usava como combustível... ela não conseguiu mais segurar nada aquilo. Irrompeu em soluços, encolhendo-se no chão ao lado de Kier.

Leia passara os últimos meses tentando provar que era adulta. Mas não era tão madura assim. Não era tão séria ou durona assim. Quando cedeu, sentiu-se em pedaços, completamente em pedaços, como não se sentia desde criança, e como poucas vezes voltaria a se sentir. Ela se arrastou e pousou a cabeça sobre o peito de Kier, tentando se lembrar do som das batidas de seu coração, como se aquilo pudesse trazê-lo de volta à vida.

Amilyn não disse nada. Apenas assumiu os controles, ligou os motores e levou a nave o mais longe possível dos destroços para garantir um caminho limpo para o salto. Leia pensou nos escombros das estações despencando na direção de Paucris Maior, brilhando incandescentes enquanto queimavam ao reentrar na atmosfera.

A nave de Kier seria capturada pela gravidade do planeta também, e as evidências pelas quais ele entregara a vida se desintegrariam em átomos, para sempre perdidas.

Leia chorou durante toda a jornada pelo hiperespaço, dando soluços terríveis que faziam parecer que as lágrimas estavam sendo arrancadas dela. Quando a nave saltadora saiu do hiperespaço, ela tentou se recompor, mas voltou a colapsar quando ouviu o som familiar dos faróis de boas-vindas de Alderaan. Amilyn entendera que tanto Leia quanto Kier precisavam voltar para casa.

Vou ter que mentir para os pais dele. Leia fechou os olhos bem forte, como se pudesse bloquear aquela parte do futuro certo. *Vamos ter que inventar alguma história que explique a morte dele. Pelo menos posso dizer que ele morreu tentando me salvar. Essa parte da verdade eu posso contar.*

Algum dia aquilo seria um conforto. Mas, naquele momento, só a machucava mais.

O comunicador soltou um ruído, sobressaltando Leia e a fazendo erguer os olhos. De onde estava, no chão, podia ver o rosto de um capitão Imperial, sério e marcado por um bigode.

O medo intenso que Leia sentia, combinado com seu sofrimento, foi o suficiente para fazê-la sentir um enjoo. *Estavam esperando a gente aqui o tempo todo.*

Aparentemente, o capitão conseguiu ver apenas Amilyn, sentada no banco diretamente oposto à tela.

– *Embarcação sem identificação, por favor reporte seu...*

– Aqui é a saltadora quatro-zero-dois-quatro-um-um-LN, e o senhor pode me chamar de Lyn. – O sorriso mais largo e tonto que

Leia já vira no rosto de Amilyn surgiu, como se nada estivesse errado ou sequer pudesse estar. – Alô-ou.

Compreensivelmente pasmo, o capitão precisou de um momento para responder.

– Os níveis de ionização de sua embarcação sugerem uma viagem a um sistema sob investigação.

Amilyn aquiesceu, lenta e assertivamente, enrolando um cacho do cabelo vibrante com os dedos.

– Acabei de voltar do sistema Shili. Os senhores estão investigando ele também? Porque achei o sistema um ar-ra-so.

Shili era um planeta não muito diferente de Paucris Maior. As estrelas ao redor das quais ambos orbitavam tinham praticamente o mesmo tamanho e as mesmas propriedades. Assim, os níveis de ionização de fato seriam praticamente idênticos. Leia não sabia se lhe ocorreria um sistema tão similar mesmo que tivesse uma hora para pensar a respeito. Amilyn o fizera imediatamente.

O capitão trocou olhares com um oficial júnior que estava um passo atrás dele.

– Vocês estavam investigando o planeta?

– Sim, porque eu curto comparar os diferentes sistemas astrológicos da galáxia. – Amilyn manteve a voz mais monótona do que o normal, e tombou a cabeça em um ângulo quase estúpido. – Tipo, para ver se os mesmos tipos de estrelas têm a mesma influência sobre as características de todas as pessoas em mundos totalmente diferentes. O senhor é de Coruscant?

O sotaque dele fora o bastante para revelar aquilo.

– Minha origem é irrelevante. Agora, jovenzinha...

– Viu, eu *sabia* que o senhor era de Coruscant. Qual é o seu signo?

– Não faço a menor ideia. Essas superstições...

– Eu apostaria qualquer coisa que o senhor é de Genry em Coruscant, o que significa que em Shili ia ser de Ai. E aí, perto de ambos os mundos tem o quê? Aquela formação de anãs azuis. Isso dá às pessoas nascidas sob esse signo muita sabedoria, muito carisma e uma... – Amilyn balançou a cabeça sensualmente – ...virilidade excepcional.

A risadinha do oficial júnior se transformou em uma tossida a tempo de evitar a olhada feia do capitão. Quando o homem virou de novo para o comunicador, fez um gesto irritado com a mão.

– *Está liberada. Pode ir.*

– O senhor não quer papear? – Amilyn manteve o olhar inocente no rosto até a tela se apagar.

A garganta de Leia doía tanto de chorar que ela mal conseguiu falar.

– Astrologia – disse, rouca. – Foi assim que você soube qual sistema estelar escolher para cobrir nossos traços. Astrologia.

– Tudo está escrito nas estrelas. – Amilyn pegou a mão de Leia. Era um gesto simples de conforto, mas selou a amizade delas para a vida toda. Ela não soltou o aperto até dizer: – Vamos levar vocês dois para casa.

CAPÍTULO 32

QUANDO LEIA ERA PEQUENININHA, os pais às vezes a levavam para a enorme cama de casal e deixavam ela pegar no sono aninhada entre eles. Quando, aos quatro anos, ganhou a própria "cama de mocinha", ela mesma se declarara crescida demais para dormir com os pais, uma regra à qual se apegara de forma resoluta – exceto, é claro, quando estava doente ou quando assistia a algum holo assustador sobre gundarks mortos-vivos. As memórias daquelas noites com os pais haviam ficado embaçadas e indistintas com o tempo, uma coisa que podia ser tanto algo que sabia que tinha acontecido quanto algo que lembrava de ter vivido – até a noite seguinte à morte de Kier, quando ela se arrastou para aquela mesma cama, encolheu-se em posição fetal e sentiu que jamais voltaria a se mover.

– Acha que conseguiria comer alguma coisinha? – Breha se sentou ao lado dela, acarinhando as costas da filha. – Ou pelo menos beber um pouco de água ou de chá?

Leia queria se desligar, entregar-se à tristeza traiçoeira que fazia seus membros pesarem, mas não tinha o direito de fazer isso. Precisava continuar avançando. Comer parecia impossível – ainda estava acometida por náuseas –, mas, enfim, murmurou:

– Talvez um chá.

Com o canto do olho, viu a mãe fazer um gesto urgente para um droide de serviço, que disparou em direção à cozinha.

Um barulho surdo e alguns bipes de desculpas indicaram uma colisão no corredor, e no instante seguinte Bail reentrou no quarto. Seu rosto abatido teria chocado Leia se ela não tivesse certeza de que também teria feito aquela exata expressão.

– Falei com os Domadi. – As palavras se enroscaram em sua garganta. Ele balançou a cabeça e puxou a longa capa. – Fazer duas pessoas passarem por um sofrimento desse...

– Bail. Por favor – disse Breha, baixinho, com uma das mãos sobre o ombro de Leia.

O pai se conteve.

– Disse a eles que houve um pequeno acidente entre embarcações pequenas na atmosfera do nosso planeta, e que ele se sacrificou por Leia. Droides elaboraram um cenário mais detalhado que poderíamos usar caso eles fizessem mais perguntas, mas... não precisaram. Não quiseram. – Depois de um momento, acrescentou, com a voz rouca: – Eu disse que estaremos sempre em dívida com eles, e que Kier Domadi será reconhecido como herói não só por sua família, mas por Alderaan como um todo.

Será que o heroísmo do filho confortaria os Domadi? Leia não conseguia imaginar nada capaz de amenizar uma dor daquelas, nem para eles e nem para ninguém. E, independentemente de toda a bravura que demonstrara ao se apressar para proteger Leia, ela jamais esqueceria o que teria acontecido se ele tivesse sobrevivido.

– Ele ia entregar a rebelião. – Ela dissera aquilo aos pais assim que chegara a Alderaan, mas estivera abalada demais para revelar mais detalhes. Nenhum dos dois tinha tocado no assunto desde então. – Ele ia tentar encobrir nossa família se pudesse... Ele não entendia o quanto isso seria impossível, mas mesmo assim... ele ia entregar a rebelião.

Bail se sentou na beirada da cama, claramente ponderando a resposta. Breha ajeitou com os dedos as madeixas soltas que haviam caído das tranças despenteadas de Leia, como às vezes fazia para consolar a filha quando pequena. Leia continuou sentada, o corpo tão pesado com todo o luto que era incapaz de levantar, encarando o teto onde séculos atrás haviam pintado um mural que mostrava naves antigas voando em direção ao sol. Bail, então, rompeu o silêncio.

– Kier fez o que achou que era certo, apesar do enorme risco que correu. No governo de Palpatine, pouquíssimas pessoas têm a coragem de viver assim, mas ele teve. Ele agiu de forma altruísta, movido pelo amor. Quando deixamos nosso coração nos guiar, podemos acabar cometendo erros... erros terríveis. Mas acho que nunca estaremos totalmente errados.

Leia não sabia se concordava. Ela estava com o coração e a mente exaustos, cansada demais para se questionar, cansada demais para manter a cabeça erguida. Deitou-se de novo na cama larga, perguntando-se se estava mesmo pronta para levantar.

Mas ela precisava. Quando Leia se erguesse, iria assumir seu lugar de direito ao lado dos pais na luta pela libertação da galáxia. Ficaria deitada ali só até recuperar as forças e depois – jurou – estaria pronta para lutar.

A cerimônia fúnebre de Kier em Alderaan foi simples, curta e comovente. Ele recebeu todas as honrarias máximas que um herói de guerra receberia, e os pais dele inesperadamente aceitaram a oferta da rainha de um lugar no cemitério real.

– Ele está voltado para o palácio – dissera a Sra. Domadi. Tinha os olhos escuros e o queixo anguloso do filho. – E para o rio que flui até Altera. Kier amava este planeta. Ia querer descansar em seu âmago.

– Ele... ele queria estudar história, sabe. Assim, vai repousar com seus heróis e heroínas para sempre. – A voz de Sr. Domadi era tão parecida com a de Kier que Leia precisara se esforçar para não chorar só de ouvir. Ele sorriu diretamente para a princesa quando disse: – E acho que gostaria de ficar perto do palácio por outras razões também.

Aquelas palavras arrasaram o coração da princesa – mas ela resistiu, com os pais a seu lado. Tivera alguns dias para se recuperar no palácio, e inúmeros droides e funcionários para ajudá-la no que precisasse. Antes do sepultamento de Kier, cortara um cacho dos cabelos negros do rapaz e encontrara algum conforto guardando-o em seu baú de memórias. Achava que tinha começado a se curar.

E então voltou para Coruscant. Caminhava pelo apartamento da família Organa esperando vê-lo no sofá baixo onde passavam tempo juntos. Andava pelas passarelas que costumavam tomar ao ir e vir do complexo senatorial. Sentava-se sozinha no pod de Alderaan na Legislatura de Aprendizes. Os amigos tentavam ajudar como podiam, mas estar junto deles só a fazia se lembrar ainda mais da ausência de Kier. A única pessoa com a qual Leia conseguia passar algum tempo era Amilyn, que a levava para a academia de aeroagem quase todo dia; os desafios de ficar pendurada nos tecidos expulsavam todas as outras coisas de sua mente, e permitiam que existisse apenas no próprio corpo, no presente.

No quarto dia depois de seu retorno, foi até o gabinete do pai para entregar algumas propostas, e o encontrou preso em uma reunião mais extensa do que o planejado. Ela se sentou à mesa dele, lamentando o tempo que precisaria esperar. Mesmo que fossem alguns minutos, eram minutos em que poderiam ser tomados pelo luto.

Foi quando o sinal da HoloNet piscou. Leia, acostumada a receber ligações pelo pai, atendeu – e o que viu foi a imagem pálida do Grão Moff Tarkin aparecer, flutuando sobre o piso como se ele fosse um fantasma.

– Princesa Leia. – Ele deu seu sorriso desumano.

Retribuir com outro sorriso estava muito além do que conseguiria fazer, mas ela deu um jeito de fazer um gesto com a cabeça.

– Bom dia, governador. Lamento, mas meu pai não está.

– Não liguei para falar com seu pai. Liguei para falar com a senhorita.

Ele só teria ligado para ela no escritório do pai se tivesse alguém a espionando, seguindo seus movimentos. Aquilo a perturbou mais do que o fato de que ele queria que ela *soubesse* aquilo. Com tanta cautela quanto teria ao se aproximar de uma criatura feral, ela se aprumou na cadeira e pousou as mãos no colo.

– E a que devo a honra?

– Primeiro, queria oferecer minhas condolências pela morte de seu companheiro aprendiz a legislador, Sr. Domadi. Creio que esse era o nome dele, certo? Soube que era um jovem muito promissor.

Tarkin provavelmente suspeitava as condições verdadeiras da morte de Kier, uma vez que acontecera tão pouco antes do ataque malsucedido do Império a Paucris Maior. A versão nebulosa dos eventos reportados oficialmente era suficiente para convencer a maior parte das pessoas, mas não os agentes Imperiais. Oferecer aquelas "condolências" era a maneira de Tarkin de tornar o golpe mais doloroso.

– Kier era um dos melhores de nós – disse Leia, com suavidade. – Agradeço as palavras gentis. Vou transmiti-las à família, se o senhor assim desejar.

– Por favor. – Tarkin virou a cabeça para estudá-la de outro ângulo. – Dada nossa conversa de alguns dias atrás, gostaria também de perguntar se a senhorita está bem. Mas claramente está. Descobri que é uma jovem mulher de grande... compostura.

Tradução: *Sei que mentiu para mim. Sei que mente muito bem. Sei que é parte do que quer que seus pais estejam planejando. E sei que é a razão pela qual as naves fugiram de Paucris Maior.*

Ela encarou os olhos dele com tranquilidade, sem nunca desviar o olhar.

– Estou consideravelmente bem, Governador. Mas acredite quando digo que aprecio muito sua preocupação.

As portas do gabinete se abriram e o pai de Leia entrou. Bail deu dois passos e, ao perceber o brilho espectral do holo de Tarkin, entrou rapidamente no alcance da captura de imagem.

– Governador Tarkin. No que posso ajudá-lo?

– Em mais nada, obrigado. Sua filha já respondeu a todas as minhas perguntas. – Tarkin dedicou ao pai de Leia um sorriso ainda mais afiado. – Ela se tornou uma jovem muito encantadora.

O orgulho no rosto do pai de Leia naquele momento a confortou mais do que qualquer outra coisa faria.

– Sim, tenho um orgulho tremendo dela. Muito obrigado pela ligação. Mas, se nos dá licença, temos muito trabalho a fazer.

Tarkin encerrou a chamada sem mais despedidas. Leia sentiu que podia voltar a respirar.

– Ele está nos vigiando – disse Leia.

– E sempre estará. – A mãozorra de Bail apertou seu ombro. – Mas há maneiras de usar essa vigilância contra ele. Agentes Imperiais tendem a seguir protocolos-padrão, o que significa que temos oportunidades de mostrar a eles o que queremos que vejam. Dar a eles informações que levem a conclusões falsas. O truque é nos manter protegidos enquanto os fazemos acreditar que ainda estão coletando informações úteis a nosso respeito.

As possibilidades se expandiram na mente de Leia, colidindo-se e combinando-se umas com as outras, atingindo níveis de complexidade que nunca imaginara antes – mas aquilo fazia um sentindo instintivo. Era como se o pai tivesse falado com ela em uma língua que não ouvia em anos, mas que conhecia desde sempre.

– O senhor vai me ensinar?

Bail não demonstrou nenhuma tristeza de vê-la mergulhar ainda mais fundo naquela luta, apenas orgulho.

– Esta já foi a primeira lição.

A sessão da Legislatura de Aprendizes acabou pouco depois, e Leia voltou para casa. Poderia ter temido ter horas vagas em que o luto ou o medo a abateriam – mas tinha coisas importantes a fazer, e um desafio a realizar.

O sol atingia seu zênite quando ela se puxou pela beirada do platô de pedra. Suando e arfando, Leia semicerrou os olhos com a claridade, forte mesmo através dos óculos de proteção, até conseguir absorver completamente a vista que tinha do topo do Monte Appenza. Montanhas e colinas menores a cercavam, pontudas e afiadas, mas além delas, à distância, era possível ver as planícies verdejantes do gentil planeta. O amplo palácio real, que em sua infância parecera um mundo inteiro, dali era tão pequeno que não passava de um pontinho no horizonte.

Devíamos estar juntos aqui, Kier. Você devia estar aqui comigo.

Mas pelo menos ela não tivera que fazer a escalada sozinha.

O ruído de botas na pedra a fez se virar. Breha se puxava até o platô do pico, ainda mais suada e corada do que a filha. Seus súditos de Alderaan teriam ficado abismados de verem a rainha daquele jeito – com um versátil traje militar e toda descabelada, mas vibrante de satisfação. Para Leia, aquela era a parte mais essencial da mãe.

– É mais bonito até do que me lembrava. – Breha enxugou a testa com as costas da mão antes de pegar uma garrafa d'água. – Eu devia ter feito isso muito antes. Ou não. Talvez seja melhor mesmo estar aqui com você.

Leia esperara anos para fazer aquela pergunta.

– Onde aconteceu?

– Passamos pelo local agora há pouco. Não que eu saiba o ponto exato. As lembranças são todas meio borradas, como você pode imaginar.

– Mas... A senhora subiu alto o bastante para terem aceitado que chegou ao pico. Para considerarem que passou no desafio.

Aquilo fez a mãe erguer uma sobrancelha.

– *Aceitado* que cheguei ao pico? Ah, não. Eu de fato concluí a subida. O que ninguém diz é que descer uma montanha é ainda mais difícil.

Mesmo tantos anos depois, o povo de Alderaan ainda falava sobre "o acidente" aos sussurros. Fora o momento em que a monarquia quase acabara sem herdeiros, o dia em que uma amada princesa – ainda mais amada do que a própria Leia, até onde ela sabia – quase morrera. A mãe caíra enquanto completava o próprio Desafio do Corpo; os ferimentos resultantes poderiam ter custado sua vida. Ela fora salva pela ação rápida dos guardas que a acompanhavam a distância, mas parte do dano fora permanente. Fora depois do acidente que o coração e os pulmões de Breha haviam sido substituídos pelos pulmonodos que ainda brilhavam fracamente em seu peito. E fora devido ao acidente que os pais haviam decidido adotar uma criança em vez de forçar ainda mais o corpo de Breha.

Sem aquele terrível acidente, a vida de Leia poderia ter sido muito diferente.

Sentada de pernas cruzadas no chão, Breha estudou a filha enquanto falava.

– Encaramos nossos desafios, e nossas lições, como coisas que devemos dominar para alcançar nossos objetivos. Mas as lições mais importantes da vida às vezes têm a ver com o que acontece quando falhamos. Como sabemos quando nos render e desistir? Como julgamos quanto da culpa de nossas falhas é de fato nossa? É algo com o que devemos aprender ou é apenas azar? E como juntamos nossos cacos depois que algo acontece?

Leia olhava para o horizonte, na direção em que sabia que o palácio ficava. Lembrou-se de estar diante do túmulo de Kier e ergueu a cabeça, com a falsa promessa que fizera pesando em seu coração. O vento soprou ao redor dela e da mãe, lembrando-as de que a montanha só aceitaria a presença delas ali por pouco tempo. Logo teriam que descer.

– Está aprendendo a lição mais poderosa de todas, minha filha – continuou Breha. – Está aprendendo como cair.

Kier dissera algo assim. Leia entendera que aquilo era importante já naquela ocasião. Mas aquela era uma das verdades que não podiam ser compreendidas até que a pessoa a vivesse, até que realmente caísse.

– Normalmente, é claro, eu teria escolhido algo mais festivo em dourado, talvez em vermelho. – 2V deslizava ao redor de Leia, alisando o vestido. – Mas dado tudo o que aconteceu... Não precisa nem falar. Prateado é formal, elegante e lisonjeiro. A senhorita está linda.

Aquilo era o mais perto de reconhecer o luto de Leia que a droide era capaz de chegar. E ela ficou mais tocada com o gesto do que imaginava que ficaria.

– Obrigada, Doisvê.

Quando olhou para um dos lados, viu o lugar vazio na cornija da lareira onde o baú de lembranças sempre ficara – até a noite anterior, quando o entregara ao pai como um sinal de que considerava que sua infância acabara. Muitos herdeiros ao trono abriam mão dos baús de lembranças no momento da investidura, mas o ritual não exigia aquilo. Leia simplesmente soubera que era o momento. A parte mais difícil de entregá-lo fora saber que com ele ia o cacho do cabelo de Kier, aquela minúscula parte dele. Pelo menos ficaria para sempre guardado dentro do baú como um de seus maiores tesouros.

– Cuidarei bem disso – prometera o pai, em um tom de voz que a fazia imaginar, mais uma vez, o que ele queria dizer...

Ao longe, os sons da fanfarra ecoando pelos corredores a alertaram de que estava, mais uma vez, quase atrasada. Leia se virou para permitir que 2V prendesse um largo colar em seu pescoço, e depois se aprumou. Hora de ir.

Mais uma vez ela pegou o atalho pelo velho arsenal, com o vestido esvoaçando ao redor enquanto corria. Pelo menos naquele dia o clima resolvera ajudar: a luz resplandecente do sol entrava pelas janelas, e ela sabia que a sala do trono estaria brilhando com prismas multicoloridos vindos dos vitrais. Ela se sentia... não feliz, exatamente, mas o mais próximo disso que já se sentira desde a morte de Kier.

Emoções conflitantes ainda rodopiavam dentro dela quando pensava em Kier. Ela suspeitava que seria assim para sempre. Nos primeiros dias depois de sua morte, tentara jurar que jamais se apaixonaria por outras pessoas, embora as razões para tal promessa se revirassem e se modificassem em sua mente: porque ela não poderia confiar completamente em mais ninguém, porque não merecia encontrar o amor depois do que acontecera com Kier por causa dela, porque não saberia como lidar com outra perda como aquela.

A promessa que fizera para si mesma acabara sendo mais realista. *Até que meu trabalho contra o Império termine*, dissera. *Quando a luta terminar, aí talvez... talvez eu encontre alguém com quem possa me importar dessa forma.*

Até lá, vou lutar.

Quando entrou apressada na antecâmara, os guardas se endireitaram e sorriram. O jeito com que sorriam havia mudado, porém. O que via era menos da adoração que tinham por ela desde a infância, e mais o respeito que sentiam pelos pais. Leia sabia que devia se orgulhar – e de fato se orgulhava –, mas às vezes aquilo parecia uma perda.

A pessoa que fora antes, a alegre princesa, não existia mais. Uma parte bela de sua vida acabara. E ela podia lamentar aquilo e, ao mesmo tempo, sentir-se preparada para seguir.

Depois de meses fortalecendo os braços e as costas com os exercícios do curso de rastreamento, Leia achou que a Espada Rhindon não parecia mais tão pesada. Segurando-a erguida, esperou o soar da fanfarra e...

A cortina de veludo foi aberta. Leia entrou na sala do trono e seguiu pelo longo corredor na direção do tablado em que os pais a esperavam. Tanto o pai quanto a mãe estavam vestidos em puro branco, o que era ainda mais impressionante em meio ao brilho ensolarado em que o recinto estava banhado. Conforme Leia seguia, foi reconhecendo os amigos e amigas dos dois lados da passagem: Mon Mothma, que a cumprimentou com um gesto da cabeça; Ress Batten, que parecia admirada demais para reagir; e Chassellon Stevis, que deu uma piscadela. Em uma das fileiras da frente estava Amilyn Holdo, cujo cabelo fora tingido de azul brilhante – mas que usava um vestido verde-escuro para equilibrar um pouco as coisas.

Assim que parou diante dos pais... ficou tocada de um jeito para o qual não estava totalmente preparada. As cores claras de suas roupas destacavam a longa madeixa branca em meio aos cabelos da mãe, e os tons grisalhos que já surgiam na barba do pai. Declarar seu direito ao trono inevitavelmente significava reconhecer que, algum dia, os pais partiriam.

A linguagem formal da cerimônia assumiu seus pensamentos: *Que tal dia demore a chegar.*

Foi o pai quem iniciou a cerimônia.

– É nossa filha quem vem lá, apresentando-se diante de nós mais uma vez?

– Sim, sou eu, Leia Organa, princesa de Alderaan.

Era de Breha a próxima fala.

– Quando estivestes diante de nós da última vez, jurastes realizar os Desafios da Mente, do Corpo e do Coração. E de fato os realizastes.

Leia segurou o punho da espada com mais força.

– E como julgas meu desempenho, minha mãe e rainha?

– Julgo que completastes vossos três desafios com muita força, e com um ânimo ainda mais elevado. De todas as maneiras possíveis, provastes-vos digna. – Fazendo um gesto para que Leia desse mais um passo, Breha se levantou do trono.

Enquanto subia no tablado para se juntar aos pais, Leia segurava a Espada Rhindon para o alto com uma mão só. Breha estendeu a mão e segurou o punho junto com ela: duas governantes, não lutando pelo símbolo de poder do planeta, mas dividindo seu peso. Foi, então, a hora de Leia soltar a espada e se ajoelhar, baixando a cabeça conforme o pai chegava mais perto. Pelo canto do olho, vislumbrou o reluzir das joias, mas precisava manter o rosto baixo. O peso da Coroa da Herdeira se acomodou em sua cabeça, ajustando-se perfeitamente entre os coques de tranças que 2V preparara para a ocasião. Leia esperara a vida toda para usar aquela coroa, mas a realidade do ato a tocou mais do que achava que seria possível.

Por Alderaan, pensou, prometendo tanto a Kier quanto aos pais cuidar do que recebia em mãos naquele dia.

– Que todos os presentes testemunhem! – exclamou Breha. – Pelo presente ato, minha filha é investida princesa legítima, herdeira ao trono de Alderaan.

Aplausos e gritos de comemoração encheram o salão enquanto Leia se erguia e se virava para encarar a multidão. Os pais a escoltavam, um de cada lado, sorrindo com orgulho – mais orgulho até mesmo do que vários dos convidados imaginavam. Através dos vitrais das janelas, Leia teve vislumbres do belo planeta que um dia governaria.

Meus pais, pensou Leia. *Meus amigos. Meu mundo.*

Essas são as coisas que o Império jamais poderá tirar de mim.

FIM

TIPOGRAFIA: ADOBE GARAMOND PRO